D1865796

rororo

Piero Degli Antoni wurde 1960 in Bergamo geboren und lebt heute mit seiner Familie in Mailand, wo er für die überregionale Zeitung *Il Giornale* arbeitet.

PIERO DEGLI ANTONI

EISESSTILLE

THRILLER | Deutsch von Olaf Matthias Roth

Rowohlt Taschenbuch Verlag

Die Originalausgabe erschien 2005 unter dem Titel
«Ghiaccio sottile» bei RCS Libri S.p.A., Mailand

Deutsche Erstausgabe
Veröffentlicht im Rowohlt Taschenbuch Verlag,
Reinbek bei Hamburg, Januar 2007
Copyright © 2007 by Rowohlt Verlag GmbH,
Reinbek bei Hamburg
«Ghiaccio sottile» Copyright © 2005
by RCS Libri S.p.A., Mailand
Redaktion Christine Gräbe
Umschlaggestaltung any.way, Andreas Pufal
(Foto: Werran & Ochsner / Getty Images)
Satz: Documenta PostScript bei
Pinkuin Satz und Datentechnik, Berlin
Druck und Bindung Clausen & Bosse, Leck
Printed in Germany
ISBN 10: 3 499 24401 2
ISBN 13: 978 3 499 24401 8

Für Leonardo, den süßen Schelm,
für Cecilia, den unwiderstehlichen Dickkopf.
Für Elisa Allegra, deren Lächeln genügt,
um den Tag strahlen zu lassen.

Die Wahrheit ist wie der Mount Everest: Sie besteht aus vielen Steinen, von denen jeder einzelne seine eigene Form hat. Keiner von diesen Steinen darf jedoch als der Mount Everest gelten.

Nawang Tenzing Zangpo,

Oberster Lama des Mönchsklosters Tengboche in Nepal

Er schrie

Halb vier schon, verdammt.

Spät, viel zu spät.

Wie viele Stunden war er nun schon unterwegs? Zwölf, vielleicht waren es auch dreizehn. Um zwei war er vom letzten Camp aufgebrochen, in der bedrohlich kalten Nacht am Himalaya, nichts außer seiner Stirnlampe wies auf den Weg hin.

Vorhin im Zelt hatte er kein Auge zugemacht. Der Wind wütete mit hundertdreißig, hundertfünfzig Kilometern pro Stunde. Nicht einen Moment lang gab er Ruhe. Er drang durch die unsichtbaren Ritzen des Zelts, blähte es auf wie einen Ballon, um es aus seinen Verankerungen zu reißen und weit wegfliegen zu lassen, nach Osten, zum Manaslu. Aber schon im nächsten Augenblick presste er das Zelt zu Boden, wie eine riesige Hand, die eine leere Dose zusammendrückt.

Und dann die Kälte: eine durchdringende, schreckliche, bösartige Kälte. Eine Kälte, die von den Händen und Füßen an Armen und Beinen hinaufkroch, bis zum Herzen. Nie hätte er geglaubt, dass man an der Leber frieren könnte, an den Nieren, den Lungen und eben auch am Herzen. Die Kälte war ein lebendiges Etwas, das in einen eindrang und einen ganz allmählich auffraß. Beweg die Hände, sagte er sich, beweg die Hände und Füße, ständig, hör nicht auf damit. Halte sie immer in Bewegung, sonst erfrierst du.

Mit dem Handschuh wischte er über die Schutzbrille. Wo war er? Er blickte sich um, in diesem Unwetter, das sein Gesichtsfeld auf wenige Meter begrenzte. Wo befand er sich? Irgendwo auf der Ostseite der Gipfelwand, in … Er wollte auf dem Höhenmesser nachsehen. Dazu hätte er den Ärmel seiner Daunenjacke nach oben schieben, vielleicht sogar die Handschuhe ausziehen müssen. Unmöglich. Unvorstellbar. Zu kalt. Zu anstrengend. Er war irgendwo auf der Ostseite unterhalb des Gipfels, in siebentausend Meter Höhe, mehr oder weniger. Das Camp konnte nicht weit sein, ein Stück tiefer, zwei- oder dreihundert Meter weiter unten. Warteten seine Gefährten auf ihn, oder hatten sie den Abstieg so rasch wie möglich fortgesetzt, bevor die Kälte und die Höhenluft sie umbrachten?

Er war allein, auf diesem gewaltigen Berg. Wie war er bloß auf die Idee gekommen, den Kinsoru zu besteigen, dieses Ungetüm aus Fels, Eis und Schnee? Schnee … Tarman Siregar hätte gelächelt, wenn er nur gekonnt hätte, wenn sich sein Gesicht nicht schon vor Stunden in eine gefühllose Maske aus Eis verwandelt hätte. Er wusste, dass in einer solchen Situation als Erstes die Nase abfror – einigen Bergsteigern war sie entfernt worden. Ob sie das bei ihm wohl auch machen würden? Oh, er war vollkommen damit einverstanden, und sie durften ihm auch ein paar Finger oder Zehen amputieren. Er würde alles in Kauf nehmen, wenn er nur von diesem Berg herunterkam und nach Hause konnte, nach Jakarta, ans Meer …

Tarman Siregar überwand sich, einen Schritt vorwärts zu machen. Wie viel Zeit war vergangen? Er gab sich einen Ruck und zwang sich, zu tun, worauf er soeben verzichtet hatte: Er schob den Ärmel seiner Daunenjacke hoch und sah auf seine Uhr. Viertel nach vier. Eine Dreiviertelstunde war vergangen, und er hatte den Eindruck, gerade einmal fünf Minuten stehen geblieben zu sein. Während der Ausbildung hatte man ihm eingeschärft, dass in großer Höhe neben vielen anderen Dingen auch das Zeitgefühl verloren ging. Der Körper verlangsamte seine Funktionen, und auch das Gehirn stumpfte ab. Bedingt durch die große Höhe und den Flüssigkeitsmangel, zirkulierte das Blut nur mühsam durch den Körper. Man musste permanent trinken, aber dazu brauchte man einen Gaskocher, um den Schnee zu schmelzen, und er hatte keinen. Was für eine Ironie: Rings um ihn die Schneemassen, und er verdurstete …

Bis vor sechs Monaten hatte er noch nie Schnee gesehen. Die indonesische Regierung hatte die prestigeträchtige Besteigung eines der Achttausender im Himalaya durch ein internationales Team initiiert und die Vorbereitungen einem renommierten polnischen Bergsteiger anvertraut. Die künftigen Bergsteiger waren unter den kräftigsten Soldaten der Armee ausgewählt worden. Hundert von ihnen waren nach Nepal entsandt worden, um sich in einem Schnellkurs mit dem Alpinismus und vor allem dem Klima vertraut zu machen. Und da hatte Tarman zum ersten Mal Schnee gesehen. Er hatte ihn in die Hand genommen, so wie man ein unbekanntes kleines Tier aufhebt. Nicht nur das hatte ihm gefallen, auch der Anblick der hoch aufragenden Gletscher hatte ihn fasziniert.

Im Laufe der Ausbildung wurden immer mehr Kandidaten ausgemustert. Zunächst waren sie noch fünfzig, dann zwanzig, dann zu zehnt. Erst im letzten Augenblick sollten die fünf Männer ausgewählt werden, die den Aufstieg wagen durften. Nur wenige Stunden bevor sie aufgebrochen waren, hatte Tarman erfahren, dass er dazugehörte. Mehrere Male waren sie schon bis auf siebentausend Meter gestiegen, den Gletscher rauf und runter. Mittlerweile hatte er keine Angst mehr, die Gletscherspalten auf Trittleitern zu überqueren, mit den Steigeisen, die gegen das Metall schlugen. Er hatte sich an die Jumar-Klemmen gewöhnt, mit denen er gesichert entlang der Fixseile hochsteigen konnte. Es machte ihm sogar Spaß, wenn er einen Vorsprung überwinden musste, indem er den Pickel ins Eis schlug. Einen seltsamen Zeitvertreib hatten sie sich da ausgedacht, diese verrückten Europäer. Und trotzdem fühlte er sich wohl inmitten der unfreundlichen und fremden Umgebung.

Aber das hier oben, in achttausend Meter Höhe, das war etwas ganz anderes. Wenn man die Todeszone betrat, war niemand mehr da, der auf einen aufpasste. Man war mit sich allein, oder vielmehr allein mit sich und den Bergen. Ein Schritt nach dem anderen, und dann noch einer. An etwas anderes durfte man gar nicht denken.

Um die Mittagszeit waren sie auf dem letzten Kamm angelangt. Der Pole, er selbst und zwei weitere Gefährten. Hundert Meter vor dem Gipfel hatte Tarman sich erschöpft in den Schnee fallen lassen. Er war außerstande, sich zu bewegen, keinen einzigen Muskel. Er konnte nicht einmal mehr atmen. Es war ihm lediglich gelungen, den Kopf ein wenig zu heben und zu sehen, wie seine Gefährten den Gipfel erstiegen, der mit einem glänzenden Dreifuß markiert war. Syamsir Azzam ging voran, Nasib Achmad hinter ihm. Nasib war eindeutig in Schwierigkeiten. Sein Blick war starr, er ließ die Schultern hängen und machte nur einen Schritt pro Minute. Syamsir schien besser in Form zu sein, er schaffte sechs, sieben Schritte hintereinander, bevor er stehen blieb, um sich auszuruhen. Aber dann, nur noch fünfzig Meter vom Gipfel entfernt, sackte Azzam ganz plötzlich in die Knie und rührte sich nicht mehr. Nasib dagegen war beim Anblick des Dreifußes offenbar wieder zum Leben erwacht und hatte in verborgenen Reserven Kraft gefunden. Er näherte sich seinem Ziel rasch, beinahe lief er wie ein Infanterist beim Angriff, war mit erhobenen Armen nach oben gestürmt.

Der Pole, der den Gipfel bereits erreicht hatte, hatte ihn umarmt, und dann waren sie in dieser Haltung zusammengebrochen. Wie viel Zeit war seitdem vergangen, in dieser absoluten Regungslosigkeit? Tarman wusste es nicht. Er wollte nichts als liegen bleiben und sich ausruhen. Der Wind, die Kälte und vor allem der Gipfel – all das war ihm egal. Das Einzige, was er sich wünschte, war seine Rückkehr. In jenem Augenblick war ihm ein Satz eingefallen: «Wenn du auf dem Gipfel angekommen bist, gehörst du dem Berg. Erst wenn es dir gelingt, wieder herabzusteigen, gehört der Berg dir.»

Nach einiger Zeit – wie lange, hätte er nicht sagen können – waren der Pole und Nasib neben ihm vorbeigezogen. Sie hatten ihm einen zerstreuten Blick zugeworfen, wie einem Hund, der vor einem Geschäft wartet. Wieder verging eine unbestimmte Zeitspanne, und dann kam Syamsir. Dieser Teamkollege blieb stehen. Er nahm die Sauerstoffmaske ab, deutete mit der Hand ins Ungewisse und rief ihm etwas zu, das er jedoch wegen des Windes nicht verstand. Der andere schüttelte den Kopf, als stünde er vor einem bockigen Schüler, und war dann mit taumelnden Schritten abwärts gestiegen. Tarman wunderte sich nicht, dass sie ihn allein gelassen hatten: Er wusste, dass auf dem Berg, in achttausend Meter Höhe, kein Platz ist für Hilfsbereitschaft noch für Mitgefühl, ja nicht einmal für Mitleid. In achttausend Metern schaffst du es gerade einmal, an dich selbst zu denken.

Schließlich war es ihm doch gelungen, sich wieder aufzurappeln, und da hatte er die schwarzen Wolken aus der Talsohle aufsteigen sehen. Vielleicht war es das, worauf Syamsir vergeblich gedeutet hatte. Binnen kurzem waren die Wolken dichter geworden und bewegten sich auf ihn zu. So etwas wie Panik war in ihm aufgekeimt, und trotz seiner Erschöpfung hatte er begonnen, raschen Schritts abzusteigen, indem er sich an die von den anderen gespurte Trasse hielt. Er ging auf einem schmalen Grat entlang, auf der schroffen Kante, die zwei Tausende von Metern tiefe Abgründe voneinander trennte. Ein falscher Schritt, eine Unachtsamkeit, und sein Leben wäre vorbei gewesen.

Am Ende des Grats brach das Unwetter los. Es war unvorstellbar. Der Wind war, wenn das überhaupt möglich war, noch stärker geworden, und der Schneesturm hatte ihn beinahe zu Boden geworfen, was jede Bewegung unmöglich gemacht hätte. Zum Glück war er bis zum Routenabschnitt, an dem es Seile gab, gekommen: Zumindest musste er keine Angst haben, vom Weg abzukommen. An die Taue geklammert, stieg er ab, hüfttief im Neuschnee versinkend. Im Himalaya konnte innerhalb weniger Stunden so viel Schnee fallen, dass er mehrere Meter hoch lag, das wusste er – und er wusste, wie es sich anfühlte, bis zur Brust, bis zum Hals darin zu versinken. Nie und nimmer würde er das Lager erreichen.

Die Seile endeten. Er war an einem steilen Hang angelangt, zumindest hatte er diesen Eindruck. Man konnte nichts sehen. Oben, unten, rechts, links – nicht einmal mehr diese elementaren Richtungen konnte er bestimmen. Unter großen Mühen – er hatte mindestens zwanzig Minuten dafür gebraucht – hatte er seine Stirnlampe aus dem Rucksack geholt und sich aufgesetzt. Seine einzige Hoffnung bestand darin, die Spuren seiner Kameraden zu finden und ihnen zu folgen. Tarman hatte den schwachen Lichtstrahl hierhin und dorthin gerichtet, bis er schließlich auf ihre Fußstapfen gestoßen war. Mit einem stummen Freudenschrei stürzte er sich darauf. Dann aber hatte ein Steigeisen nachgegeben, vielleicht war er auch auf einer verdeckten Felsplatte ausgeglitten. Tarman war gestürzt und einige Meter gerollt. Er hatte den Fall aber noch rechtzeitig abbremsen und aufhalten können.

Und da lag er nun, im Schnee, der um ihn herum anwuchs, wie eine weiße Mauer, die ihn lebendig unter sich begraben wollte. Er musste aufstehen, es war schon spät. Selbst wenn er nur langsam vorankäme, wäre er in eineinhalb Stunden im Camp, vielleicht würde es auch nur eine Stunde dauern. Weiter, immer weiter …

Tarman stützte sich auf den Pickel und hievte sich auf die Knie. Dann gab er sich einen schmerzhaften Ruck und stand auf. Er bewegte einen Fuß. Den falschen. Ohne überhaupt zu bemerken, dass er das Gleichgewicht verlor, kullerte er plötzlich den Hang entlang, eine sanfte Schneewolke folgte ihm – vielleicht war es auch eine Lawine. Sein Überlebensinstinkt brachte ihn dazu, den Pickel heftig in den Boden zu rammen. Es war seine letzte Chance. Die Spitze bohrte sich ins Eis, und er spürte ein schreckliches Reißen an dem Handgelenk, an dem das Werkzeug angebunden war. Die Schneemassen fluteten über ihn hinweg und rauschten dann in den Abgrund hinab. Tarman wartete ein paar Sekunden mit angehaltenem Atem, bis er sicher war, dass er nicht mehr mitgerissen würde. Erst dann wischte er sich das Gesicht mit dem Handschuh ab und öffnete die Augen.

Ein Gesicht.

Da war ein Gesicht, wenige Zentimeter vor seinem eigenen.

Das Gesicht eines Mannes. Er lächelte.

Er hatte blaue Augen. Sie waren weit aufgerissen.

Seltsam. Indonesier haben keine blauen Augen.

Tarman sah genauer hin, mit Hilfe der Stirnlampe, die die Züge des Unbekannten in einem kontrastreichen Helldunkel mit tiefen Schatten aufscheinen ließ.

Ein blonder Vollbart. Kaum älter als zwanzig. Lange Haare, ebenfalls blond, eisverkrustet. Ein Gesicht voller Stolz und doch auch … voller Ironie. Genau, voller Ironie. Es wirkte, als wollte es sich über ihn lustig machen. Für einen Europäer sah der Mann recht sympathisch aus. Wortlos blickte er ihn an, als fände er nicht die der Situation angemessenen Worte.

Tarman betrachtete ihn, er wartete auf eine Begrüßung, die aber ausblieb. Dann begriff er. Besser gesagt, sein Gehirn, benommen von der Kälte, der Müdigkeit, dem Übermaß an roten Blutkörperchen, begann allmählich zu begreifen.

Das hier war kein Mann.

Es war eine Leiche.

Obwohl Tarman viel von im Eis eingefrorenen Körpern gehört hatte, überstieg dies seine Vorstellungskraft. Er war Soldat, und auch wenn er nie im Krieg gewesen war, war er mit dem Gedanken an den Tod vertraut.

Aber das hier war etwas anderes. Das hier war ein Tod, der keiner war. Das war ein Schatten, ein Geist, eine Erscheinung aus dem Jenseits.

Schneller hochschießend, als er es sich jemals zugetraut hätte, sprang Tarman auf die Füße. In großen Sprüngen setzte er den Hang hinab, es kümmerten ihn kein Eis und kein Schnee, keine Felsen, keine Überhänge, keine Gletscherspalten oder sonstigen Gefahren.

Er schrie.

INTERVIEW – I

«In Kürze werden Sie eine der größten alpinistischen Herausforderungen aller Zeiten annehmen. Was bringt Sie dazu, auf Berge zu steigen?»

«Die Hoffnung, dass mich wenigstens in achttausend Metern niemand mit solchen Fragen belästigen wird.»

«Ich kann ja verstehen, dass Sie mit Ironie reagieren, wenn sich ein Laie der Welt des Alpinismus nähert. Allerdings bin ich davon überzeugt, dass unsere Leser wirklich gern wüssten, weshalb jemand beschließt, bei einer derart gefährlichen Unternehmung sein Leben aufs Spiel zu setzen.»

«Also gut, ich möchte Ihre Leser natürlich nicht mit Zweifeln von diesem Ausmaß quälen. Ich werde versuchen, es Ihnen zu erklären. Kurz gesagt, Bergsteigen ist eine der wenigen Formen von Selbstzerstörung, die uns die moderne Gesellschaft noch gestattet. Sehen Sie sich an, was mit der Formel 1 passiert ist oder mit den Motorradrennen. Seit wann ist dabei schon kein Fahrer mehr gestorben? Auch im Alltag tun wir alles, um den Tod zu vermeiden – denken Sie nur daran, was auf den Zigarettenpäckchen steht. Und da reden wir von einer Zigarette, nicht etwa davon, sich von einer hundert Meter hohen Klippe ins Meer zu stürzen. Sogar die Euthanasie ist verboten. Selbst wenn jemand vollkommen lebensunfähig ist, lassen sie ihn nicht in Ruhe: Man schließt ihn an einen Haufen Kabel an und setzt alles daran, ihn am Leben zu erhalten, auch wenn derjenige nichts weiter im Sinn hat, als sich heimlich, still und leise zu verabschieden und in eine andere Welt hinüberzugehen. Auf der anderen Seite, das sei nebenbei bemerkt, schert sich trotzdem keiner um die Gifte, die die Pharmaindustrie in die Luft bläst und ins Wasser leitet, und dass das vielleicht auch krebserregend ist. Aber was soll's. Das Schöne am Bergsteigen ist, dass es frei von diesen Dingen ist: Du kannst auf achttausend Meter hinaufsteigen, krepieren und das mit dir selbst ausmachen. Niemand kann etwas dagegen einwenden. Noch gibt es keine Alpinismusbehörde, die Bergführerscheine ausstellt. Wer einen Achttausender besteigen will, kann das tun, und in diesen Höhen zu klettern ist ein bisschen, als würde man eine Kugel in eine Pistole stecken, die Trommel drehen, den Lauf an die Schläfe setzen und abdrücken. Sehen Sie: Genau das ist, was mir am Bergsteigen gefällt.»

«Das ist eine recht eigenartige Vorstellung, finden Sie nicht?»

«Wenn man bergsteigt, erobert man sich die Möglichkeit zurück, zu sterben, wie man selbst es möchte. Und was gibt es für einen Menschen Schöneres, als seine Todesart selbst zu bestimmen?»

Erster Tag

Eine Stunde später schliefen sie

«Zum Glück war das Zelt schon aufgebaut.»

Ein grauer Strickfäustling zwängte sich durch den Schlitz in der Zeltplane und schob sie beiseite. Zuerst kam der Mann herein, dem eine Kamera um den Hals baumelte. Zugleich fegte eine eisige Bö aus Wind und Schnee ins Innere. Geduckt ging der Mann ans andere Ende des Zeltes und machte es sich dort bequem. Gleich darauf kam eine zweite Gestalt herein, die die Kapuze des Schneeanzugs noch aufgesetzt und die Schneebrille noch nicht abgenommen hatte. Wie eine Mumie. Langsam löste die Person den Verschluss der Kapuze, schob sie in den Nacken, ließ die Brille heruntergleiten und schüttelte den Kopf wie ein Pferd. Eine dichte Mähne dunkler Haare kam zum Vorschein und peitschte durch die Luft. Eine Frau.

Zuletzt kam der Sherpa, der das Zelt wieder zuzog. Er prüfte den Halt der Pfosten und Stäbe.

«Hält es?», fragte die Frau, die ihn bei seinem Tun beobachtet hatte.

Der Sherpa blieb stumm.

«Tenzing, nun sag schon, wie sieht's aus?»

«Wind sehr stark. Und Zelt zu groß.»

Die Frau schnaubte.

«Ich halte es in diesen winzigen Zelten einfach nicht aus! Ich ersticke!»

«Wind bläst mit hundertzwanzig Kilometern. Zelt wird nicht mehr lange halten.»

Wie ein Vertreter, der im Vorzimmer wartet und endlich aufgerufen wird, stürzte sich in dem Augenblick eine Bö auf ihren Unterschlupf und zerrte wie wild daran. Ein Windstoß, der irgendwie hereingekommen war, zerzauste die Haare der Frau.

«Soll ich dir einen Termin beim Friseur machen, Fiona?», witzelte der Mann mit dem Fotoapparat.

Der Sherpa hatte es aufgegeben, das Zeltgestänge zu kontrollieren, und zuckte resigniert mit den Achseln. Er öffnete den Rucksack, der in der Nähe des Eingangs liegen geblieben war, und begann eine eindrucksvolle Reihe von Objekten daraus hervorzuholen. Er nahm einen Gaskocher und stellte ihn auf den Boden.

«Wollt ihr Tee? Wir müssen viel heißen Tee trinken.»

Vorsichtig zog der Sherpa einen Metalltiegel aus dem Rucksack, dann eine kleine graue Gasflasche. Er stach sie an, indem er sie an dem Kocher festschraubte. Er griff zu den Streichhölzern und versuchte, das Gas zu entzünden, das einen Pfeifton von sich gab und dann stockend entwich. Tenzing musste es vier-, fünfmal versuchen, bis es ihm gelang. Er streckte den Arm in den Schnee hinaus und füllte den Tiegel damit. Dann stellte er ihn auf die Flamme.

Fiona schnaubte.

«Wann können wir endlich weitersuchen, Tenzing?»

«Sommer wie unpünktlicher Reisender. Schwer zu sagen, wann er ankommt. Vielleicht in einem Tag. Vielleicht in zwei. Möglich sind auch vier. Jetzt haben wir Ende Juni. Hoher Druck zieht weiter, es kommen Monsune. Aber ein letztes Fenster mit schönem Wetter kommt. Immer so, jedes Jahr. Wir müssen bereit sein. Besser, an Abstieg denken. Wenn wir hierbleiben, sterben wir.»

«Heißt das, wir bleiben womöglich zwei, drei oder auch vier Tage hier eingeschlossen? In zwei Wochen geht mein

Flieger nach London. Ich kann nicht nach Hause zurück, ohne gefunden zu haben, wonach wir suchen.»

«Oft verlorene Zeit ist gewonnene Zeit.»

Der Fotograf unterbrach die beiden. Verblüfft starrte er auf den Tiegel auf dem Feuer.

«Was ist denn das für Zeug?»

Das Wasser kochte. Es sonderte dunkelgrauen Schaum ab, der sich an den Wänden des Tiegels festsetzte und den Wasserstand anzeigte, als hätte jemand mit dem Bleistift eine Linie gezogen. Die Miene des Sherpas verdüsterte sich.

«Schlechtes Zeichen.»

«Müssen wir jetzt alles wegschütten und wieder von vorn anfangen? Wir haben nicht gerade viele Gasflaschen.»

«Wenn er das sieht, sagt Freund aus meinem Dorf, die Berggeister sind böse mit uns», bemerkte der Sherpa.

«Ten, jetzt hör schon auf mit deinen Berggeistern ...»

«Meine Leute sagen, Haus der Götter ist in den Bergen.»

«Dann haben sie aber ganz schön hohe Heizkosten.»

«Um die Geister zu beruhigen, besser nepalesischen Tee kochen.»

«Oh nein, Ten. Versuch das nicht noch einmal!»

«Diese eine spezielle Tee. Kleine Veränderung für Freund Iaan.»

Der Sherpa kramte wieder in dem Rucksack und holte einen Plastikbehälter hervor. Er goss eine weißliche Flüssigkeit in den Tiegel und rührte sie mit einem Löffel um. Der Dampf stieg bis zur Decke, wo er beim Kontakt mit der Zeltplane auf der Stelle zu Eis wurde. Auch der Atem gefror. Die Zeltdecke war bereits von einer dünnen Eisschicht bedeckt.

«Glaubst du, wir finden ihn?», fragte Iaan Fiona.

«Ich bin nicht umsonst hierhergekommen. Ten, du hast

uns im April nach Nepal kommen lassen, vor zwei Monaten. Du hast gesagt, dann würde die schöne Jahreszeit beginnen. Doch drei Wochen sind allein für den Aufstieg draufgegangen, und dann haben wir eine Menge Zeit verloren, weil wir ständig zurück ins Camp mussten.»

«Ich habe dir schon gesagt», erklärte der Sherpa, dessen Tonfall keinerlei Irritation verriet. «Unmöglich, lange oben zu bleiben. Ermüdend. Körper müde, ganz sehr müde. Muss man absteigen und ausruhen. Wenn du bist ausgeruht, wieder aufsteigen.»

Fiona achtete nicht auf ihn.

«Wir müssen es in den nächsten Tagen schaffen ...»

«Der Indonesier behauptet, ihn gesehen zu haben», tröstete Iaan sie.

«Aber er ist abgehauen, als wir fast so weit waren. Die zweitausend Dollar hat er, ohne mit der Wimper zu zucken, genommen. Er ist uns bis zum Basiscamp hinterher, und dann ...»

«Vergiss nicht, dass er unter Schock stand. Er war am Kinsoru, genau da, wo er vor sieben Monaten fast gestorben wäre. Das muss schrecklich für ihn gewesen sein.»

«Mag sein. Auf mich hat er aber einen anderen Eindruck gemacht ... als ob ihm jemand Angst eingejagt hätte. Ja, genau, so muss es gewesen sein ... Immerhin wissen wir jetzt, wo wir suchen müssen.»

«Vielleicht ist er es ja gar nicht. Es heißt, in den Bergen liegen überall Tote.»

«Blond, blaue Augen, zwanzig Jahre alt, und mit dieser Ausrüstung? Das ist er, ganz sicher.»

«Na ja, wär schon ziemlich heftig, wenn's stimmt.»

«Ich möchte gern Leblancs Gesicht sehen, wenn er es erfährt.»

«Tee fertig», verkündete der Sherpa.

Die Metallkappe der Thermosflasche als Tasse, goss sich der Sherpa von der Flüssigkeit ein und trank, wobei er laut schlürfte. Dann füllte er das Gefäß erneut und reichte es Iaan, der den mit weißen Schlieren gemaserten, dampfenden Trunk misstrauisch beäugte.

«Ist das wieder der von letztem Mal? Sieht aber anders aus.»

«Probier. Sehr gut.»

Iaan zögerte. Er schnupperte daran.

«O Gott, das riecht ja grässlich ... Was ist das?»

«Tee mit ranziger Yakmilch. Auch wenn du nicht glaubst, dass es hilft, die Geister zu beruhigen, trink.»

«Ranzige Yakmilch? Glaub ja nicht, dass ich das Zeug an meine zarten Lippen lasse!»

«Yakmilch ausgezeichnete Milch für Bergsteiger. Blut wird flüssig, Krankheiten bleiben fern. Trink.»

«Lieber verwese ich irgendwo bei lebendigem Leib, als dass ich dieses ekelhafte Gebräu trinke.»

«Stell dich doch nicht so an, Iaan!», mischte sich Fiona ein. «Wenn du in einem fremden Land bist, musst du dich auch den dortigen Essgewohnheiten anpassen. Du kannst nicht immer Steak und Pommes frites verlangen.»

Mit einer hastigen Geste ließ Fiona sich die Tasse geben und trank sie in einem Schluck aus. Es gelang ihr allerdings nicht, ihren Ekel ganz zu verbergen.

«Mann, der ist wirklich stark ...» Sie reichte das Getränk dem Fotografen. «Los, nun trink schon.»

«Erst möchte ich mein Testament machen.»

«Probier ihn!»

Vorsichtig nahm Iaan einen winzigen Schluck. Angewidert drehte er sich um und spuckte aus.

«Gebt mir bitte ein wenig Arsen, damit ich mir den Mund damit spülen kann!»

«Jetzt übertreibst du aber, so schlimm ist es auch wieder nicht.»

Der Sherpa trank den restlichen Tee aus. Fiona machte sich Sorgen.

«Tenzing, hast du rausgefunden, wie die Wetteraussichten sind?»

«Radio funktioniert nicht. Keine Antwort. Verbindung unmöglich mit diesem Sturm.»

«Vielleicht hören sie uns ja jetzt. Komm, versuch's doch noch mal.»

Wortlos machte sich der Sherpa am Rucksack zu schaffen, nahm ein kleines Funkgerät heraus und schaltete es ein. Aus dem Lautsprecher drang ein undeutliches Rauschen. Tenzing drehte am Senderknopf, während er leise ins Mikrophon sprach.

«Tenzing an Basiscamp. Tenzing an Basiscamp», wiederholte er mit monotoner Stimme.

Plötzlich hörte man eine abgehackte Stimme.

«Hie... asis ...ca ... ing ...»

Der Sherpa stellte den Empfang genauer ein und wiederholte:

«Tenzing an Basiscamp. Tenzing an Basiscamp. Hört ihr mich?»

«Hie... Basisca... Wo ... ihr?»

«Tenzing an Basiscamp. Wir sind auf siebentausend Metern. Wir sind im Zelt in Camp 3. Hört ihr mich?»

«...asisca ...iederholen?»

«Tenzing an Basiscamp. Siebentausend Meter. Wir sind in C3. C3, hört ihr mich?»

«...sitiv.»

«Tenzing an Basiscamp. Wie sind die Wetteraussichten?»

«... unbeständig ... nicht ...änger als ...ierundzwanzig Stunden ... müsst euch beeil...»

«Tenzing an Basiscamp. Bitte wiederholen!»

«... müsst euch beeilen ... in einer Wo ...siscamp abgebaut. Habt ihr ...anden?»

«Tenzing an Basiscamp. In einer Woche wird Basiscamp abgebaut?»

«...sitiv. In ...ieben Tagen ... mehr da. Kommt ... möglich zurü...»

«Tenzing an Basiscamp, Tenzing an Basiscamp. Wie sind die Wetteraussichten?»

Doch aus dem Lautsprecher kam nur noch Rauschen. Vergeblich versuchte der Sherpa, den Kontakt wiederherzustellen. Als er das Gerät schließlich ausschaltete, zeichnete sich auf seinem Gesicht Enttäuschung ab.

«Zu kalt, Batterien werden zu schnell leer. Besser sparen für nachher. Habt ihr gehört? Nur sieben Tage, dann macht Basiscamp zu. Sobald Himmel lächelt, müssen wir Abstieg machen.»

«Ich denk ja überhaupt nicht daran!», sagte Fiona, unerbittlich. «Wir sind hierhergekommen, um die Leiche zu finden.»

«Wisst ihr was?», fragte Iaan. «Ich mache jetzt erst mal ein schönes Foto von euch. Los, Fiona, stell dich neben Tenzing.»

Gegen ihren Willen gehorchte Fiona. Iaan holte die Batterien aus der Hosentasche und steckte sie in den Fotoapparat. Er hatte sie immer am Körper, um zu verhindern, dass sie sich bei der Kälte entluden. Er schoss vier, fünf Bilder, dann hörte er abrupt auf.

«Fiona, schieb mal deinen Jackenärmel hoch.»

«Warum?»

«So, dass man den Höhenmesser sieht. Ich will nicht, dass jemand denken könnte, wir hätten die Fotos in Sankt Moritz aufgenommen.»

«Wer achtet denn schon auf den Höhenmesser?»

«Du kennst die Fotografen nicht. Sie achten auf die winzigsten Details.»

Der Blitz im Innern des Zeltes blendete sie.

«Kommt schon, versucht doch mal zu lächeln.»

«Ich wüsste nicht, weshalb!»

«Nicht einmal, wenn du dir vorstellst, wie dein Gesicht auf den Seiten eines Hochglanzmagazins aussieht?»

Die Frau ließ sich zu einem angedeuteten Lächeln herab, während der Sherpa mit unbeweglichem Gesicht stehen blieb.

«Sicher andere Fotos als du sonst machst, an Costa Smeralda oder rund um Buckingham-Palast», bemerkte er.

Mit einem Ruck löste sich Fiona von dem Sherpa und kauerte sich in eine Ecke des Zelts.

«Es reicht, wir sind hier nicht auf Klassenfahrt. Ich hasse es, Zeit zu verplempern.»

Iaan senkte den Fotoapparat.

«Ach, übrigens, Ten – das hier wollte ich dir zeigen.»

Iaan suchte das Foto und hielt dem Sherpa das Display hin.

«Das hab ich heute Morgen geschossen, bevor das Inferno losging. Was für ein Berg ist das?»

«Machapuchare.»

«Machapuchare? Nie gehört. Wie hoch ist er?»

«Über siebentausend. Aber das ist nicht das Wichtige.»

«Nein?»

«Machapuchare heiliger Berg. Berg, wo die Götter wohnen. Niemand darf besteigen. Verboten.»

«Soll das heißen, dass noch niemand da oben war, auf diesem ...»

«Die Amerikaner nennen ihn Fish Tail, Schwanz von Fisch. Siehst du, wie Gipfel gemacht ist?»

«Stimmt, sieht wirklich wie ein Fischschwanz aus. Komisch. Hat es wirklich noch nie jemand versucht?»

«Oh nein, absolut verboten. Niemand bekommt Erlaubnis. Gesetz bestraft Übertretung wie diese. Gefängnis.»

«Seid mal ein bisschen ruhig, bitte. Ich muss jetzt arbeiten», mahnte Fiona.

Sie holte die Isomatte aus dem Rucksack und breitete sie auf dem Boden aus. Dann schlüpfte sie in ihren Mountain Hardware-Schlafsack. Aus einer Tasche ihrer Fleecejacke zog sie einen winzigen Digitalrecorder.

«Achtzehnter Juni, achtzehn Uhr dreißig. Fiona Simmons in siebentausend Meter Höhe auf dem Kinsoru, Himalaya. Der Sturm tobt über dem gesamten Gebiet und zwingt uns, im Zelt auf ein so genanntes Schönwetterfenster zu warten. Der Wind bläst mit zweihundert Kilometern pro Stunde, eine Erfahrung, die man nicht unbedingt machen muss. Bei dieser Geschwindigkeit wird die Luft zu einer harten Mauer, die versucht, dich zu Boden zu werfen, eine eisige Zunge, die in deine Lungen fährt und sie beinahe zum Platzen bringt. Zum Glück hat unser Führer uns eine Überraschung bereitet: eine besondere Art nepalesischen Tees, dem ranzige Yakmilch beigegeben wird. Das mag zunächst wenig appetitlich klingen, doch glaubt mir, in dieser Höhe und unter diesen Bedingungen ist es das herrlichste Getränk der Welt. Ranzige Yakmilch schmeckt ein bisschen wie alter Joghurt, nicht ganz so säuerlich ... beinahe bitter, würde ich sagen. Ein fremdartiger Geschmack für uns Europäer, an den man sich aber rasch gewöhnt. Dabei handelt es sich hier keineswegs nur um einen Gaumenkitzel: Yakmilch ist ein ausgezeichnetes Mittel gegen die Höhenkrankheit. Sie macht nämlich das Blut flüssiger und hilft ganz allgemein gegen die durch die große Höhe bedingten körperlichen Beschwerden. Aus diesem Grund bereitete unser Führer also eine ordentliche Menge davon zu, und beide ließen wir uns zwei Tassen davon schmecken. Allein wegen dieses Himalaya-Tees hat sich die weite Reise gelohnt ...»

«Also, im Märchenerzählen bist du wirklich unschlagbar, Fiona», warf Iaan von der anderen Seite des Zelts her ein. «Oder machst du dir gerne etwas vor?»

«Würde es dir etwas ausmachen, mich nicht bei der Arbeit zu stören?»

Fiona beendete ihren Bericht. Sie hörte sich die Aufnahme noch mal an, und zufrieden steckte sie das Gerät wieder ein, sorgsam darauf bedacht, dass die Batterien sich nicht entladen konnten. Dann kuschelte sie sich in ihren Schlafsack und schloss die Augen.

«Das Beste wäre jetzt ein schönes Nickerchen.»

«Schlafen in diese Höhe hilft nicht. Körper wird müde auch beim Schlafen», rief Tenzing in Erinnerung.

Die beiden Männer schlüpften ebenfalls in ihre Daunenschlafsäcke und löschten die Stirnlampen, die einzige Lichtquelle, sodass sie in pechschwarzes Dunkel gehüllt wurden. Keiner von ihnen konnte schlafen. Die Windböen rüttelten am Zelt, das Blut rauschte in den Schläfen, permanente Übelkeit quälte den Magen.

Auf einmal setzte Iaan sich ruckartig auf.

«Habt ihr das gehört?»

Fiona drehte sich in der Dunkelheit um.

«Was denn?»

«Ein ... ich weiß nicht ... ein Geräusch.»

«Abgesehen vom Wind, meinst du?»

«Das war nicht der Wind. Es hörte sich eher an wie ...»

«Wie ...?»

Iaan hielt einen Moment inne.

«... wie ein Mensch.»

Fiona gähnte demonstrativ und drehte sich auf die andere Seite.

«Na schön, dann glaubt ihr mir eben nicht. Aber sagt hinterher nicht, ich hätte euch nicht gewarnt, wenn in fünf Minuten das Zelt aufgerissen wird und ein Yeti reinkommt!»

Fiona lachte leise. Dann schwiegen alle drei und hielten den Atem an. Doch draußen hörte man nur das unaufhörliche Brausen des Windes.

Eine Stunde später schliefen sie.

Zweiter Tag

Das gefällt mir nicht

«Ist da jemand?»

Im Zelteingang tauchte ein Kopf auf. Ein hageres, eingefallenes, eisverkrustetes Gesicht: Winzige durchsichtige Tropfsteine hatten sich auf den Augenbrauen und dem grau melierten Vollbart gebildet.

Fiona wachte als Erste auf. Sie öffnete die Augen und griff sofort nach dem erstbesten Gegenstand in Reichweite: dem Tiegel. Iaan hatte nichts bemerkt. Er schlief tief und fest weiter, in seinen warmen Daunenschlafsack gehüllt. Auch Tenzing lag reglos da, doch wenn Fiona oder jemand anderes genauer hingesehen hätte, wäre ihnen aufgefallen, dass er die Augen einen Spalt geöffnet hatte. Gut möglich, dass Tenzing keine Sekunde geschlafen hatte.

«Guten Tag! Wir dachten, das Zelt sei leer ...»

Fiona hatte sich ein wenig aus dem Schlafsack geschält und lag nun auf einen Ellbogen gestützt da. Es war Morgen, und im Zelt war es so eisig, dass sie sich am liebsten wieder in den warmen Schlafsack gekuschelt hätte. Sie widerstand der Versuchung. In der rechten Hand hielt sie noch immer den Tiegel. Auch als ihr bewusst wurde, dass das ein wenig lächerlich wirken musste, ließ sie ihn nicht los.

«Wer bist du?», fragte sie und spürte ihre Stimme unangenehm im Hals kratzen. In dieser Höhe war die Mundschleimhaut ständig ausgetrocknet, man wurde das Brennen einfach nicht los.

Der Mann trat ein, als hätte sie nie eine Frage gestellt. Er schlüpfte ins Zelt, und an seinen Bewegungen war abzulesen, dass er daran gewöhnt war, mit ähnlichen Situationen umzugehen. Mit der Gewandtheit einer Schlange glitt er nach drinnen. Er hatte das schmale, markante Gesicht eines Asketen, das von zwei stechenden Augen durchbohrt wurde; sie sahen aus wie zwei Löcher in einer Karnevalsmaske. Er war wohl an die fünfzig Jahre alt, auch wenn sein geschmeidiger Körper zehn Jahre jünger wirkte.

«Hat da jemand Tee gekocht?», fragte er ungerührt, während er Platz nahm.

Er hatte nicht mit Fiona gerechnet. Wütend setzte sie sich auf und wollte gerade etwas erwidern, als sich die Plane am Eingang erneut öffnete. Ein weiteres Gesicht kam zum Vorschein. Es war hellhäutig und hatte breite Wangen. Die blauen Augen waren beinahe so blass wie bei einem Albino.

Der Neuankömmling, dessen hellblonde Brauen und Barthaare ebenfalls vollkommen eisverkrustet waren, sah sich eingehend um, ohne eine Spur von Verlegenheit zu zeigen. Er erinnerte an eine Filmkamera, die langsam durch das Zelt fuhr. Zuerst nahm er Iaans Silhouette ins Visier, der noch immer friedlich schlief, dann den Gaskocher, die Rucksäcke, Tenzings Gesicht. Auf diesem Detail ließ er den Blick lange ruhen, der Sherpa und er tauschten einen bedeutungsvollen Blick. Der Asiate verzog unwillkürlich das Gesicht: Tenzing, sonst so unerschütterlich, konnte sein Missfallen nicht verbergen.

«Tashi delek», grüßte der Sherpa leise, in feindseligem Ton.

Es war offensichtlich, dass die beiden sich nicht nur kannten – die Welt der Extrembergsteiger ist klein –, sondern sich auch hassten.

Die Kamerafahrt endete bei Fiona, bei ihrer halb aufgerichteten Gestalt und ihrer rechten Hand, die noch immer den Tiegel in der Luft hielt. Der Mann musterte sie lange, mit dreister Beharrlichkeit. Fiona brauchte keine Gebrauchsanweisung, um seinen Blick zu interpretieren.

Der Mann schickte sich an, ganz hereinzukommen. Bevor er das tun konnte, fuhr Fiona ihn an:

«Bleiben Sie, wo Sie sind! Wenn Sie uns nicht auf der Stelle verraten, wer Sie sind, was Sie machen und was Sie hier wollen, können Sie sofort wieder umdrehen und sich da draußen die Ohren abfrieren lassen!»

Der erste Mann, der mit dem grau melierten Bart, bedachte sie mit einem schiefen Lächeln.

«Machen Sie sich keine Sorgen. Wir werden Sie für die Störung angemessen entschädigen.»

«Ich mache mir keine Sorgen, und ich brauche keine Entschädigung. Ich will wissen, wer Sie sind und was zum Teufel Sie in unserem Zelt verloren haben!»

Der Mann richtete sich ein wenig auf, als wolle er im Knien eine Verbeugung andeuten.

«Baron Hans von Reichlin, Mrs. ...»

Angesichts dieser derart unpassenden Vorstellung musste Fiona grinsen. Ohne sich ihrerseits vorzustellen, fragte sie:

«Und der andere da, wer ist das?»

«Gestatten Sie, dass ich Ihnen Anatoli Boroda vorstelle, einen der größten aller lebenden Bergsteiger. Er hat sämtliche der vierzehn Achttausender bezwungen, und das stets ohne Sauerstoffgerät. Er stammt aus Kasachstan, ist aber mittlerweile, nach dem Zerfall der Sowjetunion, Weltbürger geworden. Ich für meinen Teil bin Österreicher.»

Von Reichlins übertrieben gewählte Art, sich auszudrücken, wirkte beinahe grotesk: Der Baron benahm sich, als säße er in einem Wiener Kaffeehaus und nicht in einem Zelt in siebentausend Meter Höhe auf dem Himalaya. Und doch war Fiona auf unerklärliche Weise von seiner Art fasziniert. Sie hatte in ihrem Leben zahlreiche Adelige kennengelernt, von denen sich die meisten als oberflächlich und unzuverlässig oder aber als kleinkrämerisch und arrogant erwiesen hatten. Dieser österreichische Baron dagegen hatte tatsächlich Manieren und schien in sich selbst zu ruhen, was besonders unter diesen Umständen außergewöhnlich war: Hier musste man vor allem rücksichtslos sein, wollte man überleben.

«Erlauben Sie, dass wir jetzt unseren guten Anatoli hereinbitten?»

Als Fiona nicht antwortete, wechselte der Kasache einen Blick mit dem Baron und kam herein. Fiona versuchte, ihre Überraschung zu verbergen: Boroda war riesig, er war mindestens zwei Meter groß und hatte unglaublich breite Schultern. Er zwängte sich nur mit Mühe ins Zelt, das auf einmal geschrumpft zu sein schien.

Genau in diesem Moment öffnete Iaan die Augen. Sein Blick fiel auf die Fremden, und er betrachtete sie ohne Anzeichen der Verwunderung, noch ganz benommen vom Schlaf.

«Iaan, das ist Baron Hans von Reichlin. Und das hier ist sein Begleiter, Anatoli Boroda», stellte sie die beiden vor. Und dann, an die beiden Neuankömmlinge gewandt, sagte sie: «Ich bin Fiona.»

«Macht es Ihnen etwas aus, wenn ich Ihnen später die Hand gebe? Ich fürchte, wenn ich einen Arm aus dem Schlafsack ziehe, fällt er gefroren zu Boden.»

«Ich danke Ihnen aufrichtig für Ihre Gastfreundschaft, Mrs. Fiona», sagte der Baron. «Wir wären beinahe erfroren da draußen.»

«Der Baron und sein Begleiter wollten uns gerade darüber aufklären, was sie hergeführt hat.»

Der Baron ging nicht auf die Aufforderung ein.

«Sagen Sie, weshalb haben Sie eigentlich ein derart großes Zelt errichtet?»

«Klaustrophobie. Ziemlich lästig in dieser Höhe», erwiderte Iaan. Fiona warf ihm einen vernichtenden Blick zu.

«Für uns jedoch», bemerkte der Baron versöhnlich, «hat es sich als Glücksfall erwiesen.»

Fiona spürte, wie die anfängliche Irritation über das unverschämte Hereinplatzen nachließ, und bemühte sich, ihre guten Manieren hervorzukramen, als würde sie in ihrem Rucksack nach einem Kompass suchen.

«Tenzing, könntest du uns vielleicht noch Tee machen?»

Tenzing schlüpfte mit einer so flinken und geschmeidigen Bewegung aus dem Daunenschlafsack, dass man es beinahe nicht bemerkte. Eben lag er noch im Schlafsack, und nun kauerte er schon über dem Gaskocher. Tenzing starrte Fiona unschlüssig an, was dieser nicht entging.

«Was ist denn?»

Sie folgte seinen Augen und begriff endlich, wohin sein Blick ging.

«Ach, der Tiegel …»

Der Tiegel, den sie noch immer in der Faust hielt, in einer nunmehr lächerlichen Geste. Peinlich berührt, reichte sie ihn Tenzing. Der Sherpa ging vors Zelt, um ihn mit Schnee zu füllen, und machte sich dann daran, den Kocher anzuzünden. Das Gas stockte ein wenig und flammte dann kräftig auf.

«Einen normalen Tee, hörst du?», sagte Fiona.

Als der Tee fertig war, goss der Sherpa ihn in die Verschlusskappen dreier Thermosflaschen. Eine reichte er dem Baron, eine Fiona und die dritte Iaan, der aber darauf bestand, dass Tenzing zuerst trank.

Schweigend schlürfte der Baron seinen Tee, während seine Züge sich entspannten. Als er ausgetrunken hatte, ließ er sich von Tenzing nachschenken. Der Sherpa goss ihm einen zweiten Becher ein, den er bis zum letzten Tropfen leerte. Erst nachdem er ein drittes Mal getrunken hatte, reichte der Baron Boroda den Becher.

Die Wärme und die Energie, die das Getränk spendeten, hatten das Misstrauen verscheucht.

«Also, was haben Sie da draußen getrieben?», fragte Fiona.

«Wir bereiten eine Expedition im Oktober vor. Vor ein paar Wochen kamen wir unten im Basiscamp an.»

«Wir haben Sie gar nicht gesehen.»

«Wir hatten einige Unannehmlichkeiten mit dem Transport unseres Materials. Wie es leider unter den hiesigen Arbeitskräften üblich ist, blieben die Träger nach der Hälfte des Weges stehen. Nachdem die *regional officers* nicht mehr in der Nähe waren, weigerten sich die Sherpas weiterzugehen, es sei denn, wir verdoppelten ihren Lohn.»

Fiona sah Tenzing an, doch der Nepalese verzog keine Miene.

«So machen sie es immer», warf Boroda ein. Es war das erste Mal, dass er den Mund aufmachte. Doch statt mit klangvoller, sonorer Stimme, wie man sie sich bei seiner massigen Statur vorgestellt hätte, sprach der Kasache in hoher, fast schriller Stimmlage.

«Und dann, was passierte dann?»

«Das Übliche», erwiderte der Baron. «Sie verlangten das Doppelte und tags darauf das Doppelte vom Doppelten.»

«… was immer noch die Hälfte von dem ist, was wir in einer Stunde verdienen», sagte Iaan.

Der Baron überging den Einwand.

«Gibt man ein einziges Mal nach, ist es aus. Sie verlangen astronomische Ziffern und stehlen dann die Hälfte des Materials. Daher sahen wir uns gezwungen, Anatoli eingreifen zu lassen.»

«Tja», grinste der Kasache. «Ich hab sie ein wenig bearbeitet …»

«Weshalb ihr uns auch nicht gesehen habt. Wir haben einige Tage verloren. Als wir am Basiscamp eintrafen, wart ihr vermutlich schon aufgebrochen.»

«Das war ziemlich riskant, bei dem Unwetter den Aufstieg zu wagen», bemerkte Fiona.

«Unten sah es gar nicht so schlimm aus. Die Vorhersage war gut. Von Camp 2 haben wir drei Stunden gebraucht, ohne Schwierigkeiten. Der Sturm tobt hier oben.»

Iaan warf Fiona einen zweifelnden Blick zu, sagte aber nichts.

«Aha», sagte sie, «ihr seid also hergekommen, um eine Expedition zu planen.»

«Wir möchten eine neue Route für den Aufstieg vorbereiten.»

«Habt ihr gedacht, dass ihr das heute erledigen könnt?»

«Die Saison ist vorbei, Kunden kommen erst im Herbst wieder. Daher wollten wir uns einfach mal vor Ort umsehen.»

Der Kasache hatte seinen Tee ausgetrunken. Da der Sherpa damit beschäftigt war, etwas in seinem Rucksack zu suchen, reichte Boroda Fiona die Tasse. Sie streckte instinktiv die Hand aus, doch auch als sich ihre Finger um das Gefäß schlossen, ließ Boroda nicht los. Fiona musste ein wenig daran zerren. Als Boroda plötzlich doch nachgab, kippte sie nach hinten um. Boroda grinste sie frech an.

«Wir haben die Rucksäcke draußen vorm Zelt abgestellt», verkündete der Baron. «Gestatten Sie, dass wir sie hereinholen?» Ohne eine Antwort abzuwarten, ging er hinaus. Boroda begleitete ihn.

Sobald sie allein waren, flüsterte Iaan Fiona zu:

«Soll ich sie rauswerfen?»

«Bei dem Sturm? Wir können sie nicht rausschmeißen.»

«Umso besser. Ohne die Hilfe von Cassius Clay hätte ich das nie geschafft.»

«Schon komisch, die zwei Typen, nicht? Vor allem der Baron.»

«Er wirkt, als wäre er direkt dem 19. Jahrhundert entsprungen ... Ist dir nichts aufgefallen?»

«Was denn?»

«Ihre Bärte und Augenbrauen waren vollkommen eisverkrustet.»

«Ja und? Draußen tobt ein Schneesturm.»

«Sie sagten, sie seien vor drei Stunden von Camp 2 aufgebrochen. Das Unwetter ist aber hier oben, nicht dort unten. Ihre Bärte sind so voller Eiszapfen, als ob sie schon viel länger unterwegs gewesen wären.»

«Glaubst du, sie haben uns angelogen?»

Fiona drehte sich instinktiv zu Tenzing um, der ein unmerkliches Zeichen der Zustimmung von sich zu geben schien. Was der Sherpa dachte, war immer sehr schwierig einzuschätzen.

«Warum hätten sie das tun sollen?»

«Ich kann Bilder deuten, aber keine Gedanken lesen.

Vielleicht finden wir es heraus. Seien wir einstweilen auf der Hut. Die beiden führen etwas im Schilde, und sie verheimlichen es vor uns. Das gefällt mir nicht.»

Diese Expedition wurde immer komplizierter

Fiona und Iaan unterhielten sich flüsternd, als der Baron den Kopf zum Zelt hereinstreckte.

«Störe ich Sie beide?»

Ohne eine Antwort abzuwarten, stellte er seinen Rucksack im Zelt ab, drehte sich dann um und nahm in Empfang, was der Kasache ihm reichte. Die beiden Bergsteiger kamen herein. Das Zelt war zum Bersten voll.

«Ich stelle sie dort hinten ab», sagte von Reichlin.

Er ließ den Rucksack neben dem des Sherpas stehen und stellte den anderen obendrauf.

«Das Wetter scheint sich nicht ändern zu wollen», sagte er dann.

Fiona beobachtete die beiden Eindringlinge, ohne recht zu wissen, was sie von ihnen halten sollte. Vielleicht stimmte, was Iaan sagte: Die beiden hatten etwas zu verbergen. Boroda zumindest wirkte wie jemand, dem nicht zu trauen war. Der Baron dagegen hatte etwas an sich, das sie zwar nicht benennen konnte, das sie aber zugleich faszinierte.

Nachdem er die Sachen weggeräumt hatte, hockte sich von Reichlin an eine der Zeltwände. Er lächelte.

«Und Sie beide, was hat Sie auf diesen Berg geführt? Ihr seid keine Profis. Sind das Ihre Kunden?», fragte er und deutete mit dem Kinn auf Tenzing. Zum ersten Mal schien er die Existenz des Sherpas überhaupt zu bemerken.

«Na ja, wir sind hierhergekommen, weil wir …», sagte Iaan und griff nach dem Fotoapparat, so als würde er vor Gericht ein Beweismittel herzeigen.

Doch er konnte den Satz nicht beenden. Fiona beugte sich rasch vor und küsste ihn auf den Mund. Der Fotograf sah aus, als wolle er ihr ausweichen, hielt dann aber still.

«Wir sind hierhergekommen», sagte Fiona und löste sich von ihrem Begleiter, «... weil wir auf Hochzeitsreise sind.»

Iaan blieb der Mund offen stehen. Doch der Baron und Boroda, ebenso erstaunt, achteten gar nicht auf seinen Gesichtsausdruck.

«Ein recht eigentümliches Ziel», bemerkte von Reichlin.

«Unsere Freunde wissen, wie gerne wir bergsteigen, und so haben sie uns diese Reise geschenkt.»

Der Baron schaute auf Iaans und Fionas Hände. Dann bemerkte er:

«Ihr tragt gar keine Eheringe.»

Iaan machte den Mund auf und wollte antworten, wusste aber gar nicht, was. Fiona kam ihm zuvor.

«Bei der Kälte schneiden sich die Ringe in die Finger ein», erklärte sie. «Wir hatten Angst, sie würden nicht richtig durchblutet.»

«Wart ihr schon einmal so hoch oben? Es könnte gefährlich sein.»

Iaan und Fiona tauschten einen Blick, dann ergriff sie wieder das Wort.

«Wir haben ziemlich viele Gipfel in den Alpen bestiegen. Und außerdem hat man uns gesagt, wenn wir so in siebentausend Metern bleiben, kann uns nichts passieren.»

«Hat das alles Steve vom Mountain Wilderness für euch organisiert, oder ...»

«Nein, niemand», unterbrach ihn Fiona. «Wir haben eine Trekkingtour unten im Tal gemacht, als sich uns diese Gelegenheit bot.»

Schweigend, ohne eine Regung zu zeigen, hörte der Sherpa zu.

Boroda verzog seinen Mund – der ebenso riesig war wie der Rest seines Körpers – zu einem hämischen Grinsen.

«Wenn das eure Hochzeitsnacht ist, lasst euch nicht stören. Wir drehen uns auf die andere Seite.»

Er lachte dreckig über seinen eigenen Witz; die anderen verzogen keine Miene.

«Vielleicht hat mein Begleiter es ein wenig derb ausgedrückt, aber es wird tatsächlich notwendig sein, zu überlegen, wie wir uns zum Schlafen arrangieren, in Anbetracht der Tatsache, dass wir festsitzen.»

«Wir werden schon irgendwie alle Platz finden. Hab ich Recht, Tenzing?», sagte Fiona.

Der Sherpa machte eine winzige Bewegung mit dem Kopf. Vielleicht bedeutete es Ja.

«Jedenfalls hab ich jetzt Hunger», verkündete Boroda.

Ohne auf die anderen zu achten, streckte der Kasache die Hand nach seinem Rucksack aus und holte ein Glas Gewürzgurken daraus hervor. Er versuchte, den Deckel zu öffnen, doch trotz der großen Kraft seiner Hände gelang ihm das nicht.

«Eis», erklärte er.

Es geschah so schnell, dass die anderen es kaum mitbekamen.

Boroda packte das Glas, streckte den Arm aus und dann, als wäre es das Normalste der Welt, hieb er es kräftig auf seinen Schädel.

Das Glas zerbrach in tausend Stücke. Die Gurken flogen durchs ganze Zelt. In aller Seelenruhe strich der Kasache sich die Glassplitter aus den Haaren, als handele es sich um ein paar Schneeflocken. Dann sammelte er die Gurken auf und begann sie zu essen, indem er sie einzeln in den Mund steckte, wie Kirschen.

«Ich hasse es zu warten, wenn ich Hunger habe.»

Während Tenzing die Scherben aufhob, tauschten Fiona und Iaan erneut einen Blick. Wortlos errieten sie die Gedanken des anderen. Als ob der Sturm nicht schon ausreichen würde – diese Expedition wurde immer komplizierter.

Ich dachte, ich hätte einen Schatten gesehen

«Habt ihr das gehört?»

Iaan hatte ruckartig den Kopf zur Seite gedreht. Wäre der Raum im Zelt nicht so beengt gewesen, wäre er aufgesprungen. So aber zog er hastig den Kopf ein, wie jemand, der sich großer Gefahr ausgesetzt sieht.

Der Baron und Boroda beachteten ihn gar nicht. Iaan war für sie nur ein lästiger, mit den Tücken des Hochgebirges nur unzureichend vertrauter Amateur. Sie verachteten ihn wegen der deutlich spürbaren Unsicherheit, die von ihm ausging.

Fiona dagegen, die ihn gut kannte, wusste genau, dass Iaan nicht ohne Anlass erschrak. Daher alarmierte sie die Furcht ihres Gefährten.

«Was ist los?»

Iaan legte den Zeigefinger auf die Lippen und hielt den Atem an. Nach einer kurzen Weile fragte er erneut:

«Hast du das gehört?»

Fiona kniff die Augen leicht zusammen und versuchte, sich auf das zu konzentrieren, was Iaan wahrgenommen hatte, indem sie den Kopf in dieselbe Richtung hielt wie er. Doch sie bemerkte nichts.

Sie schüttelte den Kopf. «Nur den Wind.»

Enttäuscht verzog Iaan das Gesicht. Er hätte nicht darauf schwören können, dass er tatsächlich etwas gehört hatte, doch im Lauf der Jahre hatte er gelernt, seinem Instinkt zu vertrauen. Ab und zu empfiehlt es sich, das Gehirn auszuschalten.

«Da draußen ist jemand.»

Im Innern des Zelts klang die spektakuläre Feststellung nach. Der Baron verzog den Mund zu einem verächtlichen Grinsen.

«Ich hatte euch gewarnt: In dieser Höhe verwirren sich die Sinne leicht. Maupassant hat darüber geschrieben, in einer wunderbaren Erzählung, die ihr sicher auch kennt. Ein junger Aufseher verliert im Laufe von sechs Wintermonaten, die er einsam im Gebirge verbringt, sein geistiges Gleichgewicht und hält schließlich das Jaulen seines Hundes, der an der verriegelten Tür scharrt, für das Heulen eines Gespensts. Das erschreckt ihn beinahe zu Tode, er bleibt im Haus und öffnet dem Tier nicht. Im Frühjahr kommt seine Ablösung und findet die Leiche des Hundes vor der Haustür, im Innern dagegen den Mann. Er hat den Verstand verloren, und seine Haare sind vollständig ergraut.»

Boroda kümmerte sich nicht um den vermeintlichen Alarm. Er war damit beschäftigt, eine Gewürzgurke nach der anderen in sich hineinzustopfen. Der Sherpa wischte, nachdem er damit den Topf gesäubert hatte, mit einem Papiertuch den Ölfleck am Boden des Zelts auf, den das Gurkenglas hinterlassen hatte.

Iaan zuckte mit den Schultern und wandte sich zum Zelteingang.

«Wo gehst du hin?», fragte Fiona.

«Ich guck nur mal. Reine Neugier.»

«Bei dem Wetter würde ich es nicht wagen, allein hinauszugehen», warnte der Baron.

Iaan achtete nicht auf ihn und schlüpfte in seine Daunenjacke. Er setzte eine Wollmütze auf und zog die Kapuze darüber. Er zündete den Gaskocher an und erhitzte die

Stiefel ein wenig, um sie geschmeidiger zu machen. Dann zwängte er sich hinein.

«Lass gut sein, Iaan. Es ist zu gefährlich.»

«Genau das haben sie mir jedes Mal gesagt, wenn ich in Cannes Meeresfrüchte bestellte.»

Und damit hob er die Zeltplane an und ging hinaus.

«Macht das Zelt zu, bevor wir hier alle erfrieren», befahl der Baron. Mit einer schnellen Bewegung streckte Boroda den Arm aus und zurrte die Plane wieder fest.

«Ein tapferer Bursche, dein Partner», bemerkte der Kasache, zu Fiona gewandt. «Ich an seiner Stelle hätte Steigeisen angezogen.»

Fiona senkte den Blick und stellte fest, dass Iaans Steigeisen noch in einer Ecke lagen.

«Vielen Dank», sagte sie in scharfem Tonfall. Rasch zog sie Daunenjacke und Stiefel an. Sie streckte die Füße zum Zelt hinaus und befestigte die Steigeisen daran, dann band sie sich die von Iaan um die Hüfte. Sie wollte gerade hinausgehen, als der Kasache sie erneut zurückhielt.

«Vergiss deine Stirnlampe nicht.»

Wütend darüber, dass sie bei einem Fehler ertappt worden war, wühlte Fiona in ihrem Rucksack, holte die Petzl heraus und setzte sie sich auf den Kopf.

Kaum war sie draußen, erkannte sie, dass Anatoli vollkommen recht gehabt hatte. Das Schneegestöber war so dicht, dass man nicht weiter als ein paar Meter sehen konnte. Fiona kam sich vor wie auf der Achterbahn, zu der ihr Vater sie als Kind mitnahm, wenn er nicht wusste, wie er ihre gemeinsame Zeit herumbringen sollte. Obwohl sie stehen geblieben war, hatte sie den Eindruck, hin und her geschubst zu werden. Erst als sie die Stirnlampe anknipste, hatte sie endlich das Gefühl, Boden unter den Füßen zu bekommen. Nachdem sie das Gleichgewicht wiedergefunden hatte, machte sie einen ersten Schritt, den Spuren ihres Gefährten folgend.

«Iaan!», schrie sie aus Leibeskräften. Sie merkte, dass es keinen Sinn hatte: Der Wind dröhnte so laut, dass Iaan sie noch nicht einmal aus fünf Meter Entfernung gehört hätte.

Vorsichtig bewegte sie sich voran, wobei sie genau in den Fußstapfen ging, die ihr Freund im Schnee hinterlassen hatte. Ab und zu richtete sie den Lichtstrahl nach rechts und links – vielleicht würde Iaan sie dann sehen und zurückkommen. Obwohl ihr bewusst war, wie sinnlos es war, was sie da machte, konnte sie sich nicht zurückhalten, hin und wieder seinen Namen zu rufen. Vielleicht tat sie es auch nur, um sich selbst Mut zu machen.

Die Spuren im Schnee verliefen sehr gerade in eine Richtung, ohne Schwankungen oder Abschweifungen. Die Abstände zwischen ihnen wiesen darauf hin, dass Iaan mit gleichmäßig großen Schritten gegangen war. Fiona musste sich Mühe geben, um genau in die Vertiefungen im Schnee zu treten. Irgendwann hatte sie das Gefühl, die Schrittlängen seien sogar noch größer geworden, als wäre Iaan losgerannt. Zum Glück kam der Wind von hinten und schob sie voran, wie ein Vater, der seinem Kind das Laufen beibringt. Doch plötzlich drehte der Wind, und eisige Böen peitschten ihr ins Gesicht. Fiona bereute, Iaan gefolgt zu sein, und gleich darauf schämte sie sich, dass sie es bereute. Sie verabscheute Feigheit. Sie beschleunigte ihr Tempo und ging leise fluchend weiter.

Auf einmal trug ein noch stärkerer Windstoß einen Schrei zu ihr herüber.

Kein Zweifel: Iaans Stimme, direkt vor ihr.

Es war unmöglich, in dem hohen Schnee mit Stiefeln und Steigeisen zu rennen, aber Fiona stapfte so schnell, wie sie nur konnte, ununterbrochen rufend:

«Iaan!»

Die wattierte Jacke behinderte sie, und bei einer besonders heftigen Bewegung fiel ihr die Stirnlampe herunter. Auf einmal beschränkte sich ihre Sicht auf nicht mehr als einen Meter, während riesige Schneeflocken sich rings um sie zu einer undurchdringlichen Mauer aufbauten. Fiona bückte sich und tastete nach der Lampe. Aber die war offenbar im Schnee versunken; sie konnte keinerlei Lichtschein entdecken. Sie fluchte erneut und folgte weiter Iaans Spuren, die sie nun nur noch schwer ausmachen konnte, Schatten für Schatten.

Zu spät erkannte sie, was hier los war.

Iaans Spuren verschwanden plötzlich, als hätte ihn ein riesiger Greifvogel in seinen Krallen davongetragen.

Fiona blieb stehen, ohne eine Erklärung zu finden.

Erst als sie spürte, wie der Schnee unter ihr nachgab, begriff sie.

Eine Gletscherspalte.

Mit einer unbeholfenen Geste versuchte sie sich irgendwie festzuhalten, und da bemerkte sie, dass sie nicht einmal den Pickel mitgenommen hatte. Verdammt, wie blöd von ihr!

Sie schloss die Augen, als könne sie den Sturz aufs Eis dadurch abmildern. Einen Sekundenbruchteil lang hoffte sie, sie würde unversehrt bleiben oder stattdessen auf der Stelle sterben. Einen langen Todeskampf mit gebrochenen Beinen hätte sie nicht ertragen.

Gerade als sie hinabzustürzen drohte, spürte sie, wie sie am Kragen gepackt wurde: Ein fester Griff gebot ihrem Fall

Einhalt und riss sie nach hinten, wo sie auf einer dünnen Schicht Neuschnee landete.

Auf dem Rücken liegend, schlug Fiona die Augen auf. Vor ihr erkannte sie undeutlich die Gestalt Tenzings.

«Danke ...»

Der Sherpa erwiderte nichts. Für Dankesbekundungen oder Erklärungen war keine Zeit. Mit den Bewegungen eines Roboters, der auf lebensrettende Maßnahmen programmiert ist, rammte er den Pickel mit dem Stiel voran bis zum Anschlag in den Boden.

«Setz dich», befahl er Fiona und deutete auf den Kopf des Pickels, der aus dem Schnee ragte.

Da Fiona nicht begriff, wiederholte er:

«Setz dich.»

Ohne große Umschweife packte er sie unter den Achseln und schleifte sie zu dem Pickel hinüber, damit sie sich daraufsetzen konnte.

«Nicht vom Fleck rühren.»

Er griff nach dem Seil, das er an dem Pickel festgebunden hatte, und ließ sich mit einer unglaublich schnellen Bewegung in die Spalte hinab. Fiona, die auf dem Kopf des Pickels saß, spürte selbst durch die Kleidung hindurch, wie straff das Seil gespannt war, an dem der Sherpa hing. Auf einmal schien die Belastung nachzulassen.

«Tenzing ...», rief Fiona, so leise, als wolle sie ihn nicht stören oder lieber nicht erfahren, was geschehen war. War der Sherpa abgestürzt?

Es vergingen einige endlose Minuten, in denen Fiona sich zum ersten Mal in ihrem Leben überfordert fühlte. Sollte sie auf dem Pickel sitzen bleiben, in der Hoffnung, dass der Sherpa in Sicherheit war? Oder sollte sie zum Zelt laufen und Hilfe holen?

Plötzlich glaubte sie, am Rand des Abgrunds einen Schatten zu sehen.

Ein Kopf.

Es tauchte ein Kopf auf, gefolgt von einem Körper.

Der Schatten stützte sich mit einem Knie am Rand des Eislochs auf und hievte sich hinauf.

Iaan.

Mit glasigem Blick und vor Angst schwerer Zunge versuchte er zu erzählen, was geschehen war.

«Ich hab's im letzten Augenblick gesehen ... Bin stehen geblieben, aber dann ... mir wurde schwindlig ... alles drehte sich ... ich weiß nicht ...»

Gleich darauf erschien auch der Sherpa.

«Kommt. Lasst uns zurückgehen», sagte Tenzing. Ohne ein weiteres Wort folgte er ihren Spuren in die Gegenrichtung.

Seine Stirnlampe beleuchtete die schattigen Abdrücke im Schnee. Er ging so gleichmäßig und ruhig, dass der Lichtschein nicht einmal zitterte. Fiona und Iaan hatten Mühe, ihm zu folgen.

«Warte ...»

Doch der Sherpa verlangsamte seine Schritte nicht. Nach weniger als einer Viertelstunde sahen sie das Zelt. Davor wartete von Reichlin auf sie.

«Ich wollte gerade aufbrechen, um euch zu suchen», sagte er. Doch Fiona und Iaan genügte ein kurzer Blick, um festzustellen, dass der Österreicher keine Steigeisen montiert hatte.

Fiona ging als Erste hinein, hinter ihr Iaan, und schließlich der Sherpa. Der Baron wollte gerade ins Zelt schlüpfen, als er sich mit einer abrupten Bewegung umdrehte.

«Was ist?», fragte Fiona.

Der Baron antwortete nicht. Er lauschte angestrengt, wie ein Hund, der auf Jagd ist.

«Haben Sie etwas gehört?», hakte Fiona nach.

Der Baron blieb noch einen Augenblick in dieser dem Menschen über Jahrtausende vererbten Haltung eines Jägers. Kopfschüttelnd betrat er das Zelt.

«Einen Augenblick lang dachte ich, ich hätte einen Schatten gesehen …»

Die Leiche des Bruders von Michel Leblanc

Sie saßen im Zelt fest, es war nichts zu machen. In regelmäßigen Abständen kontrollierte Tenzing die Leinen, zog hier einen Knoten fest und richtete dort einen Pfosten. Boroda hatte sich zur Seite gedreht: Er schien zu schlafen. Iaan lag neben Fiona und las im Licht einer Petzl in einem kleinen Buch. Ab und zu streckte er die Hand aus und streichelte sie, wie ein zärtlicher Ehemann. Fiona jedoch war außerstande, sich zu entspannen, und wälzte sich im Schlafsack hin und her, stöhnte und fluchte wegen des Schneesturms.

In einer Ecke des Zelts nahm der Baron seinen Rucksack zur Hand, kramte darin und zog dann ein Paar Socken heraus. Mit einer raschen Geste – damit seine Füße nur ganz kurz mit dem Eis in Kontakt kamen – zog er erst den Innenschuh, dann die Socken aus. Er streifte die neuen über und schlüpfte wieder in die Innenschuhe.

Das alles geschah in wenigen Sekunden, am anderen Ende des Zelts. Dennoch fiel Fiona etwas auf.

Am rechten Fuß hatte man ihm die Zehen amputiert.

Fiona wusste, dass das bei Extrembergsteigern häufig vorkam. Die Finger und Zehen erfroren leicht, erst wurden sie weiß, dann dunkelblau und schließlich schwarz. Es gab keine andere Wahl als die Verstümmelung.

Der Baron fing ihren Blick auf und erklärte ungerührt:

«Im Gebirge ist es überaus wichtig, die Socken zu wechseln. Die Füße sollten unbedingt trocken bleiben.»

Von Reichlin machte den Rucksack wieder zu und verstaute ihn in der Ecke. Dann wandte er sich an Iaan.

«Die Höhe hier tut euch nicht gut. Ihr seid nicht daran gewöhnt. Das könnte ziemlich gefährlich werden.»

Iaan ließ das Buch sinken, in dem er las.

«Was wollen Sie damit sagen?»

«In so großer Höhe wird man leicht Opfer von Halluzinationen. Viele Bergsteiger sind ihrem eigenen Verstand auf den Leim gegangen. Der Sauerstoffmangel, das dickflüssige Blut, der Flüssigkeitsmangel, das grelle Licht – all das führt dazu, dass das Gehirn einem glaubhaft die wunderlichsten Dinge vorgaukelt.»

«Zum Beispiel?»

«Ich habe zum Beispiel erlebt, dass mir in achttausend Meter Höhe plötzlich ein Mann begegnete, der mir zum Verwechseln ähnlich sah. Ein leibhaftiger Doppelgänger. Mein Zwilling stand etwa zwanzig Meter entfernt mir gegenüber und starrte mich an. Ich sah weg und setzte den Aufstieg fort, ich zwang mich, so zu tun, als ob gar nichts wäre. Ich wusste, dass er eine Halluzination war, dennoch wirkte er so echt … Ich musste ihn ignorieren, das war das ganze Geheimnis. Dann würde er schon von ganz allein verschwinden. Aber ich konnte nicht anders, als mich hin und wieder zu ihm umzudrehen. Mein Doppelgänger war mir auf den Fersen, wortlos folgte er mir. Er tat nichts, außer mich in stummer Verzweiflung anzusehen. Also ging ich schneller, aber auch das hatte keinen Sinn. Als der Gipfel in Sichtweite war, drehte ich mich ein weiteres Mal um: Der Mann war verschwunden. Aber meine Erleichterung hielt nicht lange an: Als ich mich wieder zum Gipfel wandte, stand er da, nun direkt vor mir am Gipfel. Er stand da und trotzte dem Wind, der mit zweihundert Kilometern pro Stunde blies, und starrte mich erneut an, mit einem merkwürdig … trostlosen Ausdruck, würde ich sagen. Irgendwie schaffte ich es weiterzugehen, und ich stieg ohne eine weitere Unterbrechung zum Gipfel hinauf. Mein Zwilling blieb, wo er war, und erwartete mich reglos: Er konnte mir nicht ausweichen, ebenso wenig wie ich ihm. Als ich endlich oben angekommen war, standen wir Auge in Auge, ohne ein Wort zu sagen … Ohne ein Wort zu sagen, was für ein Unsinn … Es war ja nur eine Halluzination … Mit Halluzinationen spricht man doch nicht! Die Anwesenheit meines Doppelgängers machte mir schwer zu schaffen … mehr als ein Doppelgänger war er eine andere Hälfte. Ich hatte mich zweigeteilt, verstehen Sie? Mit seinen Augen sah ich mich selbst … Doktor Jekyll und Mister Hyde, nur wusste ich nicht, welche der beiden meine Rolle war … Zum Schluss habe ich es nicht mehr ausgehalten und …»

Der Baron unterbrach sich. Die Erinnerung lähmte ihn so sehr, dass er nicht weitererzählen konnte.

«Er nahm den Pickel und erschlug ihn.»

Alle drehten sich zu Boroda um. Dem Kasachen stand wie üblich Spott ins Gesicht geschrieben.

«Er nahm den Pickel und erschlug ihn. So war das, stimmt's, Hans?»

Der Baron atmete tief durch und rang die Hände. Dann nickte er.

«Ich griff ihn von hinten an, denn er hatte sich umgedreht. Nicht um zu fliehen, sondern weil er mir nicht länger ins Gesicht sehen konnte. Der Körper verlor eine beträchtliche Menge Blut, es schien überhaupt nicht mehr aufhören zu wollen. Der Schnee um uns herum färbte sich tiefrot, der Fleck wurde immer größer. Und da verlor ich das Bewusstsein.»

Der Wind blies noch heftiger und rüttelte an dem Zelt, als würde sich draußen ein Riese einen Spaß machen und mit den Pfählen Stock spielen.

«Als ich wieder zu mir kam, war mein Zwilling verschwunden. Der Schnee war weiß, und alle Spuren, die sich auf dem Gipfel fanden, stammten von mir. Ich griff also nach dem Pickel: Die Spitze war voller Blut.»

Mit angehaltenem Atem starrten die anderen den Baron an. Wenn das überhaupt möglich war, war die Atmosphäre im Zeltinneren noch eisiger geworden.

Von Reichlin gab sich einen Ruck und brachte die Geschichte rasch zu Ende.

«Als ich jedoch zurück ins Lager kam, war die Spitze wieder makellos. War sie durch den Schnee beim Abstieg gereinigt worden, oder handelte es sich um eine weitere Halluzination?»

In Gedanken versunken saßen sie da und dachten über dieses Rätsel nach. Sie fragten sich, ob auch sie irgendwann dem Doppelgänger begegnen würden, den wir alle in uns tragen.

«Also ich habe noch nie Doppelgänger gesehen», sagte Boroda. «Bloß Zwerge. Im Gletschergebiet bin ich oft von lauter Scheißzwergen umzingelt. Es sind Tausende, und alle haben es auf mich abgesehen. Sie drohen mir, sie beleidigen mich, sie machen obszöne Gesten. Dann trete ich nach ihnen, werfe sie in die Gletscherspalten, einige erschlage ich mit dem Pickel ... Sie laufen vor mir davon, aber sie hören nicht auf zu lachen. Sie haben keine Angst.»

«Halluzinationen», sagte der Baron. «Nichts als Halluzinationen.»

«Für uns sind es Norgal ki lawaa», sagte Tenzing.

«Was bedeutet das?», fragte Fiona.

«Norgal ki lawaa heißt ‹Diener Norgals›. Norgal ist Gott des Berges. Ein Lügner und Betrüger. Treibt Scherze mit den Menschen. Ihr sagt Halluzinationen, aber für uns sind es Norgal ki lawaa. Diener von Norgal, verkleidet. Er schickt sie zu den Menschen, um sie zu täuschen. Je weiter du hinaufsteigst, desto mehr werden es. Norgal will nicht, dass Menschen zum Gipfel kommen, in sein Haus. Aber manchmal ist Norgal auch gut. Er mag mutige Menschen. Dann schickt er Diener nicht zum Täuschen, sondern zum Helfen.»

«Ihr habt Recht. Auch ich sehe manchmal Trugbilder», warf Iaan ein. «Zum Beispiel habe ich jetzt gerade den Eindruck, zwei echte Märchenonkel vor mir zu sehen.»

«Ich warne Sie, Mister Iaan», sagte von Reichlin mit wachsendem Zorn, «Ihre Ausdrucksweise ist beleidigend.»

«Und weshalb, teurer Baron? Zwei Männer mit eisverkrusteten Bärten behaupten, sie seien von unten gekommen, doch da unten ist gar kein Schneesturm. Sagen Sie selbst, was Sie davon halten würden.»

«Was fällt Ihnen ein ...»

Fiona unterbrach ihn. Sie hasste es, hinters Licht geführt zu werden, vor allem, wenn es ein Mann war, der das versuchte.

«Hans, hören Sie auf! Wir sind vielleicht keine professionellen Bergsteiger, aber wir sind auch nicht naiv. Sie haben uns einen Haufen Stuss erzählt.»

Der Baron drehte sich zu Boroda um, der noch immer leise lächelte. Als hätte der Kasache sein Einverständnis gegeben, lösten sich von Reichlins harte Züge.

«Nun ja, Miss Fiona, Sie haben recht. Es stimmt, wir müssen gar keine Expedition organisieren.»

«Und weshalb sind Sie dann hier?»

«Ich dachte, das hätten Sie sich schon zusammengereimt.»

Er blickte sich um, wie ein Schauspieler, der vor einem

entscheidenden Satz die Aufmerksamkeit der Zuschauer auf sich ziehen will.

«Wir sind hierhergekommen, weil wir etwas suchen. Die Leiche des Bruders von Michel Leblanc.»

Ihr habt mich nie danach gefragt

Auf Fionas Gesicht zeichnete sich schuldbewusste Überraschung ab, wie wenn jemand einen verstorbenen Freund erwähnt, den wir zeitweilig aus unserer Erinnerung verdrängt haben. Von Reichlin beobachtete ihre Reaktion und fragte:

«Kennen Sie ihn?»

«Ob ich ihn kenne ...? Wen?»

«Michel Leblanc natürlich!»

Fiona wirkte enttäuscht.

«Ach so, Michel ...»

«Sind Sie ihm je begegnet?»

«Nein ...»

«Das wundert mich nicht. Nach dem Vorfall mit seinem Bruder hatte er zu niemandem mehr Kontakt. Seine Achttausender hat er alle allein bestiegen, auch im Winter. Manchmal begegnete man ihm, in Kathmandu, oder auch in Tibet, aber er blieb nicht einmal stehen, um zu grüßen. Er blieb stets für sich allein.»

«Ab und zu wird ihn doch wohl ein Journalist interviewt haben, oder?»

«Tja, die Journalisten ... Doch, ein paar haben es versucht. Bis nach hier oben sind sie gekommen, in der Hoffnung, ihn zu erwischen. Selbst in Kathmandu stieg er nicht in den üblichen Hotels ab, sondern schlief, wer weiß, wo, vermutlich bei irgendeinem Sherpa. Ja, die einzigen Kontakte hatte er zur einheimischen Bevölkerung. In ihren Läden besorgte er sich auch sein Material ...»

«Und in Europa?»

«Den Journalisten, die es wagten, an seine Pforte zu klopfen, öffnete er nicht. Einmal lauerte ihm ein Fotograf auf, doch das ging schief. Leblanc griff ihn an und beschädigte seinen Wagen. Ein paarmal wurde er sogar verurteilt. Aber ihm ist das gleichgültig. Wie Sie wissen, sind die einzigen Bilder, die von ihm in Umlauf sind, diejenigen, die er selbst geschossen hat, auf seinen Touren. Er ist zwar ein Menschenfeind, aber seine Bücher will er trotzdem verkaufen.»

«Ich habe sie alle gelesen. Aber darin steht nichts über …»

«… seinen Bruder. Ja, ich weiß. Er hat nie etwas erzählt von dem, was vor zehn Jahren hier auf diesem Berg passiert ist.»

Iaan näherte sich Fiona und umarmte sie zärtlich. Sie schien es gar nicht zu bemerken. Sie dachte über die Worte des Barons nach, klopfte jedes einzelne davon ab, wie ein Bergsteiger, der eine Steilwand nach einem Vorsprung absucht, an dem er Halt finden könnte.

«Und wo steckt er jetzt?»

«Ich glaube, er ist irgendwo in Argentinien. Seit er das Bergsteigen aufgegeben hat, redet er davon, dass er die Antarktis zu Fuß durchqueren will. Allein, ohne Hunde, ohne Schlitten, und ohne Flugzeuge, die ihn mit Proviant versorgen. Ein angekündigter Selbstmord. Seit mehr als vier Jahren spricht er davon, aber ich glaube nicht, dass er es je tun wird. Er hängt am Leben – wie wir alle, vielleicht sogar noch mehr als wir.»

Von Reichlin sah zu Tenzing hinüber.

«Er hier weiß ja bestens darüber Bescheid.»

Überrascht drehten sich Fiona und Iaan gleichzeitig zu

dem Sherpa um, der sich an einem der Rucksäcke zu schaffen machte.

«Du kennst ihn? Das hast du uns nie erzählt...»

Tenzing antwortete, ohne seine Tätigkeit zu unterbrechen:

«Ihr habt mich nie danach gefragt.»

Sie zitterte

«Wann hast du ihn kennen gelernt?»

Gleichgültig fuhr Tenzing fort, seine Sachen aufzuräumen. Er drehte sich nicht um.

«Vor zwölf Jahren.»

«Aber da war sein Bruder ja noch am Leben!»

«Selbstverständlich», warf der Baron ein. «Er kannte auch Jean-Pierre.»

Fiona machte sich aus Iaans Umarmung los und trat auf Tenzing zu, als wollte sie psychologischen Druck auf einen verstockten Zeugen ausüben.

«Sag schon, was war er für ein Typ?»

«Sehr tüchtiger Bergsteiger.»

Fiona schnaubte.

«Na los, Tenzing, erzähl uns mehr darüber!»

Von Reichlin schaltete sich in das Gespräch ein, das an ein Verhör erinnerte.

«Sie waren befreundet und machten gemeinsame Bergtouren. Kennen gelernt hatten sie sich im Himalaya, bei einigen gescheiterten Expeditionen. Schließlich luden die Brüder Leblanc Tenzing ein, sie in Europa zu besuchen.»

«Stimmt das, Ten?»

Der Sherpa nickte nur, ohne sie anzusehen.

«Und dort ist es dann passiert, nicht wahr?» Der Baron ließ nicht locker.

Der Sherpa hörte auf, im Rucksack zu kramen. Er wusste, wie lästig diese Europäer werden konnten, wenn sie sich etwas in den Kopf gesetzt hatten. Antworten, Antworten, nichts als Antworten ... Auf alles wollten sie eine Antwort. Wie oft hatte er versucht, ihnen zu erklären, dass es viele Antworten auf ein und dieselbe Frage gab, je nachdem, wer sie stellte. Die Mühe war ohnehin vergebens: Die Wahrheit entzog sich einem, so wie man das Wasser in einem Bach nicht mit Händen greifen kann. Doch das wollten sie einfach nicht akzeptieren.

«Ja», sagte er nur.

«Komm schon, Tenzing, lass dich nicht so lange bitten. Erzähl schon.»

«Ich kenne Michel beim ersten Versuch am Everest. Er ist sehr tüchtig. Wir werden Freunde. Michel sagt mir, die Alpen sind sehr schön, ganz anders als Himalaya. Er erzählt mir von den Dolomiten ... Er sagt, ich bin auch ein großer Bergsteiger und soll nach Europa gehen. Dort kann ich viel Geld verdienen, wenn die europäischen Bergsteiger mich kennen. Also gehe ich dorthin. Wir machen viele Touren. Montblanc, Großglockner, Eiger, Matterhorn ... Matterhorn sehr schön, erinnert an Machapuchare.»

«Den Fish Tail?», fragte Iaan.

«Fish Tail, genau.»

«Der Fish Tail und das Matterhorn gelten als die schönsten Berge der Welt», sagte der Baron in belehrendem Tonfall.

Fiona unterbrach sie gereizt.

«Lasst ihn doch ausreden. Also, was ist dann passiert, Tenzing?»

«Eines Tages besteigen wir Eiger. Ich, Michel, Jean-Pierre und zwei Freunde. Schlechtes Wetter, aber auch warm. Wind aus Süden: Föhn. Dünnes Eis. Gefährlich. Aber wir fühlen uns stark und versuchen es trotzdem. Auf der Hälfte fühlt Jean-Pierre sich nicht gut. Er übergibt sich.

Ich begleite ihn wieder nach unten. Die anderen gehen weiter. Mehr weiß ich nicht.»

Fiona protestierte.

«Wie, mehr weißt du nicht!? Los, Tenzing!»

Der Sherpa schüttelte den Kopf.

«Ich war nicht dabei. Ich kann nichts sagen. Du bittest einen Blinden, er soll ein Gesicht beschreiben, aber er kann nur mit den Fingern über Augen, Nase, Mund streichen.»

«Dann erzähle ich euch, was damals passiert ist», sagte der Baron mit der Miene eines Ministers bei seinem Schlussplädoyer. «Jean-Pierre ging es nicht gut. Vielleicht hatte er sich den Magen verdorben, vielleicht lag es an einem Medikament, das er am Abend zuvor eingenommen hatte. Jedenfalls begleitete Tenzing ihn nach unten, und Leblanc ging mit seinen beiden Freunden, Rudolf Terziev, einem Ungarn, und Robert Heinemann, einem Österreicher, weiter. Sie sind fast am Gipfel, als das Unglück geschieht: Ein Haken gibt nach. Heinemann und Terziev stürzen ab, während Leblanc, der sich an einem *friend* gesichert hatte, sich retten kann. Leblanc seilt sich sofort ab, um seinen Freunden zu Hilfe zu eilen, die zum Glück auf einem Felsband gelandet sind. Dort angekommen, muss er feststellen, dass die Lage ernst ist. Heinemann hat einen offenen Beinbruch: der Knochen ragt aus dem Oberschenkel heraus. Doch der Österreicher ist noch bei Bewusstsein. Um Terziev steht es schlimmer: Er hat zahlreiche Brüche und vermutlich eine oder mehrere innere Blutungen. Er hat das Bewusstsein verloren und ist weiß wie ein Laken.»

Tenzing hörte zu, als ginge ihn die Erzählung gar nichts an. Fiona und Iaan hingen an den Lippen des Barons. Boroda schlief in einer Ecke.

«Inzwischen sind auf dem Berg zahlreiche Wolken aufgezogen, und die Sicht hat sich verschlechtert. Ein Gewitter droht. Leblanc begreift, dass ihm nicht viel Zeit bleibt. Er muss sich beeilen, auf einen Hilfstrupp kann er nicht warten, das würde zu lange dauern. Außerdem könnte sich bei diesen Wetterverhältnissen sowieso kein Hubschrauber in der Luft halten. Leblanc ist erfahren genug, um einen Körper bis zur Hälfte der Strecke hinunterzutragen, wo sich eine in den Fels gehauene Höhle befindet. Eine Öffnung im Berg, die zum Tunnel der Jungfraubahn führt.»

«Und dann?» Fiona konnte ihre Neugier nicht unterdrücken.

«Leblanc steht vor einem schrecklichen Dilemma. Er kann nur einen seiner Freunde retten, beide jedoch ganz bestimmt nicht. Vielleicht könnte er einen bis zum Tunnel abseilen, doch danach würde seine Kraft nicht mehr reichen, um wieder hinaufzusteigen und dem anderen zu Hilfe zu eilen. Er muss sich also entscheiden. Wen soll er retten? Wen soll er zurücklassen?»

Missbilligend schüttelte Tenzing den Kopf. Warum war ihnen die Vergangenheit so wichtig? Warum dachten sie nicht einfach an die Zukunft? Ihr Karma war wie ein Heißluftballon, an dem viel zu viel Ballast hing. Warum schnitten sie nicht einfach die Schnüre durch und flogen weiter? Doch sie sahen sie ja nicht einmal, diese Schnüre ...

«Los, Hans, spannen Sie uns nicht auf die Folter! Was ist passiert?»

«Michel fällt eine Entscheidung, über die er nie Rechenschaft abgelegt hat. Er schlingt ein Seil um Heinemann, der weniger schlimm verwundet ist, und beginnt, ihn hinabzuziehen. Terziev dagegen überlässt er seinem Schicksal. Vier-, fünfmal zieht Leblanc an dem Seil und schleift Heinemann so zum Tunnel, der zur Bahn führt: Diesen Ausweg nehmen viele Bergsteiger, die am Eiger in Schwierigkeiten geraten sind. Von dort gelangt man zur Wirtschaft oberhalb des Tals. Zum Glück ist ein Arzt dort, der seinem Freund Erste Hilfe leistet. Mit dem Zug bringen sie ihn ins Krankenhaus.»

«Und?»

«Er ist davongekommen. Er musste zahlreiche Operationen und Transfusionen über sich ergehen lassen, aber er ist davongekommen. Heute ist er bei bester Gesundheit.»

«Und der andere, dieser …»

«Terziev? Eine interessante Geschichte. Hört zu: Nachdem er Heinemann in der Obhut des Arztes zurückgelassen hat, kehrt Michel zu der Öffnung zurück und steigt erneut die Eigernordwand hoch. Das Wetter ist schrecklich, man sieht nicht einmal einen halben Meter weit. Dennoch gelingt es ihm, den mit einer Schicht bröckligen Eises bedeckten Fels hinaufzuklettern. Eine gewagte Unternehmung, kein Zweifel. Leblanc kehrt also an die Unglücksstelle zurück, wo Terziev liegt.»

«War er noch am Leben?»

«Sobald Leblanc näher kommt, erkennt er, dass nichts mehr zu machen ist. Terziev atmet kaum noch. Die Brüche haben zu mehreren inneren Blutungen geführt. Leblanc sieht die Pfütze aus gefrorenem Blut rings um den Bergsteiger. Er bindet auch ihn fest und beginnt ihn hinabzulassen. Doch schon am Ende der ersten Seillänge stirbt Terziev.»

Ein paar Sekunden lang sagte niemand etwas. Fionas und Iaans Bestürzung wurde vom Wind überdeckt. Fiona brachte einen Einwand vor:

«Jedermann weiß, dass derartige Situationen im Gebirge ziemlich normal sind. Das Risiko ist nun mal sehr hoch: Irgendwann geht es um Leben und Tod. Leblanc stand vor einer fürchterlichen Entscheidung. Ich hätte mich nicht in seiner Situation befinden wollen. Ich kann ihm nichts vorwerfen.»

«Ach was», erwiderte der Baron höhnisch. «Vielleicht wissen Sie nicht, wer Terziev und Heinemann waren. Terziev und Leblanc waren Sandkastenfreunde. Seit sie Kinder waren, kletterten sie gemeinsam. Viele sahen in Terziev so etwas wie den dritten Leblanc-Bruder.»

«Das heißt gar nichts. Vielleicht dachte Michel, Terziev sei bereits verloren. Hätte er ihn abgeseilt, wäre der andere gestorben, und dann hätte am Ende keiner überlebt. Ich bin ...»

Der Baron unterbrach sie.

«Nur dass Heinemann sein Geldgeber war.»

«Sie erzählen ziemlich viel Unsinn, Baron. Es ist doch allgemein bekannt, dass Michel Leblanc steinreich ist.»

«*Sein Vater Henri* war steinreich, Mrs. Fiona. Aber er hielt seine Söhne ziemlich kurz. Seit seinem Unfall in den Bergen ...»

«Was für ein Unfall?»

«Irgendwo in den Dolomiten. Sie waren zu dritt dort, er, Jean-Pierre und Michel. Er blieb gelähmt und lebte in beständiger Furcht, seinen Söhnen könnte etwas Ähnliches zustoßen. Wissen Sie, er war Witwer. So erlaubte er nur Michel, den er für den Vorsichtigeren hielt, mit dem Bergsteigen weiterzumachen, während Jean-Pierre sich um die Geschäfte kümmern sollte. Doch die Brüder hielten sich nicht daran und unternahmen weiter Touren. Das konnte Henri ihnen nicht verzeihen, und so stellte er seine Zahlungen ein.»

«Michel und Jean-Pierre brauchten also ...»

«... Geld, wie alle anderen auch. Später starb der Vater,

am Vorabend der Besteigung des Kinsoru, aber bis dahin standen ihnen keinerlei finanzielle Mittel zur Verfügung. Sie hatten Heinemann während einer Tour zur Aiguille Verte kennen gelernt, und der Österreicher hatte sich in sie verliebt – im alpinistischen Sinne, versteht sich. Mit ihm zusammen planten sie die berühmte Tour in den Himalaya. Verstehen Sie jetzt? Vor die Wahl zwischen seinem besten Freund und seinem Geschäftspartner gestellt, hat er sich dafür entschieden, Letzteren zu retten. Er hat Terziev, der für ihn wie ein Bruder war, aus finanziellen Gründen im Stich gelassen.»

Verwirrt drehte Fiona sich zu Tenzing um.

«Ist das wahr? Hat es sich so zugetragen?»

«Ich weiß nicht. Ich war nicht dabei. Aber bedenke: Michel riskiert Leben, um anderen Mann zu retten. Ihr Europäer beurteilt Menschen nach den Ergebnissen. Macht das auch bei ihm.»

Fiona bedrängte den Sherpa. Ihre Stimme wurde lauter:

«Hat es sich so zugetragen, wie Hans erzählt hat, Ten? Sag es mir!»

«Ich kenne viele Amerikaner. Sie sagen: Bevor du einen Mann beurteilst, mach tausend Schritte in seinen Schuhen», erwiderte Tenzing.

«Ich hoffe, wir überlassen unser moralisches Urteil nicht einem Sherpa», warf der Baron verächtlich ein.

Fiona beachtete ihn nicht.

«Und danach?», fragte sie Tenzing. «Was hast du danach getan?»

«Einen Tag später kehre ich nach Hause zurück. Europa sehr schön. Sehr reich. Michel und Jean-Pierre haben recht: Alpen sehr schön. Aber ich bin nicht richtig dafür. Als ich aussteige in Kathmandu, ich finde meine Seele wieder. Sie war hier geblieben.»

Fiona sackte in sich zusammen und starrte ins Leere. Iaan, der zwar nicht wusste, weshalb sie so durcheinander war, trat zu ihr und nahm sie in den Arm. Trotz der Daunenjacke spürte er, dass sie zitterte.

Er war hier draußen

«Ich halt's hier drin nicht mehr aus», schnaubte Fiona.

Seit von Reichlins und Tenzings Bericht waren ein paar Stunden vergangen. Boroda lag im Schlafsack und schnarchte nervtötend. Der Baron hatte ein kleines ledergebundenes Notizbuch aus dem Rucksack geholt. Mit einem Bleistift kritzelte er etwas hinein. Ab und zu hielt er inne, den Blick ins Leere gerichtet, als müsse er eine komplizierte Rechnung im Kopf ausführen. Dann schrieb er hastig weiter. Tenzing hatte alle ihre Sachen vorbildlich verstaut, sodass die Rucksäcke und sonstigen Gegenstände so wenig Platz wie möglich einnahmen. Nun ruhte er sich aus. Iaan lag da und hielt Fiona immer noch im Arm, er schien eingenickt zu sein.

«Iaan», rief sie ihn leise. Er rührte sich kaum.

«Iaan ...»

Er gähnte.

«Was ist denn?»

«Ich kann hier nicht tatenlos rumliegen. Lass es uns mit dem Funkgerät versuchen.»

«Bei diesem Wetter? Wäre es nicht besser, wir warten noch?»

Sie sah ihn durchdringend an, und da kapierte er endlich.

«Na schön, versuchen wir es mit dem verdammten Funkgerät. Vielleicht kriege ich ja Oasis rein.»

Vorsichtig, um auf dem beengten Raum nicht gegen die anderen und vor allem Boroda zu stoßen, zogen sie ihre

Schneeanzüge und ihre Außenschuhe an. Die Innenschuhe behielten sie im Zelt stets an, damit sie nicht kalt wurden. Hätten sie sie ausgezogen, wären sie bei diesen Temperaturen sofort steif und brüchig wie Pappe geworden, und man hätte sie dann unmöglich wieder anziehen können. Und ohne sie wären ihre Füße unweigerlich erfroren.

Fiona wollte nach Tenzings Rucksack greifen, um das Funkgerät herauszunehmen. Sie ging vorsichtig zu Werk, um ihn nicht zu wecken. Als sie jedoch schweigend die Hand ausstreckte, kam ihr der Sherpa zuvor:

«Radio nutzlos, bei diesem Wetter», sagte er, ohne die Augen zu öffnen.

«Wir wollen es nur versuchen, Ten. Ein einziges Mal. Wir werden die Batterien schonen.»

Tenzing ließ den Rucksack los, fischte das Funkgerät heraus und reichte es ihr.

«Danke, Ten.»

Fiona und Iaan schlüpften hinaus. Der Wind blies in furchtbaren Böen. Ab und zu beruhigte er sich kurz, sodass man zehn, zwanzig Meter weit sehen konnte. Dann aber folgte wieder ein Windstoß, noch heftiger als zuvor, der sie umzuwerfen drohte wie morsche Bäume.

«Bist du dir sicher?», brüllte Iaan, obwohl Fiona ganz dicht neben ihm war.

Fiona blickte sich um: Die Spuren, die sie wenige Stunden zuvor hinterlassen hatten, waren verschwunden.

«Gehen wir ein Stück in diese Richtung. Ich möchte mit dir reden», schrie Fiona ihm zu.

Mit der Schaufel, die vor dem Zelt lag, gruben sie eine Mulde in den Schnee, etwa zehn Meter vom Camp entfernt. Sie kauerten sich hinein. Wenn der Wind stärker blies, konnten sie nicht einmal mehr das Zelt erkennen. Zumindest konnten sie sich in diesem behelfsmäßigen Unterschlupf unterhalten, ohne allzu sehr schreien zu müssen.

«Glaubst du das?», fragte Fiona.

«Was?»

«Das, was der Baron erzählt hat. Ist doch klar, dass er irgendwas Persönliches gegen Leblanc hat. Er hasst ihn.»

«Dem Baron traue ich auch nicht über den Weg. Aber Tenzing hat es bestätigt.»

«Tenzing ist ein Sherpa, er ist abhängig vom Geld der Leute aus dem Westen. Ich weiß nicht, ob wir uns hundertprozentig auf ihn verlassen können.»

Iaan schüttelte den Kopf – zumindest versuchte er es, denn bei dem Wind war es beinahe unmöglich, die Halsmuskeln zu bewegen.

«Ten ist in Ordnung, denke ich. Na ja, vielleicht ist er ein bisschen naiv ... Die Sache mit den Geistern und seiner Seele ... Wer weiß, wie Europa auf ihn gewirkt hat, als er mit Leblanc dort war ... Jedenfalls glaube ich nicht, dass er lügen würde. Zumindest nicht des Geldes wegen.»

«Ich weiß nicht, irgendwas stimmt da nicht ... Ach, übrigens: Es gibt keinen Grund, so zu übertreiben, mit der Flitterwochengeschichte. Ständig klebst du an mir dran.»

«Glaubst du im Ernst, du hättest mich zum Hetero bekehrt?! Wie eingebildet ihr Frauen doch manchmal seid!»

In diesem Augenblick bäumte sich der Sturm noch einmal auf und beruhigte sich dann. Plötzlich nahm der Himmel eine andere, intensivere Färbung an: Sonnenstrahlen, die sich ihren Weg zu bahnen versuchten. Innerhalb weniger Sekunden verzog sich der Schleier aus Nebel und Schnee, wie ein Zeremonienmeister, der einen Neuankömmling ankündigt, sich verneigt und dann zurückzieht.

Fiona und Iaan bewunderten stumm das Panorama, das

sich plötzlich vor ihnen auftat: die glitzernde weiße Fläche des Gletschers und die steil ansteigende Bergflanke. Durch ein Loch im Nebel tauchte der Gipfel eines nahen Bergmassivs auf.

«Soll ich ein Foto von dir machen?», schlug Iaan vor, der den Apparat immer bei sich trug.

Fiona prustete verächtlich, willigte dann aber ein. Sie wusste, dass ihr Reisegefährte sein Handwerk verstand.

Iaan legte die Batterien ein und justierte die Kamera. Er sagte Fiona, wo sie sich hinstellen sollte. Er wollte sie vor dem Himmel aufnehmen, dort, wo die Wolkendecke aufbrach und den Blick auf den Gipfel freigab.

«Genau so … prima …», sagte er, während er auf den Auslöser drückte. «Komm ein bisschen näher … Und jetzt dreh dich ein wenig zur Seite … Nein, zur anderen Seite … sehr schön … Lächle doch, oder versuch's zumindest!»

Fiona gehorchte, ohne zu protestieren. Sie wusste, dass Iaan, wie jeder Fotograf, unzählige Male ausprobieren musste, bis er die richtige Pose gefunden hatte. Während sie seine Anweisungen befolgte, blickte sie sich zerstreut um.

Iaan sah sie auf dem Sucher. Bei dem Schnee und dieser schattenlosen Landschaft brauchte er einen Menschen als Vergleichsmaßstab auf dem Bild. Er zoomte den Bildausschnitt heran, und Fionas Gesicht sprang ihm entgegen, füllte den gesamten Sucher. Iaan bemerkte den veränderten Ausdruck im Gesicht seiner Freundin. Die Langeweile von eben war ganz offensichtlicher Überraschung gewichen.

«Iaan!», rief sie und zeigte mit dem Finger auf etwas, das sich im Rücken des Fotografen befand.

Iaan löste den Blick vom Sucher und drehte sich mit dem gesamten Körper um, ohne den Apparat loszulassen.

Mit dem Instinkt eines Profis hielt er den Auslöser weiter gedrückt und machte eine Reihe von Serienbildern.

Plötzlich kam erneut Wind auf und trieb eine Nebelwand auf sie zu. Es fing wieder an zu schneien, in Schneeflocken, die so groß wie Wattebäusche waren.

Aufgeregt kam Fiona auf ihn zugerannt.

«Gehen wir wieder rein», befahl sie.

Iaan verstaute die Kamera in der Schutzhülle. Als er wieder aufsah, hatte Fiona bereits den halben Weg zurückgelegt. Nur mit Mühe holte er sie ein, wegen der Höhenluft schwer keuchend.

Sie legten die Steigeisen ab und schlüpften ins Zelt.

Der Baron sah nur kurz von dem Notizbuch auf, in das er noch immer schrieb.

«Und, funktioniert das Funkgerät?»

Fiona schüttelte den Kopf, und sie schüttelte ihn auf eine Art, aus der deutlich wurde, dass das Funkgerät gerade vollkommen unwichtig war.

«Ich habe ihn gesehen», verkündete sie.

Der Baron sah sie überrascht an.

«Jean-Pierre. Er war hier draußen.»

Als sein Bruder starb

Der Baron lachte laut auf. Einen Augenblick lang hatte er tatsächlich geglaubt, es sei etwas Schlimmes passiert, und nun löste sich die Anspannung in Heiterkeit auf.

«Sie haben ihn wirklich gesehen? Es ist aber auch zu ärgerlich, dass er seit zehn Jahren tot ist.»

Die Stimmen hatten Boroda geweckt. Er drehte sich im Schlafsack um und brummte etwas in seiner Sprache.

Fiona war wütend. Sie war es nicht gewohnt, als Spinnerin abgetan zu werden.

«Es wird *angenommen*, dass er vor zehn Jahren gestorben ist. Aber seine Leiche wurde nie gefunden, auch kein Pickel oder sonst irgendeine Spur. Von niemandem!»

Der Baron versuchte, sie zu besänftigen.

«Angenommen, Sie haben tatsächlich etwas oder irgendjemanden gesehen, warum sollte es ausgerechnet Jean-Pierre sein?»

Fiona ballte die Fäuste. Eine Sekunde lang verspürte sie den Impuls, den Baron zu schlagen. Es wäre nicht das erste Mal gewesen, dass sie auf einen Mann losging.

«Begreift ihr nicht? Ich habe ihn erkannt!»

Im Zelt breitete sich schlagartig Stille aus.

«Sie haben ihn *wieder*erkannt, Mrs. Fiona?», fragte der Baron. «Dann kannten Sie Jean-Pierre also?»

Fiona schüttelte den Kopf.

«Nein … natürlich nicht. Ich habe Fotos gesehen. Die Filme über ihn. Er war es, sein Gesicht, sein Bart, seine Augen. Ich bin mir sicher.»

Der Baron war erstaunt. Er schloss das Notizbuch und steckte den Bleistift in den Lederverschluss, der die Deckel zusammenhielt.

«Sie sind sicher?»

«Hundert Prozent. Da draußen ist Jean-Pierre Leblanc, glaubt mir.»

«Darf ich Sie daran erinnern, liebe Fiona, dass Jean-Pierre vor zehn Jahren starb. Er und sein Bruder waren gemeinsam zum Gipfel des Kinsoru aufgebrochen, aber Michel kehrte allein zurück. Niemand weiß, was dort oben geschehen ist. Leblanc weigerte sich, darüber zu sprechen. Eins aber steht fest: Jean-Pierre ist tot.»

«Es wäre nicht das erste Mal, dass jemand beschließt, spurlos zu verschwinden. Solche Geschichten gibt es haufenweise.»

«In diesem Fall sind die Umstände reichlich ungewöhnlich, das werden Sie zugeben. Wozu musste er dann einen Achttausender besteigen? Es hätte gereicht, nach Bangkok zu fliegen.»

Fiona antwortete nicht. Nur mühsam konnte sie sich beherrschen. Sie war wütend, vor allem auf sich selbst. Es gab keine Gespenster. Hätte ihr jemand anders etwas derart Bizarres erzählt, sie hätte ebenso ironisch darauf reagiert. Und genau das ärgerte sie: Eine so weibliche Schwäche wie eine Nervenkrise hätte sie sich nie verziehen. Denn genau das dachte der Baron: Wieder so ein Frauchen, das es sofort umhaut. Und das Schlimmste daran war, dass er recht hatte. Trotzdem … trotzdem war es Jean-Pierre, den sie da draußen gesehen hatte. Ganz kurz zwar, doch das hatte genügt. Sie versuchte, sich das flüchtige Bild in Erinnerung zu rufen, wie ein Notarzt, der versucht, einen Schwerverletzten ins Leben zurückzuholen. Ja, jetzt sah sie wieder seinen Körper vor sich, ihr halb zugewandt, die Brille in die Haare gesteckt ... Ja natürlich, jetzt wurde ihr der Grund für seine Körperhaltung klar! Jean-Pierre floh vor ihnen. Deshalb stand er so verdreht. Er hatte bemerkt, dass sich der Sturm vorübergehend gelegt hatte und er nun gesehen werden konnte. Sie hatte ihn auf der Flucht überrascht. Doch sein Gesicht ... sein Gesicht entzog sich ihrer Erinnerung, wie ein Name, den wir mal gehört haben und der uns nicht mehr einfällt. Die Augen ... natürlich waren sie blau – wie hätte man sie vergessen können? Der Bart ... blond, ziemlich lang, ungepflegt. Aber die Wangen ... die Stirn ... der Hals ... die Einzelteile tauchten auf und verschwanden, ohne sich zu einem Gesamteindruck zu fügen, wie bei einem misslungenen Phantombild. Er war es, sagte sie sich immer wieder. Wen ich da gesehen habe, das war Jean-Pierre Leblanc.

«Egal, ob es nun ein Geist war oder nicht», warf Iaan ein, «ich hoffe, er hat wenigstens gelächelt, als ich ihn fotografiert habe.»

«Wie bitte?», machte der Baron. «Sie haben den Mann fotografiert?» Sorgfältig vermied er es, Jean-Pierre beim Namen zu nennen, um Fionas verrückte Hypothese nicht zu untermauern. Jean-Pierre am Leben, was für ein Unsinn!

«Ich machte gerade ein paar Aufnahmen von Fiona, als sie auf etwas hinter mir deutete. Ich drehte mich um, hielt aber weiterhin den Auslöser gedrückt.»

«Ja, was zögern Sie denn da noch?»

Iaan zog die Kamera aus der Hülle, als Tenzing vollkommen unerwartet die Hand danach ausstreckte. Ohne recht zu verstehen, überließ Iaan ihm das Gerät. Der Sherpa nahm es, betrachtete es kurz und gab es Iaan zurück.

«Alles umsonst. Wir sehen nichts, hier drin.»

«Du irrst. Die Fotos sind da, Ten. Ist ’ne hübsche Sequenz.»

Der Sherpa zuckte mit den Achseln und verzog sich dann in einen Winkel, wie ein Prophet, dem man keinen Glauben schenkt und der nun in aller Ruhe darauf wartet, dass seine Prophezeiung sich erfüllt. Der Baron, Fiona und sogar Boroda stellten sich hinter Iaan, der den Fotoapparat einschaltete.

«Hier sind sie.»

Das Display leuchtete auf. In rascher Abfolge ließ Iaan die Aufnahmen von Fiona auf dem Gletscher vorbeiziehen. Boroda pfiff leise durch die Zähne.

«Schade, dass wir nicht am Strand sind. Dich würde ich gerne im Bikini sehen.»

«Sei still, Toli», ermahnte ihn der Baron.

Endlich kam das erste der Fotos von Jean-Pierres «Geist».

Sie starrten einen Augenblick darauf, dann drückte Iaan auf den Knopf, um die weiteren Aufnahmen zu zeigen. Zwei, drei, vier, fünf, sechs Bilder.

Enttäuscht löste sich Boroda von der kleinen Gruppe.

«Pah! Mein zehnjähriger Neffe macht bessere Fotos ...»

Auch die anderen traten unzufrieden einen Schritt beiseite. Traurig stand Iaan da und betrachtete das letzte Bild.

Auf einmal stand Tenzing neben ihm.

«Fotografien von Fiona mit Tele», erklärte der Sherpa. «Blende weit offen, Tiefenschärfe gleich null. Dann drehst du dich um, gegen das Licht. Kein gutes Foto kann so herauskommen.»

Der Sherpa nahm den Fotoapparat und überprüfte mit geschickten Bewegungen das Display. Iaans Fotos waren lediglich eine Reihe von blendend weißen Aufnahmen. In der Bildmitte konnte man undeutlich einen kleinen grauen Fleck erkennen. Tenzing betrachtete den kleinen Bildschirm aus größerer Nähe, doch es war unmöglich, ihn zu identifizieren. Der kleine Fleck konnte ebenso gut ein Mensch sein wie eine Schneeverwehung, ein Fels oder eine Schneeflocke vor dem Objektiv ... es konnte alles sein.

«Dafür, dass er sein ganzes Leben in diesen einsamen Bergtälern verbracht hat, kennt Ten sich aber recht gut aus, muss ich sagen», bemerkte Fiona.

«Das stimmt, Ten. Du hast mich wirklich beeindruckt! Brauchst du nicht noch einen guten Assistenten?»

«Lassen wir's gut sein mit diesen Fotogeschichten, in Ordnung?», brach Fiona die Diskussion ab. «Was haltet ihr davon, wenn wir mal nachsehen, ob Jean-Pierre tatsächlich da draußen ist?»

«Ich setz mein Leben nicht für einen Geist aufs Spiel», sagte Boroda.

«Hat sonst jemand Lust dazu?»

Niemand reagierte auf Fionas Aufforderung, worauf sie sich wütend dem Zeltausgang zuwandte.

«Warten Sie!» Der Baron hielt sie am Arm zurück.

«Ich komme bestens allein zurecht. Lassen Sie mich los. Offensichtlich bin ich die Einzige, die sich für das Geheimnis der Leblanc-Brüder interessiert.»

«Das würde ich nicht sagen», meinte Boroda.

«Was soll das heißen? Ich sage euch, dass Jean-Pierre da draußen ist, und keinen von euch scheint das zu kümmern.»

«Jean-Pierre kann unmöglich da draußen sein, glauben Sie mir», sagte der Baron.

«Ach ja? Und woher wollen Sie das wissen? Haben Sie ihn eigenhändig begraben?»

«Sozusagen.»
«Wie meinen Sie das?»
Der Baron antwortete nicht. Anatoli grinste.
«Er war dabei», erklärte der Kasache.
«Er war dabei? Was soll das heißen?»
«Hans war bei Michel Leblanc, als sein Bruder starb.»

Der Mann, der mein Leben zerstört hat

«Als Michel seinen Bruder *sterben ließ*, meinst du», korrigierte der Baron.

«Dann stimmt es also, Sie waren dabei», sagte Fiona. Sein ausweichendes Verhalten ärgerte sie. Sie war auf Fakten aus: klare, unanfechtbare Fakten. Deshalb war sie hierhergekommen. Doch bislang hatte sich die Wahrheit als ebenso schwer zu fassen gezeigt wie die Wolken, die sie umgaben.

«Das ist ja nichts Neues. Es stand in vielen Artikeln, auch in ein paar Büchern. Wussten Sie das nicht?»

«Berichte über Tragödien im Hochgebirge zählen nicht gerade zu meiner Lieblingslektüre.»

«Schwer zu glauben, so wie Sie sich eben verhalten haben. Sie wollten sich gerade in den Schneesturm stürzen, nur weil Sie glaubten, etwas oder jemanden gesehen zu haben, der Jean-Pierre Leblanc ähnelte. Ziemlich eigenartig, finden Sie nicht?»

Fiona kaute auf ihren Fingernägeln. Der Baron schien ein zäherer Gegner, als sie erwartet hatte.

«Ich habe einen Mann auf dem Gletscher gesehen und dachte, ich hätte Jean-Pierre Leblanc erkannt, der vor zehn Jahren für tot erklärt wurde. So was kann einen schon beeindrucken.»

«Sie *dachten*, Sie hätten ihn erkannt... Sind Sie gar nicht mehr so sicher?»

«Es *war* Jean-Pierre, Menschenskinder. Hören Sie Hans, führen Sie uns nicht an der Nase herum. Waren

Sie damals bei dieser verdammten Expedition dabei oder nicht?»

«Doch, ich war dabei.»

«Dann wissen Sie also, was geschehen ist.»

«Ich weiß mehr als die anderen. Aber nicht alles. Sonst wäre ich nicht hier.»

«Was wissen Sie?»

«Warum interessiert Sie das? Genießen Sie doch einfach Ihre seltsamen Flitterwochen im Hochgebirge, ohne sich um Dinge zu kümmern, die Sie nichts angehen. Sobald das Wetter besser wird, werden Sie wieder ungestört sein.»

«Ich will wissen, was vor zehn Jahren auf diesem Berg geschehen ist.»

«Hören Sie. Ich habe keine Lust, mich darüber mit zwei Unbekannten zu unterhalten, die ich rein zufällig auf einem Berg getroffen habe. Tut mir leid, liebe Fiona, aber so ist es nun mal. Wer seid ihr denn? Zwei Amateur-Bergsteiger, die eine lang ersehnte Trekkingtour im Hochgebirge machen. Verzeihen Sie, aber das interessiert mich herzlich wenig. Das ist nicht meine Welt.»

«Ich bitte Sie, Baron.» Diese Worte kosteten sie große Überwindung. «Erzählen Sie mir mehr.»

«Nur dies eine, da Michel Leblanc Sie ja so zu interessieren scheint. Er ist ganz anders, als Sie sich ihn vorstellen. Er ist nicht der unbescholtene Held, der ganz allein die höchsten Gipfel dieser Erde bezwingt. Nein, meine Liebe. Michel Leblanc ist die engherzigste, egoistischste und zynischste Person, die ich je kennen gelernt habe. Einer von denen, die sich nehmen, was sie wollen, ohne sich dabei um die Gefühle anderer zu kümmern. Ein Mensch, der nicht weiß, was Dankbarkeit ist.»

Überrascht beobachtete Fiona, wie der Baron seinem

Zorn Luft machte. Dies war der Ausbruch eines Mannes, der von abgrundtiefem Hass erfüllt war.

Der Baron bemerkte Fionas Blick und fasste sich wieder. Er durfte nicht zulassen, dass Leblanc erneut sein Leben vergiftete. Nicht jetzt, wo er so dicht am Ziel war. Bald würde alle Welt die Wahrheit über seinen Gegner erfahren.

Von Reichlin sagte noch einen letzten Satz, doch er tat es in distanziertem, beinahe melancholischem Tonfall.

«Michel Leblanc», sagte er, «ist der Mann, der mein Leben zerstört hat.»

Während wir das Essen zubereiten

Sie schliefen, oder zumindest versuchten sie es, als Iaan den Kopf aus dem Schlafsack streckte.

«Was ist?», fragte Fiona, noch aufgewühlt von der Auseinandersetzung mit dem Baron.

«Hört ihr das?»

Der Baron, Boroda und Tenzing rührten sich nicht. Fiona hielt ein paar Sekunden lang den Atem an. Dann schüttelte sie den Kopf.

«Da ist nichts.»

«Genau! Der Wind hat sich gelegt.»

Fiona konzentrierte sich. Tatsächlich: Die Böen hatten nachgelassen, und sie hatte es nicht bemerkt. Nun hüllte sie vollkommene, beinahe erdrückende Stille ein.

«Ändert sich das Wetter jetzt?», fragte Fiona, doch niemand antwortete ihr.

Sie stand auf, öffnete das Zelt und sah hinaus. Es verschlug ihr den Atem.

Nebel, dicht wie Watte, umgab sie. Er schien ins Zeltinnere dringen zu wollen, wie der Fangarm eines unsichtbaren Monsters. In absoluter Stille waren sie in einen milchigen Nebel gehüllt, in dem nichts zu erkennen war. Konnte man vorher immerhin Gegenstände in drei, vier Meter Entfernung ausmachen, so war nun jede Sicht unmöglich geworden, wie in einer mondlosen Nacht. Statt der Dunkelheit war da dieses Licht, in dem alles eins war. Fiona griff mit der Hand hinein und hatte das Gefühl, sie in feuchte Watte zu stecken. Die Finger verschwanden, von dieser geheimnisvollen, unbekannten Substanz amputiert. Ein paarmal streckte Fiona die Hand aus und zog sie wieder zurück. Sie kam sich vor wie ein Tierbändiger, der den Arm in den Rachen eines Löwen steckt. Der Nebel löschte jedes Raumgefühl aus, jedwede Unterscheidung zwischen oben und unten, rechts und links. Ebenso gut hätte sie kopfüber darauf schauen können.

«Ten ...», rief sie, aber leise, als wollte sie nicht stören.

Der Sherpa schlüpfte mit der üblichen Gewandtheit aus dem Schlafsack und kam an ihre Seite.

«Das ist ... unglaublich», murmelte Fiona.

Tenzing beugte sich vor, um das Wetterphänomen zu betrachten, das er schon einige Male erlebt hatte.

«Wenn du wichtige Entscheidung triffst», sagte er zu ihr, «machst du Augen zu. Um richtigen Weg zu finden, musst du es ebenso machen: die Augen schließen. Vielleicht hilft dir Nebel hier.»

Fiona sah ihn an und studierte den rätselhaften Gesichtsausdruck des Sherpas. Mittlerweile hatte sie sich an den Tonfall gewöhnt, in dem er seine Weisheiten kundtat. Für gewöhnlich achtete sie nicht darauf: Die Annahme, man könne alles mit einfachen, kleinen Grundwahrheiten erklären, regte sie auf. Die Welt war zu kompliziert, um sie auf eine schlichte Gleichung wohlmeinender Gefühlsregungen zu reduzieren. Für Leute, die hier oben lebten, mochte das ja noch angehen, aber am Trafalgar Square kam man damit nicht besonders weit.

Dennoch hörte sie Tenzings Worten diesmal tatsächlich aufmerksam zu. Wie es bei zweideutigen Aussagen nun einmal passiert, interpretierte sie sie im Hinblick auf ihre eigene Situation. *Um richtigen Weg zu finden, musst du die Augen schließen ...* Wäre sie in ihrem Büro in London gewesen, vor ihrem Computer, hätte sie darüber nur gelacht. Doch hier, in siebentausend Metern, war alles anders. Es war, als würde dieser Nebel, den sie buchstäblich mit Händen greifen konnte, sie schon seit langer Zeit einhüllen ... Na los, sag's schon! Seit zehn Jahren, gestand sie sich endlich ein. Seit zehn Jahren hinderte der Nebel sie daran, sich nach vorn oder hinten zu bewegen. Er hatte sie in einer Pattsituation gelähmt. Deshalb war sie auf diesen Berg in siebentausend Meter Höhe gestiegen. Sie musste die Kraft finden, den Nebel zu durchdringen, um wieder ans Licht zu kommen.

Fiona drehte sich zum Zeltinnern um, und mit einem Mal erkannte sie, dass der Baron aus genau demselben Grund hier oben war. Boroda womöglich ebenfalls. Wer weiß, vielleicht auch Tenzing. Auf den Nebel, der sie hier einhüllte, waren sie nicht erst am Himalaya gestoßen, nein, den hatten sie mitgebracht.

Ganz erschüttert von dieser Einsicht, machte Fiona ein paar Schritte nach draußen. Sie musste ein wenig Luft schnappen.

«Warten Sie.»

Der Baron war ebenfalls aufgestanden.

«Ich komme mit.»

Gemeinsam gingen sie hinaus, wenige Schritte nur. Dicht aneinandergedrängt, traten sie dem Nebel entgegen, der ihnen auflauerte und dem es ab und zu gelang, einen Fangarm zwischen sie zu stecken.

«Unglaublich», sagte Fiona und tastete mit der Hand im Nebel, als suchte sie etwas in einer dunklen Abstellkammer.

«Ich war schon ein paarmal in einer ähnlichen Situation», sagte der Baron und drückte sich noch enger an sie. Ihre Körper, ihre Hände berührten sich. «Und doch bin ich immer wieder überrascht. Ich muss mich mit aller Gewalt daran erinnern, dass ich im Himalaya bin, auf siebentausend Meter Höhe, umgeben von Bergen und Gletschern.»

Das stimmt, dachte Fiona. Sie hätte in diesem Augenblick an der Themse, in Ontario oder sogar in Bellagio am Comer See sein können – an irgendeinem jener Orte, an denen sie undurchdringlichen Nebel erlebt hatte. Viele Erinnerungen drängten sich ihr auf, wie Zuschauer eines Radrennens hinter der Bande. Sie scheuchte sie zurück.

«Vorsicht!», warnte der Baron, doch da rutschte Fiona auch schon aus: Sie glitt nach hinten, vielleicht stürzte sie auch auf den Boden zu, sie verstand es selbst nicht.

Der Baron fing sie auf, indem er sie beim Handgelenk packte. Mit dem anderen Arm umfasste er ihren Rücken und hielt sie fest.

Sie standen sich direkt gegenüber, wie zwei Tangotänzer mitten in einer gewagten Figur. Ihre Nasen waren nur wenige Zentimeter voneinander entfernt, sie hatten die Hände ineinander verschränkt.

Fiona betrachtete eingehend das Gesicht des Mannes, der nicht mehr jung und doch noch gut aussehend und kräftig war. Plötzlich begriff sie, woher diese magische Anziehung rührte. Ihr Vater. Der Baron erinnerte sie an ihren Vater. Er strahlte die gleiche Energie aus, kontrolliert und männlich. Und dann diese Hände ... die Hände waren die gleichen, die sie als Kind in die Luft warfen und wieder auffingen ... jetzt, fünfundzwanzig Jahre später, gaben sie ihr dasselbe Gefühl warmer Geborgenheit.

«Dieselben Augen», murmelte der Baron und sah sie durchdringend an.

«Was ...»

«Sie haben dieselben Augen ... dieselbe grünliche Schattierung ...»

Fiona begriff, dass sich vor dem geistigen Auge des Barons Bilder aus der Vergangenheit abspielten. Die Rührung übermannte ihn beinahe.

Plötzlich löste sich von Reichlin von ihr und richtete sich auf.

«Was haben Sie gesagt …?», fragte sie.

«Nichts.»

Die Tore hatten sich wieder geschlossen, die Wachen waren auf ihre Posten zurückgekehrt.

«Kehren wir um.»

Fiona hielt sich dicht hinter ihm. Diesmal jedoch gab es keinerlei Berührung zwischen ihnen.

Bevor sie ins Zelt gingen, drehte der Baron sich noch einmal um.

«Möchten Sie immer noch wissen, was an jenem Tag auf dem Berg geschah?»

Eine Antwort erübrigte sich.

«Kommen Sie herein. Ich erzähle es Ihnen, während wir das Essen zubereiten.»

Ich habe Spuren gesehen

Tenzing hatte Mühe, den Gaskocher anzuzünden. Ein Dutzend Mal entwich das Gas zischend und stotternd aus der Gasflasche. Endlich fing es Feuer. Der Sherpa beugte sich aus dem Zelt und füllte den Tiegel mit Schnee. Als er geschmolzen war, gab er gefriergetrocknetes Gemüse hinzu.

Nun rührte Tenzing langsam, im immer gleichen Rhythmus die Suppe um. Hätte man seine Rührbewegungen mit der Stoppuhr gemessen, es wäre immer wieder exakt derselbe Wert herausgekommen, keine Tausendstelsekunde mehr oder weniger. Der Wasserdampf stieg nach oben, wo er an der Zeltdecke umgehend gefror.

Alle fünf hatten sich im Kreis um den Gaskocher gesetzt. Die Flamme warf wogende Schatten an die Zeltwand hinter ihnen. Der Suppenduft hatte sie wieder zum Leben erweckt, und nun warteten sie gemeinsam aufs Essen, während ihnen das Wasser im Mund zusammenlief.

Tenzing probierte mit der Löffelspitze, löschte dann die Flamme und begann, direkt aus dem Tiegel zu essen. Als er fertig war, reichte er den Topf Fiona, die rechts von ihm saß. In den ersten Tagen hatte Fiona diese Bergsteigersitte irritiert. Doch der unerlässliche Zwang zur Beschränkung bei einer Tour ins Hochgebirge gestattete keinen Luxus wie etwa Teller, Gabeln oder häufiges Geschirrspülen. Wer das Essen zubereitete, aß als Erster und gab das Gefäß dann weiter: Das war die Regel.

Boroda stierte gierig auf den Topf und wartete darauf,

dass er an die Reihe kam. Der Baron saß mit überkreuzten Beinen da und sah mit gelangweilter Gelassenheit in die Runde, geradeso, als säße er in einem Restaurant in Marienbad. In Iaans Eingeweiden rumorte es.

Als sie fertig war, reichte Fiona die Suppe an Boroda weiter. Sie wischte sich mit dem Handrücken über den Mund und wandte sich an den Baron.

«Also, Herr Baron, erzählen Sie die Geschichte. Die Bedingungen sind ideal: Draußen ist schlechtes Wetter, und hier drin sitzen fünf Freunde, die gerade nichts Besseres zu tun haben. Auf geht's ...»

«Sagen Sie mir, was genau Sie daran interessiert, und ich werde versuchen, Ihre Neugier zu befriedigen.»

«Wann haben Sie bemerkt, dass die beiden weg waren?»

«Ich wachte um zwei Uhr nachts auf. In dieser Höhe schlafe ich schlecht. Andere dagegen», und dabei warf er Boroda einen Blick zu, «fallen in einen katatonischen Zustand. Es hängt vom Stoffwechsel ab, glaube ich, oder vielleicht vom Akklimatisierungsprozess.»

«Verschieben wir die wissenschaftlichen Erläuterungen bitte auf später.»

«Ich schrecke plötzlich hoch, mit dem Gefühl, dass etwas Furchtbares passieren wird. Ich drehe mich zur Seite und sehe, dass Jean-Pierres Schlafsack leer ist. Auch sein Rucksack ist verschwunden. Es ist schrecklich kalt, dreißig Grad unter null. Ich gebe mir einen Ruck, stehe auf, ziehe die Stiefel an und gehe hinaus. Es ist Winter, vergessen Sie das nicht: die erste Besteigung dieses Bergs im Winter. Ein Unterfangen, das viele für blanken Wahnsinn hielten.»

«Womit sie gar nicht so unrecht hatten, wenn man bedenkt, wie es ausging.»

«Die Geschichte des Alpinismus wurde ausschließlich von Wahnsinnigen geschrieben, die ihre verrückten Träume verwirklichten.»

«Fahren Sie fort.»

«Ich gehe in das Zelt nebenan und stelle fest, dass auch Michel verschwunden ist. Doch sein Schlafsack ist noch warm. Er scheint erst vor wenigen Minuten aufgebrochen zu sein. Ich haste wieder in mein Zelt hinüber, ziehe mir die Daunenjacke an, packe das Allernötigste in meinen Rucksack, schnappe mir den Pickel und mache mich auf den Weg. Im Licht der Stirnlampe kann ich die Spur sehen. Sie ist tief und unregelmäßig: Jean-Pierre hat sie als Erster gezogen, Michel folgte ihr. Jetzt ist die Piste gespurt, und so komme ich leicht voran. Zum Glück kenne ich das Gebiet: In den Tagen zuvor sind wir immer wieder drei-, vierhundert Meter hinaufgestiegen, um die Route zu planen. Wir kehrten jedes Mal wieder um: zu viele überhängende Wächten, zu gefährlich.»

«Sie machen sich also mitten in der Nacht allein auf den Weg. Weshalb?»

«Ich versuchte, die Expedition zu retten, die ohnehin schon ziemlich verwegen war. Einfach so loszugehen, ohne irgendetwas geplant zu haben, machte den Versuch nur noch gewagter. Außerdem hatte Jean-Pierre sich in den vergangenen Tagen mehrmals beklagt, ihm sei nicht gut.»

«Sieh mal an, der barmherzige Samariter vom Himalaya!», bemerkte Iaan.

«Bei dieser Art von Expeditionen ist es unerlässlich, dass ein großes Einvernehmen zwischen den Teilnehmern herrscht, andernfalls erreicht man unmöglich sein Ziel.»

«Sag ruhig, dass dich die Tatsache wurmte, Michel und

Jean-Pierre könnten den Gipfel womöglich als Erste besteigen, während du friedlich im Zelt schnarchtest.»

«Glaubt, was ihr wollt. Ihr seid keine Profis. Das könnt ihr nicht verstehen.»

«Lassen Sie's gut sein», sagte Fiona. «Erzählen Sie weiter, Hans.»

«Eine gute Stunde lang komme ich gut voran. Dann sehe ich endlich einen Lichtschein. Ich gehe schneller. Es ist Michel, der den Spuren seines Bruders folgt.»

«Wie hat er reagiert, als Sie ihn eingeholt hatten?»

«Verärgert. Er ist nicht einmal stehen geblieben. Er sieht mich an und sagt: Was willst du? Wir müssen umkehren, erwidere ich. Er und Jean-Pierre brächten die ganze Expedition in Gefahr. Doch er will nichts davon wissen und scheint mir nicht einmal richtig zuzuhören. Strammen Schritts folgt er weiter den Spuren seines Bruders. Zu guter Letzt packe ich ihn beim Arm und zwinge ihn, sich umzudrehen. Michel rastet aus. ‹Lass mich los!›, schreit er. ‹Wenn du mitkommen willst, bitte schön. Wenn nicht, kehr wieder um und lass uns in Frieden.› Ich erinnere ihn daran, dass die Wetteraussichten äußerst schlecht sind, am Abend zuvor hat auch er das gelbe Leuchtsignal gesehen, das vom Basiscamp aus abgefeuert wurde.»

«Was für ein Leuchtsignal?»

«Die Verbindung zum Camp war sehr schwierig. Daher hatten wir einen Code vereinbart: blaues Leuchtfeuer, wenn die Wettervorhersage gut war, und gelbes, wenn sie schlecht war. Und am Abend zuvor hatten sie ein gelbes Signal abgefeuert.»

«Und Michel …?»

«Hört gar nicht auf das, was ich sage. Das Warnzeichen interessiert ihn überhaupt nicht. Er macht sich aus meinem

Griff los und geht weiter. Also folge ich ihm und halte ihn erneut am Ärmel seiner Daunenjacke fest. ‹Du und dein Bruder, ihr werdet es nie allein auf den Gipfel schaffen! Wenn Jean-Pierre sieht, dass du nicht kommst, wird er umkehren›, sage ich ihm. Doch Michel hört nicht auf mich, er bedroht mich sogar mit dem Pickel. ‹Er ist losgegangen›, sagt er, ‹und ich gehe mit. Ich muss ihn einholen. Allein wird er es nicht schaffen.› Mit einem Ruck macht er sich los und geht seiner Wege.»

Schweigend saßen sie da, wie nach dem Schlussakkord eines Kirchenlieds.

«Und dann?», drängte Fiona.

«Ich sehe seiner Stirnlampe nach, die im Dunkel immer schwächer wird und schließlich ganz verschwindet. Dann kehre ich um. Unter solchen Bedingungen weiterzugehen ist heller Wahnsinn. Den Rest kennen Sie ja. Im offiziellen Bericht heißt es, eine Lawine habe Jean-Pierre auf dem Rückweg mitgerissen, wohingegen es Michel gelungen sei, sich zu retten. Ende des Kapitels.»

«Was glauben Sie, weshalb Jean-Pierre und Michel sich allein auf den Weg machten?»

«Zehn Jahre lang habe ich darüber nachgedacht und bin doch zu keiner Lösung gekommen. Was in jener Nacht geschehen ist, weiß ich nicht. Vergessen Sie nicht: Jean-Pierre war als Erster losgegangen. Michel mindestens eine Stunde später. Offensichtlich war Jean-Pierre aufgebrochen, ohne ihm Bescheid zu geben. Michel verfolgte ihn. Sie hatten also nicht beschlossen, gemeinsam den Gipfel zu stürmen.»

«Es war ihnen sehr wichtig, den Gipfel zu erreichen ...»

«Das war es für uns alle! Es handelte sich um eine Expedition des Österreichischen Alpenvereins, und die beiden waren die einzigen Ausländer. Zwei äußerst vielversprechende Jungs, aber eben noch Jungs. Ein richtiger Bergsteiger, das ist was anderes. Durch diese Winterbesteigung wären sie allerdings berühmt geworden.»

Iaan, der seine Ration aufgegessen und die Suppe an den Baron weitergegeben hatte, sagte:

«Sie sagten, dass es Jean-Pierre nicht gut ging.»

«Seit ein paar Tagen klagte er über Kopfschmerzen. Er übergab sich oft. Vor allem aber war er sehr schwach.»

«Tja ...», sagte Fiona mit leerem Blick.

«Die klassischen Symptome der Höhenkrankheit. Er hätte sofort auf eine geringere Höhe hinabsteigen müssen, das sagten wir ihm immer wieder. Doch er hatte sich in den Kopf gesetzt, um jeden Preis den Gipfel zu erklimmen, dieser Berg gehöre ihm, wiederholte er unablässig. Genau das waren seine Worte: ‹Dieser Berg gehört mir!›»

«Kamt ihr beiden gut miteinander aus?»

«Bei einer derartigen Expedition entstehen immer Freundschaften und Antipathien, das ist unvermeidlich. Jedenfalls, wenn es das ist, was Sie meinen, wir hatten damals ein sehr gutes Ver...»

Von Reichlin brachte den Satz nicht zu Ende.

Der trockene Knall, den sie hörten, war ohrenbetäubend. Ihm folgte ein dumpfes Brausen, das immer mehr anschwoll und jedes andere Geräusch verschluckte. Nach ein paar Sekunden verebbte es allmählich.

«Eine Lawine», sagte der Baron. «Ganz in der Nähe.»

«Ten hat doch gesagt, hier sei es sicher!»

«Nichts ist sicher auf diesem Berg.»

Boroda kroch zum Zelteingang. Es war das erste Mal, dass der Kasache besorgt wirkte.

«Ich geh mal nachsehen. Ihr bleibt hier in Sicherheit und rührt euch nicht. Ich bin gleich zurück.»

Er zog die Stiefel an und verschwand nach draußen.

Drinnen im Zelt war niemandem mehr nach einer Unterhaltung zumute. Die Rätsel der Vergangenheit büßen ihren Reiz ein, wenn das eigene Leben in Gefahr ist.

Boroda blieb länger als vermutet draußen. Ratlos und nervös warteten der Baron, Tenzing, Fiona und Iaan auf seine Rückkehr. Sie konnten sich nicht einfach in ihre Schlafsäcke legen, Lesen oder Schreiben war ebenso unmöglich. Besorgt sahen sie einander im Schein einer Stirnlampe an. Kurz war Fiona versucht, sich anzuziehen und nach draußen zu gehen, aber sie widerstand diesem Impuls. Boroda hatte Recht: Unter diesen Bedingungen brachte sie sich womöglich nur in Gefahr.

Nach etwa einer Stunde hob sich die Plane am Eingang, und Anatolis Kopf tauchte auf. Der besorgte Ausdruck auf seinem Gesicht war nicht verschwunden, im Gegenteil, er war noch stärker geworden.

«Da ist eine ganze Menge abgegangen, ganz in der Nähe. Ich konnte es nicht genau sehen, aber weiter oben scheint es immer noch viel Schnee zu geben.»

Der Baron schüttelte den Kopf. Das hätte es nun nicht gebraucht. Frischer Schnee war am tückischsten.

«Und da ist noch etwas», fügte der Kasache hinzu.

Alle hielten den Atem an.

«Ich habe Spuren gesehen da draußen.»

Sie hatte nicht die geringste Lust, allein draußen im Sturm zu bleiben

«Ich geh mir das mal ansehen.»

Der Baron sah Fiona an, als sei sie ein störrisches Kind.

«Das bringt nichts. Vor allem aber ist es gefährlich, wo die Lawinen nur darauf warten, jemanden unter sich zu begraben.»

«Ist mir egal. Ich muss diese Spuren sehen.»

Fiona schlüpfte in die Außenschuhe der Stiefel und zog ihre Daunenjacke über. Sie wollte gerade die Kapuze zubinden, als Boroda zu ihr sagte:

«Warte, ich komme mit. Ich zeige dir die Spuren, und vor allem passe ich auf, dass du nicht irgendeinen Unsinn anstellst.»

Fiona mochte den Kasachen nicht. Aber in diesem Augenblick brauchte sie ihn. Obwohl sie ihre Unruhe überspielte, war sie alles andere als gelassen bei dem Gedanken, allein in den Schneesturm hinauszugehen. Sollte Boroda sie begleiten wollen, um mit ihr allein sein zu können, nun gut, dann sollte er die Situation ruhig dazu nutzen. Schließlich wäre er ihr ebenso nützlich: Oft hatte sie Männern absichtlich den Kopf verdreht, ohne sich dabei schuldig zu fühlen. Männer waren so stark, aber auch so einfältig.

«Bist du so weit?»

«Mann, hast du's eilig! Es schneit nicht so sehr, dass der Schnee die Spuren gleich wieder zudeckt.»

Sie gingen hinaus. Der Sturm tobte in heftigen Böen. Fiona ging nach vorn gebeugt, um dem Wind standzuhalten.

Anatoli wies ihr mit Gesten die Richtung – Sprechen war unmöglich. Er bahnte ihr den Weg, und sie folgte ihm.

Beim Gehen, ganz auf die eigenen Schritte konzentriert, stellte sie fest, wie massig Boroda war. Mit seinem fast zwei Meter großen Körper schirmte er sie vor den Windböen ab. Schwer, wie er war, sank der Kasache bis zu den Knien im Schnee ein. Sie dagegen, klein und leicht, versank nur bis zum Knöchel und mied daher seine Spuren.

Sie begriff nicht, wie es Boroda gelang, sich zu orientieren. Eine Zeit lang war er seinen eigenen Spuren gefolgt. Plötzlich aber war er nach rechts abgebogen, so als würde er eine Abzweigung einschlagen. Er schien sich absolut sicher zu sein. Fiona hatte keine Ahnung, in welche Richtung sie gingen; schon nach wenigen Minuten hätte sie nicht mehr sagen können, wo das Zelt lag. Nur indem sie den Fußstapfen in umgekehrter Richtung folgte, hätte sie wieder zurückgefunden. Boroda dagegen schritt sicher voran. Fiona hatte gelesen, dass Extrembergsteiger einen speziellen Orientierungssinn entwickeln, der auf dem Wind, dem Licht und dem Gleichgewichtssinn beruht. Vielleicht überlebten aber auch nur diejenigen, die ihn ohnehin hatten.

Boroda ging schnell. Zu schnell. Fiona gelang es nicht, Schritt zu halten, sosehr sie sich auch anstrengte. Schon sah sie die Silhouette des Kasachen weniger deutlich vor sich. Ein Windstoß, und auf einmal war er hinter einem Nebelschleier verschwunden. Dann tauchte er wieder auf, in noch größerer Entfernung.

«Anatoliiiii!», schrie sie. Die Silhouette verschwand erneut, wurde von Wolken und Schnee verschluckt.

Keuchend blieb Fiona stehen. Sie musste ein wenig ausruhen. Das Blut pochte ihr in den Ohren, ihr war speiübel.

Was für eine verrückte Idee, bei diesem Wetter das Zelt zu verlassen ...

«Schaffst du's nicht?»

Fiona hob den Blick: Der Kasache stand über sie gebeugt da und brüllte ihr ins Trommelfell. Wann war er umgekehrt? Wie war es möglich, dass er so schnell bei ihr war?

Energisch schüttelte Fiona den Kopf.

«Wir sollten lieber zurückgehen. Du kannst nicht mehr.»

Sie schüttelte erneut den Kopf und streckte den Rücken durch.

«Ich will weiter», brüllte sie in den Wind. «Ich muss es wissen!»

«Lass es gut sein ... Es ist zu gefährlich.»

Der Wind blies ihr in den Anorak und unter die Kapuze. Es war entsetzlich kalt.

«Er ist hier, da bin ich sicher ... Ich muss ihn finden.»

Sie schob Boroda beiseite und ging weiter. Wohin, wusste sie nicht. Mühelos überholte Boroda sie und gab erneut den Weg vor.

Sie waren etwa zwanzig Minuten gegangen, als Boroda plötzlich stehen blieb. Er reckte den Kopf wie ein Wolf, der eine Witterung aufnimmt. Vorsichtig, mit kleinen Schritten, setzte er dann seinen Weg fort. Er ging ein kurzes Stück, drehte um, schlug eine andere Richtung ein. Nun schien er richtig zu sein: Seine Schritte wurden länger. Er wusste, was er tat. Fiona hielt sich dicht hinter ihm. Sie mochte Boroda nicht, und doch vertraute sie ihm: Sie hätte ihr Leben in seine Hände gelegt – und nichts anderes tat sie gerade.

Anatoli blieb stehen. Er trat zur Seite, als wollte er sie vorbeilassen. Fiona blickte nach vorn: Mitten im Schneegestöber entdeckte sie in ein paar Meter Entfernung Spuren.

Sie stammten nicht von Boroda, dessen Stapfen tiefer waren. Drei, höchstens vier Zentimeter Schnee lagen in den Vertiefungen. Seit der Unbekannte vorbeigekommen war, schien nicht viel Zeit vergangen zu sein.

Fiona betrachtete die Spuren, als könnten sie ihr beweisen, dass Jean-Pierre hier irgendwo auf dem Berg war.

«Sind die von ihm?», schrie sie Boroda zu, Bestätigung suchend.

Der Kasache zuckte mit den Schultern.

«Folgen wir ihnen», sagte sie zu ihm.

Boroda legte den Zeigefinger an die Stirn: Spinnst du?

«Ich muss herausfinden, ob es Jean-Pierre ist. Ich gehe.»

Der Kasache wollte sie zurückhalten, doch sie machte sich los. Nach ein paar Schritten blickte Fiona sich verstohlen um. Zum Glück war Boroda ihr gefolgt: Ohne ihn hätte sie sich mit Sicherheit verlaufen.

Im Licht der Stirnlampe waren die Abdrücke deutlich zu sehen. Sie stammten von jemandem, der sich mit Leichtigkeit bewegte. Ein Schritt, noch einer, dann noch einer … Und dann …

Verwirrt blieb Fiona stehen. Ein paar Meter vor ihr tat sich ein Abgrund auf. Wütend blies der Wind aus dem Tal über den Rand des Schlunds und wirbelte den Schnee mehrere Meter hoch in die Luft.

Jean-Pierres Fußstapfen gingen direkt auf den Abgrund zu. Genau am Rand hörten sie plötzlich auf – es schien, als wäre der Bergsteiger in der Luft weitergegangen, wie eine Comicfigur.

Entsetzt starrte Fiona auf die Abdrücke im Schnee.

«Ob er abgestürzt ist?», brüllte sie Boroda ins Ohr.

Der Kasache zuckte wieder nur mit den Achseln.

«Hier oben auf diesem Berg ist alles möglich», kreischte er mit seiner hohen Stimme zurück. «Aber sollte es tatsächlich Jean-Pierre sein, wäre ihm ein solcher Fehler ganz bestimmt nicht unterlaufen!»

«Es sieht aus … wie die Spuren von einem Geist.»

«Ob er das ist, sein Geist oder seine Leiche, ist mir wurst. Hauptsache, ich finde, wonach ich suche. Und dann werde ich reich!»

Reich?, dachte Fiona. Was hatte das Ganze denn mit Geld zu tun? Die Möglichkeit, dass man damit reich werden könnte, Jean-Pierre zu finden, hatte sie bislang noch nicht in Betracht gezogen.

Trotz der Schneebrille, die ihr Gesicht zur Hälfte bedeckte, hatte der Kasache ihren erstaunten Blick mitbekommen.

«Von Reichlin hat mir einen Haufen Geld versprochen, wenn wir Jean-Pierres Leiche oder seinen Fotoapparat finden. Sollte er noch am Leben sein, wie du behauptest, umso besser.»

Verblüfft hörte Fiona ihm zu. Der Baron hatte also wirklich großes Interesse daran, fast so sehr wie sie selbst. Weshalb nur?

Ihr blieb keine Zeit, Vermutungen anzustellen. Der Kasache hatte sich bereits umgedreht und stapfte aufs Zelt zu. Und sie hatte nicht die geringste Lust, allein draußen im Sturm zu bleiben.

Alle Mann raus

Es war Nacht geworden. Allerdings war es keine jener Nächte, die Fiona am Himalaya so lieben gelernt hatte. Naturschauspiele ließen sie normalerweise unbeeindruckt; sie hatte keine Zeit für solche Dinge. Vor vier Wochen aber hatte sie staunend vor dem herrlichen Panorama gestanden, das sich ihr bot. Während die Nacht die Talsohle wie ein schwarzer Strom füllte, glühten oben in der Sonne weiterhin die Gipfel – und zwar mit solcher Ausdauer, dass man den Eindruck hatte, sie würden nie erlöschen, wie Kerzen, die in einer Kathedrale des Unendlichen brennen.

Es war mindestens zwanzig Jahre her, seit sich Fiona zum letzten Mal von der Natur hatte begeistern lassen. Sie war dreizehn, als sie vollkommen hingerissen vom Anblick ihres Vaters war, der einen Skihang irgendwo in der Schweiz hinabfuhr. Mit Leichtigkeit und Eleganz, fröhlich lächelnd wie immer, stand er auf den Skiern. Wie ein Tänzer im Schnee sah er aus. Fiona dachte daran, wie sehr sie sich damals gewünscht hatte, dieselbe leichte Anmut zu besitzen, und dass ihr das immer verwehrt geblieben war. Ihr Vater … verschwunden, wer weiß, wohin, mit wer weiß was für einer Frau. Während sie im Schlafsack lag, fiel Fiona ein, dass zu den vielen Sportarten, die ihr Vater ausübte, auch das Bergsteigen gehörte, er war ein guter Amateur gewesen. Seltsam, das hatte sie ganz vergessen.

Draußen vor dem Zelt wütete der Sturm mit aller Kraft, und es waren jetzt gewiss keine glühenden Berggipfel zu sehen. Zum Abendessen hatte Ten Reis mit einer Soße aufgewärmt, über deren Zusammensetzung Iaan gar nicht erst aufgeklärt werden wollte. «Hör auf, Ten, sonst esse ich nichts.» Schweigend, im Licht einer Stirnlampe, hatten sie die Mahlzeit eingenommen. Der Topf wanderte von einer Hand zur anderen ohne ein Bitte oder Danke. Keiner außer Boroda hatte Hunger. In dieser Höhe verlangsamte sich alles, auch die lebenswichtigen Impulse. Beim Gedanken, festere Nahrung als eine Suppe zu sich zu nehmen, wurde ihnen übel. In siebentausend Metern ist eine Gemüsesuppe lediglich eine der Möglichkeiten, der Flüssigkeit, die der Körper so dringend benötigt, einen erträglichen Geschmack zu geben.

Zuletzt hatte von Reichlin den Topf dem Sherpa zum Auswischen gereicht.

«Morgen werden wir uns hier draußen mal umsehen. Jean-Pierres Leiche – schließlich ist er vor zehn Jahren hier auf diesem Berg gestorben – kann nicht weit sein. Welche Aufstiegsroute er auch gewählt hat, er muss hier an dem Pass vorbeigekommen sein.»

Fiona wandte sich an den Sherpa:

«Was meinst du dazu, Ten?»

«Der Berg erteilt seine Lektion, aber ihr seid unaufmerksame Schüler. Sobald möglich, müssen wir absteigen. Hier in der Höhe verlierst du Energie selbst im Schlaf.»

«Kommt überhaupt nicht infrage, Ten. Ich kehre nicht mit leeren Händen zurück.»

Der Sherpa zuckte mit den Achseln.

«Wie du willst. Sich Sorgen zu machen bringt nichts. Du kannst Schicksal nicht ändern.»

«Was soll das heißen?»

«Schicksal ist wie Meer, ihr aus dem Westen glaubt, ihr fahrt mit einem Motorboot. Stellt euch jedoch vor, ihr seid auf Floß ohne Segel und ohne Steuer. Nun könnt ihr nichts als warten. Vielleicht kommt ihr an Strand mit Palmen und Kokosnüssen, vielleicht zerschellt ihr an Felsen. Floß kannst du nicht steuern. Unnütz, sich deswegen zu quälen. Wenn es eine Lösung gibt, warum sich dann Gedanken machen? Und wenn es keine gibt, warum sich Gedanken machen?»

Fiona ärgerte sich über das, was Ten gesagt hatte. Sich einfach treiben lassen ... das war ihr nie gelungen. Immer hatte sie versucht, sich auf ihrem Motorboot ans Steuer zu setzen und die Treibstoffzufuhr selbst zu regeln. Wem dies nicht passte, den hatte sie über Bord geworfen. Sie würde es auch diesmal schaffen. Sie war hin und her gerissen zwischen ihrem Überlebensinstinkt, der ihr riet, umgehend ins Basiscamp zurückzukehren, und dem Wunsch, ein für allemal das Geheimnis um Jean-Pierre zu lüften.

Jean-Pierre ... Während sie sich in ihrem Schlafsack auf die andere Seite wälzte, dachte sie erneut an den Bergsteiger. Hatte sie tatsächlich geglaubt, ihn dort draußen im Schneesturm zu finden? Was waren das für Spuren, auf die Anatoli gestoßen war? Vielleicht stammten sie von einem Bergsteiger, der den Anstieg zum Gipfel riskierte oder auf dem Rückweg war, auch wenn das unwahrscheinlich war: Die Saison war vorbei. Und doch, diese Augen, das Gesicht, der Bart, der Körper ... wie hätte sie sich da irren können?

Sie zog das kleine Diktiergerät aus der Tasche ihrer Fleecejacke, steckte sich den Kopfhörer ins Ohr und hörte sich die Aufnahme an, die sie gemacht hatte, bevor sie ins Zelt zurückgekommen war.

«Den zweiten Tag sitzen wir nun im Zelt fest, knapp unter siebentausend Metern, ohne Verbindung zum Basiscamp. Doch auch in dieser scheinbaren Unbeweglichkeit können unerwartete Dinge passieren. Was würden Sie zum

Beispiel sagen, wenn Sie mitten im Schneesturm geheimnisvolle Spuren fänden ... nein, warte.»

Die Aufnahme brach ab, und nun, beim Abhören, wurde Fiona wütend auf sich selbst. Was war nur in sie gefahren? Ihre Phantasien von Jean-Pierre zu erzählen, der wiederauferstanden war, von dem zu erzählen, was vor zehn Jahren geschehen war! Da hätten alle sehr über sie gelacht!

«Während wir im Zelt auf besseres Wetter warten, denken wir unweigerlich an das Geheimnis des Kinsoru, den spannendsten Krimi in der Geschichte des Alpinismus.»

Das klang gleich besser: Geheimnisse, Spannung, Rätsel. So etwas wollten die Leute hören.

«Was geschah vor zehn Jahren auf diesem Berg? Am neunten Januar mitten in der Nacht brachen sie auf, die beiden Brüder Leblanc, in etwa siebentausend Metern, in dem verzweifelten Versuch allein, und erstmals im Winter, den Gipfel zu stürmen. Sieben Tage lang hörte niemand etwas von ihnen. Die anderen Mitglieder der Expedition und diverse Rettungsteams suchten auf dem Berg nach ihnen, aber sie fanden nichts außer ein paar Spuren, die zum Teil von den ständigen Lawinen bereits verschüttet waren. Es war unmöglich, herauszufinden, was mit ihnen geschehen war. Nach sieben Tagen dann das Wunder: In einem Dorf auf der anderen Seite des Kinsoru, in einem unbekannten, nur auf dem Rücken eines Yaks zu erreichenden Tal wird Jean-Pierre Leblanc aufgefunden. Er ist am Ende seiner Kräfte, sein Körper völlig ausgetrocknet, seine Lippen sind geschwollen, die Augen vom gleißenden Sonnenlicht beinahe erblindet. Er kann sich an nichts erinnern. Was mit seinem Bruder passiert ist, kann er nicht sagen. Michel Leblanc ist auf dem Berg verschwunden, ohne dass er ... Verdammte Scheiße!»

Fiona hörte ihren Fluch erneut ab und bestätigte ihren

Wutanfall von eben mit einem Nicken. Sie hatte die Namen verwechselt! Jean-Pierre war derjenige, der verschwunden war, nicht Michel … Sie war müde, viel zu müde. Tenzing hatte recht: In dieser Höhenlage gelang es einem nie, Kraft zu schöpfen. Sie verstaute das Gerät in der Tasche und drehte sich auf die Seite. Dann glitt sie ins Unterbewusstsein hinüber. Zumindest erschien es ihr so.

Mit einem Mal riss Fiona die Augen auf. Hatte sie geschlafen? Sie sah auf die Uhr. Es waren gerade einmal zwanzig Minuten vergangen. Wie sich in so großer Höhe das Zeitgefühl veränderte, hatte sie schon erlebt. Manchmal kam es einem vor, als seien Stunden vergangen, dabei waren es nur wenige Minuten. Dann wiederum war man überzeugt, nur kurz die Augen geschlossen zu haben, und schon war eine ganze Nacht vergangen. In jedem Fall wachte man geschwächt, vollkommen kraftlos wieder auf. Erst wenn es einem gelang, sich aus dem Schlafsack zu quälen und eine Tasse Tee zu trinken, kehrte ein wenig Energie in einen zurück.

Jean-Pierre … Sie rief ihn ein letztes Mal und schlief dann wirklich ein. Im Traum gingen die Realität, die sie umgab – die Berge, die Gletscher, das Zelt, Boroda und der Baron –, und die Erinnerungen an früher ineinander über: ihr Vater, das Skifahren … Ob gut oder schlecht, zumindest waren ihr so ein paar Stunden Ruhe vergönnt. Sie träumte noch immer, als die Zeltplane am Eingang plötzlich aufgerissen wurde.

Fiona konnte gerade noch rechtzeitig die Augen öffnen und versuchte mühsam, Traum und Wirklichkeit auseinanderzuhalten.

Eine eisige Bö aus Wind und Schnee drang herein.

Dann tauchte ein Kopf auf.

«Schnell!», schrie jemand. «Alle Mann raus!»

Dritter Tag

Herzlich willkommen im Diesseits

«Alle Mann raus!»

Der Unbekannte musste seine Aufforderung wiederholen, da niemand im Zelt reagiert hatte. Einen Augenblick herrschte vollkommener Stillstand wie im Kino, wenn der Projektor klemmt und auf der Leinwand ein einzelnes Bild zu sehen ist. Dann begann die Filmspule sich wieder zu drehen: mit doppelter Geschwindigkeit.

In Windeseile sprang Tenzing aus dem Schlafsack und stürzte zu Fiona. Sie begriff nicht, was da vor sich ging. Wer war der Typ, der da geschrien hatte? Wegen seiner Kapuze und der Schneebrille, die er trug, hatte sie seine Gesichtszüge nicht erkennen können. Sie hatte gerade einmal Gelegenheit gehabt, zu bemerken, dass die Nacht vorüber war: Tageslicht drang ins Innere. Nun hatte sie nicht einmal mehr zum Denken Zeit. Ohne große Umschweife streifte Tenzing ihr die daunengefütterte Hose über. Boroda war bereits fertig, seine Füße steckten in den Stiefeln. Obwohl der Baron Hektik verachtete, bewegte er sich ebenso hastig wie die anderen. Nur Iaan rekelte sich noch in der Wärme seines Schlafsacks, unfähig, sein Lager zu verlassen.

Der Unbekannte war verschwunden. Boroda huschte nach draußen, um die Lage zu erkunden, und steckte kurz darauf den Kopf wieder zum Zelteingang herein.

«Beeilt euch!» Er rief es nicht besonders laut, aber umso eindringlicher.

Ohne ein Wort zu sagen, zog der Baron den Reißverschluss des Schlafsacks auf und packte Iaan unter den Achseln. Rücksichtslos stellte er ihn auf die Füße, als wäre er ein Hampelmann.

«Wachen Sie auf und machen Sie, dass Sie nach draußen kommen. Sofort!»

In Iaans Kopf legte sich ein Schalter um. Das Adrenalin löschte jede Spur von Benommenheit. Iaan verwandelte sich in eine menschliche Maschine, die ausschließlich funktionierte, um das Überleben zu sichern. Hastig zog er sich an, und bevor er hinausging, schnappte er sich sogar noch seinen Fotoapparat.

In weniger als einer Minute waren alle draußen. Noch immer tobte der Schneesturm.

«Hier lang!»

Fiona begriff, dass es der Unbekannte war, der das rief und dessen Gestalt im Schneegestöber kaum zu erkennen war. Ohne lange zu überlegen, ging sie in die entsprechende Richtung.

Sie hatte gerade ein paar Schritte gemacht, als sie hinter sich erst ein Rauschen, dann einen langen Pfiff hörte. Als sie sich umdrehte, sah sie gerade noch, wie aus dem Nebel eine Lawine auftauchte, die mehrere zehn Meter breit war. Wie Sand rauschte der Pulverschnee in die Tiefe, unheimlich schnell. Er streifte das Zelt, das nur wenige Sekunden standhielt, dann bogen sich die Pfosten und gaben nach. Die Planen und das übrige Gestänge gingen in der weißen Flut unter.

Der feuchte Wind, der sich im Gefolge der Schneewelle erhob, drang nun auch zu ihnen und durchnässte sie. In wenigen Sekunden war die Lawine an ihnen vorbei. Sie ließ eine breite Spur zurück, wie eine riesige Träne. Iaan, der nun ganz wach war, reagierte schnell genug, um ein paar Fotos davon zu schießen.

Auch als die Schneemassen bereits hinter einem Felsvorsprung verschwunden waren, starrten sie weiter in die Leere. Obwohl einige von ihnen derartige Schauspiele gewohnt waren, wirkte das Erscheinen der Naturgewalten in ihrer Wildheit und Kraft mit ungebrochener Faszination auf jeden Einzelnen von ihnen.

Nur mit Mühe konnte Fiona den Blick von der Lawinenschneise abwenden. Sie drehte sich nach dem Unbekannten um, der sie gerettet hatte. Er stand in etwa zwanzig Meter Entfernung auf einem Felssporn. Der Mann ließ die Kapuze sinken.

Fiona blieb das Herz stehen.

Ungläubig riss sie die Augen auf.

Sie streckte die Hand aus.

Machte einen Schritt, dann noch einen, versuchte zu laufen.

«Jean-P…»

Schlagartig brach sie ab, ihre Stimme erstarb.

Fiona sank in sich zusammen. Ihre Schultern fielen herab. Sie senkte den Blick. Tiefe Enttäuschung zeichnete sich auf ihrem Gesicht ab.

Von Reichlin ging auf den Unbekannten zu, mit einem leisen, hochmütigen Lächeln.

«Schön, schön … dann warst du also unser seltsamer Geist. Herzlich willkommen im Diesseits.»

Ich will wissen, was er hier macht

Instinktiv hatten sie sich zu einem Kreis geschart, wie Tiere, die Schutz vor einer Gefahr suchen. Der Mann, der gekommen war, um sie zu warnen, schob die Schneebrille auf die Stirn, und Fiona zuckte zusammen. Er war nicht so massig wie Boroda, auch dem Baron ähnelte er nicht. Sein Körper war schlank und wendig und verriet bei jeder Bewegung die kraftvolle Leichtigkeit einer Raubkatze. Vor allem aber war von sie seinen blauen Augen beeindruckt. Hätte sie sie in einem Artikel beschrieben, sie hätte sie als «funkelnd» bezeichnet. Genau … «funkelnde Augen».

In überheblichem Tonfall hatte sich der Baron an den Neuankömmling gewandt: Dass dieser ihnen das Leben gerettet hatte, schien ihn nicht besonders zu kümmern.

«Hast du uns nachspioniert?», fragte ihn von Reichlin. Es war offensichtlich, dass sie sich seit langem kannten. Da war wohl noch so einiges offen. Der Unbekannte reagierte nicht auf die provozierenden Worte des Barons. Reglos und schweigend stand er aufrecht im Schnee. Die Seitenhiebe des Barons schüttelte er von sich wie ein aus dem Wasser kommender Hund die letzten Wassertropfen.

«Was ist passiert?», fragte Iaan. Alle Energie, die eben noch in ihm war, war wieder aus seinem Körper gewichen und hatte jener Erschöpfung Platz gemacht, die einen erfasst, wenn man große Gefahr überstanden hat.

«Dieser Herr hier hat die Lawine entdeckt, die uns bedrohte. Vielleicht hat er weiter oben im Schnee einen Riss entdeckt und dachte, er müsse uns warnen», erklärte der

Baron. «Eine ausgezeichnete Methode, seine Gewissensbisse zu kurieren, würde ich sagen.»

Der Unbekannte stand weiterhin schweigend da, reglos, ein paar Schritte über ihnen an der Bergflanke. Er sah von oben auf sie herab wie ein fremdes Wesen, mächtig und undurchschaubar.

Das überhebliche Gebaren des Barons war verschwunden. Wie der Kopf eines allzu oft angeriebenen Zündhölzchens hatte sich seine Ironie aufgebraucht. Zurück blieb nur dumpfer Groll. Er ging erneut zum Angriff über, indem er versuchte, die Mauer des Schweigens einzureißen, hinter der sich sein Gegenspieler verschanzt hielt.

«Seit gestern schnüffelst du hinter uns her. Aber damit wirst du nicht weit kommen. Diesmal wirst du die Beweise nicht verschleiern können.»

Für einen kurzen Moment sah es so aus, als würde der Unbekannte reagieren wollen. Aber er rührte sich schließlich wieder nicht; alles, was Fiona wahrnahm, war ein leichter Schauder, der ihn von Kopf bis Fuß überlief.

«Dauert euer Geplauder noch lange?», fragte Boroda. «Wir frieren hier gleich fest.»

«Sie haben recht», warf Tenzing ein. «Entweder wir gehen hinunter in Basiscamp, oder wir bauen Zelt wieder auf. Dritte Lösung gibt es nicht.»

Von ihrer Unterkunft war nichts mehr zu sehen. Die Lawine hatte das Zelt mitgerissen und unter sich begraben.

Boroda schüttelte den Kopf.

«Ich geh hier nicht weg. Erst muss ich finden, wonach ich suche.»

Der Unbekannte stellte seinen Rucksack auf den Boden und entnahm ihm eine durchsichtige blaue Plastikschaufel und einen Griff aus Aluminium. Mit einer raschen Bewegungen setzte er beides zusammen. Wortlos ging er auf die Stelle zu, an der das Zelt gestanden hatte, und begann zu graben. Nach wenigen Augenblicken stellte sich ihm der Baron in den Weg.

«Hör auf. Ich will dir nicht zu Dank verpflichtet sein.»

Der Mann überließ ihm die Schaufel, und der Baron begann wie wild zu schippen, als hätte er mit dem Schnee noch eine Rechnung zu begleichen. Nach etwa zehn Minuten tauchte eine Stange im Schnee auf. Boroda kam dem Baron zu Hilfe, und gemeinsam gelang es ihnen, sie herauszuziehen. Dann reichte von Reichlin dem Kasachen die Schaufel, der mit der Emsigkeit eines Baggers zu arbeiten begann. Bei jeder Schaufelbewegung hinterließ er ein großes Loch in der Lawine. Binnen kurzem ragte die orange Zeltplane heraus. Der Bergsteiger beschleunigte seinen Rhythmus und holte noch weiter aus. Doch schließlich musste auch er aufhören, weil er außer Atem war. In siebentausend Metern war es unmöglich, sich länger als ein paar Minuten derart anzustrengen.

Nun war der Sherpa an der Reihe. Tenzing war weit weniger kräftig als Anatoli und hieb die Schaufel weniger tief in den Schnee. Dafür arbeitete er mit einer ungeheuren Präzision, die weitaus energiesparender war. Jede Geste bestand nur aus den unbedingt notwendigen Einzelbewegungen. Aber auch Tenzing war schließlich erschöpft. Er reichte die Schaufel an Iaan weiter, der aber nur einige wenige Stiche schaffte.

Fiona trat vor. Sie war fest entschlossen, ebenfalls ihr Teil beizutragen, als ihr plötzlich von hinten eine Hand zuvorkam und nach der Schaufel griff.

Es war der Unbekannte. Wortlos machte sich der Mann

an die Arbeit. Der Baron zuckte zusammen. Er wollte etwas sagen, ließ es dann aber sein. In dieser Höhe verwandelte sich jegliche Anstrengung in einen Kampf gegen den eigenen nach Sauerstoff lechzenden Körper. Für persönliche Auseinandersetzungen waren weder Zeit noch Energie vorhanden. Es ging ums pure Überleben.

Der Unbekannte legte einen unhaltbaren Rhythmus vor – nicht einmal Boroda hatte so schnell arbeiten können. Als wäre die Höhe kein Problem für ihn, schaufelte er über eine Stunde lang, während die anderen um ihn herum im Schnee hockten und erschöpft keuchten. Er hörte erst auf, als er die gesamte Ausrüstung ausgegraben hatte. Zwei Stangen waren vom Gewicht der Schneemassen verbogen worden, und der Mann musste mit dem Eispickel darauf schlagen, um sie wieder gerade zu richten. Einige Querstreben waren zerbrochen. Der Mann holte ein Schweizer Messer aus dem Rucksack und bearbeitete die Fragmente, sodass sie wieder aufeinanderpassten. Dann band er sie mit sehr viel Isolierband fest zusammen.

Der Baron beobachtete ihn stumm, in der Hoffnung, dass sich dem Mann irgendein Hindernis auftun würde. Aber nach wenigen Minuten stand das Zelt wie zuvor.

Während der Unbekannte arbeitete und der Kasache und von Reichlin ihm zusahen, entfernte Fiona sich ein paar Schritte von der Gruppe. Sie gab Iaan ein Zeichen, ihr zu folgen.

«Hast du das gesehen?», flüsterte sie ihm zu.

«Was, das Zelt?»

«Nein, *ihn*!»

«Unseren vom Himmel gesandten Retter? Super Typ, würde ich sagen!»

«Hast du ihn nicht erkannt?»

«Wie sollte ich? Ich bin doch kein Mitglied im Alpenverein!»

«Hast du wirklich nicht kapiert, wer das ist?»

«Ich …»

«Das ist Leblanc. Michel Leblanc.»

«Der Bruder von dem anderen … von Jean-Pierre?»

«Genau der.»

Iaan wollte schon zum Fotoapparat greifen, doch Fiona legte ihm eine Hand auf den Arm, um ihn zurückzuhalten.

«Nicht jetzt. Vielleicht später. Beschränken wir uns einstweilen darauf, ihn im Auge zu behalten. Ich will wissen, was er hier macht – und weshalb.»

Ich bin es, der dich braucht

Unschlüssig standen sie vor dem Zelt herum. Obwohl es größer war als die sonst in dieser Höhe üblichen Zweimannzelte, schien es unmöglich, dass sie alle darin Platz finden würden. Vor allem aber genierten sie sich. Niemand wollte den ersten Schritt machen. Wütend fegte der Wind über den Berg, peitschte auf sie ein, und dennoch rührten sie sich nicht vom Fleck.

«Immer noch der alte Einzelgänger, was?», sagte der Baron zu Leblanc. «Andererseits, nach allem, was du vor zehn Jahren angestellt hast, wer würde da auch noch mit dir auf Tour gehen?»

Leblanc schaute von Reichlin an, erwiderte aber nichts. Es war weniger Hass als stille Resignation, die aus seinen Augen sprach.

«Geh», sagte der Baron. «Wir brauchen deine Hilfe nicht. Mir ist es lieber, wenn du nicht in der Nähe bist.»

«Moment mal», sagte Fiona scharf. «Leblanc hat uns das Leben gerettet. Ich denke, einen Platz im Zelt hat er mindestens verdient.»

«Sie wissen nicht, was Sie da sagen», zischte der Baron, «und in welche Gefahr Sie sich dabei begeben. Außerdem ist es ganz und gar nicht nötig. Er kommt immer irgendwie durch.»

Der Baron wandte sich erneut an Leblanc.

«Hau ab, Michel! Scher dich fort!»

«Warten Sie!» Fiona trat zwischen die beiden. «Was erlauben Sie sich eigentlich, Herr von Reichlin? Dieses Zelt gehört uns: Iaan, Tenzing und mir. *Wir* bestimmen, wer bleiben darf.»

Ohne auf diesen Zank zu achten, machte Leblanc wortlos auf dem Absatz kehrt und ging davon. Bereits nach wenigen Sekunden war seine Silhouette im Schneegestöber nur noch verschwommen zu erkennen.

«Warte!», rief Fiona und lief drei Schritte hinter ihm her, bis sie keuchend stehen bleiben musste. Die Luft weigerte sich, ihre Lungen zu füllen, die so leer waren wie ein Parkhaus im Zentrum am Sonntagmorgen.

«Warte!», rief sie wieder, lauter. Ungerührt setzte Leblanc seinen Weg fort.

Die Frustration verlieh ihr ungeahnte Kräfte. Fiona ging, so schnell sie konnte. Indem sie in die Fußspuren des Franzosen sprang, gelang es ihr schließlich, ihn einzuholen. Das Blut pochte ihr in den Schläfen, und ihr Gesichtsfeld war voller pulsierender roter Flecken.

«Warte!», hauchte sie ein letztes Mal. Sie streckte die Hand aus und fasste ihn am Arm.

Dann geschah alles sehr schnell. Leblanc drehte sich mit einem Ruck um, sein Gesichtsausdruck hatte sich in den eines irren Mörders verwandelt. Er stieß sie mit einer einzigen Armbewegung von sich weg, die so heftig war, dass Fiona ein paar Meter weit geschleudert wurde. Sie landete im weichen Pulverschnee, ohne sich wehzutun.

Als Michel sich wieder unter Kontrolle hatte, kam er auf sie zu. Instinktiv versuchte Fiona den Kopf zu schützen, indem sie ihn mit den Armen abschirmte, wie ein Kind, das befürchtet, im nächsten Moment geschlagen zu werden. Doch ein Blick in das Gesicht des Franzosen genügte ihr, um zu erkennen, dass seine Raserei von eben verschwunden war. Er hielt ihr die Hand hin und half ihr auf.

Mit der nötigen Kälte in der Stimme sagte Fiona zu ihm:
«Bleib. Bitte. Ich brauche dich.»
Er schüttelte den Kopf.
«Nein.»
Er holte kurz Luft und fügte dann hinzu:
«Ich bin es, der dich braucht.»

Sie sind jetzt sehr böse mit uns

Das Zelt war nun, mit Michel Leblanc, zum Bersten voll. Zu sechst lagen sie dicht gedrängt einer neben dem anderen. Nur Boroda hatte sich quer zu ihnen gelegt, an die Zeltrückseite. Oben an der Decke hatte sich eine dicke Eisschicht gebildet: Zwölf Lungenflügel produzierten eine beträchtliche Menge Wasserdampf. Es würde nicht einfach sein, die Nacht so zu verbringen. Im Augenblick war das größte Problem aber das Verhältnis zwischen Leblanc und dem Baron. Der mühsam eingehaltene Umgang in vorsichtigem Einvernehmen war wieder dahin, die Feindseligkeit zwischen von Reichlin und dem französischen Bergsteiger ließ sich förmlich mit Händen greifen. Fiona war sich mittlerweile sicher: Michel war der Mann, den sie draußen im Nebel gesehen hatte, nicht Jean-Pierre. Sie war enttäuscht, beinahe deprimiert – was für sie sehr ungewöhnlich war.

«Es waren deine Spuren, die ich da draußen gesehen habe, oder?»

Leblanc hob kaum den Kopf.

«Kann sein.»

«Du hast uns ausspioniert. Ich habe dich nämlich kurz im Nebel gesehen. Das warst du, und du hast uns ausspioniert. Weshalb?»

«Ich habe niemanden ausspioniert. Die Aufstiegsroute führt hier vorbei.»

Mit wachsender Empörung hatte der Baron zugehört.

«Unsinn! Nicht als Unsinn, wie immer!», protestierte von Reichlin. «Ihnen haben wir es zu verdanken, Mrs. Fiona, dass wir nun neben einem …» Er unterbrach sich und sah Leblanc hasserfüllt an.

«Sag es ruhig, Hans. Ich bin neugierig.» Der Franzose schien sich zu amüsieren.

Von Reichlin schloss die Augen, um nicht zu explodieren.

Es gelang ihm nicht.

«… neben einem Verbrecher schlafen dürfen!»

«Einem Verbrecher? Ja, und ich? Ich darf neben einem Betrüger liegen.»

Der Baron wollte etwas erwidern. Ein Wort von Fiona genügte jedoch, um ihn daran zu hindern.

«Hör auf, Hans. Tragt euren Streit irgendwann anders aus!»

Ohne sich dessen bewusst zu sein, hatte Fiona dem Baron gegenüber jede Form der Höflichkeit aufgegeben. Sie behandelte ihn jetzt genauso schroff wie alle anderen, wie einen Kameraden. Dem Baron gelang es jedoch nicht, das Korsett seiner Erziehung abzulegen.

«Sie haben ihm erlaubt zu bleiben, ohne mich vorher um Rat zu bitten», beklagte er sich bei ihr.

«Wenn es dir hier nicht passt, kannst du dir ja eine andere Bleibe suchen!»

Fiona ließ die Männer gern nach ihrer Pfeife tanzen. Es gefiel ihr, wenn sie sie herumkommandieren konnte. Im Laufe der Zeit hatte sie herausgefunden, dass das gar nicht so schwierig war.

Der Baron zog sich in sein Eckchen zurück und sann nach Rache. Er war nicht nur zornig, weil er eine Niederlage hatte einstecken müssen: Zum Teil war das Ganze ja nur gespielt. Was ihn am meisten ärgerte, war vielmehr, dass Leblancs Auftauchen seine Pläne durchkreuzt hatte. Nun konnte er sich hier auf dem Berg nicht mehr frei bewegen. Sein ärgster Feind würde ihn kontrollieren. Er musste eine Möglichkeit finden, frei schalten und walten zu können.

Er schaute zu Boroda hinüber, der hinten im Zelt lag. Vielleicht konnte er ja den Kasachen gegen Leblanc aufhetzen? In welchem Verhältnis standen Michel und Anatoli zueinander? Er wusste es nicht. Seit der Franzose aufgetaucht war, hatte Toli sich nicht dazu geäußert.

Der Baron versuchte es mit einer Einschätzung der anderen. Iaan war ein harmloser Waschlappen, da brauchte er sich keine Sorgen zu machen. Tenzing war ein Sherpa: Das sagte alles. Und Fiona … Er begriff einfach nicht, auf wessen Seite sie stand. Sie war die eigenwilligste Frau, die er je kennen gelernt hatte. Sie erinnerte ihn an Eustacia, die Protagonistin in Thomas Hardys *Auf verschlungenen Pfaden* … Ebendeshalb fand er sie so verführerisch. Die verführerischste Frau, die er je kennen gelernt hatte, seit …

Leblanc wandte sich an den Sherpa.

«Und du, Ten? Hast du auch Angst vor mir?»

«Die Berge sind wie Menschen. Wenn du sie kennst, weißt du, wo sind ihre Gefahren und wie du kannst sie vermeiden.»

«Immer noch ganz derselbe, unser guter Ten. Weise und gelassen wie ein kleiner Buddha. Hast du es immer noch nicht satt, fette Amerikaner auf den Himalaya zu begleiten, die es zu Hause nicht einmal die Treppe hinauf schaffen?»

Fiona war von dem spöttischen Ton überrascht, den Leblanc dem Sherpa gegenüber an den Tag legte. Tenzing erwiderte nichts.

«Es ist schön, wenn zwei alte Freunde sich treffen», bemerkte Iaan.

«Du hast recht … Iaan. So heißt du doch? Allerdings gibt

es Freunde, die dich im Stich lassen und einfach nach Hause zurückkehren, ohne dir zu erklären, weshalb. Stimmt's, Ten?»

Der Sherpa schwieg beharrlich.

Borodas unangenehme Stimme ließ sich aus dem Hintergrund vernehmen.

«Lass ihn in Ruhe, er ist nur ein armer Hungerleider. Er versucht doch nur, dem Brautpaar hier ein paar Dollar abzuknöpfen.»

«Ihr seid auf Hochzeitsreise?», fragte Leblanc erstaunt.

«Sozusagen», antwortete Fiona ein wenig verschämt.

«Keine Sorge», schnarrte Boroda, «bald erledigt sich die Sache von selbst. Er ist bereits in eine Gletscherspalte gefallen, und sie hatte im Sturm draußen schwer zu kämpfen. Sie wollte deinen Spuren folgen.»

Michel zuckte mit den Achseln und rollte sich ein. Dann schloss er die Augen. Iaan gesellte sich zu Boroda. Fiona wedelte mit einer Karte der Umgebung herum. Sie breitete sie auf dem Boden aus und versuchte, sich zu orientieren. «Hör mal, Ten», sagte sie, «kannst du mir mal zeigen, wo …», doch der Sherpa unterbrach sie in ungewohnt strengem Tonfall.

«Lieber nicht tun.»

Fiona hob den Kopf. Auch Michel und der Baron taten es ihr nach. Verärgert sah Tenzing zu Boroda und Iaan hinten im Zelt hinüber.

Iaan hatte einen Löffel mit etwas Essbarem in der Hand, den er sich gerade in den Mund schieben wollte. Auf Tenzings Mahnung hin hielt er mitten in der Bewegung inne. Boroda, der neben ihm lag, fischte etwas aus einer Dose. Der Kasache grinste höhnisch.

«Lieber nicht tun», wiederholte der Sherpa.

«Was denn?», fragte Iaan.

«Pferdefleisch essen.»

«Warum? Ist das schlecht für den Stoffwechsel?»

«Jemand sagt das: In der Höhe werden Proteine nur schwer verdaut, Körper arbeitet viele Stunden. Aber das ist es nicht allein. Hier in Nepal denken wir, Fleisch auf dem Berg essen beleidigt Götter.»

«Sag bloß, das glaubst du, Ten.»

«Was machst du in England, wenn du besuchst Freunde? Stößt du mit Fuß gegen Tür und grapschst Hausherrin an, oder putzt du Schuhe an Fußabtreter und bittest um Einlass?»

Überrascht blickte Iaan auf das, was auf seinem Löffel lag. In diesem Moment fuhr eine wilde Bö übers Zelt, und die eine Seite der Plane bog sich gefährlich nach innen.

«Wahrscheinlich hat sich eine Verankerung gelöst», stellte Leblanc fest. «Ich gehe mal raus und bringe das in Ordnung.»

Iaan warf einen letzten Blick auf das Pferdefleisch und gab es dann in die Dose zurück.

«Okay, ich hatte eh keinen großen Appetit darauf.»

Boroda lachte und stopfte Fleisch in sich hinein.

«Auf Buddhas Gesundheit!», sagte er sarkastisch.

Tenzing war verstört.

«Sturm legt sich nicht so schnell», murmelte er. «Wenn es die Geister der Berge gibt, sie sind jetzt sehr böse mit uns.»

Diesmal wird er sich nicht aus der Affäre ziehen können

Nach dem Essen schlief Boroda ein. Auch Iaan döste, während Tenzing wieder mit dem gewohnt undurchdringlichen Gesichtsausdruck dalag: Es war schwer zu sagen, ob er die Augen offen oder geschlossen hatte. Sie lagen nebeneinander wie in einer Sardinenbüchse. Wenn einer die Beine oder einen Arm strecken wollte, zwang er die anderen, ebenfalls die Position zu wechseln. Fiona hatte den Kopfhörer im Ohr und hörte sich ihre Aufnahme an. Michel deutete auf das Kabel, das in der Tasche der Fleecejacke verschwand.

«Was ist das?», fragte er.

«Ein MP3-Player. Zum Musikhören, weißt du. Das brauch ich einfach.»

Michel schien jetzt weniger schroff zu sein. Vielleicht war dies der richtige Augenblick, um die Wahrheit herauszufinden, wenngleich Fionas Überzeugung, es müsse die absolute Wahrheit geben, ins Wanken geraten war. Sie zog den Kopfhörer aus dem Ohr.

«Der Baron hat mir eine interessante Geschichte erzählt.»

«Davon kennt er einige», erwiderte Leblanc. «Und die besten sind erfunden.»

«Hans, wir waren dort stehen geblieben, wo das Licht von Michels Stirnlampe in der Dunkelheit verschwindet und du umkehrst.»

«Erzählst du das immer noch, Hans? Ist dir in den letzten zehn Jahren wirklich nichts Besseres eingefallen, um bei jungen Damen Eindruck zu schinden?»

«Vielleicht hättest du ja was Interessanteres zu berichten», versetzte der Baron. «Zum Beispiel, wieso du plötzlich in den Himalaya zurückgekehrt bist, ohne jemandem etwas zu sagen, nachdem du so viele Jahre fortgeblieben bist.»

«Sehnsucht.»

«Ich würde ja darüber lachen, aber dafür kenne ich dich zu gut!»

«Ich wollte diese Berge wiedersehen!»

«Du hast doch überall verkündet, du würdest nie mehr hierherkommen!»

«Willst du mich des Meineids bezichtigen?»

«Komm, Michel, erspar mir diese Komödie. Ich weiß ganz genau, warum du hier bist.»

«Stimmt eigentlich», warf Fiona ein. «Warum bist du zurückgekommen, Michel?»

«Wegen der Leiche», erklärte der Baron.

«Wegen der Leiche?»

«Der Leiche seines Bruders.»

«Von Jean-Pierre?»

«Vor acht Monaten hat ein Bergsteiger hier auf dem Kinsoru eine Leiche entdeckt. Das war im Oktober, am Ende der Saison.»

Von Reichlin sah Leblanc durchdringend an, doch der schwieg.

«Seine Beschreibung war ziemlich präzise. Es scheint sich tatsächlich um Jean-Pierre zu handeln.»

«Dieser Indonesier hatte sich im Sturm verlaufen», fiel Michel ihm ins Wort. «Er hatte Erfrierungen, Halluzinationen, war am Verdursten und litt unter Sauerstoffmangel. Sein Bericht hat überhaupt keine Aussagekraft.»

«Ach ja? Und wieso bist du sofort hergereist, sobald der Monsun vorbei war?»

«Um zu verhindern, dass jemand wie du versucht, Profit aus der Geschichte zu schlagen. Ich will die Leiche finden, das stimmt. Allerdings um zu beweisen, dass es nicht Jean-Pierre ist.»

«Wie bitte …?», sagte Fiona. «Du hoffst also nicht, die Leiche deines Bruders zu finden?»

Michel schüttelte den Kopf, fügte aber nichts weiter hinzu. Der Baron strahlte vor Genugtuung.

«Das alles ist doch völlig klar. In jener Nacht vor zehn Jahren kehrte ich um, während Jean-Pierre und Michel weiter in Richtung Gipfel gingen. Niemand weiß, was dann passiert ist, es sei denn, unser Freund Leblanc entschließt sich, den Mund aufzumachen …»

«Du weißt ganz genau, dass ich nichts erzählen kann. Ich kann mich an nichts erinnern. Da sind nur ein paar verschwommene Bilder in meinem Kopf, der ein oder andere Flash. Ich weiß ganz genau, dass du mich irgendwann eingeholt hast. Dass Jean-Pierre und ich auf dem Gipfel waren. Aber danach …»

«Ach ja, sicher. Dein Gedächtnisverlust. Nach sieben Tagen taucht Michel in einem winzigen Dorf wieder auf, in einem Tal auf der anderen Seite des Bergs. Was bedeutet, dass er nicht nur bis zum Gipfel gekommen ist, sondern sogar einen Durchstieg geschafft hat. Eine sensationelle Leistung.»

«Stimmt das, Michel?», fragte Fiona.

Michel zuckte mit den Achseln.

«Ich erkläre es Ihnen», fuhr der Baron fort. «Michel wurde unter einer Lawine begraben – er hatte die entsprechenden Verletzungen –, weiß aber weder, wann es passiert ist, noch, wo. Dabei, so sagt er, erlitt er einen Schock, der die Amnesie auslöste. Er kann nicht einmal erklären, wie er in das Dorf gelangte.»

«Und Jean-Pierre?»

«Starb irgendwo auf dem Berg. Wo und wie, weiß niemand. Leider kam den Brüdern Leblanc ihre Kamera abhanden.»

«Sie fiel in eine Gletscherspalte, als ich ein Foto von Jean-Pierre machen wollte. Das weiß ich noch.»

«Dann finden wir ja vielleicht auch den Fotoapparat wieder, und anhand der Bilder werden wir feststellen können, was passiert ist. Jedenfalls hat das Rettungsteam oben auf dem Kinsoru etwas Entscheidendes gefunden. Zwei Handschuhe. Und zwar zwei linke. Einer von Michel, der andere von Jean-Pierre. Offenbar hatten sie sie dort gelassen, um zu beweisen, dass sie den Gipfel erreicht hatten.»

«Wir haben den Gipfel erreicht, da bin ich mir sicher...», wiederholte Michel mit leerem Blick.

«Und was ist daran so seltsam?», wollte Fiona vom Baron wissen.

«Erstens bleibt unklar, weshalb Michel und Jean-Pierre, sollten sie bis zum Gipfel gekommen sein, beschlossen hatten, auf der anderen Seite abzusteigen.»

«Das habe ich doch tausendmal erklärt. Vor dem Aufstieg hatten wir uns die Aufnahmen des Kinsoru genau angesehen und festgestellt, dass der Abstieg auf der anderen Seite der schnellste sein müsste.» Michels Stimme brach.

«Sie verstehen nur wenig davon, Mrs. Fiona, aber ich versichere Ihnen, dass das aus Bergsteigersicht eine vollkommen absurde Entscheidung ist. Vor zehn Jahren war die andere Seite des Bergs noch vollkommen unerforscht. Jedenfalls haben wir nun zum Glück die Leiche.»

«Was hat die Leiche damit zu tun?», fragte Fiona.

Bevor er antwortete, sah der Baron Leblanc mit dem Lächeln eines Schachspielers an, der seinen Gegner im nächsten Moment mit einem Zug matt setzen wird.

«Wenn, und davon bin ich überzeugt, die von dem Indonesier entdeckte Leiche tatsächlich diejenige Jean-Pierres ist, dann ändert sich alles. Es bedeutet nämlich, dass Jean-Pierre auf dieser Seite des Bergs starb und niemals am Gipfel ankam.»

Er räusperte sich, wie ein Anwalt bei Gericht.

«Und damit ist bewiesen, dass Michel in all den Jahren nichts als Lügen erzählt hat. Und diesmal wird er sich nicht aus der Affäre ziehen können.»

Jemand, der seinen Bruder im Stich gelassen hat

Sie schliefen – oder zumindest versuchten sie es. Beim Aufprall der Lawine war das Zelt eingerissen, doch Michel hatte die Stelle mit Isolierband repariert. So hielt das Zelt wenigstens dem Sturm stand. Als es Nacht geworden war, hatten sie überlegt, wie sie wohl alle darin Platz fänden. Iaan hatte Fiona vorgeschlagen, denselben Schlafsack zu teilen. Zuerst wollte Fiona wütend ablehnen, aber dann hatte sie notgedrungen eingewilligt.

«Komm ja nicht auf den Gedanken, mich anzufassen!», hatte sie ihm zugezischelt.

«Nur anfassen?», hatte der Fotograf erwidert und als Antwort lediglich einen Rippenstoß bekommen.

Leblanc hatte sich in der Nähe des Eingangs hingelegt, als wolle er auf eine überstürzte Flucht vorbereitet sein. Seine Socken und das T-Shirt hatte er erst gewechselt, als er im Schlafsack war. Der ist aber schamhaft, hatte Fiona gedacht, dann aber nicht weiter darauf geachtet. Der Baron hatte sein Lager auf der entgegengesetzten Seite des Zelts aufgeschlagen. In der Mitte lagen Iaan und Fiona, Tenzing schlief neben ihnen.

Während sie versuchte einzuschlafen, lauschte Fiona dem Wind. Es schien, als hätten die Böen nachgelassen. Vielleicht war dies der richtige Zeitpunkt, um nach der Leiche zu suchen. Doch mit dem Licht der Stirnlampen allein wäre es ihr und Iaan unmöglich gewesen, im Neuschnee den Weg zu finden. Ob sie wohl jemanden wecken sollte? Doch wen? Leblanc oder den Baron? Ihr wurde bewusst, dass sie zwischen zwei entgegengesetzten Polen stand und sich noch nicht entschieden hatte, auf wessen Seite sie sich schlagen sollte.

Michel, Jean-Pierre, von Reichlin … Das musste ein seltsames Trio gewesen sein, damals, vor zehn Jahren! Alle so verschieden. An jedem zog sie irgendetwas an … und an jedem stieß sie etwas ab. Die Handschuhe, die Lawine, die Leiche … Sie musste immer wieder an von Reichlins Erzählung denken. Eine Erzählung, genau das war es, ebenso wie Michels Version. Zwei Versionen, die nicht übereinstimmten. Ob sie wohl jemals die Wahrheit erfahren würde?

Fiona hielt den Atem an, um auf den der anderen zu lauschen. Kein Zweifel: Sie schliefen. In den Schlafsack gekauert, zog sie den kleinen Recorder aus der Tasche der Fleecejacke und hielt das Mikrophon an den Mund. Leise begann sie zu sprechen:

«Dritter Tag. Immer noch sitzen wir in siebentausend Metern im Zelt fest. Ohne dass irgendjemand mit seiner Anwesenheit am Himalaya gerechnet hätte, ist heute Michel Leblanc hier oben aufgetaucht. Leblanc, der weltberühmte, legendäre Bergsteiger, der ganz allein, ohne fremde Hilfe und vor allem ohne Sauerstoffmaske, alle vierzehn Achttausender bezwungen hat. Groß, blond, kräftig und so gut aussehend wie ein Schauspieler …»

Fiona hielt ein paar Sekunden inne. Dann fuhr sie fort:

«Groß, blond und kräftig, hat Leblanc die Teilnehmer unserer Expedition wahrscheinlich vor dem sicheren Tod gerettet. Er kam im Morgengrauen, um uns vor einer Lawine zu warnen, die unser Zelt mitzureißen drohte, und brachte uns nacheinander in Sicherheit, wie ein rettender Engel … nein, wie ein Noah im Schnee. Warum ist Michel plötzlich wiederaufgetaucht, hier auf diesem Berg, zehn Jahre nach den schrecklichen Ereignissen am Kinsoru? Vermutlich hat auch ihn vor acht Monaten die Nachricht erreicht, dass hier oben ein im Eis eingefrorener Körper gefunden wurde. Der Beschreibung des Augenzeugen zufolge, der die Leiche gesehen hat, könnte es sich in der Tat um Michels Bruder Jean-Pierre handeln. Könnte es sein, dass der französische Bergsteiger sich auf den Weg gemacht hat, um seinem Bruder die letze Ehre zu erweisen? Kritischere Stimmen sind da anderer Ansicht ...»

Fiona unterbrach sich erneut. Kritischere Stimmen ...? Was hatte man ihr auf der Journalistenschule beigebracht? Wenn du eine Quelle hast, zitiere sie.

«Baron Hans von Reichlin zufolge, der einst mit Leblanc befreundet und bei der berühmten Expedition vor zehn Jahren dabei war, treiben den Franzosen ganz andere Beweggründe hierher. Der Fundort der Leiche ließe vermuten, dass Leblancs damaliger Bericht über das Unglück nicht ganz wahrheitsgetreu ist ...»

Fiona hielt wieder inne. Genau so musste es klingen: Auseinandersetzungen, Polemiken, gegenseitige Anschuldigungen, Schlammschlachten ... Allerdings handelte es sich um schwere Vorwürfe, für die sie kaum Beweise hatte. Sie schüttelte den Kopf und begann noch einmal.

«Einigen Bergsteigern zufolge könnte es sein, dass Leblancs Version nicht ganz den Tatsachen entspricht. Nicht von ungefähr wird sie seit zehn Jahren diskutiert. Zahlreiche Bücher wurden darüber geschrieben, und in fast allen wird Michel Leblanc scharf kritisiert. Etliche der einflussreichsten Bergsteiger halten die Entscheidung der Leblanc-Brüder, mitten in der Nacht alleine aufzubrechen und auf der anderen Seite des Bergs abzusteigen, schlicht für Wahnsinn. Allerdings sollte man bedenken, dass Michel Leblanc keine besonders herzliche Beziehung zur Welt des Alpinismus unterhält – ganz im Gegenteil, er hält sich aus ihr heraus. Er ist berühmt für seine Ausfälle gegenüber anderen Bergsteigern, die er bezichtigt, reichlich unsportliche Mittel zur Erreichung ihrer Ziele einzusetzen. Unvergessen ist jene Episode, in der Michel Leblanc sich über eine koreanische Expedition von unglaublicher Größenordnung, die ihn beim Aufstieg behindert hatte, dermaßen aufregte, dass er nachts die Verankerungen der Zelte der Koreaner aus dem Boden riss … Viele halten Michel Leblanc für einen sehr unausgeglichenen Menschen, der dazu neigt, die Kontrolle über sich zu verlieren.»

Wieder hielt sie inne, hörte sich den letzten Satz noch einmal an und löschte ihn dann.

«Erst wenn die Leiche – wenn es denn diejenige Jean-Pierre Leblancs ist – gefunden wird, werden wir mit Sicherheit sagen können, was vor zehn Jahren auf diesem Berg geschehen ist. Darüber hinaus …»

Sie brach ab. Ein Seufzer in der absoluten Dunkelheit im Zelt. Michel? Vielleicht war er wach. Vielleicht …

Fiona versuchte, aus dem Schlafsack zu schlüpfen, ohne Iaan zu wecken. Ihr Reisegefährte brummte im Schlaf und atmete dann gleichmäßig weiter. Geschafft! Fiona versuchte, sich zu erinnern, wer wo lag. Sie wollte Tenzing nicht wecken oder womöglich gar Boroda …

Indem sie an den am Boden schlafenden Körpern vorbeikroch, gelang es ihr, den Zelteingang zu erreichen. Es war unmöglich, jemanden zu erkennen oder die Farben der Schlafsäcke auseinanderzuhalten. Sie konnte sich nur auf ihr Gedächtnis verlassen. Dies hier musste Michel sein. Sie streckte die Hand aus, um sicherzugehen. Wenn es ihr gelang, seinen Bart zu kraulen …

«Was ist los?»

Bevor sie ihn berühren konnte, hatte Michel sie beim Handgelenk gepackt. Konnte er etwa auch im Dunkeln sehen?

«Was suchst du?»

«Ich kann nicht schlafen und wollte mich ein wenig unterhalten. Weil ich mir Sorgen mache.»

«Du solltest dich zudecken. Du erfrierst.»

Einen Augenblick lang befürchtete Fiona, er würde sie zu sich in seinen Schlafsack bitten. Dann aber spürte sie etwas Weiches, das sich gegen sie drückte.

«Deck dich mit meinem Overall zu. Der hält dich warm.»

Unter etlichen Verrenkungen legte sie sich neben ihn.

«Das, was Hans da erzählt hat ... Ist das wahr?»

«Alles ist wahr, wenn du es denn so sehen möchtest.»

«Schon komisch, hier neben dir zu liegen ... Du bist der berühmteste Bergsteiger der Welt, und jetzt ...»

«Was willst du?», unterbrach er sie.

«Wie meinst du das ...?»

«Was willst du? Warum bist du hier?»

«Trekking, habe ich dir doch erzählt. Iaan und ich ...»

«Unsinn. Niemand macht in siebentausend Meter Höhe Trekking. Nein, ich meinte etwas anderes. Warum liegst du jetzt neben mir? Was willst du?»

«Nichts ... Ich habe es dir doch schon gesagt, ich konnte nicht einschlafen. Ich musste nachdenken über das, was Hans erzählt hat, und da ich dich kenne ...»

«Du kennst mich?»

«Ich habe viele Artikel über dich gelesen. Ich hatte mir ein bestimmtes Bild von dir gemacht. Aber jetzt ...»

«Hat das schöne Bild einen Riss bekommen? Mit ein

bisschen Klebe kannst du es wieder zusammensetzen. Ich frage dich noch einmal: Was willst du von mir?»

«Nur mit dir reden.»

«Ach ja? Und wo hast du das Aufnahmegerät versteckt?»

«Das Aufnahmegerät?»

«Genau das. Du hast es in der Tasche deiner Fleecejacke.»

«Das ist ein MP3-Player, hab ich dir doch gesagt.»

So schnell, dass sie gar nicht reagieren konnte, griff Michel im Dunkeln nach dem Gerät in ihrer Tasche und holte es heraus. Er drückte auf die Play-Taste. Im Zelt war Fionas durch den winzigen Lautsprecher verzerrte Stimme zu hören.

«*Leblanc, der weltberühmte, legendäre Bergsteiger, der ganz allein, ohne fremde Hilfe und vor allem ohne Sauerstoffmaske, alle vierzehn Achttausender bezwungen hat. Groß, blond, kräftig und so gutaussehend wie ein Schauspieler . . .*»

Fiona wurde rot, auch wenn das im dunklen Zelt natürlich niemand sehen konnte. Die Journalistin streckte die Hand nach dem Recorder aus.

«Gib her!»

Leblanc überließ ihr das Aufnahmegerät. Hektisch schaltete sie es aus.

«Schluss mit dieser Komödie. Das ist lächerlich», sagte der Franzose.

«Ich weiß nicht, was . . .»

«Ich habe dich sofort erkannt. Du bist Fiona Simmons. Die bekannteste Klatschreporterin Londons.»

Im Zelt war ein glucksendes Lachen zu hören. Iaan.

«Erwischt, Fiona!»

«Dich habe ich auch erkannt. Iaan Svarbard, einer der

berühmtesten Paparazzi. Deine Fotos von Camilla und Charles gingen um die ganze Welt.»

«Treffer, versenkt.»

«Wir können also mit den Spielchen aufhören. Ihr beiden seid hier, weil ihr auf die Sensation eures Lebens hofft. Das ist nun mal euer Beruf. Ich rate euch allerdings dringend, euch nicht einzumischen.»

Fiona kochte vor Wut. Selten war sie auf so blamable Weise enttarnt worden. Hätte sie in dem Dunkel irgendwas erkennen können, sie hätte Leblanc geohrfeigt. So aber musste sie sich beherrschen. Ihre Wut verwandelte sich in eisigen Zorn:

«Und wir wissen ganz genau, wer du bist. Jemand, der seinen Bruder im Stich gelassen hat.»

Interview 2

«Erzählen Sie doch mal von Ihrer Expedition.»

«Wir haben uns den Kinsoru ausgesucht, weil er zwar nicht der höchste Achttausender ist, wohl aber der schwierigste. Wussten Sie, dass er als Letzter der Achttausender bestiegen wurde? Ganze acht Expeditionen und sechzehn Jahre waren vonnöten, bis der Versuch endlich gelang. Außerdem ist er sehr schön: eine viertausendfünfhundert Meter hohe weiße Pyramide. Fast so hoch wie der gesamte Montblanc vom Meeresspiegel bis zum Gipfel.»

«Worin unterscheidet sich Ihre Expedition von den bisherigen?»

«Ganz einfach: Wir wollen den Kinsoru im Winter besteigen. Der Schnee ist dabei ein ziemliches Hindernis. Mal abgesehen von der Kälte, den Stürmen und all dem Übrigen. So über den Daumen gepeilt, gebe ich uns eine Chance von nicht mehr als zehn Prozent. Außerdem werden wir im alpinen Stil klettern. Wissen Sie, was das bedeutet?»

«Nein.»

«Dachte ich's mir doch. Die Definition des alpinen Stils stammt von Hermann Buhl. Ich frage gar nicht erst, ob Sie ihn kennen. Hermann Buhl ist einer der größten, wenn nicht der größte Bergsteiger der Neuzeit. 1953 bezwang er alleine den Nanga Parbat, nach einem entsetzlichen Biwak in achttausend Meter Höhe. Stellen Sie sich das einmal vor, wo er beim Militär ausgemustert wurde, weil er so zart wirkte! Es wird behauptet, er hätte sich mit Mitteln geholfen, bei denen man heute wohl von Doping sprechen würde, aber was macht das schon für einen Unterschied? Jedenfalls war Hermann Buhl der Meinung, dass man Berge, auch die des Himalaya, in einem besonderen Stil besteigen sollte, im alpinen Stil eben. Und das heißt: Keine Träger in großer Höhe. Die Bergsteiger müssen das gesamte Material, was sie benötigen, allein transportieren, ihr Camp ohne fremde Hilfe aufbauen und unzählige Male auf- und absteigen, um sich zu akklimatisieren. Statt der nationalen Expeditionen der fünfziger Jahre mit ihren gigantischen Materialschlachten und Hundertschaften an Sherpas, die alles trugen, bevorzugte er kleine, leichte und rasche Expeditionen. Es war eine sportlichere, ehrlichere Methode, die Berge zu bezwingen.»

«Damit das gelingt, muss das Einvernehmen unter den einzelnen Teilnehmern vermutlich sehr groß sein, oder?»

«Glauben Sie das nicht. Hermann Buhl erklomm den Gipfel des Nanga Parbat ganz allein, ohne sich auf die Anweisungen des Expeditionsleiters zu verlassen. Sie stellen sich Bergsteiger wie eine eingeschworene Gemeinde tüchtiger Jungen vor, die gewillt sind, einander die Hand zu reichen und sich gegenseitig zu helfen. Ich muss Sie enttäuschen, es ist *nicht* so. Ein Bergsteiger ist das egoistischste Wesen, das man sich vorstellen kann, jeder von uns glaubt, besser als die anderen zu sein. Viele Expeditionen enden in schrecklichem Streit, man bezichtigt sich wechselseitig, die Kameraden im Stich gelassen oder getäuscht, manchmal sogar, den Gipfel gar nicht erreicht zu haben. Jeder für sich und Gott für alle. Cesare Maestri musste den Cerro Torre zweimal erklimmen, um zu beweisen, dass er tatsächlich oben gewesen war, und beim zweiten Mal ließ er als Beweisstück den Kompressor zurück, mit dem er die Löcher für die Haken in den Fels gebohrt hatte. Wenn man in der Todeszone ist, wartet keiner auf den anderen. Es gibt dort keine Freunde oder Verbündeten mehr, auf die du zählen kannst – oberhalb von achttausend Metern denkt jeder nur an sich selbst.»

Vierter Tag

Er hingegen will sie verschwinden lassen

«Ich habe Hunger.»

Borodas Stimme kam aus dem hinteren Teil des Zelts.

Obwohl es noch nicht einmal dämmerte, schlief im Zelt niemand. Kälte, Angst und Wut waren stärker als jede Müdigkeit.

«Macht mir was zu essen, ich habe Hunger», wiederholte der Kasache.

Tenzing schlüpfte behende aus dem Schlafsack und machte sich am Gaskocher zu schaffen.

«Lass mal», sagte Fiona. «Ich mach das.»

Der Sherpa überließ ihr den Platz. Obwohl bislang immer er gekocht hatte, zeigte er keinerlei Anzeichen von Überraschung ob des unerwarteten Rollenwechsels. Er hatte zu viel Zeit mit Menschen aus dem Westen verbracht, um sich noch über ihre plötzlichen Launen zu wundern, die man ohnehin nie begreifen würde. Oft hatte der Himalaya eine beruhigende Wirkung auf sie: Die unveränderliche Erhabenheit der Berge ließ sie ein Gefühl des Friedens finden, das ihnen in ihren Städten verwehrt blieb. Fiona aber war erst seit kurzer Zeit hier: Noch beherrschte der Dämon des Fortschritts ihr Herz.

Die Journalistin, deren Hände zum Schutz vor der Kälte in dünnen Handschuhen aus Mikrofasern steckten, zündete ein Streichholz an und hielt es an das austretende Gas. Es zischte, dann erstarb die Flamme. Sie probierte es ein zweites, dann ein drittes Mal. Nichts. Gereizt nahm sie ein viertes Hölzchen. Leblanc näherte sich ihr.

«Lass mich mal versuchen.»

«Wag es ja nicht. Ich komme sehr gut allein zurecht.»

Das Schwefelköpfchen entzündete die Flamme. Fiona konnte ein Lächeln der Genugtuung nicht unterdrücken. Sie nahm den Topf, wischte ihn mit einem Stück Papier aus und füllte ihn mit Schnee.

«Ich möchte gern ein großes Steak, schön blutig», sagte Boroda von seinem Lager aus und lachte schallend. Tenzing zuckte nicht mit der Wimper.

«Du wirst dich mit der üblichen Gemüsesuppe zufrieden geben müssen», erwiderte Fiona schroff. Der Kasache antwortete nicht.

Das Wasser kochte. Fiona öffnete eine Packung und kippte den Inhalt hinein. Langsam rührte sie mit einem Metalllöffel um und versuchte dabei, nicht auf die verkrusteten Speisereste am Topfrand zu achten. Ein intensiver Geruch breitete sich im Zelt aus. Sie kochte, während die Männer dalagen und auf das Essen warteten – ein Bild, das sie vor gar nicht so langer Zeit angewidert hätte, das sie aber jetzt, ohne dass sie es sich selbst so richtig erklären konnte, irgendwie befriedigte.

Fiona beugte sich über die köchelnde Gemüsesuppe, steckte den Löffel hinein und probierte.

«Essen ist fertig!»

Wie beim Militär setzten sich die Männer alle gleichzeitig in Bewegung. Im Unterschied zu einer Kaserne herrschte hier jedoch kaum Bewegungsfreiheit. Man musste Rücksicht auf die anderen nehmen. Der Baron und Leblanc vermieden es, sich zu berühren.

Nun saßen alle im Kreis. Fiona hatte Iaan auf der einen Seite neben sich, auf der anderen den Baron. Sie griff nach dem Topf, und unter Missachtung der Gebräuche im Hochgebirge hielt sie ihn dem Franzosen hin, der ihr gegenüber Platz genommen hatte.

«Es ist angerichtet, Euer Lordschaft.»

Leblanc saß wie versteinert da, offensichtlich vollkommen überrascht. Es war zwar eindeutig ein Bruch mit den alpinen Benimmregeln – Fiona hätte als Erste essen müssen –, aber keineswegs so außergewöhnlich, dass sie eine derart übertriebene Reaktion rechtfertigte.

«Es ist angerichtet», wiederholte sie mit Nachdruck.

«Woher … woher weißt du das?», murmelte Leblanc verwirrt.

Iaan beobachtete sie, ohne zu begreifen. Boroda war verblüfft. Sogar Tenzing zeigte Anzeichen echter Verwunderung. Nur der Baron lächelte, wie jemand, der einen Bluff am Pokertisch von Anfang an durchschaut hat.

Noch immer verwundert, streckte Leblanc wie ferngesteuert den Arm aus und griff nach dem Topf. Schweigend begann er zu essen.

«Schön, schön», orakelte der Baron, «genau, wie ich es mir vorgestellt hatte.»

Nachdem er gegessen hatte, reichte Leblanc den Topf an Boroda weiter, der seine Ration geräuschvoll in sich hineinschlang. Dann kam der Baron an die Reihe. Doch von Reichlin hielt Fiona Topf und Löffel hin.

«Sei doch nicht so förmlich, Hans», sagte sie nur.

«Manchmal ist die Form wichtiger als der Inhalt. Auch wenn das hier drin vielleicht nicht alle zu schätzen wissen.»

Leblanc schaute demonstrativ in die andere Richtung.

«Wenn du dich da auf mich beziehst», sagte Iaan, «gebe ich dir vollkommen recht. Stell dir vor, einmal habe ich nicht auf eine Einladung geantwortet, auf der ‹U. A. w. g.› stand. Unverzeihlich.»

«Mein Lieber, Sie müssen nicht ständig den Clown spielen.»

«Ich kann nichts dafür. Als Kind fiel mir ein Buch von Jerome K. Jerome auf den Kopf, und davon habe ich mich nie mehr erholt.»

«… und außerdem gibt es hier jemanden, der sich viel eher Vorwürfe machen sollte.»

Die Anschuldigung war deutlich, auch wenn keine Namen genannt wurden.

«Ehrgeiz verdirbt den Charakter noch mehr als Geld. Man ist zu allem fähig, nur um sein Ziel zu erreichen.»

Leblanc wandte den Kopf zu von Reichlin hinüber.

«Red Klartext, Hans. Es reicht, wenn Ten uns alle fünf Minuten mit einer Dosis hausgemachtem Buddhismus versorgt.»

«Da du mich darum bittest, will ich die Wahrheit beim Namen nennen. Du hast deinen Bruder sterben lassen.»

«Schon wieder. Du bist besessen von diesem Gedanken.»

«Jean-Pierre ging es schlecht damals, das wussten alle. Vielleicht ist er so plötzlich aufgebrochen, weil er wusste, dass dies die letzte Chance sein würde. Du hast deinen Bruder eingeholt, und zusammen seid ihr zum Gipfel aufgestiegen. Dann aber konnte er auf einmal nicht mehr.»

«Hat er dir das erzählt?»

«Vielleicht hast du eine Zeit lang versucht, ihn mitzuziehen. Schließlich aber war Jean-Pierre erschöpft. Wie weit wart ihr vom Gipfel entfernt? Vierhundert Meter, dreihundert? Vielleicht sogar weniger? Stellen Sie sich vor, Fiona: Sie sind der erste Mensch auf dem schwierigsten Gipfel im Himalaya, und das im Winter, noch dazu allein! Zeitungsartikel, Interviews, Fernsehauftritte, Vorträge, Bücher … Ihre Karriere ist am Wendepunkt: Sie stehen kurz davor, in den exklusiven Club der Hochgebirgsalpinisten aufgenommen zu werden, oder aber Sie können nach Megève zurückkehren und wieder als Skilehrer arbeiten.»

«Niemand weiß, wie es sich tatsächlich zugetragen hat», warf Fiona ein. Doch der Baron achtete nicht auf sie.

«Blieb nur noch ein Hindernis zwischen ihm und dem Gipfel: Jean-Pierre. Die Alternativen waren klar: Entweder half er ihm und brachte ihn zurück ins Camp, oder er ließ ihn im Stich und versuchte, den Gipfel allein zu besteigen.»

Von Reichlin wandte sich an Leblanc.

«Wofür hast du dich entschieden, Michel? Niemand außer dir kann das wissen. Allerdings gab es da diesen bedeutsamen Vorfall in den Alpen, als auch Tenzing dabei war.»

Der Sherpa sah zur Seite, als wäre er genervt oder peinlich berührt.

Leblanc lächelte.

«Ich muss zugeben, dass deine Formulierungskünste sich in all den Jahren doch sehr verbessert haben, Hans. Früher hättest du dich viel direkter ausgedrückt.»

«Stütz du dich nur auf deine Ironie, es ist die einzige Waffe, die dir noch bleibt. Ich denke, du hast deinen Bruder im Stich gelassen, um den Gipfel allein zu bezwingen.»

«Und die Handschuhe?», fragte Fiona. «Vergiss nicht, dass auf dem Gipfel zwei Handschuhe gefunden wurden.»

«Einen Handschuh kann man sich leicht besorgen. Zum Beispiel von einem Toten.»

«Du solltest Krimis schreiben, Hans», sagte Leblanc. «Vielleicht hättest du da mehr Erfolg als beim Bergsteigen. Außerdem braucht es gar nicht viel, um …»

«Ich habe zumindest nie einen Kameraden im Stich gelassen.»

«Das stimmt. Du hast Schlimmeres getan.»

Leblanc wandte sich an Fiona.

«Hat er dir die Sache mit dem Leuchtfeuer erzählt?»

«Was hat denn das mit dem Leuchtfeuer …», sagte von Reichlin.

«Oh, eine Menge! Erinnerst du dich nicht, Hans? Das gelbe Leuchtfeuer, das blaue Leuchtfeuer … Klingelt's?»

Von Reichlin sah Fiona an.

«Er will Sie mit alten Geschichten verwirren, die niemanden mehr interessieren.»

«Alte Geschichten … Ich dachte, die Geschichten von früher interessieren dich, Hans.»

«Was für ein Leuchtfeuer? Wovon redet ihr?», wollte Fiona wissen.

Von Reichlin schnaubte wütend, sagte aber nichts. Leblanc lächelte.

«Ach nichts, Fiona. Harmlose Streitereien unter Bergsteigern …»

Fiona begriff, dass es keinen Sinn hatte, zu insistieren. Das ausweichende Gehabe Leblancs und von Reichlins machte sie fuchsteufelswild. Sie hatten eine Rechnung zu begleichen, wollten aber nicht, dass andere sich einmischten. Sie dagegen glaubte, ein Recht darauf zu haben, die Wahrheit zu erfahren. Sie wollte in allen Einzelheiten wissen, was vorgefallen war, sie bestand sogar darauf. Es gab keine Geheimnisse, die man nicht hätte erzählen können. Vor allem die Geheimnisse musste man erzählen!

«Mit Gesprächen kommen wir jedenfalls nicht weiter», sagte der Baron. «Wenn wir die Leiche von Jean-Pierre erst gefunden haben …»

«… sofern es überhaupt die Leiche Jean-Pierres ist», unterbrach ihn Leblanc.

«Keine Sorge, Michel, wir finden ihn. Und dann werden wir Bescheid wissen.»

«Dieser Berg ist voll von Leichen. Wer weiß, wen der Indonesier da gesehen hat.»

«Das stimmt, Michel», mischte sich Fiona ein. «Es hat keinen Sinn, jetzt darüber zu diskutieren.»

«Ach ja. Du hast ja auch noch ein Wörtchen mitzureden, stimmt's?» Michel hatte sich ihr zugewandt. «Dich dürfte die Leiche auch sehr interessieren. Wie viel kriegt ihr eigentlich für so eine Geschichte? Ein Artikel über die Wiederauffindung von Jean-Pierres Leichnam, und dazu eine hübsche Fotostrecke des hier anwesenden Künstlers. Ich sehe schon die Schlagzeilen vor mir: ‹Endlich aufgedeckt: das größte Geheimnis in der Geschichte des Alpinismus!› Wie viel ist das auf dem Klatschmarkt wert?»

Fiona wurde rot vor Wut.

«Ich mache hier nur meine Arbeit.»

Der Baron sah zu ihr herüber.

«Was heißt das? Sie sagten, Sie ...»

«Schluss mit dem Unsinn. Ja, Hans, ich bin Journalistin ...»

«Und was für eine», schaltete Michel sich ein. «Hast du tatsächlich noch nie von ihr gehört, armer Hans? Oder liest du nur die *Wiener Zeitung*? Fiona Simmons – geboren in Kanada, wenn ich nicht irre – ist eine der berühmtesten Skandalreporterinnen Londons.»

«Stimmt das?», fragte von Reichlin drohend. «Stimmt das?»

«Ja natürlich stimmt es! Dachtest du im Ernst, das hier wären meine Flitterwochen?»

«Ach! Sind wir jetzt nicht mehr auf Hochzeitsreise?»

«Halt die Klappe, Iaan.»

«Für die *Times* schreibt unsere Fiona allerdings nicht gerade», fuhr Leblanc fort. «Im Gegenteil. Lieber Hans, du kennst doch sicher diese Berichte über Königinnen, Prinzen, geheime Tagebücher, peinliche Geständnisse? Genau für diese Art von Journalismus ist Fiona Spezialistin.»

«Und Iaan?»

«Ein Experte auf ähnlichem Gebiet. Er fotografiert Berühmtheiten. Meistens von einem Baum aus.»

«Ich will ja nicht unbescheiden sein», sagte Iaan, «aber einmal habe ich mir sogar ein Loch in die Krawatte gemacht und hindurchfotografiert. Leider war das gute Stück von Hermès.»

«Ob's euch passt oder nicht», warf Fiona ein, «ich bin Journalistin. Ich bin auf der Jagd nach Neuigkeiten.»

«Ein großartiges Alibi, würde ich sagen», bemerkte Leblanc. «Der Typ hat sich umgebracht, nachdem er erfuhr, dass seine Frau es mit dem Stallknecht trieb? ‹Ich kann nichts dafür, die Nachricht ist von selbst losgegangen!›»

Von Reichlin war verwirrt. Fiona ... Er hatte ihr zu viel Vertrauen geschenkt. Eine Weile hatte er gehofft, dass nach so langer Zeit... Doch im Grunde war die Anwesenheit einer Journalistin vielleicht sogar hilfreich. Publicity beim Auffinden der Leiche war das Beste, was ihm passieren konnte. Natürlich musste er derjenige sein, der sie entdeckte. Fiona würde ihn interviewen und Iaan die Fotos schießen. Er sah sie an. Wut und Verachtung hätten in diesem Blick liegen sollen, doch ihren Augen konnte er nicht widerstehen. Sie war so schön ...

«Jedenfalls sind wir offenbar alle aus ein und demselben Grund hier», fasste Leblanc zusammen. «Wir haben das Ende des Monsuns abgewartet und sind sofort aufgebrochen. Wirklich ein nettes Team.»

«Das stimmt nicht», sagte Hans.

«Sind wir kein nettes Team?»

«Es stimmt nicht, dass wir aus ein und demselben Grund hier sind.»

«Was meinst du damit?», fragte Fiona.

«Wir wollen Jean-Pierres Leiche finden. Er hingegen will sie verschwinden lassen.»

Ich glaube, mir ist auf der Toilette ein kleines Missgeschick passiert

Der Sturm wütete immer heftiger und rüttelte am Zelt. Sie waren Gefangene des Kinsoru. Der Berg ließ sie nicht mehr gehen, und vielleicht würde er sie so lange festhalten, wie sie nicht das Ende ihres Weges erreicht hatten. Sie konnten nicht hinaus, konnten nicht weg, einander nicht ausweichen. Es blieb ihnen nichts anderes übrig, als drinnen zu bleiben, dicht an dicht, wo sie sich gegenseitig zerfleischten. Sie mussten bleiben, bis alles ausgestanden war.

Iaan stöhnte auf und strich sich über den Bauch.

«Alles in Ordnung mit dir?», fragte Fiona.

«Ja ... alles bestens. Ist schon vorbei.»

«Macht euch keine Sorgen», sagte der Baron, «im Hochgebirge sind vorübergehende Beschwerden ganz normal.»

«Ach, wo wir gerade darüber sprechen: Hat jemand meinen Ersatzdarm gesehen?»

«Unten im Tal gehen Schmerzen weg», erklärte der Sherpa. «Hier oben fast alle leiden unter Bauchweh.»

«Danke für die Ermutigung, Ten. Weißt du, dass du ein wirklich interessantes Gesicht hast? Wenn es mir nicht so beschissen ginge, würde ich gern ein paar Porträts von dir machen.»

«Ich kenne deine Fotos. Du bist sehr berühmt.»

«Aber ...?»

Der Sherpa erwiderte nichts.

«Es klang so, als gäbe es da ein Aber, Tenzing.»

«Du bist gut in Fotografieren von Personen. Aber wenn es geht um Landschaften, fehlt die Seele.»

«Ich wusste nicht, dass auch Landschaften eine Seele haben.»

«Nicht nur eine, sondern viele. Eine Seele für jede Person, die sie ansieht. Wenn du fotografierst Landschaften, es fehlt Seele. Du musst der Natur zuhören, auf ihre Stimme lauschen. Sehr schwierig für euch Europäer: Um zuzuhören, muss man still sein.»

«Okay, Tenzing, eins zu null für dich. Sonst noch was?»

«Du musst Landschaften fotografieren wie Personen und Personen wie Landschaften.»

«Das versteh ich nicht, ich schwör's dir.»

«In jeder Landschaft liegt eine Seele, in jeder Seele liegt eine Landschaft. Die Landschaft, wo die Person geboren wird, aufwächst, lebt. All dies muss im Foto sein.»

«Weißt du was, Ten? Du und ich, wir sollten uns öfter unterhalten.»

«Aber nicht hier drin», murrte Boroda.

«Oooohh …» Iaan stöhnte erneut, die Hände auf den Unterleib gepresst. Sein Gesicht war schmerzverzerrt.

«Ist es sehr schlimm?», erkundigte Fiona sich besorgt.

«Ich … glaub schon. Ich muss mal raus.»

«Liegt das an der Höhe?», fragte Fiona, an den Baron gewandt.

«Das ist nicht die Höhenkrankheit. Aber Verdauungsprobleme sind in Nepal recht häufig. Unser Organismus ist nicht an die hiesigen Bakterien gewöhnt.»

«Vielleicht war es dieser verflixte Tee mit Yakmilch», flüsterte Iaan mit dünner Stimme, während er versuchte, sich zusammenzureißen.

«Nepaltee ist sehr gut für Krankheiten. Wenn du trinkst Tee mit Yakmilch, du wirst nicht krank», sagte Tenzing gereizt.

«Ich muss mal. Lasst mich bitte raus.»

Mit Fionas Hilfe schlüpfte Iaan in Daunenjacke und Stiefel. Zusammengekrümmt ging er auf den Eingang zu.

«Vergiss die Steigeisen nicht», ermahnte ihn Boroda voller Ironie.

«Warte. Ich begleite dich», sagte Leblanc.

Sie gingen hinaus.

Fiona brütete über dem, was sie soeben erfahren hatte. Sie sprach zum Baron wie zu sich selbst.

«Trotzdem, ich kann einfach nicht glauben, dass Michel Jean-Pierre im Stich gelassen hat. Ich begreife ja, dass so was unter Fremden passieren kann ... aber unter Brüdern!»

«Sind Sie jemals zwei Brüdern begegnet, die wirklich ein Herz und eine Seele waren? Die Italiener haben einen lustigen Ausdruck dafür: *Fratelli coltelli* – Brüder sind wie Messer. Das sagt alles, oder?»

«Aber warum ist er auf der anderen Seite abgestiegen? Nur um erst auf der anderen Bergseite wiederaufzutauchen?»

«Er konnte ja schlecht zurückgehen und erzählen, dass er Jean-Pierre im Stich gelassen hat! Eine Lawine, der Schock, die Amnesie – welches Alibi wäre besser geeignet, die Wahrheit zu vertuschen? Mal abgesehen davon, liebe Fiona, dass es bei der ganzen Geschichte ja noch ein weiteres kurioses Detail gibt ...»

Doch der Baron brachte den Satz nicht zu Ende. Die Zeltplane wurde angehoben, und Iaans Kopf tauchte im Eingang auf. Zusammen mit den Schneeflocken drang ein entsetzlicher Gestank herein. Der Fotograf lachte.

«Hättet ihr zufällig ein wenig Shampoo? Entschuldigt, dass ich so direkt bin, aber ich glaube, mir ist auf der Toilette ein kleines Missgeschick passiert.»

Hier könnte tatsächlich ein Mörder sein

«Bergsteiger wie ihr sollten zu Hause bleiben!»

Boroda war wütend.

«Erst vergisst du die Steigeisen und fällst in eine Gletscherspalte, und jetzt ...»

Der Kasache hatte sich an Iaan gewandt, der die Zähne zusammenbiss, um nicht laut loszulachen. Der Fotograf hatte eine Plastiktüte auf dem Kopf, die an beiden Seiten zusammengeknotet war. Es sah aus wie eine riesige Badehaube.

Auch Fiona fand das Ganze trotz allem eher erheiternd. Sie kannte Iaan schon seit langer Zeit und wusste, dass er sich ständig in die unmöglichsten Situationen hineinmanövrierte, aus denen er dank seines sympathischen Wesens aber immer wieder herauskam.

«Wie ist das passiert?», fragte Fiona.

«Der Overall ist schuld.»

Boroda verdrehte die Augen und fluchte in seiner Sprache.

«Was hat denn der Overall damit zu tun?»

«Es ging mir schlecht, das habt ihr ja mitbekommen. Ich hatte das Gefühl, ein paar Feuerwerkskörper in meinem Bauch zu haben, die gleich explodieren. Mit Michels Hilfe konnte ich mich ein paar Schritte vom Zelt entfernen, aber ich war wirklich nicht mehr in der Lage, mich auf den Beinen zu halten. Ach übrigens: Der Sturm da draußen scheint sich überhaupt nicht mehr legen zu wollen.»

«Lass jetzt den Sturm. Und dann?»

«Michel hat mich freundlicherweise allein gelassen. Die Toilette war frei, so habe ich keine Zeit verloren. Nur hat mein Overall hinten leider keinen Reißverschluss.»

«Dilettanten», brummte Boroda verächtlich.

«Jedenfalls musste ich ihn halb herunterziehen», erzählte Iaan weiter, ohne auf ihn zu achten. «Es war schrecklich kalt. Vorsichtig schob ich den Overall bis auf die Knöchel herab, er sollte ja nicht schmutzig werden.»

«Und dann?» Fiona ließ nicht locker.

«Ich hab alles prima hingekriegt. Ich geh in die Hocke und ... na, was für eine Erleichterung! Endlich ging's mir wieder besser. Ich stehe wieder auf, ziehe den Overall hoch, mache den Reißverschluss zu. Ich freue mich gerade über die kuschlige Wärme, als ich eine letzte fatale Bewegung mache: Ich setze mir die Kapuze auf...»

«Anfänger!», fauchte Anatoli.

«Leider war die Kapuze nicht ganz leer. Ich hatte wohl nicht richtig gezielt...», gackerte Iaan.

«Hör zu, du Scheiß-Fotograf», schnarrte Boroda. «Ich hab keine Lust, an deinem Gestank zu ersticken. Geh gefälligst raus!»

«Leider habe ich kein Shampoo dabei. Ihr müsst mich also noch ein bisschen so ertragen, wie ich bin.»

«Das ist doch halb so schlimm», schaltete sich Fiona ein. «Mit der Tüte auf dem Kopf merkt man fast nichts.»

«Die Kälte wird dafür sorgen, dass alles trocknet», sagte der Baron. «Sie tilgt Gerüche.»

Leblanc und Tenzing hatten dem Vorfall keine Beachtung geschenkt. Er schien sie nichts anzugehen. Fiona hatte die übertriebene Reaktion Borodas überrascht: Der Kasache hatte wirklich ein unberechenbares Naturell.

Um die angespannte Atmosphäre aufzulockern und vor

allem das Thema zu vertiefen, das sie so sehr interessierte, wandte sie sich wieder von Reichlin zu. Iaan kramte in seinem Rucksack, auf der Suche nach etwas, womit er sich die Haare waschen konnte.

«Was sagtest du gerade, als Iaan mit seiner Show anfing? Es gäbe da ein kurioses Detail ...»

Leblanc verzog den Mund, sagte aber nichts.

«Also», fuhr der Baron fort, «in etlichen offiziellen Berichten von nepalesischer Seite, aber auch in den Schilderungen von einigen Fremden heißt es, Michel sei äußerst geschwächt in dem Dorf aufgetaucht. Jeder andere wäre bereits tot gewesen. Irgendwie war es ihm aber auch noch gelungen, seinen Rucksack zu tragen.»

«Ja und?»

«Vom Rucksack baumelte ein Pickel. Doch – und das ist das Eigenartige – es war nicht sein eigener Pickel, sondern der von Jean-Pierre.»

«Wieso ...»

«Niemand weiß das, Fiona. Niemand außer ihm selbst natürlich. Was geschah vor zehn Jahren auf diesem Berg? Warum ist Michel zurückgekommen und Jean-Pierre nicht? Warum hatte Michel den Pickel seines Bruders dabei? Und vor allem: War Jean-Pierre auf dem Gipfel oder nicht?»

Fiona hatte Mühe, all diese Informationen zu verdauen, wie eine Schlange, die eine zu große Beute verschluckt hat. Als sie beschlossen hatte, in den Himalaya zu fahren, war ihr alles so einfach vorgekommen: Sie musste bloß Jean-Pierre Leblancs Leichnam finden. Aber je länger sie unterwegs war, umso komplizierter und verworrener kam ihr alles vor ...

«Michel», fragte sie leise, «was ist an jenem Tag genau passiert?»

Leblanc schüttelte den Kopf.

«Ich kann mich an nichts erinnern. Außer an ein paar vereinzelte, zusammenhanglose Bilder. Ich weiß nur, dass wir auf dem Gipfel waren, Jean-Pierre und ich. Das ist ein Grund, warum ich in den Himalaya zurückgekehrt bin. Vielleicht kann ich mich hier am Kinsoru wieder an alles erinnern.»

Michel senkte den Blick, wie ein schuldiger Angeklagter bei Gericht.

Fiona war enttäuscht. Obwohl er manchmal so seltsam reagierte, hatte sie von Anfang an Sympathie für diesen Mann empfunden. Er war ihr aufrichtig erschienen. Von Anfang an hatte sie ihm glauben wollen ... Doch jetzt musste sie einen klaren Kopf bewahren. Von Reichlin hasste Leblanc, doch was er da erzählt hatte, war zu detailgetreu und präzise, um von hinten bis vorn erfunden zu sein. An jenem Tag vor zehn Jahren, hier auf diesem Berg, war etwas Entsetzliches geschehen. Doch was? Es war ihre Aufgabe, das herauszufinden: Die Wahrheit lag in kleinen Stücken vor ihr, doch Fiona schaffte es nicht, sie richtig zusammenzusetzen. Hans hatte recht: Wenn sie die Leiche fanden, würde sich alles klären.

«Was machst du da?»

Urplötzlich war Michel aus seinem abwesenden Zustand erwacht. Es war keine Frage, sondern eher ein Knurren. Seine Muskeln waren angespannt und konnten jederzeit losschnellen.

Fiona drehte sich um. Zu wem hatte er gesprochen? Hinter ihr hantierte Iaan mit dem Pickel, den er aus dem Rucksack genommen hatte. Er war es, auf den Leblanc so böse war.

«Was machst du da?», knurrte Leblanc erneut.

Wie aus heiterem Himmel stürzte sich der Franzose auf Iaan und schleuderte ihn in eine Ecke. Seine Augen waren weit aufgerissen. Er riss ihm den Pickel gewaltsam aus der Hand und schwenkte ihn drohend über dem Fotografen.

Großer Gott, dachte Fiona, jetzt bringt er ihn um.

Für einen Moment hielten alle den Atem an, unfähig zu reagieren, da alles so rasend schnell vor sich gegangen war. Michel zitterte, als er schließlich langsam das Werkzeug sinken ließ.

«Die Schutzkappe», sagte er mit bebender Stimme.

Er nahm die rote Gummikappe, die, ohne dass Iaan es bemerkt hatte, auf den Boden gefallen war, und setzte sie mit der Präzision eines Chirurgen auf die Spitze. Er vergewisserte sich, dass sie auch richtig aufsaß, und gab dann dem Fotografen den Pickel zurück.

«Du musst die Pickelspitze immer mit der Schutzkappe abdecken!», sagte er vorwurfsvoll. «Immer! Hast du verstanden?»

Iaan nickte hastig. Furchtsam streckte er die Hand aus, um den Pickel entgegenzunehmen. Leblanc ließ ihn in seine Hände fallen.

Aus dem Franzosen war nun alle Energie gewichen. Es schien, als kämpfe er gegen einen inneren Dämon an, der keinen Augenblick Ruhe gab. Er war zehntausend Kilometer von ihnen entfernt.

Wortlos hob Leblanc die Zeltplane an und verschwand nach draußen.

Fiona wechselte einen Blick mit Iaan, und zum ersten Mal zog sie ernsthaft die folgende Überlegung in Betracht: Hier in diesem Zelt, in dem auch sie gefangen war, könnte tatsächlich ein Mörder sein.

Er hat es gemerkt

Von Reichlin konnte sich ein Lächeln der Genugtuung nicht verkneifen.

«Was habe ich euch gesagt? In den Zeitungen wurde er wie ein Held gefeiert, aber Leblanc ist ein Mann, vor dem man sich in Acht nehmen muss. Solange er bei uns ist, sind wir alle in Gefahr.»

Bis vor drei Tagen wäre ihr dieser Satz lächerlich vorgekommen. Jetzt aber fand Fiona ihn nicht mehr so absurd. Nicht einmal die Anwesenheit des Barons und noch nicht einmal die Tenzings konnten sie beruhigen. Vielleicht zum ersten Mal in ihrem Leben dachte sie daran, die Flucht zu ergreifen. Doch das war im Augenblick nicht möglich.

Eine Stunde später wurde die Zeltplane wieder angehoben, und Leblanc tauchte auf. Alle Anspannung war aus seinem Gesicht gewichen, das nun wieder die ruhige Entschlossenheit ausstrahlte, die Fiona gesehen hatte, als sie ihm zum ersten Mal draußen im Sturm begegnet war.

«Der Wind ist stärker geworden», sagte er mit ruhiger Stimme. «Die Leinen werden nicht mehr lange halten. Wenn wir sie nicht nachziehen, wird das Zelt bald davonfliegen.»

Tenzing reagierte darauf, indem er nach seinen Stiefeln griff. Boroda sah zu von Reichlin hinüber, mit dem er einen zustimmenden Blick tauschte, woraufhin beide aufstanden.

«Wir kommen mit und helfen dir», sagte der Baron. «Allein schaffst du das nicht.»

«Wartet, ich komme auch mit», sagte Iaan und wollte seine Daunenjacke anziehen.

«Du bleibst hier», befahl Fiona und hielt ihn am Ärmel. «Dir geht's noch nicht wieder gut. Es könnte gefährlich sein.»

Boroda drehte sich im Hinausgehen zu ihnen um.

«Deine Mama hat recht. Bleib schön hier im Warmen. Sonst stellst du nur wieder irgendeinen Unsinn an.»

Als sie allein waren, deutete Iaan mit dem Kinn in Borodas Richtung.

«Was für ein reizender Kerl. Ich wette, beim KGB war er dafür zuständig, den Opfern den Gnadenstoß zu versetzen.»

«Du passt auf», sagte Fiona zu ihm.

«Worauf?»

«Ich werde mich hier drin mal ein bisschen umsehen.»

«Fiona, bist du verrückt geworden?» Iaan war äußerst beunruhigt. «Du kannst hier nicht einfach rumstöbern. Die Typen können jede Sekunde wieder hereinkommen. Wenn sie uns erwischen, werden sie sich darum streiten, wer die Ehre hat, uns das Fell über die Ohren zu ziehen.»

«Los, Iaan, sei kein Hasenfuß!»

«Ein Vietcong wäre ein Gentleman im Vergleich zu diesem ... diesem Boroda. Jedes Mal, wenn er mich ansieht, läuft es mir kalt über den Rücken.»

«Wie du meinst. Ich leg dann mal los.»

Fiona ging auf Leblancs Rucksack zu. Iaan sah ihr wie gelähmt zu, er war unfähig, sich zu bewegen.

«Du wirst doch nicht im Ernst ...»

«Mach schon!»

Das ließ sich der Fotograf nicht zweimal sagen. Er huschte zum Eingang und streckte den Kopf hinaus.

«Alles in Ordnung», berichtete er, nach innen gewandt. «Im Augenblick sind sie mit einem Zeltpflock beschäftigt. Aber beeil dich um Gottes willen!»

Dieser Ansporn war überhaupt nicht nötig. Fiona hatte Leblancs Rucksack bereits geöffnet und inspizierte den Inhalt. Unterwäsche und Socken zum Wechseln, ein Kompass, einige Stirnlampen, Ersatzhandschuhe, Lebensmittelkonserven, ein Seil, Eishaken, *friend*-Klettersicherungen, zusätzliche Steigeisen, Karabinerhaken, weitere Kleidungsstücke, das rote Schweizer Messer, von dem Leblanc sich niemals trennte ... nichts Interessantes, die übliche Ausrüstung eines Bergsteigers. Fiona packte rasch alles wieder ein und verschloss den Rucksack.

Fehlten noch die Seitentaschen. In der ersten war eine Landkarte der Umgebung, einige Fotos vom Kinsoru, auf dem die diversen Aufstiegsrouten eingezeichnet waren, und ein Führer. Fiona schloss die Tasche und öffnete die auf der anderen Seite: einige aus einer Zeitschrift ausgerissene Seiten. Sie faltete sie auseinander und lächelte zufrieden. Es war derselbe Artikel, den sie selbst vor ein paar Monaten gelesen hatte. Er handelte von der Rettung des indonesischen Bergsteigers und dem, was er danach im Krankenhaus berichtet hatte: Dort, irgendwo am Berg, lag Jean-Pierre Leblancs Leiche.

Fiona lächelte erneut. Sie hatten sich also nicht getäuscht. Michel war aus demselben Grund wie sie in den Himalaya gekommen: um den Leichnam seines Bruders zu finden. Oder doch, um ihn zu verbergen? Vielleicht hatte von Reichlin recht. Sie musste auf der Hut bleiben.

«Beeil dich!», drängte Iaan leise.

«Was tun sie gerade?», fragte Fiona ihn, während sie die zweite Seitentasche wieder schloss.

«Sie sind mit einer Verankerung beschäftigt. Ich weiß aber nicht, wie lange sie noch brauchen. Beeil dich!»

Fiona wollte Leblancs Rucksack wieder an seinen Platz stellen, als ihr eine winzige Tasche auf der Rückseite auffiel. Sie zog den Reißverschluss auf und steckte zwei Finger hinein. Es fühlte sich an wie ein Stück Papier, nur fester …

Ein Foto.

Sie sah es sich an.

Eine Frau. Nicht mehr ganz jung, aber wunderschön. Lange, dunkelbraune Haare. Grüne Augen. Die Andeutung eines Lächelns, das zwei Grübchen und ein paar Fältchen noch deutlicher hervortreten ließ. Ein eigenartiger Blick: Obwohl sie lächelte, wirkte die Frau melancholisch.

Das Foto war verknittert: Leblanc schien es schon seit Jahren mit sich herumzutragen. Neugierig betrachtete Fiona es genauer. Wer war die Frau, die für Leblanc so wichtig war, dass er ihr Foto sogar in siebentausend Metern bei sich hatte?

«Sie sind fertig! Mach schon!», rief Iaan flehentlich.

Schweren Herzens steckte Fiona das Foto wieder zurück. Sie hätte Iaan gern gebeten, es abzulichten, doch dazu war nun keine Zeit mehr.

«Kommen sie?», fragte sie ihn.

Iaan steckte den Kopf nach draußen.

«Nein. Jetzt sind sie an einer anderen Verankerung zugange.»

Als er sah, dass Fiona auf die anderen Rucksäcke zuging, rief er: «Du bist verrückt! Sie werden uns auf frischer Tat ertappen.»

Fiona hörte nicht auf ihn und öffnete Borodas Rucksack.

«Ich flehe dich an», bettelte der Fotograf, «lass die Finger davon. Dann ersparen sie uns wenigstens die Folterqualen!»

«Sei still und behalte sie im Auge.»

Fionas Hand verschwand tief in Anatolis Rucksack. Neben einigen Kleidungsstücken und der Kletterausrüstung waren ein paar kleine Gaskartuschen darin. Sie wühlte noch tiefer und stieß auf etwas Hartes und zugleich Weiches. Sie griff nach dem Gegenstand und zog ihn heraus.

Eine Schachtel.

Medikamente.

Fiona las, was auf der Packung stand.

Morphin.

Sie fischte erneut im Rucksack und fand weitere Schachteln mit Medikamenten.

Aufputschmittel, Schmerzmittel, Opiate: In Borodas Rucksack befand sich eine hübsche Sammlung von Rauschmitteln.

«Guck dir das mal an», sagte sie zu Iaan und zeigte ihm die Schachteln.

Dann packte sie alles wieder in den Rucksack. Sie war nicht allzu erstaunt. Ein Teil der Geschichte des Alpinismus beruhte, wie sie wusste, unter anderem auf dem Gebrauch von verbotenen Arzneimitteln. Wenn der Körper zu Marmor erstarrt und den Befehlen des Gehirns nicht mehr gehorcht, oder wenn der Schmerz unerträglich wird, ist ein Aufputschmittel oder ein Schmerzmittel der schnellste Weg zum Ziel. Auf dem Gipfel anzukommen ist das Einzige, was zählt.

«Okay, alles in Ordnung», sagte Iaan erleichtert, als er sah, dass Fiona Borodas Gepäck wieder zumachte.

«Bleib, wo du bist! Ich muss noch einen Blick in Hans' Rucksack werfen.»

«Ich flehe dich an, lass es sein. Denk an meine Mutter!»

«Deine Mutter ist vor fünf Jahren gestorben.»

«Genau: Denk daran, dass dasselbe auch mir passieren könnte.»

«Hör auf zu jammern und pass auf, dass keiner kommt. Ich beeil mich ja.»

Nervös ging Iaan wieder in Stellung. Fiona öffnete von Reichlins Rucksack. Auch hier fand sie Kleidungsstücke, einen Kompass, einen Höhenmesser, diverse Papiere, Seile, Haken. Diesmal wusste Fiona jedoch, wonach sie suchte. Und ganz unten fand sie es schließlich auch.

Das kleine Buch. Das seltsame, in Leder eingebundene Tagebuch, das Hans immer in Reichweite hatte und in das er stundenlang schrieb.

Fiona zog den Bleistift heraus, der Vorder- und Rückseite zusammenhielt, und klappte es auf. Die Seiten waren mit der winzigen, ordentlichen Handschrift des Barons gefüllt: Es sah beinahe aus wie Maschinenschrift. Rasch durchblätterte Fiona die Seiten. Doch abgesehen von den Daten, verstand sie nichts. Verdammt, daran hatte sie nicht gedacht: Der Baron sprach perfekt Englisch, aus dem nur ein ganz leichter Akzent herauszuhören war. Aber wenn er schrieb, tat er das in seiner Muttersprache, also in Deutsch. Und diese Sprache beherrschte sie nicht.

Seite um Seite blätterte die Journalistin die Notizen um, mit der Besessenheit eines Menschen, der einem Geheimnis dicht auf der Spur war und sich im letzten Augenblick getäuscht sieht. Hier war womöglich die Erklärung für Jean-Pierres Verschwinden und den Hass des Barons auf Michel verborgen, und sie war nicht in der Lage, sie zu entziffern! Erbost starrte sie auf die für das Deutsche typischen langen Wortzusammensetzungen, die ihr vollkommen unverständlich waren. Die Ähnlichkeiten mit dem Englischen waren zu vage, als dass sie daraus schlau geworden wäre.

Am Ende der Aufzeichnungen angekommen, begann sie noch einmal von vorn, durchforstete auch die Seiten am Anfang, die sie beim ersten Mal übersprungen hatte. Und dann, auf der vierten oder fünften Seite, fand sie endlich etwas, das sie verstand. Etwas, womit sie nie gerechnet hätte. Einen Namen.

Fiona Simmons.

Und ein Datum.

Kathmandu, 15. 11. 1994.

Fiona hielt den Atem an. Das war nicht irgendein Datum. Obwohl sie ein gutes Alibi gefunden hatte, obwohl sie als Journalistin hergekommen war, um eine gute Geschichte zu schreiben, eine mitreißende und geheimnisvolle Story, die ihre Leser sicher begeistert aufnehmen würden, trotz alldem kannte Fiona, tief in ihrem Herzen, den wahren Grund für diese Reise. Es gab nur diesen einen, aus dem sie in London ins Flugzeug gestiegen, drei Tage mit dem Jeep gefahren und dann fünf Stunden mit dem Helikopter geflogen war, bis hinauf in siebentausend Meter Höhe – und aus dem sie nun ihr Leben aufs Spiel setzte. Es war dieses Datum: Kathmandu, 15. 11. 1994. An jenem Tag war geschehen, was sie zehn Jahre später wieder hierhergetrieben hatte.

Bis zu diesem Augenblick war Fiona davon überzeugt, dass niemand außer ihr ihr Geheimnis kannte. Die Notiz im Tagebuch des Barons, ihr Name und die Daten inmitten der vielen unverständlichen Sätze bewiesen hingegen, dass der Baron sehr wohl davon wusste. Fiona fühlte sich bloßgestellt, als hätte ihr jemand an einem überfüllten Strand den Badeanzug heruntergerissen.

Sie wollte das kleine Buch gerade zuklappen, als etwas herausfiel und mit dem Gesicht nach unten auf dem Boden landete. Sie hob es auf.

Ein Foto.

Fiona drehte es um und war erneut wie vom Donner gerührt.

Das Bild zeigte dieselbe Frau, die sie soeben auf dem Foto in Leblancs Rucksack gesehen hatte.

Auf diesem war sie jünger, die Haare glänzten stärker, um die Mundwinkel waren noch keine Fältchen zu erkennen, vor allem aber war ihr Blick noch nicht so melancholisch. Doch es war zweifellos ein und dieselbe Frau, auf diesem Bild etwa fünfzehn Jahre früher aufgenommen.

Fiona starrte auf das Foto, als könne sie darin die geheime Formel für einen Zaubertrank entdecken.

«Beeil dich, sie kommen!»

Urplötzlich hatte Iaan sich zu ihr umgedreht und sah nun, wie verloren sie dasaß, das Notizbuch geöffnet, der Blick leer.

«Was machst du denn da? Los, steck es weg, um Himmels willen!»

Fiona fuhr zusammen und legte die Fotografie wieder in das Notizbuch. Dann wollte sie den Bleistift in die Lederösen stecken, doch er entglitt ihr und rollte in den hinteren Teil des Zelts, in die dunkelste Ecke. Sie streckte sich auf dem Boden aus und tastete danach. Entsetzt sah Iaan ihr zu.

«Der Baron ist hier!»

Iaan begriff, dass sie niemals alles wieder rechtzeitig aufräumen konnte. Ohne lange zu überlegen, stürzte er nach draußen.

Direkt vor dem Eingang stieß er beinahe mit Hans zusammen, der gerade ins Zelt schlüpfen wollte.

«Was gibt's?», fragte er zögerlich und wandte das Gesicht ab, weil Iaans Haare immer noch stanken. «Eine weitere Durchfallattacke?»

Hinter dem Baron ging Boroda – der Kasache benahm sich immer, als sei er der Leibwächter des Barons. Ein Stück dahinter kam Tenzing, doch ein Blick von Iaan genügte, und er blieb stehen. Umtost vom Sturm, war Leblanc noch mit einem Abspannseil beschäftigt.

«Nein, ich ... würde gerne was mit dir besprechen.»

Da er fürchtete, wieder auf die Schippe genommen zu werden, sah von Reichlin Iaan misstrauisch an. Doch dessen beunruhigte Miene wirkte aufrichtig.

«Na schön», erwiderte er und machte kehrt, indem er Iaan ein Zeichen machte, ihm zu folgen. Boroda schloss sich ihnen nicht an. Der Kasache hob die Zeltplane an.

«Mit ihm auch», sagte Iaan. Von Reichlin gab seinem Gefährten ein Zeichen, der die Plane wieder sinken ließ und auf sie zukam.

Sie gingen um das Zelt herum, auf die Leblanc gegenüberliegende Seite. Da nach wie vor ein schrecklicher Sturm tobte, konnten sie sich unterhalten, ohne dass der Franzose etwas hörte oder sie auch nur sah.

«Also?», schrie der Baron Iaan an. Dass er so unerwartet um ein Gespräch gebeten wurde, schmeichelte ihm und hatte ihn neugierig gemacht.

«Es ist so, dass ...» Iaan spielte auf Zeit. Ob Fiona wohl den Bleistift gefunden und alles wieder an seinen Platz geräumt hatte? Er hatte sich nicht überlegt, was er sagen wollte, und ließ sich von seinem Instinkt leiten.

«Es ist so, dass ich ... diesem Mann nicht traue.»

Er wies mit dem Kinn auf Leblanc, einen Schatten im Sturm.

«Ich habe Angst», setzte er hinzu. «Wer weiß, ob er uns nicht etwas antut, Fiona und mir. Wir sind Journalisten: Unbequemere Zeugen könnte es für einen wie ihn nicht geben.»

«Machen Sie sich keine Sorgen.» Der Tonfall des Barons war zuversichtlich. «Anatoli und ich sind ebenso sehr wie ihr daran interessiert, die Wahrheit herauszufinden. Wenn es so weit ist, wird eure Anwesenheit äußerst nützlich sein, um dem Rest der Welt die Wahrheit über Michel Leblanc mitzuteilen.»

«Aber der Sturm ...»

«Keine Bange. Ich kenne diese Berge gut. Stürme dauern zwei, drei, manchmal auch vier oder fünf Tage. Dann hören sie ebenso plötzlich auf, wie sie angefangen haben. Das Hochdruckgebiet kommt bestimmt sehr bald. Morgen, spätestens übermorgen haben wir schönes Wetter.»

«Aber Leblanc ...»

«Alles wird gut.» Der Baron hatte den Tonfall eines Expeditionsleiters angenommen. «Ich habe eine Idee, wie wir ihn im Zaum halten können.»

«Ich ...»

«Er kann euch nichts tun. Euch aus dem Weg zu räumen wäre auch für ihn zu gefährlich, vor allem mit zwei Zeugen wie mir und Toli. Und die Leiche Jean-Pierres werden wir zwei finden.»

«Aber ...» Iaan versuchte verzweifelt, Zeit zu gewinnen.

«Es besteht überhaupt kein Grund zur Beunruhigung. Toli wird gut auf euch aufpassen, seien Sie versichert. Gehen wir jetzt wieder rein.»

Ohne Iaan die Gelegenheit zu geben, etwas zu erwidern, ging der Baron zum Zelteingang zurück. Anatoli holte ihn ein, und der Baron flüsterte ihm etwas ins Ohr. Iaan hatte keine Wahl, er musste ihnen folgen. Leblanc kämpfte noch gegen den Wind, um ein Tau festzuzurren.

Als er das Zelt betrat, sah Iaan Fiona hinten im Zelt im Schlafsack liegen: Sie schlief. Oder tat zumindest so. Boroda und von Reichlin zogen die Stiefel aus. Iaan warf einen Blick auf die Rucksäcke: Sie standen wieder an ihrem ursprünglichen Platz. Niemand schien sie berührt zu haben.

Auch er zog die Stiefel aus und schlüpfte in seinen Schlafsack. Kaum lag er drin, wurde die Zeltplane angehoben, und Leblancs Kopf erschien in der Öffnung. Die Augenbrauen und der Bart des Bergsteigers waren voller Schnee. Er schlüpfte ins Zelt und machte sich daran, seinen Schneeanzug auszuziehen, als etwas seine Aufmerksamkeit erregte. Er wandte sich seinem Rucksack zu. Er hob etwas vom Boden auf und wog es in der Hand. Da begriff Iaan, was er gefunden hatte.

Das Schweizer Messer mit dem roten Griff.

Wortlos steckte Leblanc es in den Rucksack. Dann sah er Fiona an, die scheinbar eingeschlafen war.

Verdammt, dachte Iaan. Er hat es gemerkt.

Ich habe alles gesehen

«Ich hab's satt.»

Seit sie draußen die Verankerungen befestigt hatten, war nicht mehr als eine halbe Stunde vergangen. Leblanc schien zu schlafen. Boroda richtete sich ein wenig auf.

«Ich hab's satt, nur herumzuliegen und zu warten», murrte der Kasache. «Wir sind schließlich hier, weil wir etwas zu erledigen haben, oder? Also dann, auf geht's! Das bisschen Wind wird mich nicht aufhalten.»

«Das scheint mir nicht ratsam, Toli», erwiderte der Baron. «Vielleicht ist es doch besser, noch ein wenig zu warten.»

«Willst du hier im Warmen bei der jungen Frau bleiben? Nur zu, Hans. Ich hab jedenfalls die Schnauze voll.»

Ohne weitere Erklärungen zog Boroda die Stiefel an, schleifte den Rucksack bis zum Eingang und ging hinaus. Der Baron warf Fiona einen verlegenen Blick zu.

«Ab und zu ist Toli ein wenig … impulsiv, nennen wir es einmal so! Aber ich kann ihn keinesfalls allein losziehen lassen.»

Ein paar Handgriffe, und auch von Reichlin war startklar, in Stiefeln und Anorak. Ungläubig und wütend verfolgte Fiona seine Bewegungen. Ließ Hans sie tatsächlich mit einem derart gefährlichen Mann wie Leblanc allein?

«Ich versuche ihn einzuholen und zum Umkehren zu überreden», sagte der Baron, bevor er hinausging. «Rührt ihr euch nicht von der Stelle. Es ist zu riskant, bei all dem Neuschnee hinauszugehen. Tenzing wird so lange auf euch aufpassen, bis wir wieder da sind.» Leblanc ließ er ausdrücklich unerwähnt.

«Hans …», sagte Fiona, fügte dann aber nichts weiter hinzu. Noch nie hatte sie einen Mann angefleht, und damit würde sie auch jetzt nicht anfangen. Der Baron grüßte mit einem Nicken und ging.

Fiona warf einen Blick nach draußen. Der Sturm hatte nachgelassen. Vielleicht hatten Ten und Leblanc recht: Das letzte Schönwetterfenster nahte. Man konnte nun wieder ein paar hundert Meter weit sehen. Boroda war bereits ein winziger Punkt im Schnee. Der Baron folgte ihm ohne Eile. Beide hinterließen tiefe Spuren.

«Was machen wir jetzt, Ten?»

Trotz ihres scheinbar so großen Selbstvertrauens brauchte Fiona Bestätigung.

Der Sherpa erhob sich aus seinem Winkel.

«Wir können nicht aufsteigen. Zu gefährlich.»

Tenzing zog seine Daunenjacke an. Er nahm ein Streichholz und wollte das Gas anzünden. Sofort flackerte eine Flamme auf, erlosch aber nach wenigen Sekunden. Der Sherpa probierte es ein zweites Mal, ohne Erfolg.

«Gasflasche zu Ende. Ich nehme andere.»

Er kramte in seinem Rucksack, wie ein Bär, der in den Bienenstock greift, um Honig herauszuholen. Doch er fand nichts.

«Was ist los?», fragte Fiona, die seinen überraschten Gesichtsausdruck gesehen hatte.

«Hier waren zwei Gasflaschen. Jetzt verschwunden.»

«Hast du sie vielleicht woanders abgestellt?»

Ein kurzer Erkundungsgang im Zelt genügte, um festzustellen, dass sie nicht da waren.

«Ich müsste noch eine haben.»

Leblanc hatte endlich die Augen aufgemacht. Er wandte sich zu seinem Rucksack um und öffnete ihn. Er griff ganz gezielt hinein, denn er wusste, wo er zu suchen hatte. Die Gewissheit, die er ausstrahlte, verschwand jedoch sogleich. Aufs Geratewohl stöberte er ein paar Sekunden herum.

«Meine ist auch weg.»

Misstrauisch schaute er Fiona an. Sie erwiderte pikiert:

«Such ruhig in meinem Rucksack, wenn du willst. Ich hab sie nicht.»

«Vielleicht hast du dich geirrt», sagte Iaan.

Fiona packte ihren Rucksack an der Unterseite und kippte den gesamten Inhalt aus.

«Bitte, überzeugt euch selbst.»

Die Gaskartuschen waren nicht dabei.

Sie kontrollierten auch Iaans und Tenzings Rucksäcke. Nun traute keiner mehr dem anderen. Doch die Kartuschen blieben unauffindbar. Kein Gas zu haben bedeutete in dieser Höhe den sicheren Tod.

«Ich gehe ihnen nach», verkündete Leblanc.

Innerhalb weniger Sekunden war er angezogen. Er stieß die Füße in die gefrorenen Außenschuhe, bis sie nachgaben. Ehe Fiona begriff, was vor sich ging, war der Franzose schon startklar.

«Macht euch keine Sorgen. Was auch passiert, Ten findet sich zurecht», sagte er und verschwand.

Sobald er draußen war, überprüfte er die Spuren, die Boroda und von Reichlin hinterlassen hatten. Sie waren sehr tief. An manchen Stellen war der Kasache fast bis zur Hüfte eingesunken. Das Gehen war unter diesen Bedingungen äußerst anstrengend, wenn man sich erst einen Weg bahnen musste – es würde nicht lange dauern, sie einzuholen.

Er ging zügig, und die Anstrengung hielt seine Verärgerung in Schach. Wären der Baron und der Kasache ihm gleich unter die Augen geraten, hätte er sich kaum beherrschen können.

Die Spuren bildeten eine Linie, die den Gletscher in zwei Hälften teilte. Sie befanden sich auf einer Art Hochebene, die «Der Sattel» hieß: die letzte Möglichkeit zur Rast vor der Gipfelbesteigung. Leblanc kannte das Gebiet wie seine Westentasche. Er wusste, dass sich am Ende der Hochebene ein zweitausend Meter tiefer, fast senkrechter Abgrund auftat. Oben am Kamm angekommen, gab es nur zwei Möglichkeiten: Aufstieg oder Abstieg. Die Schroffheit der Bergwelt ließ keine Kompromisse zu: Wer die ins Eis gehauenen Stufen erklomm, riskierte sein Leben. Ein einziger Fehler, und man war verloren. Viele Bergsteiger bezeichneten die Kletterer im Himalaya abschätzig als «Schneetreter» und die Aufstiegsrouten als «Yak-Trampelpfade», weil sie auf den ersten Blick so einfach schienen. Freilich bedurfte es am Himalaya keiner großen technischen Fähigkeiten: Selbst ohne Erfahrung konnte man den Gipfel eines Achttausenders besteigen. Doch es waren die äußeren Bedingungen, die eine derartige Unternehmung so gefährlich machten. Das Basiscamp lag höher als der Gipfelpunkt des Montblanc. Jeder einzelne der vielen tausend Schritte, die zum Gipfel führten, erforderte höchste Konzentration und gestattete nicht die geringste Ablenkung, wenn man heil zurückkommen wollte. Leblanc war an die ständige Anspannung gewöhnt; es war, als würde sich sein Gehirn in zwei Hälften teilen. Die eine Seite dachte über das nach, was passiert war, über Hans, Boroda, Fiona und Iaan, und versuchte, die richtige Entscheidung zu treffen. Die andere achtete auf den Weg und schätzte in jedem Augenblick die Gefahr ein.

Nach etwa zehn Minuten hatte er die beiden entdeckt. Boroda hatte den Baron eingeholt, und nun schritten die beiden auf die Stelle zu, an der der Weg sich teilte. Dort angelangt, würden sie sich mit großer Wahrscheinlichkeit für den Aufstieg entscheiden: Die Leiche, auf die der Indonesier gestoßen war, befand sich weiter oben.

Ohne sichtbare Anstrengung beschleunigte Leblanc seine Schritte. Wer ihm bei einem Aufstieg begegnet war, war beeindruckt von seiner Geschwindigkeit. Man sah ihn unten im Tal, und binnen weniger Minuten war er neben einem. Er überholte einen in rasantem Tempo und verschwand binnen kurzem hinter der nächsten Schneeverwehung. Niemand war schneller als er, ob mit oder ohne Sauerstoffgerät.

Die Gestalten des Barons und des Kasachen wurden rasch größer. Nun konnte Leblanc Einzelheiten der Daunenanzüge erkennen, die Brillen, die blauen Gurte der Steigeisen. Sie hatten die Gipfelroute eingeschlagen. Als ob sie seinen Blick gespürt hätten, drehten sich die beiden beinahe gleichzeitig um und sahen ihn. Sie redeten kurz aufeinander ein und blieben dann stehen, um auf ihn zu warten.

Schön, dachte Leblanc. Er hatte keine Lust, sich bei einer dummen Verfolgung zu verausgaben, unter anderem weil Tenzing recht hatte: Das Wetter würde sich bald verschlechtern. Leblanc kannte diese Berge sehr gut: die Form der Wolken, die sich dicht über ihnen türmten, und die Höhe, in der sie stehen geblieben waren, verhießen nichts Gutes. Bergsteiger nannten sie «Katzen»: Gelassen und reglos warteten sie nur darauf zuzuschlagen. Das Hochdruckgebiet hatte sie noch nicht erreicht.

«Haben wir etwas vergessen?», fragte der Baron, sobald Michel bei ihnen war.

«Ja, uns die Gaskartuschen dazulassen.»

Der Baron sah erstaunt aus.

«Wovon redest du?»

«Das weißt du ganz genau. Ihr habt alle Kartuschen mitgenommen.»

Von Reichlin drehte sich zu Boroda um.

«Stimmt das?»

Der Kasache grinste höhnisch.

«Ihr geht doch sowieso wieder runter, oder? Wir brauchen sie dringender als ihr.»

Der Baron sah wieder Leblanc an.

«Ich versichere dir, davon wusste ich nichts.»

«Ist mir egal, was du mir versicherst. Gebt mir die Gaskartuschen und schert euch zum Teufel!»

«Und wenn nicht?», fragte der Kasache, immer noch grinsend.

Leblanc antwortete nicht. Ohne dem anderen Zeit zum Reagieren zu lassen, rammte er ihm die Faust in den Magen. Doch der Hieb wurde durch Borodas Daunenjacke abgefedert und tat ihm nicht wirklich weh. Boroda, der mit dem Angriff nicht gerechnet hatte, geriet eher vor Überraschung denn wegen der Heftigkeit des Schlags ins Schwanken. Der Franzose packte ihn rasch am Knöchel und stieß gleichzeitig mit der Hand seinen Körper weg. Boroda verlor das Gleichgewicht und drohte den Hang unter ihnen hinabzukugeln. Im letzten Augenblick griff er jedoch mit seinem mächtigen Arm nach Leblancs Daunenjacke. Leblanc versuchte, sich aufrecht zu halten, doch Anatolis Gewicht riss ihn mit. Ineinander verkeilt, rollten sie den Hang hinab, auf die Hochebene zu.

Der Baron setzte ihnen in großen Sprüngen nach. Boroda und Leblanc rollten immer weiter, immer schneller, in einer Wolke aus Pulverschnee, die sie ganz einhüllte. Die Steigung ebbte ab. Sie wurden langsamer und blieben schließlich liegen. Von Reichlin hielt inne und starrte auf die beiden ineinander verknäulten Gestalten in der Ferne. Einen Moment lang lagen sie unbeweglich da. Dann löste sich ein schwarzer Punkt, während der andere am Boden zurückblieb. Der Baron kniff die Augen zusammen. Er nahm sogar die Gletscherbrille ab: Unmöglich, zu sagen, wer es war, der sich gerade erhoben hatte, und welcher der beiden die Besinnung verloren hatte.

Verunsichert blieb er stehen. Boroda war viel größer und kräftiger als Leblanc, unmöglich, dass er es war, der am Boden lag. Und wenn er nun durch einen Zufall doch dem Franzosen unterlegen war? Der Baron blickte über die Schulter nach oben. Er konnte nicht weiter. Allein wäre er es ihm niemals gelungen, die Leiche zu finden und sie nach unten zu tragen. Es blieb ihm keine andere Wahl: Er musste absteigen und auf sein Glück hoffen.

Während er sich den beiden näherte, versuchte er, ihre Umrisse zu identifizieren. Alles hing nun davon ab, welcher der beiden unversehrt geblieben war. Zehn Jahre des Wartens konnten in einem einzigen Augenblick zunichte sein. Er richtete seinen Blick erneut auf den Stehenden und den am Boden Liegenden ... doch so, im Gegenlicht, im gleißenden Licht des Gletschers, konnte er einfach nicht erkennen, wer Schaden genommen hatte, Toli oder Leblanc.

Langsam näherte er sich.

«Los, Hans. Dein Freund braucht Hilfe.»

Er hörte die Stimme, bevor er das Gesicht erkennen konnte. Wieder einmal war dieser Schurke mit heiler Haut davongekommen.

Der Baron legte die letzten Meter zurück, die sie voneinander trennten. Boroda lag bewusstlos am Boden. Leblanc stand aufrecht da, die Hände in die Seiten gestützt.

«Was ist passiert?», fragte der Baron.

Der Franzose beugte sich über Anatoli und hob seinen Kopf an. Dann drehte er sich zum Baron um.

«Sieh her.»

Er hob erneut Borodas Kopf an: Direkt unter seinem Nacken ragte ein Metallzylinder aus dem Schnee.

«Pech gehabt», kommentierte Leblanc. «Er ist mit dem Schädel auf einer liegengebliebenen Sauerstoffflasche aufgeschlagen.»

«Und was machen wir jetzt?»

«Es ist doch dein Freund, oder? Kümmere du dich um ihn!»

«Allein kann ich nichts ausrichten.»

Wortlos ging Leblanc vor dem Kasachen in die Hocke. Mit einer Schnur, die er aus dessen Rucksack zog, band er ihm die Hände auf dem Bauch fest. Nun sah Boroda aus wie eine Mumie.

«Du nimmst das eine Bein, ich das andere. So müssten wir es schaffen.»

«Machst du Witze? Toli wiegt mehr als hundert Kilo!»

«Dann ruf eben einen Krankenwagen.»

Von Reichlin betrachtete den unbeweglichen Leib des Hünen. Michel hatte recht: Ihnen blieb keine andere Wahl.

Er bückte sich, um Borodas rechten Fuß zu packen, und klemmte ihn unter seiner linken Achsel fest. Leblanc machte dasselbe auf der anderen Seite. Zusammen zogen sie an, und der Körper setzte sich in Bewegung; er hinterließ eine breite Schneise. Es war weniger anstrengend, als sie befürchtet hatten. Der Daunenanzug glitt ohne Reibungswiderstand über den Schnee, und derart verteilt, war Borodas Gewicht nicht übergroß. Wir sehen aus wie zwei Yaks, die einen nepalesischen Schlitten ziehen, dachte der Baron mit Galgenhumor.

Als sie zwei Stunden später das Zelt erreichten, waren sie am Ende. Ihre Ohren klingelten vor Anstrengung, ihr Magen ballte sich vor Übelkeit zusammen. Fiona, die die ganze Zeit Ausschau gehalten hatte, kam ihnen entgegen.

«Was ist passiert?»

«Zu viel Sauerstoff», erwiderte Leblanc.

Mit Tenzings und Iaans Hilfe gelang es ihnen, Boroda ins Zelt zu schleifen. Sie steckten ihn in seinen Schlafsack und ließen sich keuchend auf den Boden sinken. In dieser Höhe konnte eine derartige Anstrengung tödlich sein.

Die Wolken waren in der Zwischenzeit dichter geworden, der Wind blies wieder kräftig. Eine Bö nach der anderen erschütterte das Zelt, presste es zusammen und blähte es wieder auf. Der Sturm war zurückgekehrt, und zwar heftiger als zuvor. Tenzing warf einen Blick nach draußen, dann zog er den Zelteingang mit einem schicksalsergebenen Achselzucken zu. Er wandte sich an Fiona:

«In meinem Tal heißt es: Wohin geht der Wind, wenn er nicht weht?»

Fiona kochte Tee. Mit einem Löffel flößte sie ihn Boroda tropfenweise ein.

Die Wärme des Getränks und der Zucker verfehlten ihre Wirkung nicht: Nach einer halben Stunde schlug der Kasache die Augen auf. Er sah verstört aus.

«Was ist passiert?»

Er blickte sich um, ohne das Zelt zu erkennen, und sie vielleicht auch nicht. Der Baron beugte sich vor.

«Nur ruhig, Toli. Du hast dir bloß den Kopf angeschlagen.»

Plötzlich schien Boroda sich wieder an alles Vorgefallene zu erinnern, so als hätte jemand einen Eimer mit Erinnerungen in seinen Kopf geschüttet.

Er drehte den Hals zur Seite, bis er Leblanc erblickte, und verzog den Mund zu einer Grimasse.

«Da ist ja unser …» Ein Hustenanfall hinderte ihn daran, den Satz zu beenden. Fiona hob seinen Kopf an und hielt ihm einen Löffel Tee hin. Boroda trank und fuhr sich mit der Zunge über die Lippen. «… unser Held.»

«Du solltest dich aber schonen», mahnte Fiona, aber er hörte nicht auf sie.

«Michel Leblanc, der legendäre, weltberühmte Bergsteiger …» Erneut hustete er. «Du kannst alle hier verarschen, aber mich nicht!»

Leblanc antwortete nicht. Er wandte ihnen den Rücken zu.

«Ich widere dich an, was, großer Held?» Boroda versuchte zu schreien, doch die Stimme erstarb ihm beinahe in der Kehle. «Aber jetzt wirst du mir zuhören, ob es dir passt oder nicht. Weil ich die Wahrheit nämlich kenne. Ich war damals dabei. Ich habe alles gesehen.»

Die Menschen werden dich bestrafen

«Soll das heißen, du weißt über alles Bescheid?»

Der Baron stürzte sich auf Anatoli, packte ihn am Kragen seiner Fleecejacke und schüttelte ihn. Der Hüne hatte nicht die Kraft, sich zu wehren. Fiona ging dazwischen.

«Lass ihn in Ruhe! Siehst du nicht, dass es ihm schlecht geht?»

«Halt dich da raus, Fiona, das geht dich nichts an!»

Im Eifer des Gefechts war der Baron zum Du übergegangen.

Boroda hatte das Bewusstsein verloren. Fiona holte ein wenig Schnee und rieb ihm die Stirn damit ein. Der Kasache kam wieder zu sich. Nur mühsam konnte von Reichlin seine Wut in Zaum halten.

«Seit acht Jahren arbeitest du für mich. Warum hast du mir nie etwas gesagt?»

Anatoli zwang sich zu einem Lächeln.

«Es war mir egal. Ich hielt dieses Arschloch von Jean-Pierre nicht aus, ihn und seine Großmannssucht. Für ihn waren wir Fliegen auf einem Stück Scheiße. Der wahre Bergsteiger, das war er allein. Und auch du, Michel: Für ihn warst du nur ein armer Idiot.»

Leblanc lag mit geschlossenen Augen da und sagte nichts.

«Eines Tages kriegten wir uns in die Haare ...» Boroda hielt inne, um Atem zu schöpfen. Sein Blick war ins Leere gerichtet. «Unten in Kathmandu. Er ging von hinten auf mich los, vollkommen überraschend ... Ich musste ins

Krankenhaus gebracht werden. Lieber Michel, dein Bruder war wirklich ein Dreckskerl ...»

Er kicherte, als fände er das Ganze amüsant.

«Und dann?», wollte von Reichlin wissen. «Warum hast du bis heute nie darüber geredet?»

«Leblanc war mir scheißegal, verstehst du? Michel hat seinen Bruder sterben lassen? Großartig! Jean-Pierre hatte es nicht besser verdient. All die Jahre über war mir Michel sehr sympathisch. Er hatte den Mut, zu tun, was ich selbst vor vielen Jahren hätte tun sollen.»

Fiona fragte:

«Warum hast du ihn so sehr gehasst?»

Boroda schloss die Augen; er sammelte Kraft, um zu antworten.

«Er war es, der *mich* hasste.»

Stille breitete sich im Zelt aus, unterbrochen nur von den heftigen Windböen. Von Reichlin gab sich nicht zufrieden.

«Los, erzähl weiter. Was hast du gesehen?»

«An jenem Tag war ich auf einem anderen Berg. Ich war dort, um die Lage für eine Expedition zu erkunden, in circa sechstausendfünfhundert Metern. Ein herrlicher Tag ...»

Anatoli musste husten. Fiona flößte ihm vier, fünf Löffel Tee ein, damit er weitererzählen konnte.

«... Die Sicht war phantastisch. Der Wind hatte den Himmel leer gefegt, die Gipfel schienen zum Greifen nah ... der Dhalaugiri, der Manaslu, der Annapurna ... es war unglaublich klar. Ich rastete auf einem Felsband und holte das Fernglas heraus. Tage wie diese sind auch im Himalaya selten ...»

«Einen Augenblick», unterbrach Fiona. «Hans, hattest du nicht gesagt, die Wettervorhersage für jenen Tag sei verheerend gewesen?»

Der Baron druckste herum.

«Na ja, die Vorhersage schon … Aber die irren sich eben auch. Das Wetter ändert sich hier sehr schnell.»

«Erzähl weiter, Toli. Du hast also das Fernglas herausgeholt, und dann?»

«Ich richtete es auf den Kinsoru und studierte die Aufstiegsroute für eine andere Expedition, die vielleicht danach anstand. Und da sah ich ihn.»

«Wen?»

«Ihn, Michel.»

In diesem Augenblick geschah etwas völlig Unerwartetes. Aus der Ecke, in die er sich gekauert hatte, sprang Tenzing wie von einer Sprungfeder angetrieben in die Höhe, was ihm bei seiner Größe trotz der Enge im Zelt leicht gelang. Er stürzte auf Boroda zu, als wolle er ihn angreifen.

«Du … was hast du gemacht?»

Er zitterte vor Entsetzen. Fiona, aber auch Leblanc hatten ihn noch nie in einem solchen Zustand erlebt. Der Sherpa hatte die Selbstbeherrschung verloren.

Tenzing versuchte, die Hände um Borodas Hals zu schließen. Der Baron wollte eingreifen, doch da fasste sich der Sherpa wieder. Noch immer zitternd, ließ er die Arme sinken.

Boroda lächelte befriedigt.

«Was hast du, Schlitzauge? Hast du dich an deiner Yakmilch verschluckt?»

«Du … du …» Der Sherpa bebte vor Entrüstung.

«Gebt dem Wilden da ein Beruhigungsmittel. Ich möchte nicht, dass ihn der Schlag trifft.»

Ein Hustenanfall hinderte ihn am Weiterreden. Es dauerte ein paar Minuten, bis er wieder Luft bekam. Währenddessen hatte sich Tenzing in seiner Ecke in Schweigen gehüllt. Fiona nahm sich vor, das Motiv für seine übertriebene Reaktion herauszufinden. Später. Jetzt wollte sie hören, was der Kasache zu sagen hatte.

«Also, erzähl deine Geschichte zu Ende, Toli. Klingt interessant», ermunterte ihn der Baron.

«Dann sah ich Michel, in etwas unter achttausendzweihundert Metern. Ich erkannte ihn sofort. Er hat einen unverwechselbaren Gang ... Er geht schnell. Sehr schnell. Ich erkannte die Daunenjacke, den Rucksack, die Aufschrift des Sponsors. Er hatte kein Sauerstoffgerät dabei. Das war er.»

«Und dann ...?»

«Er war allein. Jean-Pierre war nicht bei ihm.»

«Bist du sicher?»

«Ich beobachtete ihn über eine Stunde lang. Michel schritt zügig auf den Gipfel zu. Außer ihm war da niemand. Weder vor noch hinter ihm. Auf dieser Wand war nur er allein.»

«Du lügst!» Leblanc war aus seiner vermeintlichen Benommenheit erwacht und drehte sich mit einem Ruck zu Boroda um. Vor Wut biss er die Kiefer fest zusammen. «Du erzählst nur Unsinn. Weil du dich für etwas rächen willst, das vor kurzem geschehen ist.»

«Bei Gelegenheit werde ich mich schon noch rächen. Und das wird dir leidtun! Aber das hier ist nichts als die Wahrheit ...» Er hustete. «Ich habe mich entschlossen, sie zu erzählen, weil du genauso ein Dreckskerl bist wie dein Bruder. Du verdienst es nicht besser.»

Leblanc sah die anderen an.

«Er hat sich den Kopf angeschlagen. Er weiß nicht, was er sagt.»

«Ich finde, er ist recht klar im Kopf», meinte der Baron. «Im Grunde hat er nur bestätigt, was der Leichnam bestätigen wird, sobald wir ihn gefunden haben. Dein Bruder kam auf dieser Seite des Bergs um. Er hat es nie bis zum Gipfel geschafft. All die Jahre hast du nichts als Lügen erzählt.»

Schweigend beobachtete Fiona Michel. Warum reagierte er denn nicht und beteuerte seine Unschuld, warum schrie er nicht, drohte oder verteidigte sich? Nein, eine ohnmächtige Wut schien Leblanc zu beherrschen. Die Wut des Schuldigen.

«Du auch, Fiona? Du glaubst ihm auch?»

Die Journalistin sah ihn schweigend an. Michel schlug die Augen nieder.

«Wenn das so ist ...»

Er sammelte seine Sachen zusammen und packte sie in den Rucksack. Dann zog er Daunenjacke und Stiefel an. Er hob die Zeltplane am Eingang an, und eine eisige Windbö fuhr herein, als wollte ein Riese sie alle liebkosen.

Das Zelt bei diesem Wetter zu verlassen kam einem Selbstmord gleich. Nicht einmal Leblanc konnte einen solchen Sturm allein überleben. Doch niemand griff ein. Alle waren wie gelähmt.

Michel band die Kapuze zu, knipste die Stirnlampe an und verschwand im Schneesturm. Niemand sagte etwas. Jeder von ihnen schwankte zwischen Erleichterung und Schuldgefühlen. Nur Tenzing fand die Kraft, zu sprechen. Er schwang den Kopf hin und her und gab so etwas wie eine lange Klage von sich, eine Art Mantra, so schien es. Mit einem Mal deutete er mit dem Finger auf Boroda.

«Du hast großen Frevel begangen. Ich weiß nicht, ob es gibt einen Gott des Berges, aber auch wenn es ihn nicht gibt – die Menschen werden dich bestrafen.»

Ich habe meinen Bruder umgebracht

«Wir können ihn doch da draußen nicht im Stich lassen!»

Leblanc war seit über einer Stunde fort, und seitdem war Fiona in der Nähe des Eingangs geblieben. Ab und zu warf sie ängstlich einen Blick nach draußen.

«Er könnte sterben. Es ist nicht mehr lange hell.»

«Du kennst Leblanc nicht. Dieser Mann ist ein Dämon, schlimmer als Fantômas. Er würde selbst in der Hölle überleben.»

«Er ist gegangen. Du dagegen bist noch hier», sagte sie vorwurfsvoll.

«Das tue ich für euch.»

«Die Gaskartuschen hast du wahrscheinlich auch mitgehen lassen, um uns einen Gefallen zu tun.»

«Fiona, wie kannst du nur glauben ...» Der Baron klang entrüstet. «Ich schwöre dir, davon wusste ich nichts!»

Von Reichlin wies mit dem Kinn auf Boroda. Trotz der Eiseskälte war die Stirn des Kasachen schweißbedeckt. Seine Augen waren halb geschlossen. Aus seinem ausgetrockneten Mund kamen Satzfetzen, die keinen Sinn ergaben.

«Jean-Pierre, du Dreckskerl ... Ich hab dir alles beigebracht ... Michel ... du verstehst nicht ... ich wollte ihm helfen ... Er konnte nicht mehr ... Michel ... denk an deinen Vater ...»

Seine wirre Litanei schien kein Ende nehmen zu wollen. Niemand achtete darauf.

Fiona zuckte mit den Achseln.

«Es geht ihm schlecht. Wir brauchen einen Arzt.»

«Und wo sollen wir den hernehmen? Wir können ihn schließlich nicht bis zum Basiscamp tragen. Und bei dem Sturm würde es auch niemand bis hierherauf schaffen. Alles, was wir tun können, ist, darauf zu warten, dass das Funkgerät wieder Empfang hat.»

«Wir können Michel nicht allein da draußen lassen.»

«Vielleicht ist er schon ins Tal gestiegen.»

«Du weißt genau, dass es nicht so ist. Er will um jeden Preis den Leichnam seines Bruders finden.»

«Selbst wenn er ihn findet: Unter diesen Bedingungen kann er nicht viel ausrichten.»

«Hast du nicht behauptet, er wolle ihn verstecken, anstatt ihn zu bergen?»

«Was soll er denn schon machen? Ein Loch in den Schnee graben und ihn beerdigen? Wir würden ihn trotzdem finden, innerhalb weniger Tage. Soll er ihn in eine Schlucht stürzen? Allein wird ihm das niemals gelingen. Bei diesem Wind kann man ja kaum gehen. Solange der Sturm anhält, haben wir nichts zu befürchten.»

Schweigend lagen sie da; jeder hing seinen eigenen Gedanken nach. Iaan schlief, Boroda stieß gebetsmühlenartig immer wieder von neuem seine Verwünschungen, Beleidigungen und Beschimpfungen aus. Zwischendurch fiel er in einen fieberhaften Schlaf.

Plötzlich setzte sich Fiona auf ihre Knie.

«Ich halte es nicht mehr aus. Ich gehe ihn suchen.»

Augenblicklich rührte sich auch der Sherpa.

«Du kannst nicht. Ich gehe.»

«Wir gehen gemeinsam, Ten. Wenn er will, kann Hans uns ja auch unterstützen.»

Der Baron schüttelte den Kopf.

«Ich bleibe hier bei Toli. Ich werde sein Leben doch nicht aufs Spiel setzen, um Leblanc suchen zu gehen. Meinetwegen soll er erfrieren. Zum Teufel mit ihm!»

Ten machte sich zum Hinausgehen fertig, Fiona ebenfalls. Der Sherpa bestand darauf, dass sie im Zelt blieb, doch Fiona ließ nicht mit sich reden.

«Es ist meine Schuld, dass Michel gegangen ist. Und jetzt ist es meine Pflicht, ihn zu suchen.»

«Zu gefährlich, zu gefährlich ...», wiederholte der Sherpa immer wieder. «Zu anstrengend für dich.»

Doch Fiona schüttelte ihren Dickkopf. Sie hob die Plane an, schob den Oberkörper und ein Bein hinaus und hievte sich in den Sturm hinaus, der von allen Seiten an ihr zerrte.

Als sie sich aufrichten wollte, stieß sie gegen etwas Weiches.

Sie sah auf.

Michel.

Er war zurückgekommen.

Leblanc schob sie ins Zelt zurück und schlüpfte gleich darauf selbst hinein.

Der Baron war sprachlos.

Leblanc setzte seine Kapuze und die eisverkrustete Brille ab.

Als sein Gesicht zum Vorschein kam, sah man, wie aufgewühlt er war. Die Falten traten deutlicher hervor, die Augen waren gerötet. Mit heiserer Stimme presste er hervor:

«Ihr habt recht.»

Und dann:

«Ich habe meinen Bruder umgebracht.»

Dabei fror sie gar nicht

«Na, endlich!»

Von Reichlin strahlte vor Genugtuung. Zehn Jahre hatte er auf diesen Moment gewartet.

«Endlich ...», sagte er noch einmal.

Doch Leblanc achtete gar nicht auf ihn. Dass sein Feind den Sieg davongetragen hatte, interessierte ihn gar nicht. Er sprach ausschließlich an Fiona gewandt, die ihn entsetzt ansah.

«Du hast deinen Bruder umgebracht ...»

Leblanc zog den Anorak aus. Er bewegte sich wie ein Schlafwandler, den Blick starr vor sich auf den Boden gerichtet.

«Ich habe ihn umgebracht. Ich kann es nicht mehr leugnen.»

«Du sagtest doch, du könntest dich an nichts erinnern ...»

Aufgeregt rief der Baron dazwischen:

«Alles Ammenmärchen, willst du das noch immer nicht begreifen?» Dann sagte er zu Leblanc: «Was geschah in jener Nacht?» Er wirkte wie ein Kommissar, der jemanden dazu gebracht hat, endlich zu gestehen. Leblanc hörte seine Frage nicht einmal. Er folgte beim Erzählen niemand anderem als sich selbst.

«Ich wachte gegen zwei Uhr nachts auf. Normalerweise passiert mir das nie. Auch in großer Höhe schlafe ich ohne Probleme. Doch an diesem Abend hatte ich eine Vorahnung. Ich war unruhig. Ich riss die Augen auf. Es war finster, nichts regte sich, dennoch spürte ich, dass etwas geschehen war. Ich wusste nicht, was, aber etwas war geschehen. Hans schlief ruhig neben mir ...» Er sprach vom Baron wie von einem Abwesenden. «Ich schlüpfte aus dem Schlafsack und ging nach draußen. Es war eine herrliche Nacht, über uns funkelten unzählige Sterne. Nicht der geringste Windhauch war zu spüren. Die Bedingungen, um den Anstieg zum Gipfel zu wagen, waren ideal, auch wenn das Basiscamp am Vorabend ein Schlechtwetter-Signal abgegeben hatte ... Vielleicht schaffe ich es, dachte ich. Ich lief zu Jean-Pierres Zelt hinüber, um ihn zu wecken. Und da sah ich, dass sein Schlafsack leer war.»

Leblanc unterbrach sich, als wolle er Fiona Zeit geben, sich die Szene vorzustellen: den leeren Schlafsack, seine Bestürzung.

«Ich nahm also an, dass Jean-Pierre das gute Wetter schon vor mir bemerkt hatte und bereits aufgebrochen war. Warum hatte er mir nicht Bescheid gesagt? Ich war enttäuscht und wütend. Wir verstanden uns damals nicht besonders gut ... Jedenfalls dachte ich: Zum Glück hast du es gleich bemerkt – rechtzeitig, um ihn einzuholen. Ich ging in mein Zelt zurück, zog mich an, leerte meinen Rucksack bis auf das Nötigste und brach auf. Sofort stieß ich auf Jean-Pierres Spuren. Er hatte den Weg gebahnt, daher kam ich schneller voran als er. Binnen etwa einer Stunde würde ich das Licht seiner Stirnlampe sehen, da war ich mir sicher. Ich war etwa eine halbe Stunde unterwegs, als ich bemerkte ...»

Der Baron konnte ein zufriedenes Grinsen nicht unterdrücken. Leblanc fuhr fort:

«... als ich bemerkte, dass hinter mir, weiter unten, noch ein anderer Bergsteiger war. Wer konnte das sein? Hatte jemand im Camp unseren Aufbruch bemerkt und wollte sich uns anschließen? Die Anwesenheit eines dritten Gefährten konnte nützlich sein. Also ging ich langsamer. Leider war es, wie du ja bereits weißt, Hans, der mir da folgte.»

«Tja, leider», grinste von Reichlin.

«Er redete auf mich ein, wie schlecht es Jean-Pierre gehe, dass wir es nicht schaffen würden und dieser Versuch der reine Wahnsinn sei. Er bestand darauf, gemeinsam umzukehren. Aber das Einzige, was ihm Sorgen machte, war, dass Jean-Pierre und ich als Erste den Gipfel erreichen könnten. Die ganze Expedition war von Anfang an als ein Triumph des österreichischen Alpinismus geplant worden, und nun drohten wir alles über den Haufen zu werfen. Ich schickte ihn also zum Teufel und machte mich wieder auf Jean-Pierres Spuren. Nach anderthalb Stunden hatte ich ihn eingeholt.»

Leblanc hielt inne, um Mut zu schöpfen. Fiona hörte ihm mit angehaltenem Atem zu, ihr bangte vor einer Enthüllung, die zehn Jahre lang verdrängte Erinnerungen wachrufen konnte. Sie hatte vergessen, dass sie Journalistin war.

«Als ich ihn endlich sah, begriff ich, dass er mit seinen Kräften am Ende war. In den letzten Tagen war es ihm schlecht gegangen, und dass er nun noch höher hinaufstieg, hatte seinem Zustand keineswegs gutgetan. Doch er wollte weiter. Es fehlte nicht mehr viel bis zum Gipfel, vielleicht noch drei-, vierhundert Meter. Ich fragte ihn, ob er das schaffen würde, und er nickte. Wir banden uns aneinander und gingen gemeinsam voran, Schritt für Schritt. Äußerst langsam. Die Sonne stand schon am Himmel, wir schienen das Schlimmste hinter uns zu haben. Doch plötzlich rutschten wir aus. Ich weiß nicht, ob es Jean-

Pierres oder meine Schuld war. In der Höhe ist es nicht leicht, zu verstehen, was mit einem passiert. Wir stürzten einen sehr steilen Hang hinab. Wir mussten unseren Fall unbedingt abbremsen, bevor wir unten zerschellten. Jean-Pierre schaffte es, sich umzudrehen und einen Pickel ins Eis zu rammen, aber der Rückschlag war so heftig, dass er ihm entglitt. Wir rasten immer weiter nach unten, ich wusste nicht mehr, wo oben und unten war, spürte nur das Eis, das mir das Gesicht zerkratzte, den Schnee, der meine Sicht behinderte, ich wurde wie wild herumgewirbelt und dann … Peng! Auf einmal wurde ich von etwas aufgehalten. Ich konnte gerade noch rechtzeitig die Augen aufmachen, um zu sehen, dass Jean-Pierre neben mir auf eine Gletscherspalte zurollte. Instinktiv hielt ich ihm meine Hand hin, und wie durch ein Wunder gelang es mir, seine zu ergreifen. Ich drückte fest zu, doch alles, was in meiner Hand zurückblieb, war sein Handschuh. Hilflos sah ich zu, wie er in die Gletscherspalte stürzte. Innerhalb eines Sekundenbruchteils rammte ich den Eispickel in den Schnee, hielt mich daran fest und wartete auf den Rückschlag, um ihn abzufangen. Ich widerstand dem Zerren des Seils und konnte Jean-Pierres Gewicht halten. Zuerst band ich das Seil an den Pickel, dann schlug ich einen Haken ins Eis und machte das Seil daran fest. Ich näherte mich dem Rand des Abgrunds. Jean-Pierre baumelte in der Luft, etwa zwanzig Meter weiter unten. Er lächelte.»

Er lächelte, wiederholte Leblanc stumm. Er lächelte.

«Ich konnte keinen Flaschenzug improvisieren, um ihn nach oben zu ziehen. Da ich so eilig aufgebrochen war, hatte ich ihn vergessen und auch keine Jumarklemmen mitgenommen. Wie dumm von mir … Ich wollte es ihm sagen, als Jean-Pierre mir zuvorkam. ‹Mach dir keine Sorgen, großer Bruder›, sagte er zu mir. ‹Ich werde mit den Prusikschlingen wieder nach oben klettern.›»

«Mit den Prusikschlingen?», fragte Iaan.

«Das sind Spezialschlingen, die man an das Sicherungsseil anbindet, an dem man hängt. Man bildet eine Fußstütze, steigt mit dem Fuß hinein, dann mit dem anderen und klettert so allmählich nach oben. Man verwendet sie in Notfällen.»

«Und dann?», fragte Fiona ungeduldig.

«Ich würde auf ihn warten, sagte ich zu ihm, doch er schüttelte den Kopf. ‹Es ist nicht lange hell. Wenn du keine Zeit verlierst, kannst du es schaffen. Ich komme schon allein zurecht.› Ich sah ihn ein paar Minuten lang an, unfähig, mich zu entscheiden. Dann lächelte er mir wieder zu und sagte: ‹Los, großer Bruder, geh schon!›»

Entsetzt schaute Fiona Leblanc an.

«Und du … was hast du getan?»

Leblanc wandte den Blick ab.

«Ich nahm den Rucksack. Und ging.»

Fiona verspürte den Impuls zurückzuweichen, so als hätte sie eine Schlange auf einem Bergpfad entdeckt. Von Reichlin fühlte sich bestätigt und war keineswegs schockiert. Er hatte viele derartige Geschichten gehört.

«Mir blieben nur zwei Möglichkeiten», fuhr Leblanc fort, ohne Fiona anzusehen. «Ich konnte runter ins Camp gehen, um Hilfe zu holen und meinen Bruder zu retten. Oder …»

«… oder allein weitergehen», mischte sich der Baron mit triumphierendem Gesichtsausdruck ein. «Und genau dafür hast du dich entschieden, stimmt's, Michel? Die Sonne stand recht hoch am Himmel, du hattest noch ein paar Stunden, in denen es hell war. Zum Gipfel fehlten bloß noch vierhundert, vielleicht sogar nur dreihundert Meter. Einer wie du konnte das in drei Stunden schaffen, womöglich noch schneller. Du hattest genügend Zeit, um den Gipfel zu erklimmen, umzukehren und notfalls deinem Bruder zu helfen. Wer weiß, wann erneut so günstige Wetterbedingungen geherrscht hätten: vielleicht die ganze Saison über nicht mehr. Es war der richtige Augenblick, und du musstest ihn ausnutzen, wenn du in die Geschichte des Alpinismus eingehen wolltest. Was riskiertest du denn groß? Dein Bruder würde es schon allein schaffen, mit Hilfe der Prusikschlingen. Im Grunde alles nicht so schlimm.»

«Er war doch damit einverstanden!», protestierte Leblanc, «als er ‹Geh schon, großer Bruder!› zu mir sagte, meinte er das auch so. Es wäre nicht nur ein Sieg für mich, sondern auch für ihn gewesen. Also ließ ich meinen Pickel zu ihm hinab, da er seinen ja verloren hatte. Beim Aufstieg zum Gipfel nahm ich seinen an mich. Ich begann in einem wahnsinnigen Rhythmus emporzusteigen, wollte so schnell wie möglich sein.»

«Und da hat dich Toli gesehen.»

«Ich glaube, ja. Ich brauchte weniger als drei Stunden bis zum Gipfel. Beim Sturz hatte ich den Fotoapparat verloren, daher ließ ich als Beweis zwei Handschuhe auf dem Gipfel zurück. Meinen und den von Jean-Pierre. Es war, als wäre er beim Aufstieg dabei gewesen. Das schuldete ich ihm. Nicht eine Minute habe ich Rast gemacht und eilte wieder nach unten, über den Schnee gleitend. Aber als ich wieder an der Gletscherspalte angekommen war ...»

Michel hatte nicht den Mut, weiterzuerzählen. Die anderen schwiegen. Fiona war vor Entsetzen wie erstarrt, der Baron dagegen genoss seinen Triumph. Was in Tenzing vor sich ging, ließ sich wie üblich nicht sagen, während Iaan das tat, was Fotografen eben tun: Er beobachtete.

«… die Spuren wiesen eindeutig darauf hin, dass Jean-Pierre sich aus eigener Kraft aus der Gletscherspalte befreit hatte. Doch seine Schritte im Schnee führten nicht nach unten, zum Camp, sondern nach oben, in Richtung Gipfel. Und doch war ich ihm nicht begegnet», sagte Michel mit schwerer Stimme.

«Und was hast du da gemacht?»

«Ich folgte natürlich seinen Spuren. Er hatte eine andere Aufstiegsroute als ich gewählt, vielleicht weil er hoffte, Zeit zu gewinnen. Ich war erschöpft, fand aber irgendwie die Kraft, erneut zum Gipfel aufzusteigen. Die Sonne ging bereits unter. Und schließlich …»

Er machte eine Pause, während das Bild vor seinem geistigen Auge auftauchte.

«Die Spuren einer Lawine. Kein Zweifel. Jean-Pierres Spuren hörten mit einem Mal auf. Es war eindeutig, was passiert war. Ich rief wie ein Verrückter nach ihm. Ich grub hier und da im Schnee, in der Hoffnung, ihn zu finden. Aber es hatte keinen Sinn, und ich hatte keine Kraft mehr. Ich war vollkommen am Ende.»

«Und dann?», wollte Fiona wissen, die ihre Gefühle wieder unter Kontrolle hatte.

«Was hätte ich tun sollen? Umkehren und erzählen, dass ich meinen Bruder im Stich gelassen hatte? Ich war völlig außer mir. Nur noch weg wollte ich. Und so kletterte ich über den Grat und stieg auf der anderen Seite hinab, dort, wo noch niemand vor mir gewesen war. Ich strauchelte abwärts, ohne auf den Weg zu achten, ich weinte, ich schrie und jammerte, ich hatte Halluzinationen … Wahllos stolperte ich über das Eis, wollte nur noch sterben … Ich hoffte, ich würde ebenfalls in eine Gletscherspalte oder in eine Lawine geraten …»

«Doch stattdessen bist du hier und erfreust dich bester Gesundheit!», höhnte der Baron.

«Tagelang streifte ich wie ein Irrer über den Berg, bis ich schließlich in das Dorf kam ...»

«... und dir die Geschichte mit dem Gedächtnisschwund ausdachtest, um nicht die Wahrheit erzählen zu müssen.»

Michel schüttelte den Kopf.

«Ich hatte nicht den Mut, die Wahrheit zu gestehen. Was hätte es auch genutzt? Auf diese Weise würden sie Jean-Pierre wenigstens so in Erinnerung behalten, wie er es verdiente ...»

«Deine Selbstlosigkeit rührt mich ja geradezu. Doch vielleicht hätte Jean-Pierre die Dinge ganz anders gesehen.»

«Und während all dieser Jahre ...», sagte Fiona.

«... lebte ich mit meinen Schuldgefühlen, die mich beinahe umbrachten. Jeden Tag dachte ich: Jetzt erzähle ich alles. Dann aber verlor ich den Mut und verschob es auf den nächsten Tag. Nur ein Zustand ständiger Erschöpfung hinderte mich daran, Schmerz zu empfinden. Ich begann wieder zu klettern: allein. Ich wollte mich nicht mehr für andere Menschen verantwortlich fühlen. Nur auf achttausend Meter Höhe fand ich ein wenig Ruhe. Dann ging mir auch die abhanden. Es hatte keinen Sinn mehr weiterzumachen. Die Erinnerung an Jean-Pierre quälte mich, bei jeder Landschaft musste ich an ihn denken. Alle leiden in großer Höhe an Halluzinationen, doch ich wurde immer nur von der einen verfolgt: Jean-Pierre, wie er am Seil hängt und zu mir sagt: ‹Geh schon, großer Bruder.› Daher beschloss ich, nicht mehr in den Himalaya zurückzukehren.»

«Es sei denn, um seine Leiche zu suchen.»

«Ich schulde es ihm. Es ist das Einzige, was ich noch für

ihn tun kann. Erst wenn ich ihn gefunden habe, kann ich ihn beerdigen. Dann wird er endlich Ruhe finden. Und ich werde alles erzählen. Aber das ist meine Sache, ganz allein meine. Ihr habt damit nichts zu tun.»

«Alles erzählen? Glaub bloß nicht, dass wir dir das abnehmen», sagte der Baron. «Nachdem du ihn zehn Jahre genossen hast, wirst du kaum bereit sein, auf deinen Ruf als größter Bergsteiger aller Zeiten zu verzichten. Nein, lieber Michel: Du bist nicht hier, um Jean-Pierres Leiche die Ehre zu erweisen, wie du uns glauben machen willst. Du willst sie nur ein zweites Mal verbergen, vielleicht in einer anderen Gletscherspalte, für weitere zehn Jahre. Aber das werde ich zu verhindern wissen!»

«Glaub, was du willst», sagte Leblanc. «Aber misch dich nicht ein, sonst könnte es böse für dich enden.»

Die Drohung schwebte im Raum. Unwillkürlich drehte von Reichlin sich zu Boroda um, der fiebernd in seinem Schlafsack lag. Fiona dagegen konnte den Blick nicht von Leblanc abwenden. Gerade eben hatte sie noch Mitgefühl empfunden, nun war sie ganz verwirrt. Sie senkte den Blick, während ihr ein eisiger Schauder über den Rücken lief. Dabei fror sie gar nicht.

Dann begann sie leise zu schluchzen

«Vierter Tag, hier in siebentausend Meter Höhe, am Kinsoru. Das ebenso seltsame wie plötzliche Auftauchen von Michel Leblanc wird immer rätselhafter. Der Krimi um das Verschwinden seines Bruders Jean-Pierre vor zehn Jahren scheint kurz vor der Auflösung zu stehen ... Seine Kritiker sehen sich nun bestätigt: Michel Leblanc, die Legende des Alpinismus, der beste Kletterer aller Zeiten, ließ seinen Bruder in einer Gletscherspalte zurück, um den Gipfel zu erreichen ... Nein, Moment, ich versuch's noch mal: Seine Kritiker könnten recht behalten: Er selbst scheint nun einzugestehen, seinen Bruder im Stich gelassen zu haben, geblendet von dem Ehrgeiz, den Gipfel zu erreichen ... Nein, so geht es auch nicht. Die Vorwürfe gegen Michel Leblanc erhärten sich immer weiter, obwohl nur das Auffinden der Leiche, auf dieser Seite des Bergs ... Verdammt!

Vierter Tag, hier in siebentausend Meter Höhe, am Kinsoru. Der Schneesturm, der schon abzuebben schien, tobt stärker als jemals zuvor. Er hält uns auf engstem Raum in diesem verdammten Zelt gefangen, vollkommen ausweglos. Wir sind auf der Suche nach der Leiche hierhergekommen, von der wir mittlerweile mit großer Wahrscheinlichkeit sagen können, dass es die Jean-Pierre Leblancs ist. Und wir werden ihn finden, koste es, was es wolle. Keine leichte Entscheidung, denn mittlerweile bleiben uns nur noch drei Tage, bis das Basiscamp abgebaut und jede Hoffnung auf Hilfe von unten vergebens sein wird. Dann werden wir uns auf unsere eigenen Kräfte verlassen müssen. Sollte jemand diese Aufnahme finden, möge er bitte folgende Personen verständigen ...»

Fiona versagte die Stimme. Sie zog den Schlafsack über den Kopf. Dann begann sie leise zu schluchzen.

Jetzt ist die Stunde der Wahrheit gekommen

Ein Schrei.

Fiona riss die Augen auf.

Wo war sie? Ihre Hände …

In tiefem Schnee stapfte sie hinter einem Schatten her. Wer war das bloß? Sie konnte sich nicht erinnern … Sie wusste nur, dass sie ihm folgen musste, wenn sie sich in Sicherheit bringen wollte. Nur undeutlich erkannte sie die gegen den Wind vornübergebeugte Gestalt ihres Vordermanns. Sie folgte ihm im Abstand von nicht mehr als zehn Schritten. Doch sosehr sie sich auch anstrengte, es gelang ihr nicht, ihn einzuholen, er ging zu schnell … Und sie war erschöpft. Sie musste unbedingt ausruhen, wenigstens einen Moment … Hilflos streckte sie die Arme aus, um ihn zum Stehenbleiben zu bewegen, und da bemerkte sie es: Anstelle der Hände hatte sie Zweige. Lange dünne Zweige, die sich dem Mann vor ihr entgegenreckten, ihn beinahe berührten. Gerade als sie ihn berühren wollte, hörte sie ein Geräusch über sich. Verwundert blickte sie auf. Ein Flügelschlag. War das möglich? In dieser Höhe …? Aus dem Nebel tauchte ein Rabe auf. Er spreizte die Flügel und landete im Gleitflug ausgerechnet auf ihren in Zweige verwandelten Fingern. Dann trippelte er auf sie zu. Er öffnete den Schnabel und krächzte etwas, das sie nicht verstand.

«Waaaas?», schrie sie.

Der Rabe krächzte erneut, doch sie verstand ihn wieder nicht. Fiona wusste, dass es sich um eine wichtige Botschaft handelte, eine Botschaft, die ihr das Leben retten konnte …

Doch das Krächzen des Raben blieb unverständlich. Und dennoch …

Dann wieder dieser Schrei.

Ein schrecklicher, verzweifelter Schrei, der durch Mark und Bein ging.

Fiona rieb sich die Augen. Sie sah nichts. Nur Finsternis. Sie stand auf, streckte die Hand aus, die in einem Handschuh aus Mikrofasern steckte. Erleichtert sah sie, dass sich ihre Finger doch nicht in Zweige verwandelt hatten.

Zuerst verblassten die Farben des Traums, dann die Umrisse, bis sie sich schließlich ganz auflösten.

Plötzlich fiel Fiona wieder ein, wo sie war. Der Berg, das Zelt, der Baron. Leblanc.

Dieser Schrei.

Michel.

Sie kroch an den schlafenden Körpern vorbei zum Schlafsack des Franzosen. Leer.

Er musste da draußen sein, mitten im Sturm. Warum schrie er nur?

Hastig hob sie die Zeltplane an und blickte nach draußen. Die Windgeschwindigkeit hatte ein wenig nachgelassen. Fiona tastete nach der Stirnlampe, schaltete sie ein und richtete sie nach draußen.

Dann sah sie ihn.

Michel hatte nur eine Fleecejacke, eine dünne Hose aus Mikrofasern und Socken an. Doch er schien die Kälte der Nacht am Himalaya nicht zu spüren.

Wie wild wälzte er sich im Schnee und kämpfte mit einem imaginären Feind.

«Nein, Jean-Pierre, hör auf!», schrie Leblanc. Er hieb mit der Faust in die Luft, versuchte sich zu entwinden, machte ein paar Schritte, fiel wieder hin. Er schrie erneut.

«Pass auf, Jean-Pierre! Er ist hinter dir!»

Fiona erschauderte. Was ging da vor sich?

Sie stürzte aus dem Zelt und kniete neben Michel nieder. Er wimmerte, sie packte ihn sanft an den Schultern, schüttelte ihn ein wenig, während ihre Stirnlampe gespenstische Schatten auf sein Gesicht warf.

«Michel!»

Er hatte die Augen geöffnet, sah sie aber nicht. Er packte sie an der Taille und schleuderte sie von sich. Einfach so, wie eine alte Zeitung, die man in den Papierkorb wirft. Fiona fiel auf ihre Schulter. Sie tat sich nicht weh, der weiche Schnee linderte den Aufprall. Wieder einmal war sie überrascht, wie stark Michel war: Nur mühsam hielt sein Körper ungeahnte Kräfte zurück.

Michel wälzte sich nun wieder im Schnee und kämpfte mit seinem imaginären Feind, versuchte, ihn aufzuhalten.

«Nein, Jean-Pierre, nein!», wiederholte er verzweifelt.

Vorsichtig trat Fiona erneut näher. Sie fürchtete sich vor Leblancs Reaktion. Gerade als sie sich über ihn beugen wollte, hörte sie eine Stimme hinter sich.

«Warte!»

Von Reichlin legte ihr eine Hand auf die Schulter, es war eine väterliche Geste. Auch er hatte die Stirnlampe aufgesetzt.

«Es könnte gefährlich sein. Es sei denn, es handelt sich um eine seiner Inszenierungen.»

«Wie kannst du so etwas nur sagen? Siehst du nicht, wie sehr er leidet?»

«Das sind nur Halluzinationen. Vielleicht hat er gestern nicht genügend Flüssigkeit zu sich genommen. Wahrscheinlich hat er sich überanstrengt, als wir Toli zurück ins Zelt gebracht haben.»

Mitten in der Bewegung hörte Leblanc auf, um sich zu schlagen. Er lag auf dem Rücken, einen Arm in die Höhe gereckt.

Ein paar Sekunden lang verharrte er in dieser Haltung, mit aufgerissenen Augen.

Allmählich ließ die Spannung nach. Er zog den Arm an sich, hatte aufgehört zu sprechen und die Augen zugemacht.

«Es ist vorbei», sagte der Baron. «Jetzt können wir ihn hineintragen.»

Von Reichlin rief Ten, der zwischenzeitlich ebenfalls aufgewacht war und die Szene beobachtet hatte. Zu dritt trugen sie ihn bis zum Zelt. Während sie versuchten, ihn hineinzuhieven, rollte sich seine Hose bis zur Leiste auf, und Fionas Blick fiel auf sein nacktes Bein. Auf der Rückseite des Oberschenkels, von der Hüfte fast bis hinunter zur Kniekehle, zog sich eine lange Narbe.

Es dauerte nur ganz kurz – dann wischte der Baron den Schnee von Leblancs Kleidern und legte ihn in seinen Schlafsack.

Michel schlief friedlich.

«Er wird sich an nichts erinnern, wenn er aufwacht», meinte der Baron.

«Die Schilderung, wie sein Bruder gestorben ist, muss ihn wohl sehr mitgenommen haben», bemerkte Fiona. «Und wenn …?» Sie führte den Satz nicht zu Ende.

«… wenn wir sein Geheimnis wahren, meinst du? Na, du bist mir ja eine saubere Journalistin!»

Fiona schoss das Blut in den Kopf, doch sie fand keine Antwort darauf.

«Nein», sagte der Baron. «Zehn Jahre voller Lügen sind genug. Jetzt ist die Stunde der Wahrheit gekommen.»

Fünfter Tag

Dabei ist uns der Krieg bis hierher gefolgt

Leblanc wachte ein paar Stunden später auf. Wie der Baron prophezeit hatte, erinnerte sich an nichts von dem, was vorgefallen war. Er wandte sich an Fiona, die nicht mehr hatte einschlafen können.

«Wie ist das Wetter?», fragte er.

«Wie üblich», antwortete sie. «Zuerst schien es sich beruhigt zu haben, doch jetzt bläst der Wind stärker als vorher.»

Auch Iaan wachte auf und gähnte lautstark.

«'ne Tasse Kaffee und ein Frühstücksei, bitte», sagte er.

«Ich setze Wasser auf.»

Fiona baute den Gaskocher auf und öffnete mit einiger Mühe das Ventil der Kartusche. Zwei oder drei Zündhölzer fielen ihr aus den behandschuhten Händen, bevor es ihr gelang, eines anzuzünden.

«Soll ich dir helfen?», fragte Leblanc, der ihre Schwierigkeiten beobachtet hatte.

«Das schaffe ich schon allein.»

Sie füllte den Topf mit Schnee und wartete, dass er schmolz.

Boroda schlief tief und fest. Ein lautes Röcheln drang aus seiner Nase, im Rhythmus seiner gewaltigen Lungen. Das Fieber vom Vortag war gesunken. Fiona überlegte, ob sich im Rucksack des Kasachen wohl Medizin befand, die ihm helfen würde. Doch sie konnte es den anderen nicht sagen, ohne zu verraten, dass sie herumgeschnüffelt hatte. Hätte Anatolis Zustand sich verschlimmert, so wäre ihr schon etwas eingefallen, damit jemand die Nase dort hineinsteckte.

Endlich kochte das Wasser. Fiona nahm die Packung mit Tee zur Hand und wollte gerade einen Löffel hineingeben, als sie angewidert innehielt.

Im Topf hatte sich der gleiche schwarze Schaum gebildet wie schon vor zwei Tagen. Die Flüssigkeit schäumte auf und setzte sich an den Rändern fest.

«Schon wieder!»

Angeekelt betrachtete sie die dunkelbraune Flüssigkeit.

«Das ist der Krieg», erklärte Leblanc.

«Was denn für ein Krieg?», fragte Iaan interessiert.

«Der Golfkrieg.»

«Was hat der Golfkrieg damit zu tun?»

«Die vergifteten Brunnen.»

«Du meinst den Rauch der Ölquellen, die angezündet wurden?»

Leblanc nickte.

«Die Monsunwinde haben ihn bis hierher getragen. In jenem Jahr war es zu einer Art Treibhauseffekt gekommen, selbst in dieser Höhenlage. Das Wetter war anders als sonst, wärmer. Es gab Gewitter in siebentausend Meter Höhe, ein unerhörtes Phänomen. Regen und Schnee mischten sich mit dem Rauch des Öls und fielen auf die Berge hier. Niemand weiß, wie weit die Verschmutzung in den Boden eingedrungen ist und wie viele Jahre wir noch schmutzigen Schnee finden werden.»

Fasziniert betrachtete Iaan den Schaum, der in dem Tiegel wie giftige Sahne aufstieg.

«Unglaublich! Da kommt man hierher, auf siebentausend Meter, auf die höchsten Berge der Erde, um mal Abstand zu allem zu gewinnen, und dabei ...»

Er sann eine Weile seinen Gedanken nach.
«Und dabei ist uns der Krieg bis hierher gefolgt.»

Wir hatten keine Zeit mehr dazu

Nach dem Frühstück war Iaan wieder eingenickt.

«Weckt mich, wenn es Frühling wird», hatte er gesagt, dann war er eingeschlafen. Er fühlte sich ausgelaugt: Die kleinste Bewegung reichte aus, ihn zu erschöpfen. Boroda lag reglos da, ebenso Tenzing. Auch der Baron döste: Die Rettung des Kasachen und dann die Bergung Leblancs in der Nacht hatten ihm jegliche Energie geraubt. Draußen tobte nach wie vor der Sturm. Die relative Ruhe im Zelt verleitete einen zur Schläfrigkeit.

Auch Fiona hätte sich gerne ausgeruht. Tenzing hatte recht: In dieser Höhe gab es keine Möglichkeit, Kraft zu schöpfen. Man konnte lediglich den Energieverlust eindämmen. Und wenn man sich verausgabt hatte, blieb einem nur der Abstieg. Doch ihr Wissensdrang war stärker als die Erschöpfung. Fiona näherte sich Leblanc, der in seinem Schlafsack lag und an die Decke starrte.

«Möchtest du dich unterhalten?», flüsterte sie ihm zu.

«Nein. Aber ich bin mir sicher, dass dich das kaum aufhalten wird.»

«Ich will kein Urteil über dich fällen ...»

«Seit ich hier bin, hast du nichts anderes getan.»

«Ich ... ich weiß, dass das verkehrt ist ... aber ich kann einfach nichts dagegen tun.»

«Doch, genau das: einfach gar nichts tun.»

Fiona ging nicht darauf ein. Sie war zu lange Journalistin, als dass sie sich um die Gefühle anderer geschert hätte. An erster Stelle kamen ihre Leser.

«Lassen wir die Geschichte mit deinem Bruder, sie ist zu … kompliziert. Aber auch diese andere Sache da, in den Alpen …»

«Ich weiß nicht, was Hans euch erzählt hat, wahrscheinlich das übliche Gesülze, das auch in den Zeitungen zu lesen war.»

«Auf mich wirkst du nicht wie jemand, der einen Freund im Stich lässt. Klar, ich war nicht dabei, und von außen lässt sich so was schwer beurteilen …»

«Immer die gleiche Leier.»

«Komm schon, Michel! Dieser Mann war wie ein Bruder für dich. Und er war am schwersten verletzt. Wie konntest du ihn dem Tod überlassen, um deinen Geschäftspartner zu retten?»

Michel, der die ganze Zeit an die Decke geblickt hatte, drehte sich zu ihr um.

«Ich bitte das Gericht um Milde.»

«Deine Ironie wird dir kaum helfen, Michel.»

Leblanc schlug einen anderen Ton an. Sein Sarkasmus verwandelte sich in Ärger.

«Ich habe dir gestanden, dass ich meinen Bruder umgebracht habe, was willst du denn noch?»

«Du hast ihn nicht umgebracht. Du hast ihn im Stich gelassen. Weil du dachtest, er würde sich selbst helfen können.»

«Hast du nicht gehört, was Hans gesagt hat? Ich war blind vor Ehrgeiz.»

Fiona schüttelte den Kopf.

«Mag ja sein. Aber jetzt will ich wissen, weshalb du deinen Freund am Eiger hast sterben lassen.»

«Soll ich dir mal was erzählen? Ich habe Rudolf sterben lassen, weil ich in seinem Schatten stand. Er war tüchtiger als ich, und insgeheim hasste ich ihn. Hätte ich eine bessere Gelegenheit finden können, einen lästigen Konkurrenten aus dem Weg zu räumen? Wie, das wusstest du nicht? Rudolf und ich kämpften darum, an der von Heinemann finanzierten Expedition in den Himalaya teilzunehmen. Es war aber nur noch ein Platz übrig. Reicht dir das als Erklärung?»

«Bergsteiger bringen sich nicht gegenseitig um, weil sie einen Platz in der Seilschaft beanspruchen. Du redest um den heißen Brei herum. Die Wahrheit ist schmerzlich, ich weiß. Doch um zu überwinden, was du durchgemacht hast, musst du ihr ins Auge sehen. Hast du immer noch nicht begriffen, Michel? Du sitzt seit zehn Jahren hier auf diesem Berg fest und schaffst es nicht wieder herunterzukommen.»

Überrascht sah Leblanc sie an. Diese Worte waren in den Bunker seines Herzens gedrungen.

«Rudolf war mein bester Freund, das ist wahr», begann Michel mit tonloser Stimme zu erzählen, so leise, dass nur sie ihn hören konnte. «Doch Robert hatte ich noch weit mehr zu verdanken. Du weißt das nicht, und Hans auch nicht, aber Jean-Pierre ...»

Leblanc zog ein Foto aus der Tasche seiner Fleecejacke. Er zeigte es ihr. Die Brüder Leblanc, in jungen Jahren, an eine Felswand gelehnt. Ein Bild, das Fiona sichtlich bewegte.

Michel steckte das Foto wieder ein. Dann beschloss er, jegliche Vorsicht aufzugeben.

«... Jean-Pierre ... die Drogen ... verstehst du?»

Fiona blieb der Mund offen stehen. Jean-Pierre? Unmöglich. Und doch, vielleicht ... wenn das stimmte, würde es viele Dinge erklären ... Jean-Pierre – wer hätte das gedacht?

«Ich weiß nicht, wann er damit angefangen hat. Mein Bruder war kein sehr ausgeglichener Mensch. Er konnte sich sehr für etwas begeistern, aber er neigte auch zu schrecklichen Depressionen. Unter Menschen hielt er es nicht lange aus. Vielleicht konnte er sich selbst nicht ertragen. Papa hielt ihn immer für den Schwächeren von uns beiden, und das tat ihm weh. Ein Psychoanalytiker würde wohl von mangelnder Selbstliebe sprechen. Jedenfalls weiß ich nicht, wann er damit angefangen hat. Allerdings kann ich dir genau sagen, wer ihn zum ersten Mal dazu angestiftet hat.»

Er wies mit dem Kinn auf die andere Seite des Zelts.

«Boroda ...?», fragte Fiona.

«Früher waren Jean-Pierre und er Freunde. Anatoli hat ihm die ersten Drogen besorgt. Aufputsch- und Schmerzmittel vor allem. Ganz schön praktisch, wenn du auf den Berg gehst. Du glaubst, niemals müde zu werden. Ich wollte nie etwas von diesen Schweinereien wissen, aber Jean-Pierre ... er war eben anders. ‹Warum denn nicht?›, sagte er zu mir, als ich ihm auf die Schliche gekommen war. ‹Du solltest es auch mal probieren, großer Bruder!›»

«Und was hatte Heinemann mit dem Ganzen zu tun?»

«Schließlich sah auch Jean-Pierre ein, dass er auf dem Holzweg war. Er wandte sich von Anatoli ab, beschuldigte ihn, er habe ihn ruiniert. Ich glaube, er hat ihn sogar angezeigt. So ging ihre Freundschaft in die Brüche. Deshalb gab es diese Auseinandersetzung in Kathmandu. Seitdem hassten sie sich.»

«Und du?»

«Ich versuchte, für ihn da zu sein. Eine Zeit lang funktionierte das auch, aber dann wurde Jean-Pierre rückfällig. Er kam einfach nicht ohne aus. Eines Tages verschwand er, er hinterließ mir eine Nachricht: ‹Ich gehe nach Indien, vergiss mich bitte.› Ich musste ihn unbedingt zurückholen, nur wie? Papa konnte ich es nicht erzählen – er ahnte nichts von alledem, und das war auch besser so. Sein Misstrauen gegenüber Jean-Pierre hätte sich in Verachtung verwandelt. Ich musste mir also allein helfen, nur wie? Zu Papa hatte ich keinen Kontakt mehr, und Geld hatte ich auch keins. Und so ...»

«Heinemann.»

«Er gab mir das Geld, das ich brauchte. Ich flog nach Indien. Zwei Monate hat es gedauert, aber schließlich machte ich Jean-Pierre ausfindig. Es ging ihm schlecht. Wäre ich nicht gekommen, ihn zu holen, er wäre bestimmt dabei draufgegangen. Mit Roberts Geld bezahlte ich die Entziehungskur in einer Schweizer Klinik, in der er drei Monate verbrachte. Begreifst du jetzt?»

«Als du da auf dem Felsband warst, nach dem Unfall ...»

«Wem sollte ich zu Hilfe kommen? Meinem Freund Rudolf oder Robert, der Jean-Pierre das Leben gerettet hatte?»

Fiona war sprachlos. Die Wahrheit herauszufinden, das war wie Bergsteigen. Schon schien der Gipfel zum Greifen nah, da tauchte plötzlich eine weitere Bergspitze auf, dann noch eine und wieder eine ... In diesem Augenblick kam ihr alles, was sie im Leben gemacht hatte, furchtbar nichtig vor. Die Geschichte eines Mannes auf drei Manuskriptseiten zu je dreißig Zeilen zusammenzufassen – lächerlich! Um Michels Leben zu erzählen, hätte nicht einmal ein ganzes Buch ausgereicht.

«Ich dachte immer, ich müsste Jean-Pierre beschützen. Vielleicht war das mein größter Fehler. Er begehrte auf: gegen unseren Vater, aber auch gegen mich. Papa gelang es nicht, ihn zu kontrollieren, und das brachte ihn zur Weißglut. Er hätte sich gewünscht, dass ich es tue, als wäre das einfacher gewesen ... Deshalb war er böse auf mich. Du kanntest Jean-Pierre nicht ... Er war ein außergewöhnlicher Mensch. Intelligent, aufgeweckt, gewitzt – viel mehr als ich. Wenn wir im Gebirge auf ernste Schwierigkeiten stießen, war es immer er, der eine Lösung fand. Dabei dachten alle, ich sei der Tüchtigere von uns beiden, vielleicht weil ich so ernst war. Dabei wäre ich viel lieber so gewesen wie er. Er hatte keine Angst, den Leuten ins Gesicht zu sagen, was er dachte, auch nicht unserem Vater. Er folgte keinen Regeln, war fähig, sich darüber hinwegzusetzen. Jean-Pierre war ... frei. Und weißt du was?»

Michel lächelte Fiona an.

«Einmal sagte Jean-Pierre mir, dass er gern wäre wie ich. Er konnte einfach nicht anders, aber im Grunde hatte er es satt, gegen alle und alles zu kämpfen, vor allem gegen sich selbst. Du bist so ausgeglichen, sagte er ein anderes Mal zu mir, warum kann ich nicht wie du sein? Schon eigenartig, was?»

«Das kommt schon mal vor unter Brüdern. Bei aller Liebe schwingt da immer auch ein wenig Hass und Neid mit.»

«Als Kinder stritten wir ständig miteinander. Normalerweise gewann ich, ich war schließlich der Ältere. Trotzdem hatte ich immer das Gefühl, Jean-Pierre hätte mich besiegt. Wir hatten große Pläne. Nachdem wir alle Achttausender bestiegen hätten, wollten wir die Antarktis durchqueren. Zu Fuß. Allein. Eine derart verrückte Idee konnte nur von Jean-Pierre stammen. Doch wir hatten keine Zeit mehr dazu ...»

Fiona nahm seine Hand und drückte sie. Er bemerkte es nicht einmal.

«Wir hatten keine Zeit mehr dazu», wiederholte er.

Ich habe die Leiche gefunden

«Der Sturm lässt nach», sagte Tenzing. «Bald hört er ganz auf.»

Fiona sah ihn an.

«Woher weißt du das? Ich finde nicht, dass sich viel geändert hat.»

Zusammen mit Iaan und dem Baron drängte sie sich am Zelteingang und schaute hinaus.

Der Sturm tobte offensichtlich noch genauso heftig wie zuvor. Und doch ... vielleicht lag es an der Stärke des Lichts, vielleicht war es auch nur ihre Einbildung. Aber die Flocken hatten nicht mehr die stumpfe weiße Farbe von Kieselsteinen. Jetzt flimmerten sie und zeigten, was sie waren: Eiskristalle.

«Wenn der alte Ten sagt, dass der Wind nachlässt, dann könnt ihr ihm glauben», sagte Michel aus dem Zeltinnern. Von Reichlin war pikiert.

«Wenn ihr euch den parapsychologischen Fähigkeiten eures Sherpas anvertrauen wollt – bitte sehr. Ich für meinen Teil überprüfe das lieber selbst.»

Der Baron warf einen Blick auf das in den Höhenmesser eingebaute Barometer. Dann schlüpfte er in Overall und Stiefel und ging hinaus.

«Glaubst du, wir können nach der Leiche suchen?», fragte Fiona, die Ermutigung brauchte.

«Versuchen kann man», antwortete Tenzing. «Besser jedoch nicht. Dies ist letztes Schönwetterfenster. Dann kommt Monsun. Schönwetter nur kurz. Vielleicht sehr kurz. Wir müssen es ausnutzen. Wir müssen hinunter zu Basiscamp. Schnell. Der Bettler, der Geldstück eines Mannes nicht annimmt, kann nicht damit rechnen, dass derselbe Mann erneut vor ihm stehen bleibt.»

Fiona war unschlüssig.

«Könnten wir nicht noch mal versuchen, Funkkontakt zu bekommen?», fragte sie.

«Das hat keinen Sinn», erwiderte Michel. «Im Sturm gibt es zu viele elektromagnetische Störungen. Außerdem ...» Er brachte den Satz nicht zu Ende.

«Außerdem ...?»

«Selbst wenn wir mit jemandem sprechen könnten, bezweifle ich, dass jemand sein Leben riskieren und hierherauf kommen würde. Bei diesem Wetter ist es einfach zu gefährlich. Wir müssen uns auf uns selbst verlassen.»

Nachdenklich betrachtete Fiona das Zeltinnere. Auf wen denn verlassen? Auf den Baron? Auf Michel?

«Ten hat recht. Wenn das Wetter wirklich schöner wird, müsst ihr ins Tal. Er wird euch führen», sagte Michel.

«Und du?»

«Ich bleibe hier. Ich halte es noch ein wenig aus.»

«Das stimmt nicht», schaltete sich der Sherpa ein. «Nicht einmal du kannst noch lange bleiben. Wenn du zu lange wartest, ist Basiscamp abgebaut. Du bleibst länger als wir, na schön. Doch wenn du nachkommst, was findest du? Keine Zelte, kein Essen, kein Gas, keine Medizin, keine Yaks, keinen Helikopter. Du musst mit uns nach unten ins Tal.»

«Ten, mein Vater ist vor zehn Jahren gestorben, ich brauche keinen neuen», sagte Michel. Dann, zu Fiona gewandt: «Mach viel Tee. Ihr solltet volle Thermoskannen mitnehmen.»

Das Gas war alle. Fiona holte eine neue Kartusche. Mit ungeschickten Bewegungen versuchte sie sie zu öffnen. Der braune Behälter fiel ihr aus den Händen, die in dünnen Handschuhen aus Mikrofasern steckten, und rollte über den Boden. Aus der Flasche drang ein Zischen, Gasgeruch verpestete das Zelt.

«Nimm sie!», sagte Fiona zu Leblanc.

Michel griff nach der Kartusche und versuchte, sie auf den Kocher zu setzen, doch es gelang ihm nicht. Das Gas breitete sich im ganzen Raum aus.

Fiona begann zu husten.

«Mach das Zelt auf», befahl Leblanc, und sie riss die Plane am Eingang auf. Michel warf die Flasche hinaus. Fiona hielt die Plane noch ein wenig in die Höhe: Der tosende Wind brauchte in dieser Höhe nur wenige Sekunden, und schon war die Luft wieder gereinigt. Fiona machte den Reißverschluss wieder zu.

«Was ist passiert?», fragte er und nahm ihre Hände in seine. Bevor Fiona etwas sagen konnte, zog er ihr die Handschuhe ab.

Fionas Finger waren weiß wie Schnee.

«Du beginnst ja zu erfrieren!», stellte er überrascht fest.

Hastig zog Fiona die Hände zurück und steckte sie unter die Achseln.

«Ist doch egal.»

«Von wegen. Wieso hast du nichts gesagt?»

«Was hätte ich denn tun sollen – rumjammern? O Gott, seht euch meine Hände an!», stöhnte sie in übertrieben schrillem Tonfall. «So was in der Art?»

«Sei nicht blöd. Glaubst du etwa, du bekommst eine Tapferkeitsmedaille von den Feministinnen, wenn dir die Hände amputiert werden?»

Fiona war außerstande zu antworten. Bei Leblancs Worten war ihr Zorn verflogen. *Amputation?*

«Du musst sofort etwas Warmes trinken, um die Durchblutung in den Haargefäßen anzuregen. Ich mache dir einen Tee.»

Michel kramte in seinem Rucksack, dann in dem von Tenzing, daraufhin überall im Zelt. Doch er fand keine weiteren Gaskartuschen: diejenigen, die er Boroda und dem Baron abgenommen hatte, waren mittlerweile leer. Und die letzte hatte er soeben aus dem Zelt geworfen.

«Das Gas ist alle», verkündete er düster.

«Nur die Ruhe. Jetzt machen wir uns erst mal fertig.»

«Begreifst du nicht? Es geht nicht nur um den Tee. Wir haben nicht einmal mehr Wasser.»

Iaan richtete sich auf, indem er sich auf den Ellbogen stützte.

«Wo ist das Problem? Hier draußen liegt doch tonnenweise Schnee!»

«Idiot», wies Michel ihn zurecht. «Schnee zu essen bringt nur momentane Linderung. In dieser Höhe braucht man mindestens fünf Liter Wasser am Tag. Und ohne Gas ...»

«Wie viel Zeit bleibt uns noch?», fragte Fiona.

«Vierundzwanzig, maximal achtundvierzig Stunden. Danach werden wir so schwach sein, dass wir es nicht einmal mehr schaffen, aus dem Zelt herauszukriechen.»

«Das ist nicht viel Zeit», sagte Fiona nachdenklich, ohne sich dabei an irgendjemand Bestimmten zu wenden. Sie betrachtete ihre Finger. Leblanc fing ihren Blick auf.

«Jetzt sind sie weiß. Bald werden sie blau, dann schwarz.»

Fiona erschauderte und starrte erneut auf ihre Finger. Schon in jener Nacht, als sie Michel zu Hilfe eilte, hatte sie bemerkt, dass sie anfingen, taub zu werden. Sie konnte sie noch bewegen, wenn auch mit Mühe, aber es war, als handele es sich um Geräte, die vom Gehirn ferngesteuert wurden. Sie spürte weder Wärme noch Kälte, weder Raues noch Glattes. Es war, als verließen sie ihre Hände allmählich, als würden sie ganz für sich sterben. Erst blau, dann schwarz und dann … der Chirurg. Einen Augenblick lang stellte sie sich vor, wie sie ohne Hände aussehen würde. Was würden sie ihr wohl stattdessen geben? Prothesen? Oder Haken? Würde sie noch schreiben können?

Voller Entsetzen schüttelte sie diesen Gedanken ab. Nein! Sie wollte weiterleben, und zwar *mit* Händen. Sie wollte auf dem Computer tippen, Golfschläger schwingen, mit Messer und Gabel essen, Uhren aufziehen, Schnürsenkel binden …

Leblanc beobachtete sie und erriet ihre Gedanken. Schon oft hatte er Ähnliches miterlebt. Mal waren es Finger, dann Zehen, dann wieder Nasen … Der Berg konnte einem das Leben nehmen oder sich mit einem kleinen Teil davon begnügen. Das Rückfahrticket sah für jeden anders aus. Aber Fiona … In diesem Moment der Bestürzung konnte er ihr bis auf den Grund der Seele blicken – und da bemerkte er es endlich. Ihre Augen … es war unglaublich … dieselbe grünliche Schattierung … wie hatte ihm das bislang entgehen können?

«Seht ihr, der Wind hat nachgelassen», sagte Leblanc. «Der Himmel lichtet sich, und die Sicht ist gut. Ihr müsst euch beeilen. In ein paar Stunden seid ihr am Basiscamp. Dort findet ihr ausreichend Wasser. Aber ihr müsst euch beeilen.»

«Ich weiß nicht, ob wir es schaffen, nur mit Ten», sagte Fiona.

«Ihr könnt Hunderte von Metern auf dem Hosenboden rutschen, da kommt ihr rasch nach unten. Einmal unten, zirkuliert das Blut sofort wieder. Ihr müsstet es schaffen, wenn …»

Leblanc sprach noch, als die Zeltplane aufgerissen wurde.

Draußen stand von Reichlin. Er nahm Kapuze und Brille ab. Fiona, Michel, Tenzing und Iaan sahen ihn wortlos an.

Der Baron sah sich um, wie ein Dirigent, der das Podium betritt.

«Kommt schnell», sagte er mit mühsam beherrschter Erregung in der Stimme. «Ich habe die Leiche gefunden.»

Ich gehe jetzt

Mit angespanntem Gesicht schoss Michel auf den Baron zu.

«Wo ist er?»

«Am Pass, noch vor dem Kamm.»

«Er müsste eigentlich höher liegen.» Michel klang misstrauisch. Sollte der Indonesier sich getäuscht haben? Handelte es sich vielleicht nicht um Jean-Pierres Leiche, sondern um einen der anderen zweihundert Bergsteiger, die am Kinsoru den Tod gefunden hatten?

«Vielleicht haben ihn Lawinen nach unten geschoben», meinte Tenzing. «In acht Monaten passieren viele Dinge.»

«Wir müssen sofort nachsehen», sagte Michel, während er sich schon die Stiefel anzog. Wegen ihrer starren Finger hatte Fiona Mühe, seinem Beispiel zu folgen.

«Halt!», befahl – oder vielmehr mahnte – Tenzing. «Was wollt ihr tun?»

«Endlich haben wir Jean-Pierres Leiche gefunden», antwortete Fiona. «Was denkst du denn, was wir jetzt machen?»

«Schönes Wetter dauert wenige Stunden. Nicht mehr. Wir schaffen es gerade zum Basiscamp. Vielleicht nicht einmal bis dahin. Kostbare Zeit. Sehr kostbar.»

«Die Leiche ist dort hinten am Pass. Ich habe sie gesehen», wiederholte der Baron sturköpfig.

«War er es?», fragte Michel.

«Ich weiß nicht. Man konnte nicht viel erkennen.»

«Gehen wir!», sagte Michel.

Tenzing stellte sich zwischen ihn und den Zelteingang.

«Bleib hier, Michel. Letzte Möglichkeit für uns. Wir können sie nicht entwischen lassen.»

«Entwischen ... das ist genau das richtige Wort. Das kannst du am besten. Wie damals in den Alpen.»

«Überlege, Michel. Lass es sein. Kehren wir im Herbst zurück. Hier riskieren viele ihr Leben, nicht nur du.»

«Iaan und Fiona sind deine Kunden, wenn ich mich nicht irre. Hans und der Russe sind allein hergekommen. Wie du siehst, trage ich für niemanden Verantwortung.»

«Wenn du ihnen nicht hilfst, Fiona und Iaan werden nicht überleben.»

Fiona überlegte ein paar Sekunden lang. Währenddessen schoss ihr eine Reihe von Bildern durch den Kopf: ihre erfrorenen Finger, Jean-Pierres lächelndes Gesicht, der Sturm, das Basiscamp, ihr Büro in London, ihr Vater ...

«Ich komme mit», hörte sie sich schließlich zu ihrer eigenen Überraschung sagen. Während sie es sagte, empfand sie Erleichterung: Die Entscheidung war gefallen. Sie konnte so kurz vor dem Ziel nicht aufgeben. Ihre Hände, ja ihr Leben waren ihr in diesem Augenblick egal, was zählte, war, dass sie das hier zu Ende brachte. Auf einmal verstand sie, wie es Bergsteigern gehen musste, wenn sie erschöpft, ohne Wasser, bei Einbruch der Dunkelheit und vierzig Grad unter null den Gipfel vor sich sahen.

«Und du, Iaan?», fragte Fiona.

«Ihr seid bescheuert», zischte Iaan. Zuerst dachten die anderen, es wäre einer seiner Witze. Dann aber stellten sie fest, dass der Fotograf auf einmal gar nicht mehr so heiter klang wie sonst.

«Ihr seid wirklich vollkommen bescheuert!», wiederholte er, und er klang immer ernster.

Fiona trat zu ihm. Es war das erste Mal, dass er sich über etwas aufregte. Auch die anderen sahen Svarbard an.

«Was ist, Iaan? Was ist los?»

«Ihr ekelt mich an», sagte Iaan, betont deutlich.

«Iaan …»

«Wisst ihr was? Ich hab so was schon mal miterlebt. In Beirut, ziemlich lange her …»

«In Beirut? Das hast du mir aber nie …»

«Nein, ich habe es dir nie erzählt, Fiona. Aber ich habe nicht immer diesen Job gemacht. Zu Beginn meiner Karriere war ich Kriegsreporter. In Beirut war damals Bürgerkrieg, und ich riskierte jeden Tag mein Leben. Zu fotografieren gab es da allerdings reichlich. Eines Tages hatte eine der zahlreichen Kampfgruppen, vielleicht waren es die Maroniten, vielleicht auch andere, den Honorarkonsul eines unbedeutenden Kleinstaats entführt, so was wie Sri Lanka oder Lesotho. Seiner Regierung war das praktisch gar nicht aufgefallen, und so beschlossen unsere Freunde, den armen Kerl in die Luft zu jagen, um wenigstens für einen kleinen Presseskandal zu sorgen. Um es deutlich zu sagen: Für den Honorarkonsul von Botswana interessiert sich kein Mensch.»

«Und dann?»

«Die einzige Methode, ein wenig Aufmerksamkeit zu erregen, ist immer die gleiche: Man sorgt dafür, dass ein paar hübsche Fotos auf dem Schreibtisch irgendeines Journalisten landen. Deshalb wurden ich und fünf, sechs andere Kollegen angerufen, und es begann eine Art Versteigerung. Eine richtige Versteigerung nach allen Regeln der Kunst. Wir schießen dem Idioten eine Kugel in den Kopf: Wer bietet mehr dafür?»

«Ihr habt dafür bezahlt, die Hinrichtung fotografieren zu dürfen?» Fiona war entsetzt.

«Erraten. Ich will mich da nicht rausreden: Ich habe mitgeboten. Ich hielt es für meine Pflicht, das, was da geschah, zu dokumentieren, egal, wie widerlich es war. Und außerdem, seien wir ehrlich: Eine Fotoserie dieser Art ist unbezahlbar. Erinnerst du dich an das Foto von dem südvietnamesischen Offizier, der den geladenen Revolver an den Kopf des Verurteilten hält? Bis heute wird es zwei-, dreihundert Mal pro Jahr abgedruckt, in Zeitungen auf der ganzen Welt. Glücklicherweise reichte mein Geld nicht. Den Zuschlag bekam ein Kollege von AP, und glaub mir, seine Bilder wurden überallhin verkauft.»

«Das hast du mir nie erzählt …»

«Meine Karriere endete damit ja auch. Ich wollte Kriegsreporter werden, um die Schrecken des Krieges zu dokumentieren, ich wollte all denjenigen die Wahrheit ins Gesicht schleudern, die gemütlich zu Hause saßen … Ich begriff, dass es überhaupt nichts änderte. Es sogar noch schlimmer machte. Da war es doch besser, sich mit der königlichen Familie zu befassen oder mit einem Fußballer, der sich einen Irokesenschnitt verpassen lässt, oder einem Scheich, der ein Model schwängert … Alles Blödsinn, aber der tut wenigstens niemandem weh.»

«Aber wir …»

«Was denn? Willst du mir sagen, das hier sei etwas ganz anderes? Ich glaube nicht. Gerade beginnt die Versteigerung von Jean-Pierre Leblancs Leiche. Wer bietet mehr?»

«Ihre moralischen Skrupel ehren Sie, Mr. Svarbard», warf der Baron ein. «Aber leider haben wir nicht die Zeit, uns einer philosophischen Erörterung zu widmen. Ich würde sie gerne auf einen geeigneteren Moment verschieben. Allerdings habe ich den Eindruck, dass die meisten von uns Ihre Bedenken nicht teilen. Wir werden die Leiche suchen. Ihnen und Ten steht es frei, den Abstieg anzutreten.»

«Ich kann Fiona nicht im Stich lassen», entgegnete der Sherpa.

«Dann bleibt eben alle hier», sagte der Baron. «Mit diesem ganzen Geschwätz verlieren wir nur kostbare Zeit.»

«Jean-Pierre interessiert euch überhaupt nicht», sagte Tenzing. «Dich auch nicht, Michel. Ihr wollt ihn nur benutzen für eure Wünsche. Man kann nur eines tun: ihn in Frieden auf dem Berg ruhen lassen. Er liebt die Berge, hier ist immer glücklich. Begrabt Jean-Pierre, begrabt euren Hass. Findet Frieden mit anderen und mit euch selbst wieder. Versteht ihr das nicht? Kinsoru stellt euch auf Probe.»

«Wenn du fertig bist, Ten», sagte Michel, «lass mich vorbei. Ich gehe jetzt.»

Ein in der Mitte durchtrennter Kadaver

Michel verließ das Zelt. Auf den Spuren, die der Baron bereits hinterlassen hatte, kam er schnellen Schritts voran.

«Los, ihm nach!», spornte von Reichlin die anderen an. «Wir müssen ihn einholen, bevor er den Leichnam oder ein Beweisstück verschwinden lässt.»

«Und was ist mit ihm?», fragte Fiona und deutete auf Boroda, der noch immer tief und fest schlief.

«Er bleibt hier. Es kann ihm nichts passieren.»

«Aber ...»

Fiona war sprachlos. Sie mochte Anatoli nicht. Aber einen Verletzten einfach so liegen lassen ... Vielleicht brauchte er ja Hilfe ... Hans machte sich deswegen keine Sorgen. Hinter seinem höflichen Gebaren verbarg sich erbarmungslose Kaltblütigkeit. Er würde seine Rache nehmen, nichts konnte ihn daran hindern.

«Ich gehe», verkündete von Reichlin und stürmte, von Fiona gefolgt, hinaus.

«Ich glaube, sie lassen uns keine Wahl», sagte Iaan zu Tenzing. «Da wir sowieso bleiben müssen, können wir es uns ja ebenso gut angucken.»

Sie gingen hinaus. Tenzing führte Fiona und Iaan. Schneeflocken wirbelten durch die Luft, der Himmel war noch immer bedeckt. Aber ein intensiveres, helleres Licht deutete nun die Sonne an.

Fiona war erschöpft. Sie konnte nur an eines denken: einen Fuß vor den anderen zu setzen, immer hinter Tenzing her. Der Wind blies noch immer mit schrecklicher Macht, als wollte er sie jeden Moment mit sich reißen. Michel und der Baron ... was würde wohl passieren, wenn sie die Leiche fanden? Sie drehte sich zu Iaan um. Ja, er hatte den Fotoapparat mitgenommen ... Selbst unter diesen Bedingungen blieb er Profi.

Sie marschierten etwa eine halbe Stunde, während es langsam zu schneien aufhörte. Es war Wahnsinn, sagte sich Fiona und ballte die Hände zu Fäusten, um zu prüfen, ob sie sie noch spüren konnte. Ihre Hände ... Lohnte es sich denn, ein solches Risiko einzugehen? Jean-Pierre ...

Plötzlich stieß Fiona gegen Tenzing. Sie hatte nicht bemerkt, dass der Sherpa stehen geblieben war. Was war los?

Sie stellte sich neben Tenzing, und dann begriff sie. Wenige Meter vor ihr standen sich Michel und der Baron gegenüber, reglos wie zwei Cowboys in einem schlechten Western. Zwischen ihnen ragte ein kleiner schwarzer Schatten aus dem Schnee.

Ohne zu überlegen, stürzte Fiona darauf zu. Sie war schon fast bei ihm, als eine Hand sie zurückhielt.

«Stopp!», befahl Michel. Er wirkte hart, düster und entschlossen. In diesem Augenblick dachte Fiona, wäre er fähig, jemanden umzubringen.

Anstatt zu antworten, starrte Fiona auf das, was da aus dem Schnee ragte.

Ein Handschuh.

Er lag nicht einfach oben auf der Schneedecke, so als hätte ihn ein Kind fallen lassen, das gerade Skilaufen lernt. Der Handschuh wies nach oben, zum Himmel. Bei diesem Wind wäre er niemals von selbst in dieser Position geblieben.

In dem Handschuh steckte eine Hand.

Michel sagte, zu von Reichlin gewandt:

«Nicht bewegen. Ich mach das schon.»

Jeder kontrollierte den anderen, aus Furcht oder in der Hoffnung, dass womöglich gleich eine zehnjährige Wartezeit zunichte gemacht würde.

Michel beugte sich über den Handschuh und schaufelte mit der Vorsicht eines Archäologen den Schnee ringsum zur Seite.

Nach und nach tauchte aus dem Schnee der Ärmel einer roten Daunenjacke auf.

Der Ellbogen.

Die Schulter.

Und dann …

Der Kopf.

Michel hielt inne, es verschlug ihm den Atem.

Die Augen, der Bart …

Fiona spürte, wie ihre Knie weich wurden. Auch sie hatte ihn erkannt.

Und auch Tenzing sah dort seinen alten Freund.

Kein Zweifel.

Jean-Pierre.

Er lächelte. Der im Eis eingeschlossene Bergsteiger lächelte und hielt dabei den rechten Arm in die Höhe, als habe er die ganze Zeit über nur darauf gewartet, seine Freunde zu begrüßen, die ihn nun endlich gefunden hatten. Es sah aus, als würde er seinem älteren Bruder jeden Moment einen Klaps auf die Schulter geben.

Der Baron seufzte so laut, dass er sogar das Rauschen des Windes übertönte. Zehn Jahre hatte er auf diesen Moment gewartet, und nun …

Vorsichtig grub Michel weiter. Er legte den Hals frei, dann die Brust … Doch auf einmal hielt er inne. Weiter unten war der Schnee am Körper festgefroren. Leblanc konnte nicht mit den Händen weitergraben, und eine Schaufel hatte er nicht dabei.

Der Baron, der die Schwierigkeit erahnte, machte einen Schritt auf ihn zu.

«Bleib, wo du bist!», brüllte Leblanc ihn an. «Rühr dich nicht von der Stelle!»

Von Reichlin blieb stehen.

Michel umfasste den Körper seines Bruders, indem er ihn unter den Achseln packte.

Nach zehn Jahren lagen sie sich wieder in den Armen …

Dann spannte er seine Muskeln und zog. Er hatte damit gerechnet, dass der gefrorene Schnee äußerst widerstandsfähig sein würde, stattdessen gab das Eis sofort nach. Da er mit aller Kraft angezogen hatte, fiel Leblanc nach hinten, während ihm die Leiche entglitt.

Als er sich wieder aufgerappelt hatte, blieb er vor Entsetzen wie erstarrt stehen.

Jean-Pierre lag mit dem Gesicht nach oben da.

Gebannt starrte Michel auf die Augen, die Arme, den Brustkorb.

Das war alles.

Von seinem Bruder war nur noch ein in der Mitte durchtrennter Kadaver übrig geblieben.

Von hinten mit einem Pickel

«Das ist die Kraft des Gletschers.»

Fiona drehte sich zum Baron um. Trotz seines überheblichen Dünkels nahm auch von Reichlin der düstere Anblick des halbierten Leichnams, um dessen Taille noch ein Seil gebunden war, mit.

«Wie meinst du das, Hans?»

«Der Gletscher rutscht, angeschoben von unvorstellbaren Kräften, nach unten. Er könnte einen Zementpfeiler zermalmen, von einem menschlichen Körper ganz zu schweigen. Ich habe da schon so einiges gesehen.»

Diese kühle, rationale Erklärung hätte sie beruhigen sollen, doch das tat sie nicht. Fiona begriff lediglich, dass es im Gebirge viele Todesarten gab. Ihre Hände ... würden sie wohl auch so enden wie Jean-Pierres Leiche: amputiert?

Während die anderen ihre Augen nicht von dem Anblick wenden konnten, griff Iaan – der hinter ihnen stand – nach seinem Fotoapparat, der ihm um den Hals baumelte. Ohne durch den Sucher zu blicken, drückte er auf den Auslöser. Er war es gewohnt, auf diese Weise unbemerkt Bilder zu schießen, und wollte vermeiden, dass Leblanc es bemerkte. Michel war durch das Auffinden des Leichnams äußerst angespannt und hätte sich womöglich zu gefährlichen Reaktionen hinreißen lassen.

Während er weitere Bilder schoss – er hatte den Apparat so eingestellt, dass er keine Geräusche von sich gab – fiel Iaan etwas auf, das halb im Schnee steckte und den anderen entgangen war. Er setzte die Schutzkappe auf die Linse und ging mit unbeteiligter Miene darauf zu. Die Aufmerksamkeit der anderen war noch ganz auf die in zwei Hälften geteilte Leiche gerichtet. Mit gespielter Lässigkeit beugte Iaan sich vor, streckte eine Hand aus, hob etwas auf und steckte es sich in die Tasche. Prima, dachte er, das werden wir uns nachher mal in Ruhe ansehen.

Inzwischen hatte Michel sich wieder ein wenig gefasst. Er ging auf den Körper zu.

«Halt! Was hast du vor?», rief der Baron.

Michel gab keine Antwort.

Von Reichlin wollte auf ihn zugehen, doch Leblanc zog rasch sein Schweizer Messer aus der Tasche und richtete es auf den Baron.

«Komm ja nicht näher! Ich will nicht, dass ihn irgendjemand anfasst, verstanden? Ihr habt nichts mit Jean-Pierre zu schaffen, überhaupt nichts!»

Der Baron blieb wie angewurzelt stehen. Er wollte Leblanc nicht reizen.

«Ich bin hierhergekommen, um den Leichnam meines Bruders zu bestatten. Zehn Jahre habe ich gewartet, und nun kann ich es endlich tun.»

«Du willst ihn doch nur verschwinden lassen.» Die Augen des Barons funkelten hilflos. Er wandte sich an die anderen: «Wir dürfen es nicht zulassen! Begreift ihr denn nicht? Wenn wir ihn gewähren lassen, wird niemand mehr behaupten können, Jean-Pierre sei auf dieser Seite des Berges gestorben!»

Fiona stand schweigend da. Sowohl der Franzose als auch der Österreicher hatten sich an sie gewandt, als wäre sie eine Richterin, die einen Streitfall zu schlichten hatte. Keiner hatte Iaan miteinbezogen, geschweige denn Tenzing.

«Du musst es ihm verbieten, Fiona!», rief der Baron wieder.

Fiona fühlte sich hin und her gerissen. Es war so schwierig, sich zu entscheiden ... Woran lag das – am dickflüssigen Blut, an der Höhenlage, am Sauerstoffmangel? Vielleicht war es nichts von alledem.

«Hans hat recht, Michel. Es gibt keinen Grund, der dich zwingt, es jetzt zu tun. Tragen wir die Leiche zum Zelt. Lass sie uns ein wenig genauer untersuchen ...»

«Nein!» Michel schrie beinahe. «Nein!»

Fiona machte einen Schritt auf ihn zu.

«Warum nicht, Michel? Was willst du vor uns verbergen?»

Der Franzose fletschte die Zähne. Fiona und die anderen spannten die Muskeln an, um einen eventuellen Angriff Leblancs abzuwehren. Unerwarteterweise ließ Michel stattdessen den Kopf sinken, offensichtlich als Zeichen seiner Kapitulation. Er steckte das Messer wieder ein. Dann griff er nach dem Stück Seil, das noch um den gefrorenen Körper gebunden war, legte es sich über die Schulter und begann zu ziehen. In dem tiefen Neuschnee kam er nur mühsam vorwärts.

«Soll ich helfen?», fragte Tenzing.

«Lass mich in Ruhe, Ten. Schert euch alle fort!»

Doch die Aufforderung verpuffte ungehört. Es war ein ungewöhnlicher Beerdigungsumzug, der da in siebentausend Meter Höhe langsam zum Zelt zurückkehrte. Schritt um Schritt bewegten sie sich vorwärts, hielten an, wann immer Leblanc anhielt. Sie brauchten mehr als eine Stunde.

Leblanc legte den Körper dicht am Zelt ab, beinahe vor dem Eingang. Es war, als wollte er jetzt, nachdem er seinen

Bruder wiedergefunden hatte, nicht mehr von seiner Seite weichen, quasi als letzter Liebesbeweis.

Fiona streckte die Hand nach dem Toten aus.

«Rühr ihn nicht an! Niemand darf ihn berühren!»

«Jetzt reicht es aber!», sagte der Baron und kam näher. «Wir haben diesen Unsinn endgültig satt! Da du nicht verrückt bist, Michel, muss etwas anderes dahinterstecken!»

Er kam noch dichter heran.

«Was willst du uns verheimlichen?»

Der Baron und Leblanc standen sich von Angesicht zu Angesicht gegenüber. Urplötzlich gab Leblanc Hans einen heftigen Stoß und warf ihn damit zu Boden. Der Baron versank im Schnee und streckte instinktiv die Beine nach oben, um den Angriff Leblancs abzuwehren.

«Das reicht! Hört auf!», brüllte Fiona, während die beiden Männer miteinander kämpften. «Ten, tu doch was!»

Der Sherpa rührte sich nicht vom Fleck: Er wusste, dass es ihm nicht gestattet war, sich in die Angelegenheiten der Menschen aus dem Westen einzumischen. Und selbst wenn er es gekonnt hätte – er hätte es nicht getan. Ihr Karma war noch zu sehr im Irdischen verhaftet, sie hatten noch einen langen Weg der Reinigung vor sich. Sie mussten noch viele, viele Fehler machen.

Schließlich verlor Fiona die Geduld und ging dazwischen, um die beiden zu trennen.

«Seht mal, hier!»

Hans, Michel und Fiona hörten Iaans Ruf gar nicht.

«Seht mal!», rief der Fotograf noch einmal, lauter, und endlich hielten die beiden Männer inne. Michel ließ den Anorak des Barons los, und Hans nutzte die Gelegenheit, sich wieder aufzurappeln.

Fiona und Tenzing gingen zu Iaan hinüber, der neben

der Leiche kniete. Schließlich kamen auch Michel und der Baron hinzu.

«Seht mal, hier!», wiederholte Svarbard, als er sicher war, dass ihm alle zuhörten.

Er hatte den Leichnam umgedreht.

Jean-Pierres Anorak wies auf der Rückseite einen langen senkrechten Riss auf.

Iaan zerrte den Anorak von dem toten Körper herunter und warf ihn beiseite.

Die Fleecejacke darunter wies genau denselben Riss auf.

Iaan schob sie hoch, wie ein Arzt, der einen Patienten abhören will.

Und nun gab es keinen Zweifel mehr.

Der Rücken des toten Bergsteigers war von einer langen, tiefen Wunde gezeichnet, die noch mit gefrorenem Blut verklebt war.

Jean-Pierre war von hinten mit einem Pickel erschlagen worden.

Es ist ein Tagebuch

«Pack sofort den Fotoapparat weg!»

Michel brüllte Iaan an, der seine Kamera zur Hand genommen hatte. Svarbard legte den linken Arm schützend über den Kopf, während er mit der rechten Hand weiterhin den Auslöser betätigte.

«Hör auf!», fuhr der Franzose ihn nochmals an und ging auf ihn los. Diesmal ging Fiona sofort dazwischen.

«Lass ihn in Ruhe!», befahl sie ihm mit eisiger Stimme. «Er tut nur seine Arbeit. Außerdem glaube ich nicht, dass das im Augenblick unser dringlichstes Problem ist.»

Michel sah sie verwirrt an, als würde er erst jetzt die Tragweite dessen begreifen, was sie entdeckt hatten.

«Hier ist der Leichnam deines Bruders, Michel», fuhr sie fort. «Und es sieht ganz danach aus, als sei er mit einem Pickel erschlagen worden. Ich glaube, du hast uns da einiges zu erklären.»

«Was wollt ihr», murrte er kraftlos und ließ die Arme hängen. «Ihr seid kein Gericht.»

«Du wirst dich allerdings bald vor einem verantworten müssen. Bis dahin sind wir deine Richter.»

«Ihr wisst nichts», antwortete Michel mit schwacher Stimme, ohne sie anzusehen. «Ihr begreift nichts.»

«Oh, ich begreife nur zu gut», warf der Baron ein.

«Wie meinst du das?»

«Dein Geständnis, wenn wir es einmal so nennen wollen. Kompliment, Michel, du bist wirklich ein begabter Schauspieler!»

«Das stimmt», sagte Fiona bitter. Es missfiel ihr, dass es jemandem gelungen war, sie zu täuschen. «Du hast uns mit deinem herzerweichenden Bericht hinters Licht geführt. Jean-Pierre ging es schlecht, du bist ihm gefolgt, der Sturz in die Gletscherspalte, das abgerissene Seil, die Handschuhe ... du hast uns einen Haufen Lügen aufgetischt, Michel!»

Ohne zu antworten, schlüpfte der Franzose ins Zelt. Der Baron und Fiona folgten ihm. Tenzing wartete kurz. Iaan inspizierte unbemerkt Jean-Pierres Anorak und befühlte ihn aufmerksam.

Drinnen in ihrem Unterschlupf hatte Michel sich auf den Boden gekauert. Er hielt den Kopf zwischen den Knien, die Hände auf den Ohren, als wollte er sich völlig in sich zurückziehen. Doch der Baron ließ ihm keine Ruhe.

«O ja, das Geständnis! Begreifst du nicht, Fiona?! Als unser Freund hier scheinbar tief in seiner Würde gekränkt das Zelt verlassen hat, wollte er nichts anderes, als nach der Leiche suchen. Leider hat er sie zu früh und zu dicht am Zelt gefunden. Er befürchtete, wir würden ihm folgen. Und tatsächlich: Du und der Sherpa, ihr wolltet gerade aufbrechen, um nach ihm zu sehen. Seine Spuren waren im Neuschnee leicht auszumachen, womöglich hättet ihr ihn direkt neben der Leiche ertappt. Es blieb ihm nichts anderes übrig, als in aller Eile umzukehren und uns zuvorzukommen. Um uns im Zelt zurückzuhalten, musste er sich etwas Eindrucksvolles ausdenken, und was fiel ihm da ein? Ein Geständnis! Ein langes, vollständiges, schonungsloses Geständnis! So ließ sich am besten Zeit gewinnen – und unser Vertrauen dazu.»

Michel blieb reglos in seiner Ecke, den Kopf zwischen den Beinen. Er sagte kein Wort.

«Stimmt das, Michel?», fragte Fiona streng. «War es

so?» Sie glaubte, ein Anrecht auf die Wahrheit zu haben. Als Einzige hatte sie ihn verteidigt, und nun fühlte sie sich verraten. Leblanc antwortete jedoch nicht.

«Die Dinge müssen sich damals etwas anders abgespielt haben, als du uns erzählt hast», fuhr der Baron fort. «Bislang dachte ich immer, Michel habe Jean-Pierre wegen seines maßlosen Ehrgeizes im Stich gelassen. Jetzt stellen sich die Dinge in einem ganz anderen Licht dar ... Er brachte seinen Bruder um, damit er den Gipfel allein besteigen konnte. Ich kann es kaum glauben ...»

«Der Gipfel hat damit nichts zu tun», sagte Fiona. «Es ging nur ums Geld.»

Alle hielten den Atem an. Leblanc reagierte nicht.

«Von welchem Geld sprichst du, Fiona?»

«Von der Erbschaft des Vaters, Henri Leblanc. Etliche Milliarden Dollar», enthüllte sie zögerlich. Bislang hatte sie dieses Geheimnis für sich bewahren wollen und ihm keine Bedeutung beigemessen. Doch jetzt, nach dem, was sie gesehen hatte ... Jean-Pierre war ermordet worden!

«Aber das ist nicht möglich! Michel und Jean-Pierre haben ihren Vater gemeinsam beerbt, einschließlich des Unternehmens, das ist allgemein bekannt.»

«Nein, so war es nicht, Hans. Henri Leblanc hatte überraschenderweise Jean-Pierre die Aufsicht über die Werke übertragen. Michel dagegen war ein kleiner Teil des väterlichen Vermögens ausgezahlt worden.»

«Das halte ich für ausgeschlossen. Solcherlei ist doch gesetzlich geregelt.»

«Ja, für Leute wie uns. Aber eine derartige Erbschaft wird nicht von einem Notar abgewickelt. Es genügt, eine Aufsichtsgesellschaft im Ausland zu gründen, irgendwo in einem Steuerparadies. Dann sieht die Sache ganz anders aus.»

«Michel war aber doch Henris Lieblingssohn! Der, den alle für den Klügeren hielten! Woher weißt du das mit der Erbschaft?»

«Ich bin Journalistin, schon vergessen?»

«Aber du beschäftigst dich mit Glanz und Gloria, mit Klatsch und Tratsch ... meines Wissens hat nicht einmal die *Financial Times* von diesem Hintergrund erfahren.»

«Ich habe so meine Quellen. Und zwar ziemlich zuverlässige. Niemand hat je verstanden, weshalb der Vater so gehandelt hatte. Vielleicht war es eine spontane Eingebung, vielleicht wollte er Michel dafür bestrafen, dass er Jean-Pierre beim Bergsteigen unterstützte.»

«Wenn es tatsächlich so ist, wie du sagst, dann erklärt das alles. Michel hatte ein eindeutiges Motiv, Jean-Pierre umzubringen. Vielleicht hoffte er anfangs, die Höhenkrankheit werde ihn dahinraffen, doch als er feststellte, dass dies nicht der Fall sein würde, ging er zur Tat über. Begreifst du jetzt, Fiona?», redete der Baron auf Fiona ein. «Begreifst du, in was für einer Lage wir sind? Zehn Jahre lang konnte Michel sein Verbrechen verheimlichen! Und nun kennen nur wir die Wahrheit.»

Von Reichlin redete, als wäre Leblanc gar nicht zugegen.

«Michel ist jetzt zu allem fähig, um sein Verbrechen zu vertuschen. Wir sind in diesem Zelt mit einem Mörder gefangen. Und die nächsten Opfer, das sind wir.»

Leblanc hob den Kopf, wie ein Wolf, der Witterung aufnimmt.

«Ich bin lediglich hergekommen, um Jean-Pierres Leiche zu finden und ihn zu begraben. Das ist alles, was ich will.»

«Um so die Beweise für deinen Mord aus der Welt zu schaffen? Das werden wir nicht zulassen!»

Der Baron klang aggressiv, doch Fiona bemerkte, dass er auf Sicherheitsabstand zu Leblanc gegangen war.

«Wir müssen ihn abwechselnd bewachen», sagte der Baron mit der Kälte eines Kasernenvorstehers. «Wir dürfen ihm keine Chance geben, uns heimtückisch anzufallen.»

«Hältst du das nicht für ein bisschen übertrieben, Hans?», fragte Fiona. «Es muss doch erst noch bewiesen werden, dass Michel ...»

Sie ließ den Satz unvollendet. Nicht einmal sie selbst war so recht überzeugt.

«Vielleicht bringt uns ja dies hier auf die richtige Spur», sagte Iaan, der bis zu diesem Augenblick geschwiegen hatte.

Sie drehten sich zu ihm um.

Der Fotograf hielt ein kleines Buch mit abgegriffenem Einband in der Hand, das in der Mitte geknickt war.

«Woher hast du das?», fragte Fiona.

«Aus Jean-Pierres Anorak. Als ich ihn auszog, spürte ich in der Tasche etwas Hartes. Während ihr damit beschäftigt wart, euch zu streiten, habe ich mir ihn mal etwas genauer angesehen.»

Er zeigte ihnen den Gegenstand wie die Kugel mit der Gewinnzahl beim Lotto.

«Es ist ein Tagebuch.»

Heute Morgen werde ich auf dem Gipfel stehen

13. Dezember. Ankunft der Ladung im Basiscamp. Teil des Materials unterwegs verloren gegangen. Zum Glück nur Proviant. Es müssen die Sherpas gewesen sein. Schlechtes Wetter, Aussichten noch schlechter. Trotzdem großer Enthusiasmus unter den Expeditionsteilnehmern. Fühle mich gut.

14. Dezember. Mehr als 50 cm Neuschnee. Haben den ganzen Tag geschippt, um die Zelte und die Küche. Hundemüde. Wettervorhersage miserabel.

15. Dezember. Den ganzen Tag geschippt. Die Sherpas wollen mehr Geld.

16. Dezember. Noch mehr Schnee. Ein paar Leute werden unruhig. Fühle mich gut.

17. Dezember. Endlich ein wenig Sonne. Habe kurzzeitig zwischen den Wolken den Gipfel gesehen. Beängstigend. So weit weg. Er scheint unerreichbar. Riesige Schneemengen. Ist es Wahnsinn? Aber ich muss unbedingt dort hinauf. Um jeden Preis. Er ist hier, ich spüre, dass er mich beobachtet, jede meiner Bewegungen studiert; er ist jetzt mein Schatten. Ahnt jeden meiner Schritte. Nur er kennt meine Gedanken. Muss mich beeilen.

18. Dezember. Wollte eine Wetteraufklarung ausnutzen und eine kleine Tour von ein paar Kilometern machen. Doch der Expeditionsleiter meinte, es sei zu gefährlich. Ich hasse es, wenn diese Österreicher Deutsch untereinander sprechen. Als wollten sie mich ausschließen. Egal.

Morgen werde ich jedenfalls eine kleine Tour machen, Österreicher hin oder her.

19. Dezember. Endlich! Sie haben sich dazu durchgerungen. Sind bis auf siebentausend Meter hinaufgestiegen. Sehr anstrengend, wegen des Schnees. Habe mich mit einem Sherpa an der Spitze abgewechselt. Die anderen schafften es nicht. Haben einen guten Platz fürs Camp 1 gefunden. Ziemlich windgeschützt. Bei Dunkelheit zurück ins Basiscamp. Hundemüde. Ließ die anderen vorgehen, um mich zu übergeben. Fühle mich total entkräftet. Er ist in der Nähe, ich spüre es. Er spioniert mich aus. Wartet auf einen günstigen Moment, um zuzuschlagen. Aber ich bin auf der Hut. Hoffe, ich kann schlafen.

20. Dezember. Ganz schlecht geschlafen. Kopf pulsiert. Kann mich nur mühsam bewegen. Zum Glück schlechtes Wetter. Im Zelt geblieben.

21. Dezember. Immer noch schlechtes Wetter. Fühle mich besser.

22. Dezember. Herrlicher Sonnenschein. Wir wagen es. Gemeinsam ziehen wir los, wie eine äußerst disziplinierte Schulklasse. Wie sie uns herumkommandieren, diese Österreicher!

22. Dezember, nachmittags. Während des Aufstiegs musste ich stehen bleiben. Er ist hier, neben mir. Ich muss so tun, als würde ich ihn nicht sehen. Darf mir keine Angst machen lassen. Ich kann ihm entkommen. Den Gipfel werde ich erklimmen, koste es, was es wolle. Ich werde durchhalten.

23. Dezember. Sitzen fest. Sturm, Windgeschwindigkeit fast 160 km. Er ist nicht mehr hinter mir her. Vielleicht hat er aufgegeben.

24. Dezember. Sitzen immer noch fest. Das Weihnachtsessen besteht aus Gemüsesuppe. Ich bin am Ende. Heute konnte ich ihn auf Abstand halten. Ein paar leichte Beeinträchtigungen, nicht weiter schlimm.

25. Dezember. Ein Glück, wir ziehen weiter. Mein Weihnachtsgeschenk. Herrliches Wetter. Weitere sechshundert Meter aufgestiegen. Camp 2 aufgeschlagen. Erschöpft. Die Gefahr scheint weit weg zu sein. Ich spüre, ich schaffe es.

26. Dezember. Sturm. Sitzen fest.

27. Dezember. Wieder Schnee. Den ganzen Tag geschippt.

28. Dezember. Viel Schnee während der Nacht. Zelt wegen des Gewichts zusammengebrochen. Haben fünf Stunden im Licht der Stirnlampen gearbeitet. Unglaublich müde.

29. Dezember. Den ganzen Tag geschlafen. Er hat sich nicht blicken lassen. Hat er aufgegeben? Oder wartet er nur auf einen günstigen Moment, um mich aus dem Weg zu räumen?

30. Dezember. Schönes Wetter. Wir ziehen weiter. Camp 3 aufgebaut. Sind weniger als tausend Meter vom Gipfel entfernt. Mit leichter Ausrüstung könnten wir es schaffen.

31. Dezember. Haben die Sherpas vorausgeschickt, damit sie fünfhundert Meter weiter oben ein Materiallager einrichten. Wir könnten es beim Abstieg brauchen.

1. Januar. Abstieg zum Basislager, um Kräfte zu sammeln. Er scheint weit weg zu sein.

2. Januar. Wir sind noch weiter abgestiegen. Ich ging noch weiter talwärts, allein mit ihm. Er zeigte sich von seiner besten Seite, wie ein Straßenräuber, der dich erst anlächelt und dir dann die Kehle durchschneidet. Sein Lächeln wird mich nicht täuschen. Aber ich spiele brav mit. Ein Bad in den heißen Quellen: Was für eine Wohltat!

3. Januar. Erneuter Aufstieg zum Basiscamp. Schönes Wetter.

4. Januar. Camp 2. Ich ging ganz schnell, er schaffte es nicht, mich einzuholen. Es geht mir gut.

5. Januar. Camp 3. Er ist angekommen. Er ist hier, neben mir. Ich weiß, er will mich umbringen, bevor ich den Gipfel besteige. Das werde ich nicht zulassen.

6. Januar. Sehr schlecht geschlafen. Schwindel und Übelkeit. Die Erbschaft verkompliziert die Dinge, es ist jetzt noch schwieriger zu widerstehen. Warum hast du das nur getan, Papa? Hättest du mich doch lieber vergessen! Aber jetzt darf ich nur an den Gipfel denken.

7. Januar. Sturm. Meine Energie geht zur Neige. Ich kann nicht mehr warten. Er ist hier, er könnte mir jeden Moment auflauern.

8. Januar. Das Funkgerät funktioniert nicht. Leuchtfeuer vom Basiscamp: schlechtes Wetter. Zumindest sieht es danach aus. Ist aber nicht wichtig. Ich kann nicht mehr warten. Ich muss aufbrechen, unbedingt.

9. Januar, ein Uhr nachts. Viele Sterne. Klarer Himmel. Ich werde nur leichtes Gepäck mitnehmen. Alle schlafen. Ich werde allein aufbrechen, bevor er etwas merkt. Ich habe keine Zeit mehr. Ich muss die Pause nutzen, die er mir gewährt. Wenn ich nicht vor ihm oben bin, ist alles vorbei. Auf geht's! Heute Morgen werde ich auf dem Gipfel stehen, und dann ist alles erreicht.

Jetzt ist unsere letzte Rettungsmöglichkeit dahin

Michel war erschüttert. Verstört starrte er auf das abgegriffene kleine Buch, mit dessen Existenz er nicht gerechnet hatte.

«Zum Glück sprechen wir alle ganz gut Französisch», sagte der Baron in seinem anklagenden Tonfall. «Das erklärt ja wohl so einiges.»

Fiona hielt die Lippen aufeinandergepresst. Sie hatte Michel bis zuletzt verteidigt, doch nun konnte sie nicht umhin, zuzugeben, dass sie sich tatsächlich getäuscht hatte. Wenn es noch eines weiteren eindeutigen Beweises bedurft hatte, so lieferte ihn dieses Tagebuch.

«Hans hat recht», sagte die Journalistin. «Dein Bruder hatte Angst vor dir, kein Zweifel. Er fürchtete, du würdest ihn umbringen, wegen der Erbschaft.»

«Was …?»

Michel schien aus einem tranceähnlichen Zustand zu erwachen.

«Was redet ihr da?»

«Wartet», sagte Tenzing. «Ist euch nichts aufgefallen?»

«Was soll uns denn aufgefallen sein, Ten?», fragte Fiona unwirsch.

«Jean-Pierres Tagebuch ist so, wie der Baron erzählt hat. Der Zwilling, der ihn verfolgt, wisst ihr noch? Vielleicht ist die Erklärung diese: Jean-Pierre glaubt, von jemandem verfolgt zu werden. Aber sind nur Albträume. Norgal ki lawaa.»

«Ich versichere euch, wenn man einen Doppelgänger sieht, der einem in zehn Meter Entfernung folgt und einem so wirklich vorkommt wie die eigene rechte Hand, schreibt man das in einem Tagebuch sehr direkt, ohne große Umschreibungen», wandte der Baron ein. «In Jean-Pierres Tagebuch allerdings steht etwas anderes.»

Fiona schüttelte den Kopf.

«Hans hat recht. Jean-Pierres Hinweise sind sehr präzise. Er fühlt sich von jemandem bedroht. Und das kannst nur du sein, Michel. Du wolltest ihn umbringen, um in den Besitz der Erbschaft zu kommen.»

«Was redet ihr denn da! Jean-Pierre war mein Bruder ... Ich mochte ihn sehr ... versuchte, ihn zu beschützen ... Gib her!» Leblanc stürzte sich auf Iaan, der das Tagebuch Fiona zuwarf.

«Nicht so hitzig!»

Fiona hatte jedoch kein Gefühl in den Händen und konnte das Heft nicht auffangen, sodass es zu Boden fiel. Der Baron hob es auf.

«Iaan hat recht. Wie eilig du es hast, Jean-Pierres Tagebuch an dich zu nehmen. Du willst es nur zerreißen, um alle Beweise vernichten.»

«Ich verstehe das nicht ...» Michel wirkte verwirrt. «Jean-Pierre hat nie Tagebuch geführt. Er hat nie irgendetwas aufgeschrieben. Es sei ihm nicht wichtig, dass die anderen wüssten, was er gemacht hat, sagte er immer.» Michel überlegte. «Ich weiß nicht, weshalb er das geschrieben hat. Ihr versteht das nicht. Mein Bruder war nicht ... wie die anderen. Manchmal wirkte er ganz normal, und dann geriet er vollkommen außer Kontrolle. Er verwandelte sich in eine andere Person. Er hatte Gedächtnislücken oder Halluzinationen, die für ihn zur Realität wurden. Wie damals, bei der Sache mit Papa ...»

«Was war da?»

«Papa verunglückte bei einer Bergtour. Wir kletterten eine Wand hinauf, er, Jean-Pierre und ich. Jean-Pierre ging an der Spitze, er wäre eigentlich für die Sicherung zuständig gewesen. Doch Papa stürzte ab, kurz bevor wir am Gipfel waren. Jean-Pierre hat mir gegenüber immer behauptet, es hätte an dem Haken gelegen. Er hätte sich plötzlich aus dem Fels gelöst.»

«Und das stimmte nicht …?»

«Da war überhaupt kein Haken. Ich sah mir das Seil hinterher genau an: Jean-Pierre hatte schlichtweg vergessen, ihn einzuschlagen. Ein unentschuldbares Versehen für einen Bergsteiger. Dennoch war er fest davon überzeugt, ihn eingeschlagen zu haben.»

«Willst du damit sagen», sagte Hans, «dein Bruder habe versucht, euren Vater umzubringen?»

Die Frage stand im Raum, und keiner wagte etwas zu sagen. Schließlich hörte man eine Stimme:

«Das ist nicht wahr.»

Alle drehten sich zu dem Sherpa um. Es war Tenzing, der da überraschenderweise gesprochen hatte.

«Das ist nicht wahr», wiederholte er. «Nicht so.»

«Das kannst du gar nicht wissen, Ten», erwiderte Leblanc. «Du warst ja gar nicht dabei.»

«Jean-Pierre hat viel davon erzählt.»

«Was denn?», drängte Fiona ihn. «Was hat er dir erzählt?»

«Jean-Pierre geht gar nicht an der Spitze. Sondern Michel. Er hat das Seil nicht gesichert.»

«Was sagst du da …» Michel bebte vor Entrüstung. «Wie kannst du es wagen …»

Leblanc war so aufgebracht, dass ihm die Worte fehlten. Dann änderte sich sein Tonfall.

«Jetzt begreife ich. Du hast mir nie verziehen, was, Ten?»

«Dein Herz ist voll mit Hass, Michel. So voll, dass Hass es verlässt und uns beschmutzt.»

«Hör auf mit diesem Quatsch. Du weißt genau, was ich meine. Die Kinsoru-Gesellschaft.»

«Was für eine Gesellschaft denn? Wovon redet ihr?», fragte Fiona.

«Die Kinsoru-Gesellschaft», erläuterte Leblanc, «wurde nach diesem Berg hier benannt. Mein Bruder gründete sie kurz vor Beginn der Expedition und wollte Ten die Leitung übertragen. Jean-Pierre war ein Öko-Freak und hatte vor, einen Teil des Firmenkapitals hier in Nepal zu investieren. Er plante, unsere Fabriken in Europa aufzulösen und in den Himalaya zu ziehen. Und an der Spitze der Gesellschaft sollte Ten stehen.»

«Habgier ist Fluch dessen, der zu viel begehrt», sagte der Sherpa. «Hör auf zu begehren, und du hörst auf zu leiden. Ich habe vor vielen Jahren aufgehört.»

«Was spielt das alles für eine Rolle?», wollte Fiona wissen.

«Nach Jean-Pierres Tod haben unsere Vorstände das Projekt gestoppt. Es war eine hirnrissige Idee. Und so musste unser lieber Tenzing sich damit abfinden, wieder als Sherpa zu arbeiten. Das hat er mir nie verziehen.»

«Du willst uns einreden, Jean-Pierre sei verrückt gewesen», sagte der Baron. «Doch das war er nicht. Wer ihn kannte, weiß das.»

«Dieses Tagebuch ist ein Beweis, Michel», stimmte auch Fiona zu. «Wir werden es den Behörden übergeben. Wie du selbst gesagt hast: Wir sind kein Gericht. Aber wir haben die Pflicht, das Tagebuch aufzubewahren.»

«Beweise … Ihr wisst ja überhaupt nicht, was ihr da sagt!»

«Mag sein. Das mögen andere beurteilen. Einstweilen jedoch …»

«Schluss jetzt! Gebt mir das Tagebuch!»

Leblanc packte von Reichlin am Arm und versuchte, ihm das Tagebuch zu entwenden. Fiona griff ein, sprang Leblanc auf den Rücken und zerkratzte ihm das Gesicht. Der Franzose stieß sie beiseite.

«Ten, hilf uns!»

Fiona blickte sich zu dem Sherpa um, der sich bislang nicht gerührt hatte. Sie hatte ihn ausdrücklich um sein Eingreifen gebeten. Was sollte er tun? Sein Auftrag lautete, die Kunden unter allen Umständen zu beschützen. Ohne zu zögern, durchquerte Tenzing das Zelt, packte Leblanc von hinten an den Schultern und riss ihn weg. Leblanc wollte sich gegen ihn wehren, doch als er Ten von Angesicht zu Angesicht gegenüberstand, schwand mit einem Mal jegliche Energie aus ihm. Er fiel zusammen wie ein Soufflé, in das man mit der Nadel gestochen hat.

Der Baron keuchte, so sehr hatte der Kampf ihn angestrengt.

«Habt ihr gesehen? Er hat mich angegriffen. Er will uns alle umbringen, ich sag's euch!»

Von Reichlin massierte sich den schmerzenden Arm. Leblancs Hände besaßen eine unglaubliche Kraft.

«Er lässt uns keine andere Wahl. Wir müssen dafür sorgen, dass er niemandem schaden kann.»

«Was soll das heißen, Hans?»

«Vier gegen einen, und wir haben es mit Müh und Not geschafft! Wir dürfen ihn keine Sekunde aus den Augen lassen, keiner von uns. Sonst sind wir erledigt.»

«Was schlägst du vor?», fragte Fiona, der vor der Antwort des Barons graute.

«Wir müssen ihn unschädlich machen», beschloss von Reichlin.

Sie schauten zu dem am Boden liegenden Leblanc hinab. Nicht einmal zu viert hätten sie ihn bändigen können. Die Lage entwickelte sich zu einem gefährlichen Gleichgewicht der Kräfte. Als der Baron jedoch einen Strick nahm und sich zögernd dem Franzosen näherte, reagierte dieser nicht. Er hatte die Augen geschlossen und schien nichts um sich herum wahrzunehmen.

«Schnell, helft mir!»

Mit flinken Griffen fesselte von Reichlin Michels Handgelenke, während Fiona ihm die Knöchel zusammenschnürte.

«So, das hätten wir», kommentierte der Baron. «Nun haben wir nichts mehr zu befürchten.»

Iaan, der sich aus allem herausgehalten hatte, stand am Zelteingang, hatte die Plane angehoben und blickte besorgt zum Himmel hinauf.

«Hört ihr das? Es stürmt wieder, und zwar stärker als vorher. Jetzt ist unsere letzte Rettungsmöglichkeit dahin.»

Er ist entwischt

«So einen Durst hatte ich nicht einmal, als ich einen geschlagenen Tag auf einem Boot verbrachte und darauf wartete, dass der König nackt von seiner Yacht ins Wasser sprang.»

«Was für ein König?»

«Irgendeiner, ist doch egal. Hauptsache, ein König, darauf sind die Leute ganz versessen.»

Im Schein der Stirnlampe lagen sie in ihren Schlafsäcken. Seit sie ihn gefesselt hatten, hatte Leblanc keinerlei Reaktion gezeigt. Er lag im Zelt, als wäre er ein schwerer Gegenstand, die Augen geschlossen, und atmete kaum. Er hatte sich weder bewegt noch ein Wort gesprochen. Sie hatten ihn mit einem Schlafsack zugedeckt.

«In dieser Höhe trocknet man schneller aus als in jeder Wüste», meinte der Baron.

«Gut, dass wir das wissen. Jetzt fühlen wir uns alle besser», erwiderte Iaan.

«Die Luft ist sehr trocken, und dann kommt noch der Wind hinzu. Aus jedem Quadratzentimeter Haut dünstet eine unvorstellbare Menge Wasserdampf.»

«Wenn wir wenigstens schön braun würden ...»

Iaan drehte sich zum hinteren Teil des Zelts um, in dem die Rucksäcke standen, und begann in seinem zu kramen.

«Morgen müssen wir nach unten, um jeden Preis», sagte der Baron wieder. «Gemeinsam könnten wir es schaffen. Ich rate euch allerdings, euch auszu...»

«Menfenfkinder!»

Sie drehten sich zu Iaan um, der laut stöhnte und gestikulierte.

«Was ist passiert?»

Mit einem Satz war Fiona bei ihm. Auch der Baron kam hinzu.

Iaan hielt sich schmerzverzerrt die Hände vor den Mund.

«Was ist denn? Lass mal sehen.»

Iaan ließ eine Hand sinken. In der anderen hielt er eine Konservendose, in Höhe seiner Lippen.

«Was ist denn passiert?»

Der Baron warf einen kurzen Blick auf Iaan und lachte dann verächtlich.

«Oh, ihr Dilettanten!»

«Was ist denn passiert, Iaan?», fragte Fiona. Dann begriff sie. Iaans Zunge klebte an der Dose fest.

«*Da waren Waffertropfen drauf …*», brachte Iaan jammernd heraus.

«Keine Sorge. Das haben wir gleich», sagte der Baron.

Er legte die Hände um die Dose und hielt sie ein paar Minuten fest. Durch die Körperwärme taute sie allmählich auf. Kleine Tröpfchen bildeten sich an der Oberfläche. Binnen Kurzem ließ sich Iaans Zunge wieder lösen.

«Wow! Ist das schön, die eigene Zunge wieder im Mund zu haben!»

«Passt bloß auf, was ihr tut. In siebentausend Metern kann jede Nachlässigkeit fatale Folgen haben. Jetzt sollten wir ein wenig schlafen», mahnte der Baron.

Er legte sich in seinen Schlafsack und schaltete die Petzl-Lampe aus.

«Gute Nacht.»

Es war stockfinster, und Fiona hoffte, einschlafen zu

können. Doch sobald sie die Augen schloss, begann sie automatisch, die Hände zu bewegen. Obwohl sie sich immer wieder vorsagte, wie dumm dieser Gedanke war, fürchtete sie, ihre Finger könnten im Schlaf endgültig taub werden. Sie ballte die Hände zur Faust und öffnete sie wieder, ein ums andere Mal … Die Bewegung hatte sich verselbständigt.

«Iaan …», wisperte sie.

«Was gibt's?», fragte er leise zurück und drehte sich zu ihr um. «Noch eine Dose, an die ich meine Zunge halten soll?»

«Iaan … Glaubst du, Hans hat recht? Was Michel betrifft, meine ich», raunte sie ihrem Freund ins Ohr, damit die anderen, falls sie wach sein sollten, sie nicht hören konnten.

«Na ja … es spricht eigentlich alles gegen ihn.»

«Das klingt nicht so, als wärst du davon überzeugt.»

«Also … wenn er es wirklich darauf abgesehen hätte, uns umzubringen, dann hätte er uns doch einen nach dem anderen draußen vorm Zelt umgelegt. Bei dem Sturm wäre das nicht besonders schwierig gewesen.»

«Ja, aber …»

«Außerdem, hast du gesehen, wie bereitwillig er sich fesseln ließ? Findest du es nicht komisch, dass ein gemeingefährlicher Mörder sich so mir nichts, dir nichts einer schwächlichen Horde wie uns ergibt? Mal abgesehen von Boroda, ich wüsste gern, wer hier als Erster die Flucht ergreift …»

«Ja und? Wie denkst du dir das Ganze?»

«Ich weiß nicht. Ich bin mir nicht ganz sicher. Aber nehmen wir mal an, Michel will jemand anderen decken. Niemand weiß, ob Michel und Jean-Pierre damals auf dem

Berg tatsächlich allein waren. In seinem Tagebuch deutet Jean-Pierre die Anwesenheit von jemand Geheimnisvollem und Beunruhigendem an. Vielleicht bezieht er sich damit gar nicht auf seinen Bruder? Womöglich ist während des Aufstiegs jemand zu ihnen gestoßen? Es könnte sein, dass Michel einen Dritten zu decken versucht: Daher verschweigt er uns die Wahrheit. Erinnerst du dich, was er während seines Anfalls in der Nacht geschrien hat: ‹Pass auf, Jean-Pierre! Er ist hinter dir!› Das scheint sich auf eine dritte Person zu beziehen.»

Daran hatte Fiona nicht gedacht. Es gab tatsächlich keinen Beweis, dass Jean-Pierre von Michel und nicht von einem anderen ermordet worden war. Aber schließlich waren sie hier nicht im Zentrum von London. Eine dritte Person, rein zufällig auf einem Achttausender? Außerdem hatte Michel ganz eindeutig eine Halluzination gehabt – was er in seinem überreizten Zustand gesagt hatte, ließ sich nur schwer als Beweis anführen.

«Aber Hans hätte doch davon gewusst, oder? Zu dem Zeitpunkt gab es keine andere Expedition.»

«Vielleicht handelte es sich um ein anderes Mitglied aus ihrem Team.»

Der Fotograf drehte sich auf die andere Seite.

«Ich bin müde. Wenn ein Werwolf auftaucht, sag ihm, wir machen morgen früh um fünf wieder auf. Gute Nacht.»

Fiona nahm das Aufnahmegerät aus ihrer Fleecejacke und schaltete es ein. Sie schaute auf die rote Leuchtanzeige. Der Zähler lief. Wie hypnotisiert starrte sie auf das Licht, während der Speicher nichts als Schweigen aufzeichnete. Eine geschlagene Minute verharrte sie vollkommen reglos, bis sie sich schließlich zu einem ersten Satz durchrang.

Eine halbierte Leiche auf dem Berg des Schreckens …

Oder vielleicht …

Grausiger Fund in siebentausend Meter Höhe …

Nach endlosen Sekunden drückte Fiona mit ihren starren Fingern wieder auf die «Power»-Taste. Die Leuchtanzeige glomm noch ein wenig nach und erlosch dann schließlich. Fiona streckte sich im Schlafsack aus und dachte, dass es das erste Mal war, dass sie keine Worte fand. Worte … wie unnütz.

Ballen, strecken … ballen, strecken … ballen, strecken … Unwillkürlich begann sie einen Abzählreim vor sich hin zu murmeln, den sie als Kind gelernt hatte. *«Inzy winzy spider …»*

Während sie leise die Worte aussprach, ballte und streckte sie ihre Finger im Rhythmus der Reime:

«Inzy winzy spider …»

Daumen und Zeigefinger, Daumen und Mittelfinger, Daumen und Ringfinger …

Fiona hielt den Atem an. Ja, auch Iaan war eingeschlafen. Im Innern des Zelts war eine kleine Sinfonie der Seufzer zu hören. Der schwere, kranke Atem Borodas, der regelmäßige des Barons, der unruhige Iaans … und Michels? Sie versuchte sich zu konzentrieren. Ohne Erfolg. Sie konnte seinen Atem nicht heraushören. Atmete er womöglich gar nicht mehr? Eigentlich hätte sie bei dem Gedanken erleichtert sein müssen, doch stattdessen machte sie sich Sorgen. Und da draußen, nur wenige Meter weit entfernt … eine halbe gefrorene Leiche.

Ballen, strecken, ballen, strecken, ballen, strecken. Die Bewegung hatte etwas derart Hypnotisches, dass sie schließlich einschlief. Prompt hatte sie einen Albtraum: Sie befand sich allein im Schneesturm auf dem Berghang. Sie sah nichts, kämpfte sich aufs Geratewohl voran, versuchte ab und zu zu schreien, doch aus ihrer Kehle drang kein Laut. Sie war allein, und dennoch hatte sie das Gefühl, verfolgt zu werden. Als sie sich umdrehte, um denjenigen zu überraschen, der sie heimlich bedrängte, war da niemand.

Plötzlich legte sich der Sturm, und der Schnee verschwand, als ob es wie durch Zauberhand plötzlich Frühling geworden sei. Fiona erblickte einen Tümpel, von dessen Oberfläche träger Dampf aufstieg. Eine warme Quelle! Nach all der Kälte konnte sie es kaum abwarten, dort einzutauchen! Als sie darauf zulief, sah sie unter einem Baum einen Mann. Aber ja – das war doch Jean-Pierre! Ja, er war es, und er lächelte ihr wohlwollend zu. An die Uferböschung gelehnt, lag er nackt im Wasser, das ihm bis zur Hüfte reichte.

«Komm», sagte er zu ihr. «Komm doch rein.»

Sie ließ sich nicht lange bitten. Ohne sich ausziehen zu müssen, war sie auf einmal nackt. Als sie bei ihm war und neben ihm ebenfalls ins Wasser tauchen wollte, zog dieses sich plötzlich zurück, als hätte jemand den Stöpsel aus einer Badewanne gezogen. Der Wasserspiegel sank rasch. Sie sah sich verwundert um, dann fiel ihr Blick wieder auf Jean-Pierre, und es verschlug ihr den Atem. Sein Körper war in Hüfthöhe entzweigehauen worden. Im feuchten Sand lag nur noch sein Torso. Doch er schien es gar nicht zu bemerken …

«Komm», sagte er wieder mit demselben sanften Lächeln von vorhin. «Komm, Fiona …» Er streckte ihr die Hand hin. Angewidert wich sie zurück. Da beugte er sich vor und packte sie am Arm.

«Nein!», versuchte Fiona zu rufen, doch es kam kein Laut heraus.

«Nein!», schrie sie noch einmal aus Leibeskräften und setzte sich im Dunkel des Zeltes auf.

Es dauerte eine Weile, bis ihr klar wurde, dass sie nur geträumt hatte. Trotz der Kälte stand ihr der Schweiß auf der Stirn.

«Was ist los?», fragte der Baron mit schläfriger Stimme.

«Nichts … ein Albtraum.»

«Alles in Ordnung?»

«Ja.»

Sie legte sich wieder hin, um zu schlafen, als sie jemanden leise fluchen hörte. Von Reichlin.

«Verdammt!»

«Was denn?»

«Leblanc. Er ist entwischt.»

Sechster Tag

Michel Leblanc war zurückgekommen

«Guckt euch das an – das Seil ist durchgeschnitten.»

Zornig ballte Iaan die Faust.

«Hat ihn jemand von euch durchsucht?»

Niemand antwortete.

«Das Taschenmesser. Er hat es eingesteckt, nicht wahr? Nachdem er Hans damit bedroht hatte.»

Der Fotograf warf, was vom Seil übrig geblieben war, in eine Ecke.

«Als Gefängniswärter sind wir wirklich komplette Versager!»

Mehr als alle anderen war von Reichlin beunruhigt. Seine Sorgenfalten zeigten, wie sehr er sich fürchtete.

«Jetzt ist er da draußen, verdammt! Wir können uns nicht mehr hinauswagen.»

«Also, bislang haben wir ja auch keine großartigen Wanderungen unternommen.»

«Aber morgen müssen wir aufbrechen. Das Basiscamp wird abgebaut! Wir haben noch genau vierundzwanzig Stunden. Und jetzt können wir das Zelt nicht mehr verlassen, zum Teufel!»

«Reg dich nicht so auf, Hans. Das bringt jetzt auch nichts.»

Wütend schoss Hans auf Iaan zu.

«Michel ist da draußen und wartet nur darauf, uns umzubringen, einen nach dem anderen. Im Sturm wird ihm das noch leichter fallen. Es ist aussichtslos!»

«Beruhige dich. Wollte Michel uns tatsächlich umbringen, wie du behauptest, hätte er das ganz bequem heute Nacht erledigen können. Dieses Messer hat eine ziemlich scharfe Klinge. Stattdessen hat er sich lediglich befreit und ist abgehauen.»

«Iaan hat recht, Hans. Michel hat die Gelegenheit verstreichen lassen.»

«Begreift ihr denn nicht? Er konnte ja schlecht vier Leichen mit durchschnittener Kehle auf dem Berg zurücklassen. Auf dem Gletscher dagegen ist es viel einfacher, uns zu ermorden, ohne einen Verdacht zu erregen ...»

«Die Leiche!», fiel Iaan dabei ein.

Er hob die Zeltplane am Eingang an und warf einen Blick hinaus. Das Morgenlicht brach sich in den tanzenden Schneeflocken.

«Jean-Pierres Leiche ist noch hier. Michel hat sie nicht begraben.»

«Er hatte keine Zeit dazu», stellte der Baron fest. «Vielleicht ist Fiona aufgewacht, als er gerade das Zelt verlassen hatte. Und da musste er wohl darauf verzichten.» Pause. «Einstweilen.»

«Ich finde, für den Moment sollten wir Leblanc vergessen und an uns selbst denken», sagte Fiona. «Was meinst du, Ten?»

Während sie diskutierten, hatte der Sherpa eine Dose geöffnet. Mit einem Eishaken löste er ein Stück gefrorenes Gemüse und lutschte daran.

«Besser etwas essen. Wasser lecken bringt nicht viel, ist aber besser als gar kein Wasser.»

«Und nachdem wir gefrorenen Broccoli gelutscht haben, was sollen wir dann tun, Ten?»

«Wir müssen nach unten. Hier wir können nicht bleiben. Sonst wir sind morgen alle tot.»

«Und du, Hans, was sagst du dazu?»

«Es hat keinen Sinn zu bleiben. Die Leiche haben wir ja gefunden. Und das Tagebuch … wo ist eigentlich das Tagebuch?»

«Das habe ich, Hans. Hier, in meinem Schlafsack.»

«Aha, gut. Dann haben wir also ausreichend Beweise. Wir sollten aufbrechen. Allerdings müssen wir während des Abstiegs sehr gut aufpassen!»

«Sollen wir wie eine römische Phalanx marschieren, Schulter an Schulter?», fragte Iaan.

Tenzing packte inzwischen die Rucksäcke. Er ließ alles zurück, was nicht unabdingbar war. Jeder Funken Energie musste gespart werden. Der Sherpa flehte die Götter um Beistand an. Ob es sie gab und sie tatsächlich hier oben wohnten, wusste er nicht. Die Leute aus dem Westen hatten ihm von sogenannten Schutzengeln erzählt, dieser Gedanke gefiel ihm. Es wäre schön, so dachte er, wenn jeder von ihnen einen Schutzengel hätte, der ihnen zu Hilfe käme, wenn sie einen falschen Schritt gemacht hatten oder ein Seil entglitten war.

Fiona hatte gewartet, dass jemand das Thema ansprach. Da niemand etwas sagte, ergriff sie selbst die Initiative.

«Und er?»

Der Baron folgte ihrem Blick.

«Anatoli meinst du?»

«Genau, Anatoli. Dein großer Freund.»

Von Reichlin zuckte mit den Achseln.

«Es geht ihm schlecht.»

«Das weiß ich auch. Wie wollt ihr ihn denn transportieren?»

Von Reichlin sah zu Boden, ohne etwas zu sagen. Fiona drehte sich zu Tenzing um, der ihrem Blick auswich und weiterhin mit den Rucksäcken hantierte. Schließlich sah sie Iaan an.

«Schau nicht mich an, Fiona. Ich bin der jüngste Rekrut.»

Fiona spürte, wie Zorn in ihr aufstieg.

«Wie wollt ihr ihn denn transportieren? Gibt es hier eine Trage? Vielleicht können wir eine mit Stöcken improvisieren …»

«Es geht ihm schlecht», wiederholte der Baron, als wäre das die Lösung einer komplizierten Gleichung.

Erneutes Schweigen.

«Das heißt, ihr wollt ihn hier zurücklassen?»

Fiona klang entrüstet. In London arbeitete sie alle zwei Wochen freiwillig in einer Kinderklinik. Eigentlich gefiel ihr das gar nicht – jedes Mal, wenn der Termin näher rückte, begann sie regelrecht, sich davor zu fürchten. Das ganze Leid dort … Doch in ihrer Auffassung von der Welt war die Gerechtigkeit fest verankert: Wer hat, muss auch geben können. Ein Psychologe hätte wahrscheinlich einen Schuldkomplex diagnostiziert. Boroda hier lassen – einfach undenkbar!

«Gibt es denn wirklich nichts, was wir für ihn tun können, Ten?»

Sie hatte sich an denjenigen gewandt, den sie für moralisch integer hielt, und war bereit, sein Urteil zu akzeptieren, wie das eines Beichtvaters. Eines Vaters …

Der Sherpa schüttelte den Kopf.

«Zu schwer. Zu gefährlich. Unmöglich. Wenn wir selbst schaffen bis Basiscamp, ist schon ein Wunder. Nachher, wir können Arzt schicken. Aber jetzt …»

Ten sah zum Himmel hinauf, als beschwörte er das Eingreifen irgendeiner Gottheit.

Fiona trat zu dem Kasachen, der nach wie vor leise röchelnd dalag. Das Gesicht, ebenso riesig wie der Rest des Körpers, strahlte eine selige Ruhe aus. Als Kind war Fiona beigebracht worden, dass auch der schlimmste Mensch immer die Möglichkeit zur Umkehr hat und dass man nichts Verwerflicheres tun konnte, als einen hilflosen Menschen sich selbst zu überlassen.

«Ich komme nicht mit», verkündete sie. Doch es klang nicht so bestimmt, wie sie gewünscht hätte.

«Ich komme nicht mit», sagte sie noch einmal, noch kläglicher.

Iaan umarmte sie.

«Fiona ... Fiona ... Glaub nicht, ich würde dich nicht verstehen. Aber wir können wirklich nichts für ihn tun. Wir sind zu müde. Vielleicht schaffen wir es nicht einmal, uns selbst in Sicherheit zu bringen. Wir können uns hier nur für das kleinere Übel entscheiden.»

Wie wahr, dachte Fiona. Das kleinere Übel. Genau wie bei Michel in den Alpen. Soll er seinen Freund oder den Retter seines Bruders dem Tod entreißen? Sollen wir uns retten oder Boroda? Bislang hatte Fiona die Strukturen der Moral immer als ziemlich einfach empfunden: Wer sich nicht daran hielt, war entweder ein Waschlappen oder ein Egoist. Doch in siebentausend Metern verschwammen die Regeln und Pflichten wie die Konturen einer Kohlezeichnung. Was war richtig? Was falsch? Es schien, als würde in dieser Höhenlage nicht nur die Luft, sondern auch die Moral dünner werden. Je weiter man hinaufstieg, desto schwieriger wurde es, Gut und Böse zu unterscheiden ...

«Wir können nichts tun, Fiona ... rein gar nichts.»

Iaan drückte sie an sich, und da begriff sie plötzlich, dass in dieser Umarmung kein mitfühlender brüderlicher Beistand lag, sondern dass das die Geste eines Mitschuldigen war, der die Verantwortung von sich weisen wollte.

«Lass mich», sagte Fiona und schob ihn von sich. «Guckt mal in seinen Rucksack. Vielleicht ist das was drin, was ihm helfen könnte.»

Verärgert blickte von Reichlin sie an. Jede vergeudete Minute schmälerte ihre Rettungschancen.

«Was hat denn sein Rucksack damit zu tun?»

«Es sind Medikamente drin.»

Der Baron schnaubte ungeduldig und begann den Inhalt des Rucksacks zu inspizieren. Socken, Fleecejacken, Handschuhe aus Mikrofasern, Konservendosen, Batterien, Landkarten, Routenführer ...

«Ich weiß nicht, was das soll», sagte der Baron, als er die Suche abgeschlossen hatte, «aber hier drin ist nicht einmal eine Aspirin!»

Fiona stürzte sich auf den Rucksack und kippte ihn hektisch aus. Nichts! Die Aufputschmittel und Schmerztabletten waren verschwunden. Wer ...? Natürlich, Michel! Nur er konnte es gewesen sein.

«Hört mal, wir haben noch etwa zwölf Stunden Tageslicht. Wir sollten uns jetzt besser beeilen», mahnte der Baron.

Unfähig, sich zu bewegen, starrte Fiona auf Borodas leeren Rucksack.

«Los jetzt!», forderte der Baron sie noch einmal auf. Sie hörte seine Stimme aus der Ferne, wie in der Schule, wenn ihre Kameradinnen sie vom Pausenhof her riefen, während sie noch im Klassenzimmer saß und Hausaufgaben machte.

«Komm jetzt», sagte Iaan und nahm sie bei der Hand. Fiona ließ es geschehen. Mit automatischen Gesten zog sie ihren Anorak an. Sie schlüpfte gerade in die Stiefel, als der Reißverschluss der Plane am Eingang nach oben gezogen wurde und dicht aufeinanderfolgend ein paar Gasflaschen hereinrollten.

Ten, Hans, Iaan und Fiona starrten wie hypnotisiert darauf und hätten sich auch nicht mehr gewundert, wenn ein fliegender Fisch hereingehüpft wäre.

Von draußen hörten sie eine Stimme:

«So, jetzt können wir frühstücken.»

Michel Leblanc war zurückgekommen.

Dann wurde es finster

«Keine Bewegung!»

Der Baron hatte einen Pickel gepackt und schwenkte ihn drohend vor Leblanc.

«Leg das Ding weg, Hans! Ich bin hergekommen, um euch zu helfen.»

Unbekümmert hatte Michel das Zelt betreten. Ohne auf von Reichlin zu achten, hatte er eine der Gasflaschen an den Kocher angeschlossen. Die Flamme entzündete sich beim ersten Versuch.

«Jetzt machen wir erst mal einen heißen Tee. Du musst viel davon trinken, Fiona. Wenn das nicht reicht, um die Durchblutung wieder in Gang zu bringen, werden wir Wasser erhitzen, damit du deine Hände darin baden kannst.»

Der Baron hörte nicht auf, den Pickel zu schwenken. Seine aggressive Haltung wirkte zusehends lächerlicher.

«Los, fesseln wir ihn, bevor er noch einmal ausbüxt!»

Iaan sagte zu von Reichlin:

«Sag mal, würde es dir etwas ausmachen, das Ding wieder hinzulegen? Ich mach mir Sorgen ums Mobiliar.»

Der Baron sah seine Kameraden einen nach dem anderen an, in der Hoffnung, Verbündete zu finden.

«Wir müssen ihn wieder fesseln, begreift ihr denn nicht? Er will uns umbringen!»

Fiona verlor die Geduld.

«Hör endlich auf, Hans! Michel ist mit Gasflaschen zurückgekommen. Er will uns retten, nicht umbringen. Wäre ihm wirklich daran gelegen, uns aus dem Weg zu schaffen, hätte er uns einfach hier allein zurücklassen können. Leg jetzt diesen Pickel weg!»

Vorsichtig deponierte der Baron das Werkzeug neben sich, in unmittelbarer Reichweite.

«Das werdet ihr bereuen!»

Fiona war wütend, vor allem auf sich selbst. Eine Weile war sie überzeugt gewesen, Michel hätte Jean-Pierre tatsächlich umgebracht. Und nun? Was sollte sie nun denken? Das war eine niederschmetternde Lektion. Sie waren gerade dabei, Boroda seinem Schicksal zu überlassen, um ihre eigene Haut zu retten, und da kam Michel ... Michel, der sich ohne Weiteres allein hätte durchschlagen können und nun hier war, um ihnen zu helfen.

«Hier», sagte Leblanc und reichte ihr eine Tasse Tee.

Fiona wartete nicht, bis die Flüssigkeit kalt wurde. Sie trank einen kochend heißen Schluck und verbrannte sich prompt die Zunge. Sie spürte, wie er durch die Speiseröhre in den Magen floss und ihren gesamten Körper erwärmte. Allmählich breitete sich die Wärme auch in ihren Armen und Beinen aus, wie das Licht der ersten U-Bahn am Morgen in den Schächten, die im Dunkel der Nacht gelegen haben. Noch ein Schluck, und noch einer ... vielleicht würde sie ihre Finger doch nicht verlieren.

«Warum bist du zurückgekommen?», fragte sie ihn rundheraus.

«Ich konnte nirgendwo anders hin. Der Wind war zu stark.»

«Und das Gas?»

«Mir fiel ein, dass im letzten Jahr ein koreanisches Expeditionsteam kurz vorm Gipfel von einer Lawine verschüttet worden ist. Sie hatten ihr letztes Camp dicht unterhalb von achttausend Metern bereits eingerichtet und vollständig ausgestattet.»

«Du bist auf achttausend Meter hochgestiegen?», fragte der Baron überrascht. «Das ist doch gar nicht möglich bei diesem Wetter.»

«Ich hatte Glück. Ich wusste, dass ich euch niemals überreden könnte, mich gehen zu lassen, und so wartete ich eben, bis es Nacht war, um die Dinge auf meine Art zu erledigen.»

«Mit dem Taschenmesser», sagte Iaan.

«Von hier bis zum Gipfel gibt es nur einen Weg, ich brauchte gar nicht lange zu suchen. Ich fand einen der Pfosten, der aus dem Schnee ragte, und begriff, dass es sich um das koreanische Camp handeln musste. Ich grub ein wenig, und schon tat sich mir die Schatzkammer Ali Babas auf.»

Leblanc deutete auf die Gasflaschen.

«Da waren etliche. Und zu essen gab es auch. Ich habe alles mitgebracht, was ich im Rucksack tragen konnte. Damit werden wir noch eine Weile durchhalten. Aber wir haben nicht viel Zeit. Der Schnee macht mir Angst. Weiter oben hat sich unheimlich viel angesammelt.»

«Glück im Unglück», bemerkte Iaan. «Die armen Koreaner haben uns das Leben gerettet. Wie sagten die Lateiner? *Mors tua vita mea*, glaube ich – für die Aussprache übernehme ich keine Verantwortung.»

Boroda nieste, und alle drehten sich zu ihm um. Es war das erste Lebenszeichen, das der Kasache seit vielen Stunden von sich gab. Sie hatten sich so sehr daran gewöhnt, dass er einfach nur reglos dalag, dass sie ganz überrascht waren. Mit schuldbewusstem Eifer brachte Fiona Anatoli die Teetasse.

«Wir müssen ihm auch etwas davon geben.»

Michel half ihr, dem Verwundeten Tee einzuflößen, Schluck für Schluck. Währenddessen fragte sie ihn heimlich:

«Warum hast du sie mitgenommen?»

«Was denn?»

«Anatolis Medikamente. Sie waren in seinem Rucksack, ich habe sie dort gesehen. Und jetzt sind sie verschwunden.»

«Medikamente? Was für welche?»

«Schmerzmittel, Aufputschmittel ... so was in der Art. Warum hast du sie mitgenommen?»

«Ich habe gar nichts mitgenommen. Ich wusste ja nicht einmal, dass Toli sie bei sich hatte.»

«Das kannst nur du gewesen sein!»

Verärgert sah Michel sie an.

«Kannst du denn nicht einen Moment lang aufhören, andere zu verurteilen?»

Er ließ sie mit dem Löffel in der Hand stehen.

Verdammt, dachte Fiona. Wie blöd von mir.

Sie flößte Boroda weiter Tee ein. Ein paar Mal hustete der Kasache, weil er sich verschluckte.

Dann schloss Fiona sich wieder den anderen an, die schweigend im Kreis saßen und Tee tranken. Sie trank auch noch welchen. Draußen stürmte es wieder stärker.

«Ich möchte, dass ihr euch das gut überlegt», fing der Baron wieder an. «Leblanc stellt eine große Gefahr für uns dar.»

«Es reicht, Hans! Michel ist mit den Gasflaschen zurückgekommen. Er hat uns das Leben gerettet!», fauchte Fiona ihn an.

«Leblanc ... das ist ja wohl die Höhe! Ein Mörder! Ich kann nicht länger den Arglosen spielen!»

Der Baron schwankte zwischen Wut und Empörung.

«Ihr glaubt mir nicht? Dann seht her!»

Mit einer raschen Bewegung zog er seinen Innenschuh aus und streifte dann die Socke ab. Mit einem merkwürdig zufriedenen Lächeln zeigte er seinen ausgestreckten Fuß – oder vielmehr das, was von ihm übrig geblieben war: Die Zehen waren amputiert, und der glatte, einförmige Rest erinnerte an einen Pferdehuf.

«Seht nur!»

Fiona, die vor fünf Tagen nur einen raschen Blick darauf geworfen hatte, starrte entsetzt und fasziniert auf den Fuß des Barons. So also hätten auch ihre Hände aussehen können …

«Verstehe, warum du so verbittert bist», sagte Iaan. «Nun kannst du keine Bilder mehr mit dem Fuß malen!»

Von Reichlin ging nicht darauf ein.

«Fragt euren Helden hier, wie das passiert ist.»

Leblanc hatte seine anfängliche Sicherheit eingebüßt. Er war verlegen.

«Immer dieselben alten Geschichten, Hans. Du wirst dich nie ändern.»

«Hast du Angst, zu erzählen, was geschehen ist?»

«Es war nicht meine Schuld.»

«Ach nein? Unglaublich! Liebe Fiona, wenn du wirklich glaubst, unser Freund Leblanc sei aus lauter Freundlichkeit zurückgekehrt, um uns das Leben zu retten, dann täuschst du dich aber gewaltig! Ich habe den Grund dafür auch noch nicht durchschaut, aber ich bin mir sicher, dass er es aus Berechnung getan hat. Vielleicht, weil er den Leichnam seines Bruders holen wollte. Leblanc ist jeder selbstlosen Handlung unfähig!»

«Was ist mit deinem Fuß passiert?»

«Es geschah vor zwölf Jahren, vor der Expedition hier auf den Kinsoru. Wir trainierten in den Anden, in der Gegend des Aconcagua. Die schwierigsten Sechstausender der Welt. Das Wetter dort ist entsetzlich. In einigen Gebieten gibt es nur fünf, sechs Sonnentage pro Jahr. Leblanc und ich waren gemeinsam unterwegs. Das schöne Wetter schien anzuhalten, wir hatten nur leichtes Gepäck dabei. Während des Abstiegs ging es ihm jedoch auf einmal schlecht. Er übergab sich, klagte über Schwindel. Kurz und gut, er war außerstande weiterzugehen. Zu allem Unglück zog auch noch ein schrecklicher Sturm auf. Wir schafften es gerade noch, eine Mulde in den Schnee zu graben, auf einem nicht mehr als einen Meter breiten Felsband. Dann warteten wir, dass der Sturm nachließ. Es war eine schreckliche Nacht, Windböen mit bis zu zweihundert Kilometern pro Stunde und Temperaturen um minus vierzig Grad. Ich rechnete nicht damit, sie zu überleben. So war es doch, Michel?»

Der Franzose antwortete nicht.

«Ich hätte es schaffen können. In drei, vier Stunden wäre ich beim Basislager gewesen. Doch nein! Damals glaubte ich noch an Freundschaft, an Solidarität unter Bergsteigern. Und so blieb ich die ganze Nacht über bei Michel und setzte mein Leben aufs Spiel …»

Übermannt von seinen Erinnerungen, hielt der Baron inne.

«Am Morgen war das schlechte Wetter vorbeigezogen. Wir brauchten eine geschlagene Stunde, bis wir abmarschbereit waren. Leblanc konnte kaum gehen. Ab und zu musste ich ihn abseilen und riskierte dabei selbst abzustürzen. Schließlich kamen wir doch im Basislager an, völlig erschöpft. Man hatte uns schon für tot gehalten. Mit Maultieren brachte man uns zu einem Dorf in der Nähe und von dort aus in ein Krankenhaus. Einen ganzen Tag lang fuhren wir in einem Pick-up ohne Stoßdämpfer ... Im Krankenhaus sagte mir der Arzt, es sei nichts mehr zu machen. Die Zehen waren schwarz. Man musste amputieren, bevor der Wundbrand auf den restlichen Fuß übergriff. Das hier ist also das Ergebnis meiner Selbstlosigkeit!»

Er hielt erneut den verstümmelten Fuß hoch, wie ein in der Schlacht verwundeter Soldat, der eine Medaille beansprucht.

«Du hast das getan, was du für deine Pflicht hieltest», stellte Fiona fest. «Was hat Michel damit zu tun?»

«Was Leblanc damit zu tun hat? Nun, er hat mir seine Dankbarkeit auf großartige Weise gezeigt.»

Der Baron konnte seine Verachtung nicht verhehlen.

«Er hat mir die Frau gestohlen!»

Noch immer mit bloßem Fuß machte sich der Baron an seinem Rucksack zu schaffen. Er holte das Notizbuch heraus, schlug es auf und fischte das Foto heraus, das Fiona bei ihrer Herumschnüffelei entdeckt hatte.

«Hier», sagte er und zeigte das Bild herum wie ein Anwalt, der bei Gericht ein entscheidendes Beweisstück präsentiert.

Iaan und Tenzing betrachteten flüchtig das Foto. Michel wandte den Kopf ab.

«Sie heißt Henriette», erklärte der Baron.

Sie hielten den Atem an – das waren zu viele Enthüllungen auf einmal, eine erschütternder als die andere.

«Zwei Jahre, nachdem ich ihm in Patagonien das Leben gerettet hatte, hat Michel mir meine Frau geraubt. Sie sind durchgebrannt, ohne mir irgendetwas zu sagen. Henriette hat mir nicht einmal einen Abschiedsbrief hinterlassen.

Als mir endlich gelungen ist, mit ihr zu sprechen, sagte sie lediglich: ‹Ich konnte nicht anders.›»

«Das stimmt nicht, Hans, und das weißt du.»

Michel sah den Baron halb vorwurfsvoll, halb schuldbewusst an.

«Ach ja? Dann erzähl uns mal, was passiert ist.»

«Sie hatte sich verliebt.»

«Zu mir sagte sie: ‹Ich konnte nicht anders.› Das ist ein ziemlicher Unterschied, findest du nicht? Ich glaube, du hast sie irgendwie dazu gezwungen.»

Von Reichlin hatte den anklagenden Tonfall eines enttäuschten Liebhabers angeschlagen.

«Komm schon, Hans, du weißt ganz genau, dass es zwischen dir und Henriette aus war. Und zwar durch deine Schuld.»

«Hört, hört, dieser Leblanc ist nicht nur ein berühmter Bergsteiger, sondern auch noch ein phantastischer Eheberater!»

«Ihr habt x-mal darüber gesprochen, aber du wolltest es nicht hören. Henriette liebte dich nicht mehr, Hans.»

«Und da warst du so freundlich, dich ihrer anzunehmen und sie zu trösten – ein echter Gentleman!»

«Das war ein Fehler. Du hast mir das Leben gerettet, und ich … Doch was hätte ich tun sollen? Wir verliebten uns ineinander.» Michel sprach vor allem zu Fiona gewandt, die weiterhin an ihrem Tee nippte. «Es geschah im Krankenhaus in dem Dorf, nach dem Unglück mit meinem Bruder. Hans und sie besuchten mich dort. Henriette kam jeden Tag, sie pflegte mich, ich war so schwach … Es fing alles ganz harmlos an. Zum ersten Mal begegnete ich einer Frau, die meine Leidenschaft für die Berge verstand. Man brauchte gar nicht mit ihr darüber zu reden, instinktiv las sie alles an einer Geste, einem bestimmten Gesichtsausdruck ab. Außerdem ...»

Er unterbrach sich.

«... außerdem hatte sie wunderschöne grüne Augen ... so wie du.»

Fiona war überrascht.

«Und jetzt ... wo ist sie jetzt?»

«Verschwunden», sagte Michel und sah schamvoll zur Seite. «Eines Tages sagte sie mir, sie würde mir ein Geschenk kaufen. Nach einer Stunde klingelte es an der Tür, und der Laufbursche eines Geschäfts stand vor der Tür. Er übergab mir ein Paket, und darin war ein Eispickel. Henriette jedoch kam nie wieder.»

«Ich hätte dich auf dem Berg krepieren lassen sollen!», rief der Baron verbittert.

«Ja ... Vielleicht wäre das besser gewesen.»

Von Reichlin ließ alle Zurückhaltung fahren:

«Meine Damen und Herren, erfahren Sie die Wahrheit über Michel Leblanc, den verwegenen Eroberer der Achttausender im Himalaya. Denjenigen, der den Mut besaß, allein die unzugänglichsten Berge der Erde zu erklimmen, aber nicht die Courage fand, dem Freund gegenüberzutreten, dem er die Frau abspenstig machen wollte. Das wäre weitaus schwieriger gewesen, was, Michel? Du hättest mir deinen Betrug gestehen können. Einfach so, am helllichten Tag. Aber nein, wie ein Dieb hast du dich in der Nacht davongestohlen.»

«Ich sagte doch schon: Ich habe einen Fehler gemacht.»

«Und, wie seht ihr die Sache jetzt? Glaubt ihr immer noch, unser Freund hier würde tatsächlich sein eigenes Leben riskieren, um euch zu retten? Oder seid ihr nicht vielmehr davon überzeugt, dass er fähig wäre, euch zu töten, um seine eigene Haut zu retten – und sein Geld!?»

Der pathetische Auftritt des Barons war den Umständen vollkommen unangemessen, doch er merkte es nicht. Viele Jahre hatte er darauf gewartet, diese letzte Rede halten zu können, und nun war er ganz außer sich und wollte den endgültigen Urteilsspruch hören. Jemand *musste* ein Urteil über Michel Leblanc fällen, nein: ihn *ver*urteilen.

«Das ist ja mal ein Höhenmelodram, das sich gewaschen hat», warf Iaan ein. «Er, sie und der andere. Das könnte man nicht besser erfinden.»

«Sicherlich hat Michel moralisch nicht einwandfrei gehandelt. Doch schlussendlich ist das eine Sache zwischen euch beiden», sagte Fiona, die immerhin mit den Privatangelegenheiten anderer Karriere gemacht hatte.

«Ich stimme dir nicht zu, liebe Fiona. Du magst das Ganze als private Episode abtun, aber es zeigt sich darin der wahre Charakter unseres lieben Leblanc.»

«Soweit ich sehe, ist diese Episode, wie du sie nennst, lieber Hans, vor allem im Hinblick auf das Verhältnis zwischen dir und ihm aufschlussreich.»

«Was willst du damit sagen?»

«Komm schon, Hans. Seit zwei Tagen bombardierst du uns mit den Fehltritten des Bergsteigers Michel Leblanc. Der Aufstieg, Jean-Pierre, den er in der Gletscherspalte zurücklässt, die Flucht, das Erbe … Doch im Grunde ist dir das alles ziemlich egal. Michel hätte alle Brüder, Eltern, Cousins und Schwiegereltern dieser Welt ermorden können, und du hättest nicht einmal mit der Wimper gezuckt. Das Einzige, was dich interessiert, ist, dass er dir die Frau ausgespannt hat.»

«Da irrst du dich. Ich …»

«Ach, hör schon auf mit deinen Predigten. Eben gerade wolltest du noch Anatoli seinem Schicksal überlassen, um deine eigene Haut zu retten. Vergiss es! Es war eine sehr aufschlussreiche Reise. Ich habe viel über die Welt des Bergsteigens gelernt. In diesen Höhen kommen die schlimmsten Abgründe zum Vorschein: Jeder denkt nur an sich selbst, sollen die anderen sich doch zum Teufel scheren! Hör auf mit deinen unerträglichen Schmähreden gegen Leblanc und seinem angeblichen Brudermord. Wir wissen jetzt genau, wie es sich in Wirklichkeit verhält!»

«Und zwar …?»

«Du hasst Michel wegen deiner Frau. Ganz einfach!»

«Ich …»

Doch der Baron brachte den Satz nicht zu Ende. Ein gewaltiges Brausen, anhaltend und bedrohlich, ließ das Zelt erbeben. Das Brausen der Lawine. Ein kurzer Moment des Entsetzens, dann wurde es finster.

Sie lebt

Sie bekam kaum Luft. Sie konnte nicht einmal mehr die Augen öffnen. Sie hatte das Gefühl, jemand hätte ihr ein Kissen aufs Gesicht gedrückt und sich daraufgesetzt.

Mit einer instinktiven Bewegung versuchte Fiona, sich das Gesicht abzuwischen, und erst da merkte sie, dass sie die Arme nicht bewegen konnte.

Panik.

Wo war sie? Was war passiert?

Dann fiel es ihr wieder ein.

Das Brausen.

Die Lawine.

Sie lag unter dem Schnee begraben.

Begraben: Sie hatte nie darüber nachgedacht, doch das Wort beschrieb genau, wie es sich anfühlte.

Begraben.

Ruhig, bleib ruhig, sagte sie sich.

In dem Augenblick stellte sie fest, dass ihr das Atmen mehr und mehr Mühe bereitete.

Die Luft, die verdammte Luft wurde immer weniger.

Ich will nicht sterben. Nicht so.

Der Notdienst ihres Körpers nahm seine Arbeit auf. Fiona erinnerte sich an das, was sie gerade tat, als die Lawine über das Zelt hereinbrach. Sie redete. Mit Hans. Aber das war nicht das Entscheidende. Sie trank gerade Tee, das war's. Und deshalb …

Mühsam bewegte sie ihre Finger. Da! Genau, sie hielt die Tasse noch in der Hand. Wenn sie sich anstrengte …

Sie bewegte das Gefäß hin und her, so gut sie konnte. Sie musste graben ... ja, graben ...

Es gelang ihr, eine kleine Höhlung freizulegen. Sie konzentrierte all ihre Energien auf die Muskeln am Handgelenk. Los!

Die Hand bewegte sich. Braves Mädchen.

Ihr Atem ging immer schwerer. Wollte sie nicht von einer blöden Lawine erstickt werden, musste sie sich beeilen.

Sie kämpfte gegen die Schneelast an, und es gelang ihr, den Unterarm zu bewegen, dann sogar den gesamten Arm. Sie konnte den Ellbogen ein wenig anwinkeln! Sie benutzte das Gefäß wie eine Spitzhacke und bahnte sich einen Weg zum Gesicht.

Was stand in den Handbüchern? Wenn du von einer Lawine begraben wirst, versuche, eine kleine Ausbuchtung vor deinem Gesicht zu graben. Also los, um Himmels willen, schaufel!

Unter großen Anstrengungen, unter denen ihr Herz beinahe zu platzen schien, gelang es ihr, vor sich eine kleine Vertiefung auszuhöhlen.

Vielleicht kann ich die Augen öffnen, dachte sie.

Sie schlug sie auf.

Finsternis.

Sie durfte sich nicht entmutigen lassen. Ganz ruhig, sagte sie sich, ganz ruhig bleiben. Was stand noch in den blöden Handbüchern? Finde heraus, wo oben und unten ist. Tatsächlich – und das bemerkte sie erst in diesem Moment – hatte sie keine Ahnung, in welcher Position sie sich befand. Die Schwerkraft wird aufgehoben, wenn ein Gewicht von mehreren Tonnen auf einem lastet.

Und jetzt, was sollte sie nun tun?

Spuck mal.

Spucken?

Spucken.

Fiona konzentrierte sich und sammelte eine winzige Menge Speichel im Mund. Dann spuckte sie.

Gleich darauf spürte sie, wie der Speicheltropfen wieder auf ihrer Nase landete.

Schön, beglückwünschte sie sich. Das heißt, ich liege auf dem Rücken. Oben ist vor mir, unten unter mir. Jetzt weiß ich, in welche Richtung ich graben muss.

Sie packte die Tasse, als handelte es sich um eine tödliche Waffe, und begann den Schnee über ihr wegzuschaben. Nach wenigen Minuten klopfte ihr Herz wie wild, und sie bemerkte, dass sie kaum noch atmen konnte.

Einen Augenblick.

Einen Augenblick ausruhen.

Sie zählte bis hundert, dann nahm sie die langsamen Schürfbewegungen wieder auf.

Immer schön weiterschürfen.

Das schaffe ich ja nie, dachte sie plötzlich.

Nein! Ich darf nicht aufgeben. Ich muss weitermachen.

Nach zehn Minuten gab sie erschöpft auf. Ihr rechter Arm schmerzte. Sie hatte allenfalls dreißig Zentimeter geschafft.

Wie viele Meter Schnee lagen über ihr?

Sie würde es nie schaffen.

Im Grunde ließ es sich hier ganz gut aushalten, dachte sie und entspannte ihre Muskeln. Es war, als läge man in einem riesigen Uterus. Sie spürte weder Erschöpfung noch Atemnot, Kälte oder Angst. Sie lag auf einer Bahre, auf der sie langsam in einen wunderbaren Tod glitt. Diese Koreaner hatten es eigentlich ganz gut getroffen.

Sie war gerade am Einnicken, als der Schnee vor ihr

heller wurde, wie ein Winterhimmel in der Morgendämmerung.

Ich habe Halluzinationen, dachte Fiona. So also fühlt es sich an zu sterben, das wusste ich nicht.

Das Licht wurde intensiver. Schließlich blendete es so sehr, dass sie die Augen zukneifen musste.

Macht doch das Fenster zu!, schrie sie lautlos.

Dann obsiegte wieder der Instinkt. Sie schlug die Augen auf, und mit einem Mal war das Licht blau geworden. Der Himmel? Nein, das konnte nicht sein. Aber was war es dann?

Sie versuchte zu fokussieren. Es war etwas Glattes. Genau: ein großer Gegenstand, glatt, durchscheinend, blau.

Eine Schaufel.

In dem Schneeloch tauchte ein Gesicht auf.

Michel.

Seine Augen starrten sie an, dann drehte er den Kopf zur Seite, und eine Sekunde lang fürchtete sie, er würde sie liegen lassen.

«Kommt!», brüllte Leblanc zu jemandem außerhalb ihres Gesichtsfelds.

«Sie lebt!»

Er betete inständig, er möge ihn verschonen

Das Zelt hatte sich in eine Art missglücktes Biwak verwandelt. Irgendwie war es Michel gelungen, mit Hilfe Tenzings das Zelt wieder aufzustellen. Zwei windschiefe Pfosten hielten die Plane, so gut sie konnten – das Ergebnis war ziemlich betrüblich. Da der Wind unerbittlich blies, würde ihr Unterschlupf wohl bald hinweggefegt werden.

Glücklicherweise hatten sie den Gaskocher, die Gasflaschen und einen Teil der Lebensmittel wiedergefunden. Somit war zumindest die Gefahr der Austrocknung einstweilen gebannt. Im Innern saßen sie dicht an dicht. Nur Boroda lag wie sperriges Gepäck vergessen in einer Ecke, er war eingeschlafen oder gar nicht bei Bewusstsein.

Gleich nachdem die Lawine niedergegangen war, hatten Michel und der Baron sich befreien können und sich mit den Schaufeln auf die Suche nach den anderen gemacht. Sie hatten Iaan gefunden, während Anatoli schon halb aus dem Schnee herausragte, als hätte ihn der Schnee vor sich hergerollt, ohne ihn unter sich zu begraben. Dann hatten sie auch Tenzing gefunden, und zuletzt Fiona.

«Noch ein paar Minuten, und du wärst tot gewesen», stellte Michel fest. «Wie geht es deinen Händen?»

Fiona streckte die Finger aus und betrachtete sie. Sie hatten fast wieder ihre normale Farbe.

«Ganz gut, würde ich sagen.»

«Bei Erfrierungen wirkt es Wunder, wenn man sich mit Schnee einreibt.»

Tenzing bereitete Tee zu. Alle tranken begierig davon

und reichten sich die einzige Tasse, die übrig geblieben war, die, die Fiona das Leben gerettet hatte.

«Wenn ich noch einmal über diesen köstlichen Trank herziehen sollte, gebt mir bitte ein paar Ohrfeigen!», sagte Iaan.

«Was sollen wir jetzt tun?», fragte Fiona Michel.

«Wir müssen so bald wie möglich weg hier. Unter diesen Bedingungen werden wir es nicht lange aushalten.»

«Ganz gewiss nicht, solange du bei uns bleibst», schnarrte der Baron.

«Hör auf, Hans!», rief Fiona.

«Mit Michel im Zelt fühle ich mich nicht sicher. Er wartet nur auf eine Gelegenheit, uns aus dem Weg zu räumen.»

«Die Lawine war doch wohl so eine Gelegenheit.»

«Ich habe mich als Erster befreit. Er konnte es ja schlecht direkt vor meinen Augen tun.»

«Aber er half dir bei der Suche nach uns, oder?»

«Ihm blieb ja keine andere Wahl. Jetzt wartet er auf günstigere Umstände. Wir sollten daher unbedingt zusammenbleiben.»

«Möchtest du heute Nacht bei mir schlafen, Schätzchen?», fragte Iaan ihn mit schmeichelnder Stimme.

Doch der Baron beachtete ihn gar nicht.

«Er hat auch seinen Bruder betrogen.»

«Was willst du damit sagen?», fragte Michel drohend.

«Es wurde mir klar, als ich die Leiche sah.»

«Lass Jean-Pierre gefälligst aus dem Spiel!»

«Ich glaube, du hast Jean-Pierre in eine Falle gelockt!»

«Was redest du denn da …»

«Die Expedition war zu gefährlich für ihn. Vielleicht wusstest du, dass es um seine Gesundheit nicht zum Besten stand …»

«Hör auf!»

«... und genau deshalb hast du ihn überredet, sich anzuschließen!»

«Schluss jetzt! Noch ein Wort, und du ...»

«Oh, aber das ist doch kein Geheimnis! Jean-Pierre war ein Besessener, der jedes Risiko eingegangen wäre. Es ist dir sicherlich nicht schwer...»

Michel stürzte sich auf den Baron. Im letzten Augenblick gelang es ihm, sich zurückzuhalten und seine Empörung hinunterzuschlucken.

«Du bist wie eine Schlange, die mit ihrem Gift nur so um sich spritzt! Dabei weißt du selbst am besten, dass du es warst, der Jean-Pierre umgebracht hat.»

Alle hielten den Atem an. Der Baron nahm eine verächtliche Haltung ein.

«Das wird ja immer schöner! Ich soll Jean-Pierre umgebracht haben?»

«Du bist verantwortlich für das, was an jenem Tag geschehen ist. Du und deine Freunde!»

«Ein weiteres Komplott! Glaubt mir, Freunde: Dieser Mann ist ein Wahnsinniger!»

«Erinnerst du dich an die Geschichte mit dem Leuchtfeuer, Hans?»

Der Baron zuckte zusammen, er war an einer empfindlichen Stelle getroffen worden.

«Ich helfe dir ein wenig auf die Sprünge: Das blaue Leuchtfeuer für schönes Wetter, das gelbe für schlechtes.»

«Du willst nur von deinem Verbrechen ablenken!»

«Nein. Ich will, dass auch die anderen begreifen, was für eine Art Mensch du bist.»

«Nun mach mal halblang, Michel», schaltete sich Fiona ein. «Erzähl uns von diesem Leuchtfeuer.»

«Wir waren im letzten Camp und warteten darauf, den Gipfel zu stürmen. Die Funkverbindung war unterbrochen, zumindest hatten sie das Jean-Pierre und mir so gesagt. Daher hatten wir uns mit dem Basiscamp abgesprochen, um in jedem Fall über die Wetteraussichten informiert zu werden. Unsere Abmachung war: ein gelbes Leuchtfeuer für schlechtes Wetter, ein blaues für schönes.»

«So, und dann wurde ein gelbes abgeschossen.»

«Wir waren alle draußen vor dem Zelt, als wir im Dunkeln die Signalleuchte am Himmel aufsteigen sahen. Jean-Pierre und ich standen nebeneinander und sahen beunruhigt hinauf: Wir wussten, dass uns nicht mehr viel Zeit blieb, um den Gipfel zu erklimmen. Unser Vorhaben drohte zu scheitern. An jenem Abend verfolgten wir die helle Bahn des Leuchtfeuers, das immer weiter nach oben stieg und gar nicht mehr stehen zu bleiben schien. Endlich explodierte es. Wir hielten den Atem an. Gelb. Wir mussten das Stürmen des Gipfels verschieben – wer weiß, wie lange. Der Expeditionsleiter entschied, dass Jean-Pierre und ich uns am nächsten Tag ein wenig erholen sollten, während die anderen, darunter auch Hans, einen Teil der Strecke mit Fixseilen sichern würden. Enttäuscht zogen wir uns in unsere Zelte zurück. Bevor ich in meinen Schlafsack schlüpfte, kontrollierte ich noch einmal die Ausrüstung und bemerkte, dass die Batterien der Stirnlampe leer waren. Ich sah in meinem Rucksack nach, hatte aber keine Reservebatterien dabei. Ich wusste, dass Hans immer welche bei sich hatte. Er war nicht da, und so sah ich selbst in seinem Rucksack nach. Was ich dabei entdeckte, hätte ich mir nicht träumen lassen.»

Eine Pause.

«Filmrollen. Ein Dutzend. Ich starrte sie an, ohne zu begreifen, weshalb Hans sie in dem bereits für den folgenden

Tag gepackten Rucksack verstaut hatte. Kletterseile, Eishaken, Schokolade – all das verstand ich ja, aber die Filme? Wozu brauchte er all diese Filmrollen, wenn er unterwegs doch ständig beschäftigt sein würde, noch dazu bei schlechtem Wetter?! In dieser extremen Höhe nimmt jeder nur das Allernotwendigste mit. Sag schon, Hans, was für einen Sinn hatte das?»

«Du versuchst nur abzulenken. An einem gelben Leuchtfeuer, das vor einer halben Ewigkeit abgeschossen wurde, willst du festmachen, dass ich irgendetwas im Schilde geführt hätte!»

«Die Erklärung, die ich damals dafür fand, war aber eine ganz andere, lieber Hans. Irgendwie kam mir das Ganze seltsam vor. Man nimmt nicht so viele Filme mit, wenn man vorhat, den lieben langen Tag bei Nebel Seile in der Eiswand zu befestigen. Will man allerdings den Gipfel erklimmen, sieht die Sache ganz anders aus!»

«Willst du damit sagen, dass …», fing Fiona an. Doch Michel schnitt ihr das Wort ab.

«Ich will damit sagen, dass die Österreicher ganz genau wussten, dass am nächsten Tag schönes Wetter sein würde. Vom Basislager aus wurde absichtlich ein gelbes Leuchtfeuer abgeschossen, um Jean-Pierre und mich zu täuschen. Aber Hans und die anderen kannten die richtige Wettervorhersage: Ich glaube, das Funkgerät funktionierte, die anderen ließen es nur so aussehen, als ginge es nicht. Sie waren bereit, den Gipfel zu stürmen, und wollten uns nicht dabeihaben. Nach vollbrachter Tat hätten sie uns gegenüber behauptet, die Meteorologen hätten sich geirrt. Da sie nun schon einmal unterwegs waren, wollten sie von dem *unerwartet* schönen Wetter profitieren, um bis zum Gipfel zu gelangen.»

«Aber weshalb hätten sie euch täuschen sollen?»

«Es war eine österreichische Expedition, Jean-Pierre und ich waren die einzigen Fremden. Sie wollten, dass es zu hundert Prozent ihre Sache war. Den Gipfel im Winter erklimmen, zum ersten Mal überhaupt! Ein grandioses Unterfangen. Sie mussten uns mit einer List aus dem Weg räumen: Die Österreicher wussten, dass Jean-Pierre und ich die Kräftigsten waren. Genau aus diesem Grund hatten sie uns ja mitgenommen: Wir sollten ihnen den Weg bahnen, und dann würden sie uns kurz vorm Ziel an einen Baum binden.»

Der Baron schüttelte den Kopf.

«Was habe ich euch gesagt? Er spinnt. Ein Psychopath, der unter Verfolgungswahn leidet. Die Sache war sehr viel einfacher: Die Wettervorhersage war falsch. Schluss, aus. Wie oft passiert das nicht?»

«Nein, Hans. Du weißt genau, dass die Vorhersage richtig war. Für den bewussten Tag hatten die Meteorologen Sonne vorausgesagt: Das fand ich einen Monat später heraus, als ich wieder zu Hause war und der Sache nachging. Vom Basiscamp aus wurde also bewusst das falsche Signal abgefeuert, um uns zu täuschen. Ich hatte meinen Verdacht Jean-Pierre gegenüber nicht geäußert. Doch auch er schien es begriffen zu haben und hatte sich darauf eingestellt, nachts aufzubrechen, um eure Pläne zu vereiteln.»

«Wenn es so war, wie du sagst», mischte Fiona sich ein, «warum hat Jean-Pierre dich dann nicht darauf hingewiesen?»

Leblancs Blick verdüsterte sich.

«Ich weiß es nicht.» Und dann: «Aber ich bin sicher, dass es so war, wie ich dir gesagt habe. Es war bereits zu spät, als Hans entdeckt hatte, dass wir weg waren. Und so blieb ihm keine andere Wahl, als uns ziehen zu lassen, in der Hoffnung, dass wir beide es allein nicht schaffen würden.»

«Das stimmt nicht», erwiderte der Baron. «Und selbst wenn? Was habe ich mit dem Tod deines Bruders zu tun?»

«Wenn du nicht veranlasst hättest, das falsche Leuchtsignal abzufeuern, wären Jean-Pierre und ich zusammen mit der Seilschaft zum Gipfel gezogen. Und Henriette ...»

«Was hat Henriette damit zu tun?», fragte Fiona.

«Henriette hatte Hans bei dieser Expedition begleitet, war aber unten im Basiscamp geblieben. An jenem Abend entdeckte sie zufällig den Trick mit dem falschen Leuchtfeuer. Sie glaubte, einen Helden geheiratet zu haben, und stellte fest, dass sie die Frau eines armseligen Betrügers war. Leider fand sie keinen Weg, Jean-Pierre und mich zu benachrichtigen, worüber sie sich noch ewig grämte. Sie hätte meinen Bruder retten können, aber sie hatte keine Möglichkeit dazu. Das hat sie sich nie verziehen.»

«Vielleicht warst auch du kein so großer Krieger», erwiderte der Baron bissig, er war vor Wut tiefrot angelaufen, «schließlich hat Henriette dich ohne einen Abschiedsbrief verlassen!»

«Michel!», rief Fiona. «Ist dir eigentlich klar, dass du uns noch gar nicht erklärt hast, weshalb Jean-Pierre von hinten mit einem Pickel ermordet wurde?»

Der Franzose schwieg und starrte ins Leere.

«Michel!», bat sie ihn flehentlich.

«Ihr wisst ja nicht ...», fing er an. «Ihr begreift ja nicht ...»

Ein paar Sekunden lang herrschte Schweigen. Iaan seufzte pathetisch auf.

«Also, im Vergleich zu euch Bergsteigern ist der Libanon ein Club voller Gentlemen.»

Michel und der Baron hielten den Blick gesenkt. Alter Groll ist wie Krebs: Wird er nicht entfernt, wächst er weiter, bis man daran stirbt.

«Das war eine wirklich interessante Geschichte», sagte Iaan, «aber vernünftigerweise sollten wir jetzt erst einmal an unser Überleben denken. Tenzing?»

«Götter der Berge sind noch wütend auf uns. Vielleicht für euch besser Allah oder Jehova. Bei diesem Wetter Wahnsinn, zum Basiscamp zurückzukehren.»

«Aber uns bleiben nur noch vierundzwanzig Stunden», murmelte Fiona.

«Schluss jetzt mit diesen Diskussionen!», entfuhr es von Reichlin. «Gebt mal das Funkgerät her. Ich werde es versuchen. Drüben am Sattel ist der Empfang besser.»

Hans wollte nach der Tasche von Tenzings Rucksack greifen, wo das Gerät aufbewahrt wurde. Doch Leblanc hielt ihn am Handgelenk fest.

«Halt!»

«Was willst du? Was mischst du dich da ein?» Und dann, zu den anderen gewandt: «Seht ihr, dass ich recht habe? Er will verhindern, dass wir uns in Sicherheit bringen!»

«Nein. Ich will verhindern, dass du weitere Lügen verbreitest!»

«Du spinnst ja! Ich ...»

Michel wandte sich an Fiona: «Wenn wir ihn allein lassen, werden wir nie sicher sein, ob er uns die Wahrheit sagt.»

«Weshalb sollte mir denn daran gelegen sein ...?», protestierte der Baron.

«Michel hat recht. Du hasst ihn viel zu sehr. Wenn es dir gelingt, eine Verbindung zum Basiscamp herzustellen, könntest du wer weiß, was behaupten, damit wir tun, was du willst ...»

Verblüfft starrte der Baron sie an. Leblanc hatte es wieder einmal geschafft. Mit seinem Charme wickelte er die Frauen ein und machte willenlose Geschöpfe aus ihnen. Verflucht …

«Gebt mir das Funkgerät», sagte Leblanc. «Ich gehe selbst.»

Unentschlossen sah Fiona ihn an. Dann gewann die Vernunft die Oberhand.

«Nein, Michel. Hans hat nicht ganz unrecht. Wir wissen nicht, ob wir dir trauen können, schließlich …» Sie hatte nicht die Kraft weiterzureden, auch wenn alle wussten, worauf sie anspielte: auf die Leiche, die wenige Meter von ihnen entfernt da draußen im Sturm lag.

«Ich dagegen vertraue dir, Fiona. Und dir auch, Iaan. Geht mit Hans zum Pass hinüber und probiert das Funkgerät dort aus. Dann sind wir alle beruhigt.»

«Und du, Michel?», fragte der Baron misstrauisch.

«Ich werde versuchen, einen Weg nach unten zu bahnen, für den Fall, dass das Funkgerät nicht funktioniert und wir zum Abstieg gezwungen sind. Vielleicht gelingt es mir, den Felsvorsprung weiter unten zu sichern, das ist die gefährlichste Stelle, und wahrscheinlich hat der Wind alles fortgerissen.»

«Und der Sherpa?»

«Bleibt hier bei Boroda. Anatoli könnte vielleicht seine Hilfe brauchen.»

Der Baron wog Leblancs Vorschlag ab, als wäre er ein Geschäftsmann, dem ein gefährlicher Konkurrent ein vorteilhaftes Angebot gemacht hat. War da ein Haken an dem Plan des Franzosen? Nein – die Gruppe blieb zusammen, während sich Michel allein aufmachte. Vielleicht würde er gar nicht mehr zurückkommen und wartete nur auf eine

Gelegenheit, um sich aus dem Staub zu machen. Sie wussten ja nun, was er im Schilde führte; es blieb ihm also nur die Flucht. Vermutlich wäre er schon verschwunden, bevor sie überhaupt am Basiscamp angelangt waren.

«Meinetwegen», brummte er schließlich.

Michel sah Fiona an, in Erwartung einer Antwort. Die Journalistin war sich nicht sicher. Gerne wäre sie bei Leblanc geblieben ... doch Hans hatte auch nicht ganz unrecht. Wenn man die Tatsachen aus einer rein rationalen Perspektive betrachtete und jedwede emotionale Verstrickung beiseite ließ, war es klüger, sich von Reichlin anzuvertrauen als Leblanc. Im Grunde war ja immer noch nicht geklärt, wieso da draußen ein Torso mit einer klaffenden Wunde im Rücken lag.

«Mir ist es auch recht», sagte Fiona.

«Mir auch», stimmte Iaan ein.

«Dann gehen wir», sagte der Baron und wollte aufbrechen, doch Michel hielt ihn zurück.

«Einen Augenblick. Hören wir, was Tenzing dazu sagt.»

Der Sherpa schüttelte schicksalsergeben den Kopf.

«Macht, was ihr wollt. Alles vergebens. Unser Leben ist wie Tautropfen auf Lotosblatt. Vielleicht erschüttern die Götter Blatt, vielleicht auch nicht.»

«Dann glaubst du also an die Götter der Berge.»

«Götter wohnen nicht auf Bergen. Sondern hier drinnen.» Er berührte seine Brust in Höhe des Herzens.

«Phantastisch», sagte Iaan. «Nach diesen aufmunternden Worten können wir dann ja wohl aufbrechen. *Tashi delek* euch allen!»

Die kleine Gruppe trennte sich. Hans ging voraus, Fiona und Iaan folgten ihm zum Pass. Von dort aus konnte man bei schönem Wetter das Basiscamp sogar mit bloßem Auge erkennen – auf dem gesamten Berg gab es keinen geeigneteren Ort für eine Funkverbindung. Auf der entgegengesetzten Seite durchpflügte Michel den Neuschnee in einem Tempo, dass niemand anders mitgehalten hätte. Innerhalb weniger Minuten war er aus dem Blickfeld verschwunden, nur die tiefe Spur, die er hinterlassen hatte, war noch sichtbar. Im Inneren des Zeltes lag Anatoli Boroda im Schlafsack und hatte die Augen geschlossen, sein tiefer Atem wurde nur ab und zu von einer kurzen Schluckbewegung unterbrochen. Der Sherpa Tenzing kniete, er hatte die Arme vor der Brust gekreuzt und berührte mit dem Kopf den Boden. Unablässig murmelte er Gebete. Der Gott der Rache war nahe, das wusste er, und er betete inständig, er möge ihn verschonen.

Eine dünne Blutspur lief über seinen Hals

«Hallo, Basiscamp? Hallo? Hört ihr mich?»

Schon seit zehn Minuten brüllte der Baron in das Mikrophon. Im Bemühen, den Sturm zu übertönen, war seine Stimme heiser geworden.

«Ich verstehe das nicht», sagte er zu Fiona, «das Funkgerät scheint zu funktionieren, die Batterien ebenfalls. Es ist, als ob ...» Plötzlich unterbrach er sich.

Obwohl sein Gesicht von der Kapuze und der Schneebrille halb verdeckt war, erriet Fiona seinen Gesichtsausdruck. Und dass ihm ein Gedanke durch den Kopf gegangen war.

«Was denkst du?»

«Das ist sehr merkwürdig. Das Funkgerät müsste eigentlich einwandfrei funktionieren ... aber es geht nicht. Vielleicht hat Michel es manipuliert?»

«Hör auf, Hans. Du bist wirklich besessen!»

«Überleg doch mal. Er hätte es jederzeit tun können. Denn das war ja das Wichtigste: jede Verbindung zwischen uns und dem Basiscamp zu verhindern, damit niemand von unserer Entdeckung erfährt.»

«Lächerlich!»

«Geh mal die Details in Ruhe durch: Michel ist der Einzige, der hier oben in einem derartigen Sturm überleben kann. Ja, ich weiß, was du sagen willst», kam er ihr zuvor. «Er ist zurückgekommen, um uns zu retten. Aber auch, um die Leiche seines Bruders zu holen, vergiss das nicht. Und jetzt ...»

«Und jetzt?»

«Jetzt ist es ihm gelungen, uns zu trennen. Wir drei hier, er weiß Gott, wo, und der Sherpa bei Anatoli ...»

Fiona versuchte ihre Gefühle unter Kontrolle zu halten, aber sie konnte nicht verhindern, dass sie von einer Welle der Angst erfasst wurde. Schließlich hatte Hans durchaus recht: Zum ersten Mal hatte sich die Gruppe geteilt – es war der geeignete Augenblick, Pläne in die Tat umzusetzen ...

«Los, kehren wir wieder um!», rief der Baron, als hätte er ihre Gedanken gelesen. «Sonst passiert womöglich noch etwas ...»

Der Baron wartete darauf, dass Fiona zustimmte. Nach kurzem Zögern nickte sie.

«Du hast recht, Hans. Es ist nicht klug, wenn wir uns tre...»

Sie brach mitten im Wort ab.

Auf einmal war eine Stimme zu hören.

Eine Stimme aus dem Funkgerät.

«Hall...sition ... Funkkon...inta...»

Die Stimme schwoll an und verebbte dann, durchbrochen von immer stärkerem Rauschen.

Der Baron drückte auf den Knopf und schrie wieder.

«Hallo ... Hallo! Hier von Reichlin, bei mir ist Fiona Simmons ... Wir sitzen auf siebentausend Metern fest, direkt am Pass ... wir brauchen Hilfe ... hört ihr mich?»

«...kay ...sition ...holen ...itte?»

«Wir sind am Sattel! Am Sattel, hört ihr? Wir sind zu sechst, und alle in Lebensgefahr. Hört ihr mich?»

«...tzt los ... lche Höhe habt ihr ge...»

«Siebentausend!», brüllte der Baron, so laut er konnte. «Am Sattel!»

«...sem Stur...rig euch ... fin...»

Es gab eine Art lautstarkes Knacksen, dann brummte das Funkgerät nur noch wie eine unter einem Glas gefangene Hummel.

Von Reichlin versuchte es erneut, immer wieder, schaffte es aber nicht, eine Verbindung herzustellen. Schließlich gab er erschöpft auf.

«Die Batterien werden leer, geben wir es auf.»

«Glaubst du, sie haben uns verstanden?»

«Hoffentlich. Es ist unsere letzte Chance. Kehren wir wieder um.»

«Umkehren?», fragte Iaan. «Wohin denn?»

Der Fotograf deutete auf den Boden. Im Umkreis von etlichen Metern hatten sie während ihrer Kommunikationsversuche den ganzen Schnee niedergetrampelt. Nun war nicht mehr zu erkennen, aus welcher Richtung sie gekommen waren. Im Sturm sahen sie kaum die Hand vor Augen.

«Vielleicht kamen wir von hier», sagte Iaan und machte einen zögerlichen Schritt.

«Halt!»

Der Baron folgte ihm und packte ihn am Anorak. Genau in dem Augenblick fegte ein Windstoß die Wolken beiseite, und Iaan sah direkt unter seinen Füßen einen Abhang gähnen.

«Hier rüber», sagte der Baron. Iaan brauchte ein paar Sekunden, um seine Nerven wieder unter Kontrolle zu bekommen.

Der Rückweg vollzog sich langsam, ständig hielten sie an und wechselten die Richtung. Der Baron ging an der Spitze, schien aber selbst nicht genau zu wissen, wohin. Er versuchte, sich mit Kompass und Höhenmesser zu behelfen. Fiona spürte, dass ihr Körper Energie verlor, wie ein Motor, der sich immer langsamer dreht und schließlich kalt wird. Um sich Mut zu machen, dachte sie an den heißen Tee, den sie trinken würde, sobald sie das Zelt wieder erreicht hatten. Hinter ihr ging Iaan, so schicksalsergeben wie der letzte Elefant in einer Kolonne, der mit dem Leittier durch ein Seil verbunden ist.

«Jetzt müssten wir es gleich geschafft haben», sagte der Baron zu Fiona. Noch während er das sagte, konnte sie die windschiefen Umrisse ihres Unterschlupfs erkennen.

«Da ist es ja!», rief sie und deutete mit dem Handschuh darauf.

Der Baron nickte und setzte sich wieder in Bewegung. Fiona machte drei Schritte, dann stolperte sie plötzlich.

Stolpern? Worüber denn? Was zum Teufel sollte denn da im Schnee liegen?

Sie beugte sich vor, nicht so sehr, weil es notwendig, sondern weil sie neugierig war.

Sie hielt den Atem an und richtete sich dann wieder auf.

Sie schrie.

Zu ihren Füßen lag Tenzing.

Eine dünne Blutspur lief über seinen Hals.

Er hatte die Augen geöffnet

«Tenzing? Was ist mit ihm passiert?»

Niemand antwortete. Fiona, Iaan und Hans kauerten im Inneren des Zeltes und starrten Leblanc an, der seinen Kopf zum Eingang hereinsteckte. Boroda lag hinten im Zelt, so wie sie ihn zurückgelassen hatten. Neben ihm lag reglos der Sherpa in seinem Schlafsack, mit blutüberströmtem Gesicht.

«Was ist passiert?», fragte er noch einmal.

Erneut erhielt er keine Antwort. Die anderen sahen ihn nur feindselig an.

Michel schlüpfte ins Zelt, näherte sich Fiona und streckte die Hand aus, um sie an der Schulter zu berühren.

«Rühr mich nicht an!», rief sie und wich zurück. «Rühr mich nicht an», wiederholte sie leiser.

Leblanc sah fragend zu Iaan hinüber.

«Was zum Teufel ist hier los?»

«Die Krankenstation wird bald wegen Überfüllung geschlossen. Und das finden wir allmählich ein wenig beunruhigend.»

Leblanc schnaubte entrüstet.

«Könnt ihr mir vielleicht mal erklären, was geschehen ist?»

«Wir haben deinen Freund hier draußen gefunden, mit gespaltenem Schädel.»

«Das sehe ich selbst, aber wie ist das …?»

Leblanc ließ den Satz unvollendet.

«Ihr glaubt, ich sei das gewesen, ja?»

Der Baron verzog herablassend das Gesicht.

«Wir sind nicht der Ansicht, dass viele andere Möglichkeiten infrage kämen. Fiona, Iaan und ich waren zusammen. Boroda ...» – er wies mit dem Kopf auf den Kasachen, ohne den Satz zu Ende zu bringen. «Du dagegen warst allein auf dem Berg, niemand hat dich kontrolliert. Du hättest also jeden Moment zurückkehren und den Sherpa aus dem Hinterhalt überwältigen können.»

«Warum hätte ich das tun sollen? Ten ...»

«Wir sind nicht blöd, Michel! Erst Anatoli, dann Tenzing. Und wer ist jetzt dran?»

«Ich überlasse euch gern den Vortritt», sagte Iaan. «Ich hab's nicht eilig.»

«Ihr drei ...», setzte Leblanc an.

«Wir waren die ganze Zeit zusammen und haben uns keinen Augenblick aus den Augen verloren. Übrigens hatten wir kurz Funkkontakt. Ich warne dich, Michel: Wahrscheinlich haben sie im Basiscamp unseren SOS-Ruf gehört. Vielleicht ist schon jemand unterwegs zu uns. Pass also auf, was du tust!»

«Ich hab nichts getan! Ich bin zweihundert Meter hinabgestiegen, bis zu dem Felsvorsprung. Wie befürchtet, hatte der Wind die Seile herausgerissen. Ich habe neue befestigt. Dann bin ich umgekehrt ...»

«Ich nehme mal an, dass du unterwegs leider niemandem begegnet bist, der dein Alibi bestätigen könnte», bemerkte Iaan zynisch.

Michel nahm die Kapuze ab. Fiona und die anderen hielten den Atem an: Auf der Schläfe des Franzosen war ein großer blauer Fleck zu sehen.

«Und was ist das?», fragte Fiona, während sie entsetzt auf den Bluterguss starrte.

«Ich habe beim Einschlagen eines Eishakens den Halt verloren und bin zwanzig Meter weit nach unten gerutscht. Dabei habe ich mir den Kopf angeschlagen.»

«Wie bitte …», rief Hans. «Das sollen wir dir glauben?»

«Also, wirklich, Michel», sagte Fiona. «Du glaubst doch wohl nicht, dass wir dir diese Geschichte abnehmen. Ten ist halb tot, und du hast einen blauen Fleck im Gesicht.»

«Dann geht doch nachsehen. Die Seile sind am Felsen angebracht. Und es sind meine.»

Von Reichlin schüttelte den Kopf.

«Niemand von uns kann das jetzt überprüfen. Und trennen werden wir uns mit Sicherheit auch nicht. Das könnte dir so passen, wie?»

«Ich …», sagte Michel und rieb sich die Schläfe.

«Sieh dich vor», drohte der Baron und schwenkte den Pickel. «Wir haben dich unter Kontrolle!»

«Ich bin ausgerutscht und habe mir den Kopf an einem Felsen angeschlagen», wiederholte Leblanc. Doch es klang nicht überzeugend. «Moment mal!», rief er nach einer Weile aus. «Vielleicht war es Boroda!»

«Na logisch. Er ist in seinen Rollstuhl geklettert, hat Tenzing verfolgt und ihn mit seiner Infusionsflasche bedroht», bemerkte Iaan.

Leblanc achtete nicht auf ihn.

«Er war der Einzige, dem daran gelegen war, Tenzing aus dem Weg zu schaffen.»

«Abgesehen von dir natürlich», wandte der Baron ein.

«Was willst du damit sagen?», wollte Fiona von Leblanc wissen. Von Reichlin sah sie verärgert an. Bitte, es war wieder so weit! Sie glaubte seine Ammenmärchen …

«Es ist doch ganz klar. Tenzing kannte Borodas Geheimnis.»

«Puh, das sind mir ein bisschen zu viele Geheimnisse auf einmal!», sagte Iaan.

«Es wurde ihm bewusst, als Toli erzählte, wie er mich am Berg gesehen hatte, an dem Tag, an dem das Unglück geschah», fuhr Leblanc fort. «Er sagte, er habe mich von einem anderen Berg aus gesehen, wie ich allein zum Gipfel aufstieg.»

«Na schön. Und dann?»

«Dieser Berg kann nur der Machapuchare sein. Ten hat das sofort erkannt.»

«Der Fish Tail?», fragte Iaan.

«Genau, der Fish Tail, wie ihn die Amerikaner nennen. Der heilige Berg. Es war die einzige Stelle, von der aus Anatoli mich hätte sehen können, weil ich ja diese ungewöhnliche Aufstiegsroute gewählt hatte.»

«Und was machte Anatoli am Fish Tail?», fragte Fiona.

«Niemand darf den Machapuchare besteigen. Die nepalesischen Behörden erteilen dafür keine Genehmigung. Es ist der Berg der Götter. Ich glaube, Anatoli ist an jenem Tag heimlich hinaufgestiegen. Hans, du weißt es ja: Theoretisch müssten die nepalesischen Offiziere den Expeditionen folgen, um zu überprüfen, ob sie sich an die angekündigte Route halten. In Wirklichkeit haben die Militärs aber überhaupt keine Lust dazu und bleiben lieber im Tal und kümmern sich um ihr leibliches Wohl. Anatoli hätte sich bequem allein auf den Weg machen können, um sich schon mal nach einer geeigneten Aufstiegsmöglichkeit umzuschauen.»

«Aber wieso? Wen interessiert denn schon der Machapuchare?»

«Es ist der einzige noch unberührte Gipfel des Himalaya. Der letzte! Die Zeit der großen Gipfelstürme ist vorbei, aber es gibt noch diesen einen Siebentausender, auf den noch nie ein Mensch einen Fuß gesetzt hat. Der verbotene Berg … Viele große Bergsteiger haben um die Erlaubnis gebeten, ihn besteigen zu dürfen, doch keiner hat sie bekommen. Ich glaube, es gibt jede Menge reicher Amerikaner, die jede Summe dafür bezahlen würden, um mit einer derartigen Trophäe nach Hause zurückkehren zu können. Leute, die stolz darauf sind, ein Foto von sich selbst auf dem Gipfel herumzuzeigen, während sie eine Grillparty für ihre Freunde schmeißen: ‹Seht ihr das? Ich habe den letzten Berg der Erde bezwungen …›»

«Und was hat Tenzing damit zu tun?», fragte Fiona.

«Als Anatoli erzählte, er hätte mich gesehen, begriff Tenzing sofort, was los war. Er muss entsetzt gewesen sein. Den Machapuchare besteigen, den heiligen Berg! Für ihn war es ein Sakrileg. Zugleich dürfte Anatoli aber geahnt haben, dass Tenzing die Sache durchschaut hatte. In seiner Wut plauderte Boroda aus, mich gesehen zu haben. Doch er begriff sofort, dass er einen Fehler gemacht hatte. Jetzt lag seine Zukunft in Tenzings Händen …»

«Wieso seine Zukunft?»

«Sobald er wieder zurück im Tal gewesen wäre, hätte Tenzing alles den nepalesischen Behörden berichtet. Das hätte sicherlich das Aus für Anatolis Karriere als Bergführer bedeutet. Für ein derartiges Vergehen kann man sogar mit Freiheitsentzug bestraft werden. Toli wäre in einem nepalesischen Gefängnis gelandet, was bestimmt nicht sehr angenehm gewesen wäre …»

Im Zelt wurde es still. Drei Gehirne brüteten über Leblancs Enthüllungen und prüften sie auf ihre Wahrscheinlichkeit.

«Du erfindest da einen Haufen Lügen, Michel. Das sind

alles nur hanebüchene Vermutungen. Sieh ihn dir doch an!», rief der Baron und deutete auf Boroda. «Glaubst du, er wäre in seinem derzeitigen Zustand fähig, einen Menschen umzubringen?»

Von Reichlin trat auf Anatoli zu und studierte sein Gesicht. Die Gesichtsmuskeln waren entspannt und ausdruckslos wie bei einem Komapatienten. Sein Atem ging regelmäßig.

«Schau», sagte der Baron und versetzte dem Kasachen eine schallende Ohrfeige. Boroda reagierte nicht – nur die Haut färbte sich rot, wo er getroffen worden war.

«Er spürt nichts mehr», sagte der Baron. «Es ist aus mit ihm.»

«Er hat recht», sagte auch Fiona. «Michel, deine These ist nicht haltbar. Boroda kann nicht aufgestanden sein, während du …»

«Wartet mal», schaltete Iaan sich ein. «Erinnert ihr euch an den ersten Tag, als Hans und Anatoli hier ankamen?»

«Wie könnte ich den je vergessen!», erwiderte Fiona.

«Toli hatte einen Riesenhunger und wollte sofort etwas essen. Er nahm ein Glas Gurken und schlug es mit dem Kopf auf. Einfach so.» Der Fotograf imitierte Borodas Geste. «Vielleicht hält der Kopf dieses Menschen einfach mehr aus, als wir uns vorstellen können. Vielleicht hat er nur so getan, als würde er in Ohnmacht fallen, nachdem er mit dem Nacken auf der Sauerstoffflasche aufgeschlagen war. Vielleicht hat er sich auch wieder erholt, wollte aber die Komödie weiterspielen, bis der richtige Augenblick gekommen war …»

Sie drehten sich zu dem Kasachen um, als bekämen sie auf der Stelle einen Anhaltspunkt für seinen wahren Gesundheitszustand. Der Baron schüttelte den Kopf.

«Ihr Journalisten habt viel zu viel Phantasie. Vergessen

wir nicht, dass wir nur einen einzigen konkreten Hinweis haben. Da draußen liegt die Leiche eines Menschen, der hinterrücks erstochen wurde.»

«Das stimmt. Ich …»

Fiona wurde von einem Stöhnen unterbrochen.

Tenzing, der hinter ihnen lag, hatte die Augen geöffnet.

Er ist tot

Der Sherpa ließ den glasigen Blick durch den Raum wandern. Fiona kniete sich neben ihn.

«Ten …»

Sie hob seinen Kopf an und streichelte ihn im Nacken. Der Sherpa schaute sie angestrengt an, erkannte sie aber nicht.

«Rasch! Wir brauchen Tee», sagte sie.

«Ich mach das mal», meinte Iaan.

Auch Hans und Michel kamen hinzu, jeder zu einer Seite des Sherpas. Fiona wischte ihm das Blut mit einem mit Spucke angefeuchteten Taschentuch ab. Tenzing ließ seinen Blick von rechts nach links wandern. Als er Leblanc sah, hellte sich sein Gesicht auf.

«Nga go nenok», flüsterte er.

«Was?», fragte Leblanc und kam so nahe, dass sich ihre Gesichter fast berührten.

«Nga go nenok», wiederholte Tenzing mühsam.

«Nangda makhi, khag min», erwiderte Leblanc.

Das Gesicht des Sherpas nahm einen furchtsamen Ausdruck an, als hätte nun doch einer seiner Götter Gestalt angenommen.

«Cila ngala gyao? Nga kyore dalza yin, kyola tse nata», sagte der Sherpa aufgeregt.

«Ngala dukpa terup?», hakte Michel nach.

Unter großer Anstrengung schüttelte der Sherpa den Kopf. Seine Augen waren vor Schreck geweitet.

«Ngala dukpa terup?», wiederholte Leblanc.

Mühsam schüttelte Tenzing erneut den Kopf und schloss erschöpft die Augen. Doch Leblanc ließ ihm keine Ruhe, er wirkte aufgeregt.

«Tamrye lapsing khyore fermi tang fesa mi mothongdo.»

Der Baron hatte ihren Wortwechsel mit wachsender Beunruhigung verfolgt, als sähe er eine Katastrophe voraus, wüsste aber nicht, wie er sie stoppen solle.

«Schluss jetzt! Hör auf!», mischte er sich ein.

«Was ist los, Hans?», fragte Fiona.

«Die Sprache der Sherpas beherrsche ich nicht, und ihr auch nicht. Wir wissen also nicht, was hier geredet wird.»

«Nun, Michel wird es uns schon sagen. Stimmt's, Michel?»

«Und woher wissen wir, dass er uns die Wahrheit sagt?», fuhr der Baron fort, bevor Michel etwas sagen konnte. «Hast du das Gesicht des Sherpas gesehen? Vielleicht hat er ihn eingeschüchtert! Verstehst du nicht? Wir sind ihm erneut ausgeliefert!»

«Hör schon auf, Hans», sagte Leblanc. «Ten hat lediglich erzählt, er sei rausgegangen, um eine der Leinen festzuzurren. Jemand hat ihn von hinten angegriffen, aber er konnte nicht sehen, wer es war.»

«Siehst du, was ich meine, Fiona?», rief der Baron aufgeregt. «Niemand weiß, wer es war! Wir sind wieder da, wo wir schon mal waren. Wir müssen seinen Worten Glauben schenken!»

Von Reichlin packte den Sherpa beim Kragen und schüttelte ihn.

«Los, wach auf! Sprich Englisch!»

Tenzings Kopf baumelte hin und her, doch seine Augen blieben geschlossen.

«Hör auf, Hans!», befahl Fiona. «Siehst du nicht, dass er nicht in der Lage ist zu antworten?»

«Nur er kann uns die Wahrheit sagen! Er allein!»

«Vielleicht sollten wir ihm erst mal ein bisschen Tee einflößen», sagte Iaan und brachte eine dampfende Tasse.

Fiona flößte dem Sherpa die Flüssigkeit ein, wie sie es auch schon bei Boroda getan hatte. Die Züge des Sherpas entspannten sich. Tenzing schlief tief und fest. Der Baron hingegen konnte seine innere Erregung einfach nicht beherrschen. Mit fiebrig glänzenden Augen redete er weiter.

«Hier drin ist niemand mehr sicher. Zuerst Anatoli, dann der Sherpa. Wir müssen weg hier, weg hier ... Jetzt gleich!»

Unvermittelt ging er auf den Zelteingang zu und zog den Reißverschluss auf.

«Ich werde nicht hierbleiben und darauf warten, dass Michel mich kaltmacht! Lieber will ich ...»

Er unterbrach sich, als er sich plötzlich von hinten bedroht fühlte.

Furchtsam drehte er sich um.

Boroda ragte über ihm auf. Mit irrem Blick, zerzaustem Haar, Schaum in den Mundwinkeln und schweißnasser Stirn.

Während sie diskutierten, war Boroda lautlos aus dem Schlafsack geschlüpft. Der massige Körper des Kasachen füllte das Zelt wie eine dunkle Bedrohung.

«Toli», murmelte der Baron.

«Da sind sie! Sie kommen», raunte Boroda, den Blick ins Leere gerichtet.

Dann griff er nach einem Pickel und ging auf den Baron los. Dieser konnte gerade noch ausweichen, indem er sich auf den Boden warf. Er drehte sich sofort wieder um, um sich zu verteidigen, doch dann begriff er, was Boroda umtrieb. Der Kasache hatte es nicht auf ihn abgesehen, sondern wollte zum Zelt hinaus. Anatoli schlüpfte aus dem Zelt und tappte hinaus in den Sturm, den Pickel wie ein Schwert über dem Kopf schwingend.

Alle vier folgten ihm und wurden Zeuge einer entsetzlichen Szene. Sobald er draußen war, riss Boroda sich die Kleider vom Leib.

«Heiß ... Mir ist heiß!», rief er immer wieder, während der eisige Wind des Himalaya bei minus dreißig Grad auf seinen Körper einpeitschte.

«Heiß!», rief er, während er auch das letzte Kleidungsstück herunterriss, bis er nackt im Eissturm stand. Dann begann er zu laufen, er hielt den Pickel in der Hand und drosch mit gewaltigen Hieben auf die Luft ein.

«Ihr verfluchten Kerle!», brüllte er. «Das freut euch, was? Endlich habt ihr's geschafft!»

Seine nackten Füße versanken immer tiefer im Schnee.

Ein Schritt.

Zwei Schritte.

Drei Schritte.

Vier Schritte.

Fünf Schritte.

Beim sechsten verlor Boroda das Gleichgewicht und fiel mit dem Gesicht voran in den Schnee, wie ein umgestürzter Christus am Kreuz. Er bewegte sich nicht mehr.

Die vier standen wie angewurzelt da. Dann kamen sie vorsichtig näher.

Michel kniete neben Boroda nieder und fühlte ihm den Puls an Hals und Händen.

Dann drehte er sich um und blickte zu den anderen auf.

«Er ist tot.»

Du kannst nur hassen, wen du wirklich geliebt hast

Erschüttert starrten Michel, Fiona, Iaan und Hans auf die Leiche des Kasachen.

«Ich begreif das nicht», sagte Fiona. «Auf wen hatte er es denn abgesehen?»

Der Baron zuckte mit den Achseln.

«Auf die Zwerge wahrscheinlich. Er war ja besessen davon. Wahrscheinlich hat er gedacht, sie hätten ihn nun doch eingeholt.»

Michel machte ein paar Schritte auf das Zelt zu.

«Wir müssen ihn hierlassen.»

«Wie bitte?», fragte Fiona ungläubig.

«Wir werden ihn nicht tragen können. Er ist zu schwer.»

Verwirrt sah Fiona die Leiche an. Ihr wurde bewusst, dass es ihr nicht leichtfiel, ihre guten Manieren über Bord zu werfen. So wie man keine Schuhe auf den Tisch stellt, lässt man auch keine Leichen herumliegen.

«Leblanc hat recht», sagte Hans. «Lassen wir ihn hier.»

Der Baron wankte erschöpft aufs Zelt zu. Michel folgte hinterdrein.

«An dieser Stelle würde in einem Film jemand ein Gebet sprechen», stellte Iaan fest. «Aber ich weiß keines.»

Schließlich kehrte auch Fiona mit langsamen Schritten zum Zelt zurück.

Jetzt ist es hier drin viel bequemer, war ihr erster Gedanke beim Eintreten, und dafür verfluchte sie sich sogleich. Boroda war tot, und das hieß für alle mehr Essen, mehr Gas, mehr Raum, mehr Wasser. So war sie nicht erzogen worden, aber es war die Wahrheit.

«Was glaubst du, was mit ihm passiert ist, Michel?», fragte Fiona.

«Ich glaube, er ist an einem Lungenödem gestorben. Der Mangel an Sauerstoff kann auch für jemanden, der an große Höhen gewöhnt ist, tödlich sein.»

«Ich begreife das nicht ... Weshalb hat er sich ausgezogen?», fragte Fiona wieder. «Ist er verrückt geworden?»

Leblanc schüttelte den Kopf.

«Ich kann dir keine medizinische Erklärung geben, aber ich habe so was öfter miterlebt. In dieser extremen Höhe haben etliche Kranke kurz vor dem Tod das Gefühl unerträglicher Hitze. Sie reißen sich die Daunenjacke vom Leib, die Hose, Handschuhe ... Manche sind splitternackt und klagen trotzdem über die Hitze. Einige rollen sich im Schnee ... ich glaube, eine chemische Reaktion ...»

Eine düstere, angsterfüllte Stimmung schwebte im Raum. Fiona hasste es, untätig herumzusitzen und nichts für andere tun zu können. Sie ging zu Tenzing, um nachzusehen, wie es ihm ging. Dabei fiel ihr Blick auf Borodas Schlafsack, der an der Seite geöffnet war. Sie kniete nieder und steckte die Hand hinein.

«Seht mal!», sagte sie zu den anderen.

«Was ist das?», fragte Michel.

Fiona zeigte, was sie gefunden hatte: Glasfläschchen, Plastikdosen, Pappschachteln.

«Medikamente», sagte Fiona.

Der Baron nahm eine der Packungen und las die Angaben darauf. Dann inspizierte er auch die anderen.

«Aufputschmittel, Schmerzmittel, Betäubungsmittel ... Von allem etwas.»

«Jetzt weiß ich, wer sie weggenommen hat: Anatoli selbst.»

«Wie meinst du das – weggenommen?», fragte der Baron.

Nun musste Fiona die Wahrheit bekennen. Doch es war ohnehin egal.

«Ich hatte heimlich in seinem Rucksack gekramt und die Medikamente darin entdeckt. Als Anatoli sich verletzt hatte, dachte ich, sie könnten ihm vielleicht helfen. Daher bat ich euch, in seinem Gepäck nachzusehen. Doch sie waren verschwunden.»

Sie schwieg einen Augenblick, dann redete sie weiter.

«Ich dachte, Michel hätte sie entwendet, als er das Seil durchtrennte, mit dem wir ihn gefesselt hatten», sagte sie mit gesenktem Blick. Gegen ihren Willen war sie rot geworden.

«Dabei hatte Boroda sie rausgenommen», warf Michel ein.

«Wahrscheinlich ist er in der Nacht aufgewacht und dachte, die Medikamente könnten ihm helfen. Während wir alle schliefen, öffnete er den Rucksack und versteckte die Medikamente in seinem Schlafsack. Die Aufputschmittel haben ihm wahrscheinlich wieder auf die Beine geholfen.»

«Deshalb haben wir ihn auch nach der Lawine sofort gefunden», bemerkte Michel. «Anatoli war vermutlich wach und machte Schwimmbewegungen im Schnee, um an der Oberfläche zu bleiben. Die Medikamente haben ihn wach gerüttelt, wenn auch nur vorübergehend, auf lange Sicht seinen Zustand wahrscheinlich verschlimmert.»

«So muss es gewesen sein. Anatoli tat, als wäre er ohnmächtig geworden. Indem er uns vorspiegelte, er liege im

Koma, konnte er bei passender Gelegenheit unbehelligt Tenzing angreifen.»

«Moment mal», schaltete sich der Baron ein. «Das sind nur Vermutungen. *Jemand anders*», sagte er mit Nachdruck, «*jemand anders* könnte die Medikamente herausgenommen und sie in Borodas Schlafsack gesteckt haben, um den Verdacht auf ihn zu lenken.»

«Ihr braucht mich gar nicht so anzuschauen», sagte Iaan, «Drogen kauf ich nur beim Dealer meines Vertrauens.»

Fiona schüttelte den Kopf, als bewirkte diese Geste, dass die irreführenden Gedanken zu Boden fielen und nur die richtigen zurückblieben.

«Ich weiß nicht … Es ist alles so kompliziert.»

Sie wurde immer kraftloser. Auch das Gehirn arbeitete nur noch träge. Es war immer schwieriger, den Blick auf die Wirklichkeit zu konzentrieren – so wie man eine Winterlandschaft von einem Fenster aus betrachtet, während der Atem die Scheibe beschlägt.

Fiona drehte sich zu Tenzing um. Der Sherpa hatte die Augen halb geöffnet und blickte aufmerksam drein.

«Ten … Wie geht es dir!?»

«Besser …», antwortete der Sherpa auf Englisch. «Was ist passiert?»

«Anatoli … ist tot. Michel sagt, er sei an einem Ödem gestorben.» Selbst die Konstruktion des Satzes verriet ihre Zweifel daran. «Wer hat dich angegriffen? Hast du ihn gesehen?»

Tenzing schüttelte den Kopf. Dann schloss er die Lider. Ganz leise flüsterte er etwas. Er versuchte erfolglos, einen Arm zu heben.

«Michel …», rief er. Leblanc kam näher.

«Die Fahnen …», raunte Tenzing.

«Die Fahnen ... sofort.»

«In meinem Rucksack.»

Michel durchsuchte Tenzings Gepäck. Schließlich zog er bunte dreieckige Tücher heraus.

«Ich hänge sie sofort auf», sagte Michel zu Tenzing.

«Geh ... Die Götter warten.»

Leblanc ging hinaus, gefolgt von Fiona.

Der Franzose stemmte sich gegen den Wind und knüpfte die Fähnchen an eines der Seile, mit denen das Zelt festgezurrt war. Die Böen peitschten sie mit aller Macht und ließen sie wie Fische am Angelhaken hin und her zappeln.

«Was ist das?», fragte Fiona.

«Das sind Gebetsfahnen. Die Sherpas hängen sie auf, wenn jemand gestorben ist. Auf diese Weise bitten sie die Götter um Mitleid mit dem Verstorbenen.»

Fiona war sprachlos.

«Tenzing will für Anatoli beten? Ausgerechnet für ihn, obwohl er ihn angegriffen hat?!»

«Weißt du, was Jean-Pierre einmal zu mir gesagt hat?», unterbrach Michel sie. «Du kannst nur hassen, wen du wirklich geliebt hast.»

Er war tatsächlich bereit, jemanden umzubringen

«Kommt dir gerade recht, dass Anatoli gestorben ist, was, Michel?», sagte der Baron und sah Leblanc herausfordernd an. «Da hast du ja den perfekten Sündenbock gefunden!»

«Hans!», sagte Fiona vorwurfsvoll. «Ich finde, es ist eindeutig, wer Tenzing verletzt hat.» Doch so überzeugt war sie gar nicht. Sie wechselte das Thema.

«Und was machen wir nun?»

«Wir müssen auf Hilfe warten», antwortete Michel. «Tenzing kann nicht gehen. Außerdem haben wir durch die Lawine ziemlich viel Material eingebüßt. Uns fehlen ein paar Steigeisen, und wir haben nicht genügend Seil, um alle zu sichern. Es wäre zu riskant, unter diesen Umständen den Abstieg zu wagen. Möchtest du noch Tee?»

Fiona schüttelte den Kopf.

«Wie lange sie wohl brauchen?»

«Vom Basiscamp aus? Vielleicht einen Tag. Vielleicht auch mehr. Es hängt vom Wetter ab. Wenn sie euch überhaupt gehört haben.»

«Ich warte höchstens bis morgen», verkündete der Baron. «Michel will uns nur hier festhalten, um uns einen nach dem anderen umzubringen.»

«Willst du gehen? Nur zu!»

Doch von Reichlin machte keine Anstalten.

«Wir werden die Wahrheit niemals erfahren», stellte der Baron düster fest. «Alle haben ein Motiv, weshalb sie nicht die Wahrheit sagen wollen.»

«Menschen können ja vielleicht lügen», meldete sich Iaan zu Wort. «Aber Bilder nicht.»

Er zog unter dem Pullover einen metallischen Gegenstand hervor.

Einen Fotoapparat.

«Woher hast du den?», fragte Leblanc aufgebracht.

«Eine prächtige Minox. Klein und handlich, bestens fürs Gebirge geeignet.»

«Wo hast du sie gefunden?», brüllte Leblanc.

«Neben der Leiche deines Bruders. Während ihr damit beschäftigt wart, den Toten zu bergen, sah ich sie im Schnee liegen.»

Fasziniert betrachteten alle vier den Apparat.

«Das wird wohl der sein, den du vor zehn Jahren verloren hast. Oder nicht?»

Leblanc starrte den Fotografen hasserfüllt an.

«Gib her. Du hast kein Recht, ihn zu behalten.»

«Aber ich habe ihn gefunden. Wäre ich nicht gewesen, läge er jetzt noch metertief unterm Schnee begraben.»

«Gib her!» Leblancs Gesicht hatte einen wilden Ausdruck. Ein Mörder, der bereit war zu töten.

«In diesen sechs Tagen haben wir so viele Geschichten gehört, jedes Mal eine andere. Du, dein Bruder, Hans, Anatoli, Tenzing, der Berg, der Machapuchare … wer weiß, wo die Wahrheit wirklich liegt.»

«Gib her! Ich sag's nicht noch mal!»

«Weißt du, was ich als Fotograf gelernt habe? Nur Bilder lügen nicht.»

Leblanc sah ihn finster an.

«Vielleicht ist hier drin die Lösung für alles.»

«Gib her!!»

Leblanc sprang den Fotografen an, der den Apparat mit

dem eigenen Körper zu schützen versuchte. Fiona eilte ihm zu Hilfe. Nach kurzem Zögern griff auch der Baron ein – er packte den Franzosen beim Arm und versuchte, diesen herumzudrehen. Doch die Wut hatte Leblancs Kräfte verzehnfacht. Mit wenigen Bewegungen schüttelte er die Journalistin und den Baron ab. Er gab Iaan einen Stoß und entriss ihm den Fotoapparat.

Leblanc verzog sich in eine Ecke, wie ein Tier in Angriffshaltung. Er versteckte den Apparat unter seinem Pullover, als wäre er ein kostbares Juwel. Dann zog er sein Messer aus der Tasche und ließ die Klinge aufblitzen.

«Wagt ja nicht, näher zu kommen. Ich warne euch: Ich töte jeden, der versucht, mir den Apparat wegzunehmen. Er gehört mir. Mir allein!»

Fiona beobachtete ihn. Sie war aufgewühlt, nicht so sehr wegen Leblancs Drohung als vielmehr wegen seines Verhaltens.

«Michel …», rief sie ihn.

«Komm nicht näher, Fiona. Das gilt auch für dich. Keiner von euch darf sich in Dinge einmischen, die nur Jean-Pierre und mich etwas angehen!»

«Seht ihr?», rief der Baron in einer Mischung aus Besorgnis und Genugtuung. «Seht ihr? Ich hatte Recht!»

«Michel …», beschwor sie ihn erneut, «Michel …»

«Bleib mir vom Leib! Komm ja nicht näher!» Er stieß das Messer in ihre Richtung.

Erschüttert wich Fiona zurück. Kein Zweifel: Leblanc war tatsächlich bereit, jemanden umzubringen.

Ich werde euch alles erzählen

Eine gefährliche Pattsituation war entstanden. Draußen wütete der Sturm. Drinnen im Zelt wurden sie von Leblanc bedroht. Sie konnten nichts tun, außer darauf zu hoffen, dass Michel seine Nerven wieder unter Kontrolle bekam. Fiona und der Baron waren wie gelähmt. Tenzing lag äußerst geschwächt am Boden. Zur großen Überraschung aller erhob Iaan sich plötzlich.

«Spielt ihr ruhig weiter Jack the Ripper. Ich dreh mal 'ne kleine Runde.»

Leblanc und die anderen waren verblüfft, als Iaan Anorak und Stiefel anzog. Er machte den Eindruck eines Ausflüglers, der zu einer kleinen Tour aufbrechen will.

«Bis später!», sagte er und schlüpfte hinaus.

«Er ist völlig verrückt!», sagte der Baron fassungslos. Sollte der Norweger ihm doch auch gestohlen bleiben! Sie waren jetzt sowieso in Leblancs Gewalt. Er würde sie alle umbringen, einen nach dem anderen. Vielleicht hatte der Fotograf ja recht: Auf eigene Faust zu fliehen war gar keine so dumme Idee.

«Ich begreife das nicht», murmelte Fiona. «Was ist bloß in ihn gefahren?»

Mit der einen Hand umklammerte Leblanc den Fotoapparat unter seinem Pullover, in der anderen hielt er das Messer. Dass Iaan plötzlich hinausgegangen war, verwirrte ihn. Was wollte er da draußen? Irgendetwas war ihm hier entgangen.

«Verdammt!», entfuhr es ihm.

Er zog den Fotoapparat unter dem Pullover hervor und sah ihn sich genau an. Natürlich! Wie hatte er das übersehen können …

Leblanc warf den Apparat in eine Ecke und stürzte aus dem Zelt.

«Michel … Was ist los?», fragte Fiona.

Doch Leblanc antwortete nicht. Einen Augenblick später war er schon verschwunden.

«Was soll denn das?», fragte Fiona, zum Baron gewandt.

«Ich versteh das nicht … Vielleicht sollten wir ihm lieber folgen …»

Die Neugier hatte seine Furcht besiegt. Was war in dem Fotoapparat, dass Leblanc dadurch so außer Fassung geriet? Vielleicht käme nach zehn Jahren endlich die Wahrheit ans Tageslicht …

Fiona und Hans machten sich fertig und gingen ebenfalls hinaus. Michel war verschwunden. Iaans Fußstapfen, in denen nach ihm auch Michel gegangen war, waren leicht zu finden. Sie folgten ihnen mit großer Aufmerksamkeit, um sich im Sturm nicht zu verlaufen. Die Schritte führten zum Sattel, von wo aus man das Basiscamp erreichte. Nach wenigen Minuten deutete der Baron nach vorn.

«Da sind sie.»

Fiona blickte auf und sah im Schneegestöber zwei Gestalten nebeneinander. Sie wollte darauf zugehen, doch von Reichlin hielt sie am Ärmel.

«Vorsicht!»

Genervt machte Fiona sich los und ging auf Michel und Iaan zu. Je näher sie kam, desto deutlicher zeichnete sich die Szene ab, als würde ein Dia scharf gestellt werden.

Da waren sie.

Michel hielt das Messer in der Hand und bedrohte Iaan mit der Klinge.

Iaan hatte den rechten Arm ausgestreckt. Er hielt etwas in der Hand.

Fiona machte einen Schritt auf sie zu.

Unter Iaans Hand tat sich ein dunkler, etwa einen Meter breiter Riss im Schnee auf.

Eine Gletscherspalte.

Fiona machte einen weiteren Schritt.

Als Iaan die Finger ein wenig spreizte, begriff sie.

«Endlich», schrie Svarbard gegen den Wind an, «allmählich wurde es mir ein bisschen langweilig!»

Auch der Baron kam näher, hielt sich aber vorsichtig hinter Fiona.

«Was ist los?», fragte er dicht hinter ihr. Bei der Berührung seines Körpers zuckte sie zusammen.

«Das ist der Film aus Jean-Pierres Kamera!», brüllte Iaan. «Ich habe ihn herausgenommen, bevor ich Michel die Minox gezeigt habe. Ich wollte sehen, wie er reagieren würde!»

«Du Wahnsinniger!», schrie der Baron. «Er wird dich umbringen!»

«Bist du sicher? Ich glaube nicht.»

Leblanc zitterte. Er war nur noch einen Meter von Svarbard entfernt. Er hätte ihn jederzeit mit Leichtigkeit angreifen können, doch er rührte sich nicht.

«Und nun wird unser Freund Leblanc die Güte haben, uns zu erzählen, wie sich die Sache wirklich zugetragen hat. Oder aber …»

«Oder aber?», fragte der Baron.

«… oder aber ich lasse diesen Filmträger hier in die Gletscherspalte fallen. Und dann adieu, Jean-Pierre!»

Von Reichlin konnte sich nicht länger beherrschen.

«Du Idiot! Begreifst du denn nicht? Genau das will er doch erreichen – die Beweise für sein Verbrechen verschwinden lassen!»

Iaan schüttelte den Kopf.

«Glaubst du? Ich nicht. Seht mal.»

Er spreizte die Finger noch ein wenig mehr. Der Film drohte in den dunklen Riss im Eis zu fallen.

«Nein!», rief Michel. «Tu's nicht!!»

«Habt ihr nichts gemerkt? Als Michel mir den Fotoapparat abnahm, hielt er ihn so eng an sich gepresst, als sei es die kostbarste Sache der Welt. Hätte er gefährliche Beweise vernichten wollen, hätte er den Film sofort zerstört. Nein – Michel ist an diesen Fotos mehr gelegen als uns.»

Leblanc schwieg. Vor Furcht, das Magazin könnte in die Spalte fallen, ließ er es nicht aus den Augen.

«Und jetzt wird er uns alles erzählen, von Anfang an. Stimmt's, Michel?»

Der Fotograf nahm den Film so in die Hand, dass er ihn nur noch mit zwei spitzen Fingern hielt, wie ein Zauberer ein Tuch, wenn er dem Publikum demonstrieren will, dass kein Trick im Spiel ist.

«Nein!!», schrie Leblanc. Er warf das Messer weg und sagte dann:

«Gut. Ich werde euch alles erzählen.»

Als wäre er froh zu sterben

«Es begann so, wie ich euch erzählt habe», sagte Michel.

Sie waren ins Zelt zurückgegangen. Leblanc hatte sich offenbar beruhigt und wirkte jetzt ganz gefasst. Nach zehn Jahren würde er nun zum ersten Mal der Wahrheit ins Auge sehen. Er hatte sich vor diesem Moment gefürchtet, ihn aber auch herbeigesehnt. Es war an der Zeit, für seine Sünden um Vergebung zu bitten.

Michel sprach langsam. Vorsichtshalber saß Iaan in der Nähe des Ausgangs, damit er den Filmträger, an dem Michel so viel gelegen war, zur Not hinauswerfen konnte.

«Was bekommen wir jetzt zu hören? Die aktualisierte Fassung deines Geständnisses?», fragte der Baron mit schneidender Stimme.

«Die Geschichte, die ich euch erzählt habe, diente lediglich dazu, euch abzulenken», gab Michel zu. «Ich hatte die Leiche gefunden, hätte es aber nicht geschafft, sie zu bestatten, bevor ihr hinzukamt. Ich musste Zeit gewinnen.»

Seine Gesichtszüge verhärteten sich wieder. Er fuhr fort:

«Doch jetzt werdet ihr die Wahrheit hören.»

In jener Nacht war er tatsächlich kurz vor zwei aufgewacht. Im Grunde hatte er nicht richtig geschlafen, sondern nur im Halbschlaf gelegen. Als er die Filme in Hans' Rucksack gesehen hatte, war ihm klar geworden, dass die Österreicher etwas im Schilde führten, und nun rechnete er mit allem. Gegen zwei Uhr hatte ihn eine böse Ahnung erfasst. Mit bang klopfendem Herzen war er zu Jean-Pierre hinübergegangen. Doch dessen Schlafsack war leer! Jean-Pierre hatte demnach ebenfalls bemerkt, dass die Österreicher sie auszutricksen versuchten. Warum hatte er ihm nichts gesagt? Warum hatte er ihn nicht geweckt?

«Seit zehn Jahren stelle ich mir diese Frage», sagte Michel melancholisch. «Und noch immer habe ich keine Antwort darauf gefunden.»

Jedenfalls wollte Michel seinen Bruder nicht allein losziehen lassen. In den Tagen zuvor hatte Jean-Pierre sich nicht wohl gefühlt. Michel vermutete, die extreme Höhenlage schwächte allmählich seinen Gesundheitszustand. In aller Eile hatte er das Nötigste zusammengepackt und sich auf den Weg gemacht. Er folgte den Spuren seines Bruders und war überzeugt, ihn rasch einholen zu können. Dann hatte er bemerkt, dass hinter ihm eine Stirnlampe zu sehen war, und hatte beschlossen zu warten. Nach etwa einer Stunde hatte Hans von Reichlin zu ihm aufgeschlossen.

«Mir war sofort klar, dass er nicht unseretwegen beunruhigt war, sondern weil wir den Gipfel vor ihm und seinen Kumpanen erreicht hätten.»

«Das stimmt nicht!», protestierte der Baron schwach. «Das ist nicht wahr.»

Jedenfalls hatte Michel von Reichlin abgehängt. Sollten sie doch zum Teufel gehen, die verdammten Österreicher! Das Einzige, was jetzt zählte, war, Jean-Pierre zu finden. Wenn er wirklich den Gipfel erstürmen wollte, würde er ihm dabei helfen.

Nach etwa anderthalb Stunden, als das Sonnenlicht auf den höchsten Gipfeln des Himalaya zu schimmern begann, hatte er Jean-Pierre eingeholt. Das Sonnenlicht, das Wärme und Leben schenkte … Unten bei ihnen waren dagegen die

Muskeln und das Gehirn noch von der schrecklichen nächtlichen Kälte gelähmt …

Schon von Weitem hatte Jean-Pierre das Licht seiner Stirnlampe entdeckt, und nun wartete er, reglos im Schnee sitzend, auf ihn. Bei ihm angekommen, hatte Michel den Rucksack mit einem Seufzer der Erleichterung beiseite geworfen und sich neben Jean-Pierre fallen lassen. In solcher Höhe war selbst ein Gewicht von zehn Kilo eine ungeheuere Belastung. Nachdem er wieder zu Atem gekommen war, nahm Michel die Minox und schoss zwei oder drei Fotos von seinem Bruder.

«Was ist denn in dich gefahren?», fragte Michel ihn vorwurfsvoll. «Warum hast du mir nicht gesagt, dass du aufbrechen willst?»

Doch Jean-Pierre reagierte ganz anders als erwartet.

«Sieh an, mein großzügiges Bruderherz kommt wieder einmal seinem kleinen, undisziplinierten, ungestümen Jean-Pierre zu Hilfe.»

«Was redest du denn da? Ich wollte dir doch nur …»

«Du wolltest mir nur helfen, was? Natürlich! Ich brauche noch nicht einmal zu *denken*, dass ich Hilfe brauche, und schon bist du da!»

«Ich verstehe nicht, was du da sagst, Jean-Pierre …»

«Ach nein? Wirklich nicht? Ausgerechnet du, großer Bruder, dabei bist du doch so klug und intelligent … Immer an meiner Seite, falls ich etwas anstellen sollte. Ich bin heute Nacht allein losgezogen, weil ich hoffte, ich könnte endlich mal was alleine durchziehen. Aber nein! Schon bist du wieder da. Sag mal, du verdammter barmherziger Samariter, kann es sein, dass dir bei dem Gedanken, ich könnte womöglich als Erster den Kinsoru besteigen, der Arsch auf Grundeis gegangen ist?»

«Jean-Pierre, wenn du mir Bescheid gesagt hättest ...»

«... hättest du mir geholfen, nehme ich an. Warum zum Teufel bin immer *ich* es, der Hilfe braucht? Sehe ich aus, als sei ich in Schwierigkeiten? Du hast mich nur eingeholt, weil ich diese Scheißpiste im Schnee bahnen musste, ansonsten hätte ich dir schon längst zum Abschied gewinkt, Brüderchen!»

«In den letzten Tagen ging es dir nicht besonders gut, Jean-Pierre. Das darfst du nicht vergessen.»

«Ach, ein bisschen Höhenkrankheit. Das trifft uns alle. Auch den großen Hermann Buhl. Aber jetzt bin ich hier, oder? Und ich habe nicht den Eindruck, jemand hätte mir dabei geholfen.»

«Wir können doch auch am Seil gehen.»

«Tust du mir einen Gefallen, Michel? Lässt du mich in Ruhe? Vergiss mich einfach, streich mich aus deinem Gedächtnis. Und jetzt kehr wieder um und sag Hans, du hättest mich nicht mehr einholen können. Wir sehen uns heute Abend im Camp.»

«Ich kann dich nicht allein weiterziehen lassen, Jean-Pierre. Nicht unter diesen Umständen.»

«Warum bist du so starrköpfig? Schon damals in Indien bist du mir damit auf den Geist gegangen, als du mich vor ‹der Droge, diesem Dämon› retten wolltest! Du hast Himmel und Hölle in Bewegung gesetzt, hast Robert um Geld angepumpt, nur um dich einmal mehr als mein Lebensretter aufzuspielen!»

«Ich ...»

«Hör mal, Michel – hast du dich je gefragt, ein einziges Mal nur, ob ich das auch wirklich wollte? Ob ich gerne gerettet werden oder vielleicht lieber in aller Ruhe verrecken wollte?»

Jean-Pierres Stimme schallte laut in der Dämmerung am Himalaya. Michel rang nach Fassung.

«Ich dachte nur, es sei besser, wenn ...»

«Genau das ist dein Fehler: denken! In jedem Augenblick deines Lebens denkst du darüber nach, was richtig und falsch für mich ist. Jean-Pierre, tu dies nicht, Jean-Pierre, tu jenes nicht! Das ist schlimmer, viel schlimmer, als einen Vater zu haben, der einem Vorschriften macht.»

«Aber Papa war es doch, der ...»

«Eben: Papa. Er hat dir aufgetragen, auf mich aufzupassen, da er selbst nicht in der Lage dazu war. Sag mal, ist dir eigentlich noch nie der Gedanke gekommen, dass ich mir vielleicht wünsche, dass überhaupt niemand auf mich aufpasst?»

Michel wusste nicht, was er sagen sollte.

«Du wolltest immer der Bessere sein, der Tüchtigste, Klügste, Zuverlässigste. Sag's ganz ehrlich – irgendwie war ich dir auch nützlich. Hättest du nicht ein derart dämliches Brüderchen gehabt, wären deine tollen Eigenschaften gar nicht richtig zum Tragen gekommen. Du hast mich benutzt, um dich ins rechte Licht zu setzen.»

«Jean-Pierre, was redest du da? Ich ...»

«Papa hatte nur Augen für dich. Hätte er gekonnt, er hätte mich vom Erdboden und aus seinem Gedächtnis getilgt. Er schämte sich für mich. Und du ... du genauso.»

«Das ist nicht wahr ... Du weißt genau, dass Papa alles *dir* hinterlassen hat. Das bedeutet ...»

«Das bedeutet lediglich, dass er dich bestrafen wollte. Die Entscheidung fiel nicht, weil er mich so schätzte. Er wollte, dass du mich unter Kontrolle hieltest, und das ist dir nicht gelungen. Darüber war er sehr wütend. Weißt du was, Michel? Papa war ein riesiges Arschloch.»

Es war eine klare Nacht, kein Windhauch regte sich. Nur die Sterne waren zu sehen, die bald im ersten Morgenlicht verglimmen würden.

«Das stimmt nicht, Jean-Pierre. Papa und ich haben dich immer liebgehabt ...»

«Klar – wie ein Hündchen. Oder besser: wie einen Vogel im Käfig. Ihr habt mich liebgehabt, solange ich schön brav in meinem Käfig blieb, ohne euch allzu sehr zu stören. Ihr gabt mir Futter und zu trinken, und zum Dank durfte ich auf Kommando pfeifen. Auch diesmal, Michel: Auch diesmal hast du dich eingemischt.»

«Ich habe nur ...»

«*Ich* hatte alles für diese Expedition organisiert. Die Österreicher taugen keinen Pfifferling, das weißt du auch. Sie wollten mich dabeihaben, in der Hoffnung, es mit meiner Hilfe zu schaffen. Es war alles vorbereitet, und dann kommst du und mischst dich ein!»

«Ich hatte nicht ...»

«Du meinst es ja immer nur gut, das weiß ich, danke, dass du mich noch mal daran erinnerst. Erst zehn Tage vor unserer Abreise rief mich dieser heimliche Nazi von Reichlin an und sagte mir, er wolle dich auch dabeihaben. Ohne dich ging gar nichts mehr.»

«Jean-Pierre, ich schwöre dir, ich ...»

«Du wolltest nicht, du dachtest nicht, blablabla. Tatsache ist, dass du dich in eine Expedition eingeschmuggelt hast, die ich, ich allein organisiert hatte!»

Jean-Pierre holte tief Luft. Er war noch nicht fertig.

«Als ich gestern ihre miserable Komödie mit dem Leuchtfeuer mitbekam, begriff ich, dass es Zeit war, mich von ihnen, vor allem aber von dir zu befreien. Endlich bot sich mir die Gelegenheit, zu beweisen, dass ich stärker und tüchtiger bin als du. Allein auf den Gipfel. Allein! Endlich würden alle erfahren, wer von uns beiden der eigentliche Held ist.»

Michel konnte nichts erwidern. Ohne dass er je damit gerechnet hätte, fand er sich auf der Anklagebank wieder und musste sich gegen eine Unmenge schwerer, sehr konkreter Vorwürfe verteidigen.

«Aber nein! Auch diesmal musst du mir dazwischenfunken. Es stört dich, dass ich dich in den Schatten stellen könnte, was? Die Welt würde womöglich erfahren, dass ich der Bergsteiger unter uns beiden bin, nicht du. Und so bist du mir hinterhergeeilt, um dich mir erneut in den Weg zu stellen. Bravo, großer Bruder – du hast es mal wieder geschafft. In den Zeitungen wird dein Name in den Überschriften stehen, meiner dagegen ganz unten in der letzten Zeile.»

Michel blieb die Spucke weg. Auf einmal bot sich ihm eine gänzlich andere Sicht der Dinge, so als ob er sich auf die andere Seite des Vorhangs begeben hätte und nun hinter der Bühne stand, um einer Tragödie beizuwohnen. Genau, so musste es sein: Sein Bruder hatte sein ganzes Leben hinter der Bühne gestanden.

«Ich weiß nicht, was ich sagen soll, Jean-Pierre … Ich … ich habe das nie bemerkt. Aber wenn du diesen Gipfel erklimmen willst, dann werde ich dir dabei helfen.»

Jean-Pierre lachte verächtlich.

«Schon wieder … Du hast nichts verstanden … Ich will nicht, dass man mir hilft!»

«Hör zu. Ich werde dir bis zum Gipfel folgen. Wir seilen uns an. Wenn du das möchtest, wirst du den Gipfel alleine stürmen. Ich bleibe dann ein Stück weiter unten zurück.»

«Deine ewige Großzügigkeit kotzt mich an! Ich hasse

diese Selbstlosigkeit ... Aber weißt du was? Ich brauche dich gar nicht.»

«Na schön. Mach es so, wie du es für richtig hältst.»

«Endlich!», rief Jean-Pierre aus. «Du hast es begriffen! Und jetzt beweg deinen Arsch hier weg, großer Bruder!»

Jean-Pierre setzte den Rucksack auf und ging weiter.

Michel folgte ihm in einer Entfernung von etwa hundert Schritten und behielt ihn im Auge. Sein Bruder drehte sich kein einziges Mal um, wusste aber, dass der andere ihm folgte. Während er im Morgenlicht emporstieg, beobachtete Michel seinen Bruder mit wachsender Besorgnis. In der letzten Stunde war er langsamer geworden, und nun blieb er alle paar Schritte stehen und schöpfte Atem. Ob es ihm wieder schlecht ging? Jean-Pierre kam immer schleppender voran. Fünf-, sechshundert Meter über ihnen ragte der Gipfel empor. In diesem Tempo würden sie es wohl kaum bis fünf Uhr schaffen – der letztmögliche Zeitpunkt, wollte man lebend wieder herunterkommen.

Es geschah, ohne dass Michel etwas bemerkt hätte. Vielleicht achtete er zu sehr auf die Bewegungen seines Bruders und übersah deshalb eine Schneebrücke. Die mürbe Schicht gab unter seinem Gewicht nach, und bevor er irgendetwas tun konnte, fiel Michel in eine Gletscherspalte.

Während er fiel, rammte Michel zwei- oder dreimal gegen die Eiswände, bis er schließlich nach einem heftigen Aufprall liegen blieb. Michel drehte sich auf die Seite. Er spürte einen stechenden Schmerz in der Schulter. Mühsam setzte er sich auf – endlich begriff er, wo er gelandet war: auf einem schmalen Felsband, das nur etwa einen halben Meter breit war. Unter ihm verloren sich die glatten Wände des Gletschers im Dunkel. Eine unvorsichtige Bewegung, und es wäre aus gewesen.

Michel tastete seinen Körper ab. Arme, Beine, Hände – er schien sich nichts gebrochen zu haben und hatte nur ein paar Prellungen. Die Öffnung hoch über ihm war wenig mehr als einen Meter breit. Direkt darunter verbreiterte sich der Schlund, wie ein auf dem Kopf stehender Trichter. Die bläuliche Eiswand lief wie ein Dach über ihm zusammen – sie nur mit Steigeisen und Pickel zu erklimmen war ausgeschlossen.

Während Michel die Situation abschätzte, tauchte ein Gesicht am Rand der Öffnung auf. Jean-Pierre.

«Alles in Ordnung?»

Michel winkte mit der Hand und lächelte.

«Alles okay, Jean-Pierre. Ich hab mir nichts getan.»

«Sicher? Noch nicht mal eine gebrochene Rippe?»

«Ein paar Prellungen, sonst nichts.»

«Mach dir keine Sorgen. Mit einem Flaschenzug hole ich dich im Handumdrehen wieder raus.»

«Nein.»

«Wie, nein?»

«Nein, Jean-Pierre. Ich komme allein zurecht.»

«Was redest du da? Was heißt hier nein?»

«Es ist halb eins, Jean-Pierre. Du hast nur sechs Stunden Licht, und es sind noch vierhundert Meter bis zum Gipfel. Wenn du jetzt eine Pause machst, um mir zu helfen, schaffst du es nicht mehr.»

Jean-Pierre zuckte mit den Achseln.

«Macht ja nichts. Von Reichlin wird einen Ständer kriegen, wenn er das hört.»

«Pass mal auf, Jean-Pierre. Du kannst es noch schaffen. Wenn du bis fünf auf dem Gipfel bist und dich beeilst, bleibt dir genügend Zeit für den Abstieg.»

«Und was machst du in der Zwischenzeit?»

«Wirf mir ein Seil runter und mach es im Eis fest. Ich ziehe mich selbst mit einer Prusikschlinge hoch.»

«Nein. Ich mach jetzt den Flaschenzug fest.»

«Das hat keinen Sinn. Selbst wenn du das tust, werde ich das Seil nicht einhaken. Und du kannst mich nicht hochziehen, wenn ich nicht mitmache.»

Jean-Pierre war unschlüssig.

«Los, verschwende nicht deine Zeit!», forderte Michel ihn auf. «Ich komm schon allein raus. Mehr als ein paar Stunden werde ich wohl nicht brauchen. Wenn ich es schaffe, folge ich dir. Ansonsten kehre ich ins Camp zurück.»

Jean-Pierre überlegte. Dann verschwand er aus Michels Blickfeld. Ein paar Sekunden später wurde ein Seil herabgeworfen. Eine dünne Faserschlange baumelte ins Leere, direkt vor Michels Nase. Oben tauchte Jean-Pierre wieder auf.

«Bitte sehr, großer Bruder. Ich hab das Seil an ein paar Eishaken festgemacht.»

«Wunderbar, Jean-Pierre. Bald bin ich wieder draußen.»

Jean-Pierre sah ihn mit einem sonderbaren Ausdruck an.

«Lass dir ruhig Zeit.»

Und damit ging er.

«Dann hat also er dich im Stich gelassen!», rief Fiona im Innern des Zelts. «Und nicht umgekehrt!»

Leblanc senkte den Blick.

«In diesem Augenblick zählte für Jean-Pierre nur eines: den Gipfel zu erreichen. Der Gipfel, und sonst gar nichts.»

Michel bereitete eine Prusikschlinge vor und legte ein dünnes Seil um den Seilstrang, den Jean-Pierre herabgelassen hatte. Dann befestigte er das Seilstück an seinem Haltegurt, in Brusthöhe. Er wiederholte den Vorgang mit einem zweiten kurzen Seil, das er in Kniehöhe festmachte. Am anderen Ende des kurzen Seils formte er eine Schlinge, in die sein Stiefel passte. Anschließend steckte er den Fuß hinein und zog sich hoch, so als würde er eine Treppe hochschreiten. Dann verschob er den ersten Knoten – den er am Gurt in Brusthöhe befestigt hatte – nach oben, um sich selbst zu sichern. Jetzt hing er im Leeren, mitten in der Gletscherspalte. Damit hatte er zwanzig Zentimeter geschafft, einen winzigen Bruchteil der Strecke, die noch vor ihm lag. Keuchend hielt er inne. In den Alpen wäre er in höchstens einer Stunde herausgeklettert, doch in dieser Höhe ... Er brauchte fast drei Stunden.

Als er wieder oben war, kletterte er über den Rand der Spalte und ließ sich in den Schnee fallen. Er keuchte. Sein Blick war verschwommen. Die Anstrengung, sich in dieser Höhe zwanzig Meter nach oben zu hieven, hätte tödlich sein können. Er brauchte eine Ewigkeit, um sich davon zu erholen. Wäre es hier nicht um Jean-Pierre gegangen, hätte er aufgegeben und wäre ins Camp zurückgekehrt. Doch das war unmöglich. Sein Bruder war auf dem Weg zum Gipfel, und er musste ihm helfen.

Er sah auf die Uhr.

Halb vier.

Für gewöhnlich war das der Zeitpunkt, an dem man umkehrte. Um drei begann der Abstieg. Erfahrenere Bergsteiger konnten bis vier, manchmal auch fünf Uhr warten. Wer diese Zeit überschritt, bewegte sich auf tödlichem Gebiet. Und Jean-Pierre war nicht in der Verfassung, sich dem auszusetzen.

Michel biss die Zähne zusammen, schulterte den Rucksack und folgte den Spuren seines Bruders. Er zählte zehn Schritte ab, dann blieb er stehen und schöpfte keuchend Atem. Allein die Macht der Verzweiflung trieb ihn voran.

Die Sonne begann bereits unterzugehen. Die ersten Halluzinationen, die durch die extreme Höhe und den Flüssigkeitsmangel ausgelöst wurden, stellten sich ein. Der riesige Gletscher war einem üppig begrünten Hang gewichen. An die Stelle des Schnees war feinster englischer Rasen getreten. Sonnenschirme aus grobem weißem Leinen waren hier und dort aufgespannt worden, und er erkannte neben den Fähnchen, die die Spielbahn eines Golfplatzes markierten, sogar Sandbunker. Statt der heftigen Böen des Himalaya spürte Michel eine sanfte Brise, die die Fähnchen im Wind zittern ließ. Vielleicht war dies der Court in Honfleur, auf dem er als Kind gespielt hatte. Während er stehen blieb, um zu sehen, ob er ihn wiedererkannte, gewann seine rationale Gehirnhälfte wieder die Oberhand. Ohne dass die klare und detailreiche Vision völlig vor seinen Augen verschwand, befahl ihm sein Gehirn, seinen Sinnen zu misstrauen.

Geh weiter, sagte sich Michel. Achte nicht darauf.

Doch es war schwierig, nicht auf das einladende Plätschern des Bachs zu hören, der ganz in seiner Nähe floss.

Denk nicht dran, wiederholte er für sich.

Aber es war ja nur ein Umweg von wenigen Metern, was machte das schon? Er würde trinken und dann weitermarschieren. Fünf Minuten.

Michel gab seinem Instinkt nach und ging auf den Bach zu. Statt des Rucksacks spürte er nun die Tasche mit den Schlägern auf seinen Schultern. Er sah auf seine Füße: Die Stiefel waren verschwunden. Nun trug er ein Paar zweifarbiger Schuhe, mit Absätzen und Lederfransen. Erleichtert seufzte Michel auf: Mit diesen Schuhen zu gehen war doch wirklich etwas ganz anderes. Allmählich fühlte er sich richtig gut, was für ein herrlicher Spaziergang übers Gras ...

Ein dicht belaubter Baum, vielleicht eine Ulme, stand am Ufer, und das war der richtige Ort für eine Rast, fand er. Er ging um den Stamm herum und stieß zu seiner Überraschung auf einen Mann. Der Mann schlief im Schatten der Pflanze.

Wie seltsam, dachte Michel.

Er beugte sich herab, um ihm auf die Schulter zu klopfen, und im Schlaf, mit geschlossenen Augen, drehte sich der Mann mit einem zufriedenen Seufzer zu ihm um.

Jean-Pierre.

Mit einem Mal löste sich die Halluzination in Luft auf: Die Wiese, der Bach, das Gras und die Sonnenschirme verschwanden. Nun lag wieder die endlose Fläche aus Eis und Schnee vor ihm. Die Brise war dem tosenden Wind am Kinsoru gewichen.

«Jean-Pierre!», brüllte Michel und schüttelte ihn. «Jean-Pierre!»

Er gab ihm ein paar Ohrfeigen, bis Jean-Pierre die Augen ein wenig öffnete. Er wirkte verwirrt und murmelte undeutliche Worte.

«Jean-Pierre!»

Michel schüttelte ihn erneut und rief seinen Namen. Schließlich kam Jean-Pierre zu sich. Verärgert sah er ihn an und sagte:

«Wen haben wir denn da?»

Michel bot ihm den letzten Schluck Tee aus seiner Thermoskanne an. Das warme Getränk tat sofort seine Wirkung. Jean-Pierres Gesicht nahm wieder Farbe an.

Mühsam wankend erhob sich Jean-Pierre.

«Danke für die Hilfe», zischte er. «Und jetzt scher dich fort!»

Michel war besorgt.

«Jean-Pierre, wir müssen zurück ins Camp. Du kannst so nicht weitergehen.»

Unter großer Anstrengung hievte Jean-Pierre sich den Rucksack auf die Schulter.

«Du bist süchtig danach, was, großer Bruder? Immer musst du mir sagen, was ich darf und was nicht.»

Ohne etwas hinzuzufügen, machte Jean-Pierre sich mit schleppenden Schritten auf den Weg zum Gipfel. Zweihundert Meter trennten ihn noch davon.

Michel folgte ihm, holte ihn ein.

«Jean-Pierre, bleib stehen! Du wirst es nicht schaffen. Es ist viel zu spät, und es geht dir schlecht.»

Sein Bruder antwortete nicht und zuckte nur mit den Achseln.

«Bleib stehen!»

Michel packte Jean-Pierres Rucksack und hinderte ihn so am Weitergehen. Wütend fuhr Jean-Pierre herum.

«Lass mich!»

«Jean-Pierre, bleib stehen! Morgen ...»

«... morgen habe ich keine Chance mehr, begreifst du denn nicht? Meine Zeit ist vorbei!»

Jean-Pierre ging ein paar Schritte weiter. Michel holte ihn erneut ein. Er hielt ihn am Ärmel seines Daunenanoraks fest.

«Jean-Pierre, ich werde nicht zulassen, dass du ...»

Er vollendete den Satz nicht. Jean-Pierre hatte sich ruckartig umgedreht und schwang den Pickel überm Kopf.

«Basta!», brüllte er mit irrem Blick. «Basta!»

Obwohl er einen Satz nach hinten gemacht hatte,

konnte Michel dem Hieb nicht ausweichen. Die Spitze des Pickels traf ihn am Oberschenkel, zerriss seine Hose und drang ins Fleisch.

«Die Narbe!», rief Fiona im Zelt aus. «Die Narbe am Bein! Das war also Jean-Pierre ...»

«Er war nicht bei sich», entgegnete Michel nachdenklich. «Ich habe nie herausgefunden, was in ihn gefahren war.»

Michel ignorierte den Schmerz und versuchte, Jean-Pierre erneut aufzuhalten. Sein Bruder stürzte sich auf ihn. Ineinander verkeilt kugelten sie den Hang hinab. Dabei gingen Seile, Steigeisen, Pickel und Rucksäcke verloren. Und der Fotoapparat.

Schneller, immer schneller.

Plötzlich hörte der Berg auf, um sie herumzuwirbeln.

Michel sah gerade noch, wie Jean-Pierre auf einen Abhang zurollte. Er streckte blitzschnell die Hand aus, um seinen Bruder zu packen, und Jean-Pierre hielt ihm den Arm hin. Michel schloss die Augen und zog mit aller Kraft.

Als er die Lider wieder öffnete, sah er, dass in seiner Hand nur ein Handschuh zurückgeblieben war.

Er eilte zum Rand des Abhangs und blickte hinab.

Etwa fünfzehn Meter weiter unten, auf einem nur wenige Meter breiten Felsband, auf dem weicher Pulverschnee lag, war ein schwarzes Loch zu sehen, wie der Fußabdruck eines riesigen Tiers.

«Jean-Pierre!», rief er.

Stille.

«Jean-Pierre!», rief er noch einmal.

Keine Antwort.

Das konnte doch nicht sein … fünfzehn Meter waren nicht viel, wenn man auf frisch gefallenen Schnee fiel … Am Eiger waren Leute dreihundert Meter tief gestürzt und unverletzt geblieben.

«Jean-Pierre!»

Vielleicht hatte er sich eine Rippe gebrochen oder ein Bein. Aber er konnte unmöglich auf diese Weise sterben …

«Jean-Pierre!»

Nicht einmal der Wind antwortete ihm.

Michel blickte erneut hinab. Da geschah etwas.

Zuerst war es wie ein Schatten, ein Umriss, der dunkler wurde.

Dann nahm er eine deutliche Farbe an.

Rot.

Ein purpurner Kreis breitete sich allmählich von der Stelle aus, auf die Jean-Pierre gestürzt war, und tränkte den Schnee ringsumher.

Das Weiße verwandelte sich in Rot, wie ein Löschblatt, das rote Tinte aufsaugt.

«Jean-Pierre!», rief Michel ein letztes Mal verzweifelt. Dann erhob er sich. Er entnahm dem Rucksack ein Seil, trieb einen Haken ins Eis und seilte sich ab.

Er durfte nicht auf so unwürdige Art sterben, nicht Jean-Pierre …

Vorsichtig näherte Michel sich der Stelle, auf die sein Bruder gestürzt war. Seine Stiefel versanken im blutgetränkten Schnee.

«Jean-Pierre», rief er leise.

Er beugte sich über die Mulde, die der Körpers seines Bruders hinterlassen hatte.

Und dann sah er ihn.

Den Eispickel, der sich in seinen Rücken gebohrt hatte.

«Es ist nicht deine Schuld», brachte Jean-Pierre noch flüsternd heraus. «Es musste so enden.»

Dann lächelte er sanft, als wäre er froh zu sterben.

Und nun? Was sollte er bloß tun?

«Der Pickel ... – es war meiner», sagte Michel. «Ich hatte ihn entsichert.»

Unter dem Gewicht dieser Schuld, die er sich nie verzeihen würde, senkte er den Kopf.

Mit angehaltenem Atem hörten ihm die anderen zu. Fiona war vollkommen durcheinander, sie drohte in Tränen auszubrechen.

«Du warst es ja nicht», versuchte sie ihn zu trösten, als sie ihre Nerven wieder unter Kontrolle hatte. «Dein Bruder ...»

Michel ließ sie jedoch nicht ausreden.

«Hätte ich mir nicht eingebildet, ich müsste ihm folgen und ihn beschützen ...»

«Aber es ging ihm schlecht! Er wäre in jedem Fall umgekommen.»

«Wie kannst du das sagen?» Michel presste den Kopf mit beiden Händen zusammen. «Ich jedenfalls weiß es nicht.»

Fiona strich ihm übers Haar. Dann gewann die Journalistin in ihr die Oberhand.

«Und dann?», fragte sie. «Was geschah dann?»

Leblanc hob den Kopf und sah sie an.

«Was dann geschah?»

Michel schob den Arm unter Jean-Pierre und versuchte ihn hochzuheben. Doch der Körper blieb leblos, der Blick leer.

«Jean-Pierre, halte durch ... Ich bring dich zurück ins Camp ... Ich werde dich retten ...»

Er brauchte mehrere Minuten, um dem Unvermeidlichen ins Auge zu sehen: Sein Bruder war tot. Er ließ den Körper zurück in den Schnee gleiten, kniete nieder und begann zu weinen. Alle Bemühungen – seine eigenen und die seines Vaters – hatten zu nichts geführt. Jean-Pierre hatte sein Schicksal blindlings erfüllt, wie ein Schiff, das schnurstracks in den Hafen fährt. Es hatte keine Möglichkeit gegeben, ihn von seinem Kurs abzubringen.

Michel weinte noch immer, als er ein heftiges Pfeifen ein wenig oberhalb hörte. Er hatte keine Zeit mehr, den Kopf zu heben und sich bewusst zu werden, was da geschah. Die Front einer mehrere Dutzend Meter breiten Lawine ging über ihm nieder, zusammen mit Jean-Pierres Leiche. Eine Zeit lang – ihm kam sie endlos vor – überschlug er sich, unfähig zu begreifen, was da vor sich ging, ganz in der Gewalt des Schnees.

Als er endlich liegen blieb, bemerkte er, dass er sich an der Oberfläche der Lawine befand, einige hundert Meter unterhalb der Stelle, an der er mitgerissen worden war.

Mühsam setzte er sich auf. Ein Auge pochte, es war vermutlich geschwollen. Nur unter großen Anstrengungen konnte er das Bein bewegen, das Jean-Pierre mit dem Pickel verletzt hatte. Abgesehen davon hatte er nur ein paar Prellungen. Sein Körper schmerzte, aber er konnte sich noch bewegen.

Es gelang ihm aufzustehen. Ringsumher hatte die Lawine eine Schneise der Verwüstung hinterlassen. Ansonsten war nichts zu sehen.

«Jean-Pierre!», rief er.

Stille.

«Jean-Pierre!» Weniger überzeugt.

Die Leiche seines Bruders war fortgerissen und unter

einem Meer aus Schnee begraben worden. Unmöglich, sie wiederzufinden.

Michel machte ein paar Schritte auf der unebenen Oberfläche der Lawine. Er sah etwas aus dem Schnee ragen und ging darauf zu.

Der Pickel.

Jean-Pierres Eispickel.

Er betrachtete ihn wie eine Reliquie.

Und nun? Was sollte er bloß tun?

Sie kannte Jean-Pierre

Im Zelt brach Michel in Tränen aus, während draußen der Sturm tobte. Der Schmerz und die Gewissensbisse, die er zehn Jahre lang unterdrückt hatte, brachen sich nun endlich Bahn, wie Most, der ein gesprungenes Fass zum Bersten bringt.

Mitfühlend umarmte Fiona ihn, während sein Körper von Schluchzern geschüttelt wurde.

«Michel ... Michel ...», war alles, was sie sagen konnte.

Der Baron verfolgte die Szene mit leiser Verachtung, wagte aber nicht einzugreifen. Es war besser, Leblanc einfach reden zu lassen – alles, was er sagte, würde er später gegen ihn verwenden können.

Michel fasste sich wieder. Mit dem Handrücken wischte er sich die Tränen ab.

«Ich habe nie in Erfahrung bringen können, was damals mit Jean-Pierre los war», sagte er. «Wir haben uns immer wieder mal gestritten, na klar, manchmal auch ziemlich heftig. Doch dass er mich so angegriffen hat ... Es muss etwas geschehen sein, von dem ich nichts weiß oder das ich nicht verstanden habe ... Doch was hätte ich tun sollen?», fragte er mehr sich selbst als die anderen. «Ich konnte nicht ins Camp zurückkehren und die Wahrheit erzählen. Hätte ich sagen sollen, dass mein Bruder mich in einer Gletscherspalte zurückgelassen, mich mit einem Pickel angegriffen und umzubringen versucht hatte?»

Michel schüttelte den Kopf.

«Nein, das konnte ich nicht. Ich hatte ihn nicht retten

können, das war meine größte Niederlage. Alles, was ich tun konnte, war, das wenige zu bewahren, was mir geblieben war: die Erinnerung an ihn. Niemand sollte je erfahren, was an jenem Tag wirklich geschah.»

«Auch auf die Gefahr hin, selbst in Verdacht zu geraten», bemerkte Fiona.

Michel zuckte mit den Achseln.

«Was machte das schon? Jean-Pierre war tot. Wenn ich nicht mehr zurückkonnte, dann würde ich eben weitergehen. Vielleicht würde auch ich den Tod finden, jedenfalls hoffte ich das. Mit der Kraft der Verzweiflung kam ich bis zum Gipfel, die Sonne ging bereits unter. Ich ließ die beiden Handschuhe dort zurück – es war der einzige Weg, Jean-Pierre die letzte Ehre zu erweisen. Alle sollten glauben, er habe mit mir den Gipfel erklommen. Außerdem dachte ich sowieso nicht, dass ich die Nacht in über achttausend Metern überstehen würde, ohne Ausrüstung. Doch stattdessen ...»

Michel hielt einen Augenblick inne, vor seinen Augen lief ein Film ab, den er schon eine Million Mal gesehen hatte.

«... doch stattdessen war ich am nächsten Morgen immer noch am Leben. Verzweifelt begann ich auf der anderen Seite des Bergs abzusteigen. Alles war mir gleichgültig geworden, vor allem ich selbst. Ich stieg aufs Geratewohl ab, ohne mir eine Route zu überlegen. Ich war mir sicher, dass ich in eine Gletscherspalte fallen oder verdursten würde. Ständig hatte ich Halluzinationen, und ständig wechselten sie. Ich hatte kein Zeitgefühl mehr, es war, als lebte ich im Traum ... bis ich schließlich in das Dorf kam.»

«Und da dachtest du dir die Geschichte mit dem Gedächtnisschwund aus.»

«Mir blieb keine andere Wahl. Ich wollte nichts erzählen. Sollten sie doch denken, was sie mochten! Es war mir egal.»

«Du hast also zugelassen, dass sie dich beschuldigten, deinen Bruder getötet zu haben ...»

«Sollten sie behaupten, was sie wollten. Das Einzige, was für mich zählte, war, dass sie das Andenken Jean-Pierres nicht beschmutzten.»

«Dann war er es, den du in Schutz nahmst!», rief Iaan aus. «Ich hatte den Verdacht, du würdest eine dritte Person decken. Stattdessen wolltest du nur deinen Bruder schützen.»

«Begreift ihr denn nicht?», fragte Michel. «Es war das Letzte, was ich für ihn tun konnte. Oder vielleicht das Vorletzte. Nach jenem Tag bin ich nie wieder in einer Seilschaft auf den Berg gegangen. Ich wollte mich nicht mehr für irgendjemand anderen verantwortlich fühlen. Ich setzte nur noch mein eigenes Leben aufs Spiel. Allerdings gab es da noch eine Sache, die ich erledigen musste: Jean-Pierres Leiche finden und ihn bestatten. Als ich in der Zeitung von dem Toten las, den der Indonesier gefunden hatte, war mir sofort klar, dass es sich um ihn handelte. Ich musste ihn um jeden Preis finden, bevor es jemand anderes tat. Es war die einzige Art und Weise, ihn um Verzeihung zu bitten.»

«Oder um dein Verbrechen zu vertuschen», bemerkte der Baron.

Michel zuckte mit den Achseln.

«Es stimmt, ich wollte etwas verheimlichen. Aber nicht das, was du glaubst, Hans. Wäre Jean-Pierre mit der Wunde im Rücken gefunden worden, hätte ich die Wahrheit sagen müssen. Aber ich wollte, dass ihn alle als großen Bergsteiger in Erinnerung behielten, der nach einer beeindruckenden Besteigung ums Leben gekommen war.»

«Uns hast du jetzt aber die Wahrheit erzählt», wandte der Baron ein.

«Ihr habt mich dazu gezwungen. Und nach zehn Jahren spielt das wohl auch keine Rolle mehr.»

Peinliches Schweigen breitete sich aus.

«Schön», sagte Iaan. «Ich glaube, du hast es dir verdient.» Er gab ihm den Film. Der Baron öffnete den Mund, um zu protestieren, klappte ihn aber wieder zu, als Michel den Kopf schüttelte.

«Behalte du ihn, Iaan. Das ist besser so. Ich vertraue dir.»

Der Baron war ganz außer sich.

«Ich habe nichts zu verbergen», fügte Michel hinzu.

Iaan steckte die Filmrolle in die Tasche.

«Warum lag dir so viel daran?»

«Ich habe nur ein einziges Foto von Jean-Pierre. Als wir zu Hause auszogen, vernichtete er alle. ‹Dann kann Papa uns keinen Strick daraus drehen.› Genau das waren seine Worte. Er ließ sich nie fotografieren, auch wenn wir gemeinsame Bergtouren machten. ‹Hauptsache, wir kommen am Gipfel an›, sagte er immer, ‹es anderen zu beweisen interessiert mich nicht.› Nur am Kinsoru durfte ich ihn fotografieren, wer weiß, weshalb. Und jetzt, nach zehn Jahren, verblasst die Erinnerung an sein Gesicht allmählich ... Es wird immer schwieriger, sich an seine Augen, die Nase oder den Mund zu erinnern ... Jean-Pierre wird zum Phantom ...»

Im Zelt war eine Atmosphäre allgemeiner Solidarität spürbar. Von Reichlin wollte sich jedoch nicht geschlagen geben.

«Das sagst du so», meinte er vorwurfsvoll. «Wie alles, was du bisher gesagt hast. Du hast keinen einzigen Beweis geliefert.»

«Die Narbe», sagte Fiona.

«Die Narbe?»

«Die Narbe am Bein. Dort, wo Jean-Pierre ihn mit dem Pickel getroffen hat.»

Der Baron schnaubte entrüstet.

«Eine Narbe! Eine Narbe bedeutet gar nichts.»

Sie schwiegen. Der Wind rüttelte heftig am Zelt.

«Was ich mir nicht verzeihe», sagte Michel schließlich, «ist, dass ich nicht gesehen habe, was mit Jean-Pierre los war. Hätte ich geahnt, dass er mich so sehr hasste, hätte ich ihn in Ruhe gelassen und wäre ihm nicht gefolgt. Ich hätte ihn nicht gezwungen, mich anzugreifen. Ich hatte überhaupt nicht begriffen, was in meinem Bruder vorging: Das ist die Wahrheit.»

«Nein, so ist es nicht», sagte Fiona. «Du konntest es nicht wissen.»

Überrascht blickte Michel sie an. Vielleicht zum ersten Mal gelang es ihm nicht, ihre sonst so klaren Worte zu verstehen.

«Was meinst du damit?»

«Es gibt da etwas, das du nicht weißt, Michel.»

«Das ich nicht weiß …? Wie kann das sein …?»

«Endlich!», warf der Baron ein. «Endlich hat sie sich dazu entschlossen!»

«Drück dich deutlich aus, Hans! Was willst du damit sagen?»

«Frag Fiona. Hast du noch immer nicht begriffen, Michel? Sie kannte Jean-Pierre.»

Interview 3

«Jetzt müsste ich Sie ein wenig zu Ihrer Expedition befragen.»

«Warum ‹müsste›?»

«Ich bin extra deswegen zehntausend Kilometer geflogen.»

«Stehen in Ihrer Zeitschrift häufig Artikel zum Thema Bergsteigen?»

«Na ja, eigentlich nicht … Aber in diesem Fall …»

«Die Tatsache, dass ich vor kurzem zu einem der reichsten jungen Männer Europas wurde, hat nichts damit zu tun, nehme ich an.»

«Also, um ehrlich zu sein …»

«Dachte ich es mir doch. Egal. Da Sie mich danach gefragt haben, will ich Ihnen etwas über die Expedition erzählen, auch wenn in Ihrem Blatt wahrscheinlich nur zwei Zeilen darüber zu lesen sein werden. Das Ziel ist, den Gipfel des Kinsoru zu besteigen. Wie Sie sicher nicht wissen, ist der Kinsoru achttausendvierhundertfünfunddreißig Meter hoch, damit aber nicht der höchste Berg der Welt. Allerdings ist er am schwierigsten zu besteigen. Und er ist einer der schönsten. Schauen Sie ihn einmal an, wenn Sie Zeit haben. Die Leute hier schreiben ihm magische Kräfte zu, sie glauben, er sei das Haus der Götter. Blödsinn, werden Sie sagen. Vielleicht haben Sie recht. Doch überlegen Sie einen Moment: Wenn Sie Gott wären, wo würden Sie wohnen wollen? Am Piccadilly Circus, auf die Gefahr hin, vom Smog vergiftet oder von einem Taxi überfahren zu werden? Wenn man schon sterben muss, warum dann nicht auf einem Berg wie diesem hier? Der Kinsoru wurde zum ersten Mal 1963 bezwungen, von den Japanern. Wir versuchen uns an einer anderen Route, die noch nie zuvor ausprobiert wurde. Ich hatte keine Lust nachzumachen, was andere vor mir getan haben, wo bliebe da die Leidenschaft? Außerdem ist es Winter, mit all den Schwierigkeiten, die das mit sich bringt. Meterhohe Schneewände, die binnen einer Nacht zusammenbrechen können.»

«Wie würden Sie den Schwierigkeitsgrad Ihres Unterfangens einstufen?»

«Ich soll Noten vergeben, um Himmels willen! Wollen Sie eine Tabelle machen, so wie beim Fußball? Na schön, mal sehen ... Schnee: neun. Alpiner Schwierigkeitsgrad: zehn. Jahreszeit: zehn. Wetter: neuneinhalb. Expedition: vier bis fünf. Wollen Sie noch mehr hören?»

«Auch Ihr Bruder gehört zum Team.»

«Nicht nur er. Zum größten Teil sind österreichische Kollegen dabei. Sie wollen ihre hübsche rot-weiß gestreifte Fahne auf den Gipfel des Kinsoru pflanzen. Franz Joseph wäre stolz auf sie!»

«... aber Ihr Bruder wird auch dabei sein.»

«Natürlich. Möchten Sie ein wenig Yakmilch?»

«Wir sprachen von Ihrem Bruder.»

«Die Sherpas sind der Überzeugung, Yakmilch besitze die Eigenschaften eines Zaubertranks. Persönlich kann ich das nicht bestätigen, aber ich finde sie kräftigend. Zumindest ganz anders als gewöhnliche Kuhmilch. Ich wurde mit Champagner und Kaviar groß, wissen Sie. Das ging mir echt auf den Sack, verzeihen Sie, auf die Nerven, meine ich. Sie finden es hier wahrscheinlich über die Maßen schmutzig und ekelhaft, dabei ist Kathmandu auf seine Art eine schöne Stadt. Allerdings ahnen Sie nicht, um wie viel schöner die Täler der entfernteren Umgebung sind! Es sind entlegene Orte, jenseits von Zeit und Raum. In einer dieser Gegenden können Sie alte Burgen bewundern, die genauso aussehen wie vor tausend Jahren. Vielleicht hat Marco Polo dort übernachtet. Paris, Notre-Dame, der Eiffelturm, die Champs-Élysées, das ist alles nichts dagegen. Und diese Luft ... Haben Sie sie bemerkt, diese Luft? Es gibt nichts Vergleichbares, nirgendwo auf der Welt. Das hier ist der Champagner der Lüfte, wenn Ihnen Château-Lafitte lieber ist. Wissen Sie was? Seit dem ersten Mal, als ich hierherkam, fühle ich mich hier wie zu Hause. Schon als kleiner Junge empfand ich Frankreich als Gefängnis. Da draußen lag eine endlose Welt, und mein Vater wollte, dass ich eine School of Economics besuche. Schon eigenartig, wenn man es recht bedenkt. Da soll man sein Leben dem Geld widmen, wo man es doch mehr als reichlich hat. Allenfalls müsste man eine Schule gründen, auf der man lernt, wie man es ausgibt, finde ich. Für mich hat Geld immer nur Freiheit bedeutet: Die Freiheit, auszuprobieren, worauf ich Lust hatte. Das heißt: alles. Was für eine Schule haben Sie besucht?»

«Wir sprachen über Ihren Bruder.»

«Hat man Ihnen in Cambridge, oder wo Sie studiert haben, nicht beigebracht, dass permanentes Nachfragen zu den übelsten aller schlechten Charaktereigenschaften gehört?»

«Ich bin Journalistin. Permanentes Nachfragen ist da durchaus angebracht.»

«Na schön, mein Bruder. Ein äußerst begabter Bergsteiger. Was wollen Sie noch wissen?»

«Was für ein Verhältnis haben Sie zueinander?»

«Haben Sie Geschwister?»

«Ich bin Einzelkind.»

«Dann können Sie das nicht begreifen. Wussten Sie, dass Brüder dem Gesetz nach Verwandte zweiten Grades sind? Das gibt einem zu denken. Ein Bruder ist mehr als ein Cousin, aber weniger als ein Vater. Manchmal käme man auch ganz gut ohne aus.»

«Auch hier am Kinsoru?»

«Glauben Sie, es sei einfach, sich von Kindesbeinen an mit jemandem vergleichen zu müssen, der einem einerseits sehr ähnlich ist, von dem man sich andererseits aber auch völlig unterscheidet?»

«Sagen Sie es mir.»

«Brüder vergleichen sich ganz unausweichlich miteinander. Sie sind Männer.»

«Hätten Sie lieber eine Schwester gehabt?»

«Was ist das hier, eine Psychoanalyse? Tut mir leid, ich glaube, unsere Zeit ist um.»

«Einen Augenblick noch. Es heißt, Ihr Bruder sei ein seltsamer Vogel, aber eigentlich – verzeihen Sie meine Offenheit – trifft das genauso auf Sie zu.»

«Ich garantiere Ihnen, wenn Sie uns beide kennten, Sie könnten nur schwer sagen, wer von uns beiden durchgeknallter ist. Haben Sie je daran gedacht, Schauspielerin zu werden?»

«Ich danke Ihnen, Michel. Und ...»

«Sekunde mal. Wie haben Sie eben gesagt?»

«Ich danke Ihnen.»

«Nein. Danach.»

«Nichts. Ich sagte lediglich: Ich danke Ihnen, Michel.»

«Ich glaube, wir sollten da mal etwas klarstellen.»

«Klarstellen? Was meinen Sie damit?»

«Zum Beispiel die Tatsache, dass ich nicht Michel Leblanc bin.»

«Wie bitte?»

«Michel ist mein Bruder. Ich bin Jean-Pierre.»

«Mein Gott, das ist ja unglaublich. Ich weiß nicht, wie ...»

«Sie haben unten nur nach Leblanc verlangt, stimmt's? Und da hat man Sie zu mir geschickt.»

«Also ehrlich, ich begreife gar nicht, wie ...»

«Wenn Sie nach London zurückkehren, sollten Sie sich mal die Mitarbeiter in Ihrem Archiv vorknöpfen: Was für Zeitungsausschnitte haben die Ihnen denn vorgelegt? Sie wollten Michel Leblanc interviewen, das junge Talent der internationalen Bergsteigerwelt, ganz gewiss nicht Jean-Pierre, seinen jüngeren, unbedeutenden Bruder.»

«Es tut mir aufrichtig leid!»

«Wären Sie ein Mann, würde ich Sie zum Duell herausfordern. In Ihrem Fall möchte ich mich darauf beschränken, Sie zum Essen einzuladen.»

«Ich ...»

«Gehen Sie mit mir abendessen, und es wird Ihnen vergeben werden.»

Seitdem habe ich mich nie wieder verliebt

«Du ... du kanntest ihn?»

Fiona brachte es nicht über sich, Michel anzusehen. Sie hielt den Blick gesenkt.

«Ich ... Wir ...»

Sie hatte ihn vor zehn Jahren kennengelernt, am Vorabend des Expeditionstages. Der Herausgeber ihrer Zeitschrift, einer Boulevardzeitschrift mit hoher Auflage, hatte eine hübsche Story gewittert: Die jungen Erben einer Industriellendynastie riskieren ihr Leben bei einer Bergbesteigung, die alle bisher da gewesenen Grenzen sprengt ... Geld, Risiko, Abenteuer – drei Elemente, die die Leser in ihren Bann schlagen würden. Fiona, eine junge Hoffnung des Regenbogenjournalismus, war nach Kathmandu geschickt worden, um Michel Leblanc zu interviewen, den Älteren und Berühmteren der beiden Brüder, auch wenn sie schließlich das Mikrophon vor Jean-Pierre aufgebaut hatte. Am Abend nachdem sie die peinliche Verwechslung aufgeklärt hatten, hatten sie sich in einem kleinen, heruntergekommenen Lokal namens K2 getroffen, in dem die internationale Bergsteigerwelt verkehrte.

«Ich bin weder mit einer Prinzessin verlobt noch mit einem Filmsternchen. Interessierst du dich immer noch für mich?», fragte er sie.

Die Anspielung auf die Inhalte ihrer Artikel fand sie nicht verletzend. Im Gegenteil, sie war überrascht, bedeutete es doch, dass Jean-Pierre ihre Sachen gelesen hatte. Fiona begriff, dass sie es hier mit einem seltsamen Exemplar von Mann zu tun hatte. Im Unterschied zu anderen Berühmtheiten, die sie interviewt hatte, waren Jean-Pierre Zeitungen, Öffentlichkeit, Leser, Ruhm völlig egal. Auf eine ungewohnte Art faszinierte er sie. Noch nie war sie einem derart reichen und dabei zugleich so vollkommen an finanziellen Dingen und am Luxus desinteressierten Menschen begegnet. Auch als er ihr eröffnete, im Grunde Alleinerbe zu sein, sah er darin nur ein nebensächliches Detail. Jean-Pierre hatte unkonventionelle Ansichten, es schien, als sei ihm eigentlich alles egal, sogar das eigene Leben. Nur an einem war ihm gelegen: auf den Gipfel dieses Bergs zu gelangen.

An das Abendessen schloss sich ein Gläschen in einer anderen Bar an, an das Gläschen ein Spaziergang, und an den Spaziergang … Fiona fand sich in seinem Bett wieder, ohne zu wissen, wie sie dorthin gekommen war. Sie war nicht an derart rasche Eroberungen gewöhnt, oder vielmehr war sie überhaupt nicht an Eroberungen gewöhnt. Ihre Schroffheit schreckte viele Männer ab, und die wenigen, die es dennoch versucht hatten, waren von ihr abgewiesen worden. Fiona hatte zwar ein paar Erfahrungen in Sachen Liebe gesammelt, aber mehr aus wissenschaftlichem Interesse denn aus emotionaler Anziehung. Sex und Liebe waren Themen, die sie nur dann interessierten, wenn sie darüber schrieb. Männer, das waren Feinde, mit denen nicht einmal ein Waffenstillstand möglich war.

In Kathmandu dagegen war alles mit größtmöglicher Natürlichkeit abgelaufen. Fiona wunderte sich nicht über das, was passierte, und Jean-Pierre nahm es einerseits gelassen, andererseits auch distanziert hin. Fiona hätte gern ein Zeichen gesetzt, doch es war ihr nicht gelungen.

Nur in der Nacht, als sie einander vertrauliche Dinge

erzählten, errang sie einen Teilsieg. Endlich gab Jean-Pierre etwas von sich preis.

«Was ist dein Bruder denn so für ein Typ?»

«Er ist ein tüchtiger Junge. Einer von diesen blässlichen Typen, die immer Klassenbeste sind, weißt du?»

«Aber er mag dich sehr.»

«Zu sehr sogar. Er glaubt, er sei mein Schutzengel. Was nicht seine Schuld ist: Unser Vater hat ihn auf den Trichter gebracht. Papa war überzeugt, mich vor mir selber schützen zu müssen, und jetzt hat sich Michel dieser Mission angenommen.»

«Und du?»

«Normalerweise lasse ich ihn gewähren, dann ist er zufrieden. Aber ab und zu geht er mir doch auf den Sack, und dann schicke ich ihn zum Teufel. Weißt du was? Ich wäre gern wie er: ruhig, friedfertig, gelassen, überzeugt zu wissen, was gut und was schlecht ist. Zumindest wirkt er so. Ich dagegen tue mich schwer damit, zu begreifen, wie die Dinge liegen ...»

«Aber ihr brecht gemeinsam auf.»

«Was ist das, noch ein Interview?»

Fiona kicherte.

«Nein, keine Sorge.»

«Ansonsten würde ich nämlich in London in der Redaktion aufkreuzen und behaupten, du hättest mich geschwängert!»

Sie lachte.

«Morgen brechen wir zum Basiscamp auf. Mir wäre es lieber gewesen, wenn Michel zu Hause geblieben wäre, aber auch diesmal hat er sich an meine Fersen geheftet ...»

«Er will doch nur dein Bestes.»

«Auch die Kreuzritter und die Inquisition mordeten

zum Wohl der Menschheit. Ich glaube, wir hätten eine bessere Welt, wenn alle so wären wie ich: ein perfekter Egoist. Jesus hat mit seinem Helfersyndrom die Welt ruiniert.»

«Wer weiß, vielleicht wirst am Ende du auf Michel aufpassen müssen.»

«Kann sein, jetzt wo Papa mir den ganzen Schlamassel hinterlassen hat. Schon komisch, was? Sein ganzes Leben lang hat Michel sich für ihn zum Affen gemacht, und nun … Vielleicht hat Papa zu guter Letzt doch noch seinen Sinn für Humor entdeckt. Oder er hat am Ende begriffen, dass nicht nur bei mir eine Schraube locker ist. Michel hat gewisse Eigenheiten, die auf den ersten Blick harmlos wirken, die dir aber einen Schauder über den Rücken jagen, wenn du ihn näher kennst. Er ist dermaßen genau, methodisch, organisiert und unflexibel … das kann einem manchmal richtig Angst machen. Zuweilen kam mir schon der Gedanke, er sei nicht … menschlich. Soll ich dir was Lustiges erzählen? Bei all seinem rüden Bergsteigergetue hat Michel noch immer ein paar Manieren, wie sie einem feinen Herrn gut anstünden. So ekelt ihn beispielsweise davor, aus einem Gefäß zu essen oder trinken, aus dem sich schon andere bedient haben. Weißt du, was ich immer sage, wenn wir im Zelt sind? Ich bereite das Essen zu und reiche es ihm mit den Worten: ‹Es ist angerichtet, Eure Hoheit›, so als wäre ich ein Lakai im Buckingham Palace …»

«Daher kanntest du das also!», rief Michel im Zelt. «Er hatte es dir gesagt.»

«Jean-Pierre hatte dich sehr gern. Auf seine Art liebte er dich.»

Jean-Pierre schlief gegen drei Uhr nachts ein. Ein paar Minuten lang betrachtete Fiona seinen schlanken Körper mit stiller Bewunderung, die sehnigen Muskeln ohne eine Spur von Fett. Sie war nicht müde. Also stand sie auf, um ein wenig im Zimmer des Bergsteigers herumzustöbern. Sie warf einen Blick auf die herumliegenden Führer, guckte in den Pass auf dem Nachttisch und verglich das Foto darin mit dem schlafenden Original. Sie blickte aus dem Fenster: Tagsüber machten das Verkehrsgewühl und die überall herumwuselnden Menschen Kathmandu zu einer Art höllischem Babylon. Nachts aber war davon nichts zu spüren, und über der Stadt breitete sich im Schatten der stolz aufragenden Berggipfel deren majestätische Ruhe aus. Ihr Blick fiel auf einen dünnen Umschlag mit einigen Papieren darin, der unachtsam zusammengefaltet und in den Papierkorb geworfen worden war.

Sosehr sie sich auch bemühte, dem Impuls zu widerstehen, gewann ihr journalistischer Instinkt doch die Oberhand. Nachdem sie sich vergewissert hatte, dass Jean-Pierre schlief, ging sie zum Papierkorb hinüber und fischte die Papiere heraus.

«Das ist ja zwanghaft!», rief der Baron aus. «Hat man dir nicht beigebracht, dass es sehr unfein ist, sich in die Angelegenheiten anderer einzumischen?»

«Ich bin Journalistin», antwortete Fiona. «Ich werde fürs Herumschnüffeln bezahlt.»

Fiona wusste nicht, wonach sie suchte. Vielleicht nur nach einem Schlüssel, mit dem sie diesen derart komplizierten Mann begreifen könnte. Doch sie fand etwas völlig anderes.

Sie legte den Umschlag auf den Tisch und glättete ihn ein wenig mit der Handfläche. Dann öffnete sie ihn.

Sie warf einen Blick auf die Zettel, die sie darin fand. Im Mondlicht, das zum Fenster hereinschien, überflog sie sie rasch.

Zunächst begriff sie nicht, worum es sich handelte: technische Ausdrücke und eine endlose Zahlenreihe. Worauf bezogen sie sich? Es war ihr unverständlich.

Dann kam das letzte Blatt, das in distanzierter, nüchterner Sprache die Daten auf den anderen Papieren zusammenfasste.

Ergebnisse.

Medizinische Untersuchungsergebnisse.

Fiona lächelte. Wie dumm von ihr! Klar, vor einer derartigen Unternehmung mussten die Expeditionsmitglieder sich natürlich medizinischen Tests unterziehen. Man steigt nicht auf achttausend Meter hinauf, wenn man nicht bei bester Gesundheit ist.

Die Journalistin wollte gerade alles wieder in den Papierkorb werfen, als ein weiteres Blatt ihre Aufmerksamkeit auf sich zog. Faxpapier, das ordentlich zusammengeknüllt worden war, bis es eine kompakte Kugel bildete. Fiona beugte sich vor und fischte es heraus. Vorsichtig faltete sie es auseinander.

Das Fax stammte vom Vortag und war von einer Arztpraxis in Paris an das Hotel in Kathmandu geschickt worden. Es war auf Französisch, was für sie, als gebürtige Kanadierin, kein Problem darstellte.

Lieber Jean-Pierre,
ich möchte Ihnen die Ergebnisse der letzten Untersuchungen mitteilen, deren Auswertung einige Wochen in An-

spruch genommen hat. Wie ich Ihnen gegenüber bereits andeutete, handelt es sich um äußerst komplizierte Tests, die nur hochspezialisierte Labors durchführen können. In unserem Fall habe ich sie an die Abteilung für Physiologie an der Sorbonne delegiert.

Wie ich bereits ausgehend von den ersten Zwischenergebnissen vermutete, muss ich Ihnen leider mitteilen, dass …

Fiona wurde bleich. Das Blatt glitt ihr aus der Hand.

Sie sah auf und betrachtete Jean-Pierre, der friedlich in seinem Bett schlief.

Fiona nahm das Fax erneut zur Hand, las es nochmals, und dann noch einmal.

Das Endergebnis war eindeutig und unumstößlich.

Jean-Pierre litt an einem schweren Herzfehler. Unvereinbar mit der Aktivität eines Bergsteigers. Eine Höhe von achttausend Metern würde seinen sicheren Tod bedeuten. Der Arzt sah die Möglichkeit eines riskanten Eingriffs mit ungewissem Ausgang – eine neue, in den USA entwickelte Technik verhieß vollständige Heilung. Auf jeden Fall musste Jean-Pierre die Expedition absagen und sofort nach Paris zurückkehren. Blieb er weiterhin in einer Höhenlage über viertausend Metern, war seine Gesundheit ernsthaft gefährdet. Er musste dem Kinsoru für immer Lebewohl sagen. Nie wieder würde er einen Berg besteigen können.

Unzählige Male las Fiona den Brief des Arztes. Erschüttert knüllte sie das Papier wieder zusammen und ließ es in den Papierkorb fallen.

Am Fußende des Bettes betrachtete sie Jean-Pierre, der mit dem gelösten Gesichtsausdruck eines Kindes schlief. Sah so ein Mann aus, der bald sterben würde?

Am nächsten Morgen war Fiona niedergeschlagen und brachte kein Wort heraus. Jean-Pierre dagegen war fröhlich, das bevorstehende Abenteuer versetzte ihn in Hochstimmung, und er plauderte munter drauflos.

Plötzlich griff Fiona nach seiner Hand.

«Bleib», sagte sie zu ihm. «Bleib bei mir.»

Überrascht blickte er sie an. Er musterte sie intensiv, wie jemand, dem ein kompliziertes Bilderrätsel vorgelegt wird, das er lösen soll.

«Lass uns gemeinsam irgendwohin gehen. Wohin du willst. Lass uns nach Europa zurückkehren. Vergiss den Kinsoru.»

Er neigte sich zu ihr.

«Weißt du was?», sagte er. Er ließ sie einen Augenblick im Unklaren, worauf er hinauswollte. «Du kannst alles von einem Bergsteiger verlangen, nur nicht, dass er die Berge aufgeben soll.»

Fröhlich und gut gelaunt wie immer fuhr er daraufhin fort, eine Scheibe Brot mit Butter zu bestreichen.

«Er brach am selben Morgen auf, vermutlich, um sich mit dir zu treffen», sagte Fiona, während der Wind am Zelt rüttelte. «Ich habe ihn nie mehr gesehen.»

«Du … Jean-Pierre hat mir nie etwas erzählt.»

«Ich kehrte sofort nach London zurück und blieb von dem Tag an bei Reuters. Dass ich völlig idiotisch handelte, war mir bewusst: Ich hatte mit diesem Mann nur eine einzige Nacht verbracht und konnte nicht mehr von ihm lassen. Aber ich konnte nicht anders. Ständig musste ich an deinen Bruder denken. Etwas in mir hatte sich verändert. Ich hatte einen Mann kennengelernt, der sämtliche Ansichten, die ich in Bezug auf Männer hatte, Lügen strafte. Stündlich versuchte ich etwas über eure Expedition in Erfahrung zu bringen, und wenn ich nichts fand, war ich glücklich: Es bedeutete, dass alles in Ordnung war. Eines Nachmittags kam per Fernschreiber eine Kurznachricht aus Kathmandu: Jean-Pierre war gestorben. Ich war verzweifelt, aber nicht überrascht. Sein krankes Herz hatte schließlich aufgegeben, wie der Arzt es vorhergesehen hatte. Womit ich dagegen überhaupt nicht gerechnet hatte, war der Hergang der Ereignisse. Jean-Pierre war nicht durch Herzversagen ums Leben gekommen, sondern durch einen tödlichen Unfall in den Bergen. Ich war am Ende. Seitdem habe ich alles gelesen, was über eure Expedition geschrieben wurde, aber nichts davon stellte mich zufrieden. Keine der Darstellungen überzeugte mich. Nach dem Fund des Indonesiers wollte ich unbedingt hierherkommen. Ich wollte begreifen, was mit Jean-Pierre passiert war. Ich musste mit einer Geschichte abschließen, die zehn Jahre zuvor begonnen hatte. Weißt du was, Michel? Seitdem habe ich mich nie wieder verliebt.»

Doch wem?

«Jean-Pierre war krank ... das wusste ich nicht ... Nie hätte ich das gedacht!»

Michel Leblanc fand keine Worte. Fionas Geständnis hatte ihn mit einer neuen Sicht der Dinge konfrontiert: Es war, als würde man seit zehn Jahren im selben Haus leben und auf einmal ein Zimmer darin entdecken, das man noch nie betreten hat.

«Nach dem, was du erzählt hast, Michel, glaube ich zu verstehen», fuhr Fiona fort. «Jean-Pierre wusste, dass er sein Leben aufs Spiel setzte, wenn er den Kinsoru bestieg. Er konnte sich nicht damit abfinden, das Bergsteigen aufgeben zu müssen – für ihn war es das Einzige, was zählte. Er hätte bei gutem Allgemeinzustand in Paris oder auf einer Yacht in der Südsee weiterleben und seinen Reichtum genießen können. Doch das war kein Leben für ihn.»

«Nein», stimmte Michel zu, «das war nichts für ihn. Damit hätte er sich niemals abgefunden.»

«Die Untersuchungen hatten ein paar Wochen zuvor stattgefunden. Dass er krank war, hatte er schon während der Vorbereitungen zur Expedition bemerkt. Natürlich sagte er zu niemandem ein Wort. Er beschloss, einfach weiterzumachen. Lieber wollte er so sterben, wie er immer gelebt hatte, als fern von den Bergen überleben. Er schloss sich der Expedition an, obwohl er wusste, dass er damit seinen Tod besiegelte.»

«Deshalb ließ er sich auch fotografieren! Und das Tagebuch ...»

«An dem Morgen, an dem wir uns verabschiedeten, wollte er mir ein Geschenk machen. Auf seine Art. Er sagte, er habe ein ausführliches Tagebuch über diese Expedition geführt. So würde ich Material für eine außergewöhnliche Reportage haben. Und er fügte noch etwas hinzu ...»

«Hat er von mir gesprochen?»

Fiona schüttelte den Kopf.

«Er sagte, ich solle mich bereithalten, weil eure Expedition ein überraschendes Finale haben würde – die Schlagzeile würde die Leser aufrütteln.»

Fiona war tief bewegt. Zehn Jahre lang hatte sie diese Erinnerungen in Zaum gehalten, wie streunende Hunde, denen sie beigebracht hatte, nicht zu bellen. Doch nun hatte sie selbst die Ketten gelöst. Noch nie hatte sie jemandem erzählt, was damals vorgefallen war, und nun ließen ihre Worte Jean-Pierre auferstehen. Sie spürte ihn neben sich, ganz echt und lebendig, so spöttisch, wie sie ihn kennengelernt hatte. Wäre er mit ihr zusammen abgereist, wären sie zusammengeblieben und hätten vielleicht sogar geheiratet, wäre ihre Leidenschaft abgeflaut und hätte sich vielleicht in etwas anderes gewandelt. Doch ebendieses Bedauern über beider unvollendetes Schicksal hatte ihre Liebe am Leben erhalten und sie sogar noch verstärkt.

Fiona bekam ihre Stimme wieder in den Griff und erzählte weiter: «Ich denke, der Feind, den er in seinem Tagebuch erwähnt, ist seine Krankheit. Jean-Pierre wusste, dass ihm nicht mehr viel Zeit blieb. Sein einziger großer Wunsch war, auf den Gipfel zu gelangen. Alles, was danach passieren würde, war ihm egal. Aber dieses letzte, größte seiner Abenteuer musste er bestehen.»

«Und in jener Nacht ...»

«In jener Nacht muss er begriffen haben, dass seine

Chance gekommen war. Er beschloss, die Sache mit dem Leuchtsignal auszunutzen, um sich ohne dich aus dem Staub zu machen. Er wusste, dass du versucht hättest, ihn aufzuhalten, und er hatte keine Zeit mehr zu verlieren. Er ging alleine los: Das Ziel schien in greifbarer Nähe zu sein. Er wollte den Berg besiegen, den Tod, und auch dich, Michel. Er wollte nicht nur beweisen, dass er stärker war als du, sondern vor allem, dass er bestens ohne dich zurechtkam.»

«Ich habe das nicht verstanden …» Michel schüttelte den Kopf. «Ich habe es einfach nicht verstanden …»

«Jean-Pierre hatte seine Krankheit vor allen verheimlicht. Es war die einzige Möglichkeit, auf den Gipfel zu gelangen. Du wusstest das nicht und folgtest ihm, um ihn aufzuhalten. Wieder einmal funktest du dazwischen, und ausgerechnet im wichtigsten Augenblick – du wolltest ihm nicht nur den Gipfel verwehren, sondern auch die Möglichkeit, zu sterben, wie und wann er sich das vorgestellt hatte. Du und dein Vater habt ihn ein Leben lang kontrolliert, und nun wolltest du auch noch über seinen Tod bestimmen. Das war zu viel für ihn.»

«Deshalb war er so wütend auf mich! Deshalb ist er mit dem Pickel auf mich losgegangen …»

«Er wusste, du würdest ihn nicht gehen lassen. Es war seine einzige Möglichkeit, sich von dir zu befreien.»

Im Zelt breitete sich Schweigen aus. Ein paar Minuten lang nahm Michel seine Umgebung nicht mehr wahr. Ausgehend von diesen Enthüllungen, ließ er widerstrebend ihre gesamte Vergangenheit Revue passieren, seine eigene und die von Jean-Pierre. Einzelheiten, Details, Feinheiten und Umstände, die ihm früher unbedeutend vorgekommen waren, erschienen nun in einem ganz anderen Licht. Fionas Bericht war wie ein Dominostein, der beim Umfallen alle anderen mit sich reißt. Das ging bis ... bis in ihre Kindheit. Warum hatte ihr Vater Jean-Pierre nie leiden können? Vielleicht spürte er jene autodestruktive Seite, die Jean-Pierre schon als Kind entwickelt hatte?

«Es ist unglaublich», sagte Michel erschüttert. «Seit zehn Jahren bin ich auf der Suche nach der Wahrheit, und ausgerechnet hier oben finde ich sie.»

«Nicht wir sind es, die Wahrheit finden», ließ sich Tenzing von seinem Lager her vernehmen. «Wahrheit kommt uns entgegen. Du hattest Verabredung mit ihr auf diesem Berg.»

«Schön, schön», kommentierte der Baron. «Wie heißt es bei euch Franzosen? *Tout se tient*, es hängt doch alles miteinander zusammen.»

«Und du, Hans, woher wusstest du das eigentlich?»

«Das von dir und Jean-Pierre? Nun, ich habe etliche Jahre meines Lebens damit zugebracht, zu rekonstruieren, was hier vor zehn Jahren geschah, und dazu gehörte auch, was Michel und Jean-Pierre während der Vorbereitungen auf die Expedition taten.»

«Hatten wir denn so viel Aufmerksamkeit verdient?»

«Mir war nicht klar, was zwischen euch geschehen war, aber ich wollte es herausfinden. Bei meinen Nachforschungen stellte ich fest, dass ihr die Nacht zusammen in Kathmandu verbracht hattet. Selbes Hotel, selbes Zimmer. Ziemlich erhellend, oder nicht?»

«Und wusstest du auch von seiner Krankheit?», fragte Fiona.

«Nein. Leider nicht. Ich glaube, das wussten nur er und sein Arzt, der mich leider nicht empfangen wollte. Hätte Michel übrigens davon gewusst, wären wir jetzt nicht hier, um darüber zu reden ...»

«Was soll das heißen?»

«Ich bitte dich! Hätte er von Jean-Pierres Krankheit gewusst, hätte Michel sich bestimmt nicht so ins Zeug gelegt, um ihn bis auf den Berg zu verfolgen und dann von hinten mit dem Pickel zu erschlagen. Nein, er hätte ihn seelenruhig allein zum Gipfel ziehen und dort sterben lassen!»

«Hör doch endlich auf mit dieser absurden These, Hans!», schalt Fiona. «Du vergisst, dass Michel seinem Bruder gefolgt ist, weil er ihn retten wollte!»

«Oder weil er ihn umbringen wollte, in dem einzigen Moment, in dem es keine Zeugen gab. Nein, meine Liebe: Die Wahrheit werden wir nie in Erfahrung bringen. Wir haben lediglich einige Fakten auf der einen Seite und ein paar Versionen des Angeklagten selbst auf der anderen. Jeder kann sich sein Teil denken. Wenn der Sturm vorbei ist, wird der erste Bergsteiger, der hier vorbeikommt, sechseinhalb Leichen finden. Zehn Jahre nach dem Tod des berühmten Bergsteigers und jungen Milliardärs Jean-Pierre Leblanc kommt auch sein Bruder bei dem mutigen Versuch, die Leiche zu bergen, ums Leben – so etwas in der Art, nicht wahr, Fiona? Niemand wird je erfahren, was wir entdeckt haben.»

Fiona hätte gern etwas erwidert, wusste aber nicht, was. Hans hatte recht: Sie würden auf dem Berg sterben, es gab keinen Ausweg mehr.

Auf einmal hörte man Michels Stimme im Zelt:

«Ich werde mich darum kümmern.»

Fiona, Iaan und der Baron drehten sich zu ihm um.

«Wir können nicht länger warten. Auch wenn er bereits aufgebrochen ist, der Hilfstrupp wird zu spät hier sein. Wir haben keine andere Wahl. Ich werde euch hinunter zum Basiscamp führen. Wir brechen heute Nacht um zwei Uhr auf.»

Einen Moment lang starrten ihn alle wortlos an. Dann setzte der Baron ein theatralisches Grinsen auf:

«Du? Das finde ich ja lustig. Der Wolf im Schafspelz, kann ich da nur sagen!»

«Michel könnte recht haben, Hans», sagte Fiona ruhig. «Es ist unsere einzige Möglichkeit.»

«Versteht ihr nicht, dass er uns alle umbringen will? Er will uns da rauslocken, um uns einen nach dem anderen zu töten. Es ist die gleiche Strategie, deren er sich auch bei seinem Bruder bedient hat!»

«Was schlägst du vor?»

«Hier zu warten. Der Hilfstrupp ist auf dem Weg zu uns.»

Fiona zeigte auf den Sherpa, der wieder eingeschlafen war.

«Und Tenzing?»

Der Baron schüttelte den Kopf.

«Wenn ihr tatsächlich aufbrechen wollt, könnt ihr ihn nicht mitnehmen. Ihr werdet es nicht schaffen, ihn zu transportieren. In Anbetracht unserer Lage ist es einfach zu schwierig!»

Fiona begegnete Iaans verlegenem Blick.

«Nein», sagte Michel mit schneidender Stimme. «Ich werde niemanden im Stich lassen. Tenzing kommt mit uns, und ihr werdet mir dabei helfen. Wir müssen ihn nur auf dem Schnee zu Tal gleiten lassen. Am Felsvorsprung werde ich ihn abseilen. Wir werden es schaffen!»

«Und wie soll das gehen, wo wir doch so viel Material verloren haben?»

«Ich brauche keine Steigeisen», erwiderte Michel. «Und beim Abstieg benutzen wir einfach kürzere Seillängen. Wir haben keine Alternative.»

Ganz außer sich, rang der Baron die Hände. Michel dagegen war vollkommen gelassen.

Fiona blickte zwischen den beiden hin und her. Sie musste sich entscheiden. Instinkt oder Vernunft? Einem von beiden musste sie vertrauen. Doch wem?

Siebter Tag

Leb wohl, Jean-Pierre

Die kurze Nacht am Himalaya brach an, doch keiner der fünf konnte schlafen. Fiona wälzte sich im Schlafsack hin und her und versuchte, einen Ausweg aus ihrem Dilemma zu finden. Iaan fragte sich, ob er es wohl schaffen würde, zum Basislager abzusteigen, oder ob seine glorreiche Karriere als Paparazzo ausgerechnet bei dem einzigen seriösen Auftrag der letzten Jahre beendet würde. Tenzing betete, ließ sein Leben an sich vorbeiziehen und fragte sich, ob sein Karma ihn zu einer höheren Existenz führen würde oder ob er aufgrund seiner Missetaten im nächsten Leben als niederes Lebewesen zur Welt käme. Der Baron bebte vor Wut und Furcht, Hass und Verzweiflung: zehn Jahre! Zehn Jahre hatte er versucht, seinen Feind zu vernichten, und nun schienen all seine Anstrengungen zunichte gemacht. Henriette … Henriette, warum bist du damals nur gegangen? Du warst zu gut für ihn – einen Mörder! Und Michel Leblanc … Michel war der Einzige, dem es gelungen war einzuschlafen. Seine Erfahrung und das körperliche Training erlaubten ihm, seine Nerven unter Kontrolle zu behalten.

Als es zwei Uhr war, hatte Fiona noch immer keine Entscheidung getroffen. Sie lauschte angestrengt: Der Wind blies noch immer, schien aber nachgelassen zu haben. Vielleicht hatte Michel recht, vielleicht war dies die letzte Gelegenheit …

«Glaub ihm nicht», flüsterte ihr jemand im Dunkeln ins Ohr, und sie drehte sich erschrocken zur Seite. Hans hatte sich neben sie gezwängt und versuchte ein letztes Mal, sie zu überzeugen. «Bei diesem Sturm werden uns die Rettungstrupps nie finden, wenn wir am Berg unterwegs sind. Weißt du, was 1996 am Everest passiert ist? Eine Gruppe Bergsteiger schaffte es bis fünfzig Meter oberhalb des Basiscamps, doch niemand fand sie. Alle drei starben. Und uns wird es ebenso ergehen.»

Fiona schloss die Augen, versuchte, sich nicht beeinflussen zu lassen. Von Reichlin ... sie konnte ihn nicht mehr ertragen! Doch wenn er recht hatte?

«Also, habt ihr euch entschieden?»

Michels Stimme erklang im Zelt. Er knipste eine Petzl an. Er war schon halb aufgestanden und hellwach.

Die anderen blickten sich an und warteten darauf, dass einer von ihnen den ersten Schritt machte. Sie mussten eine Entscheidung treffen, von der ihr Leben abhing.

Was soll ich nur tun?, fragte sich Fiona. Sie überlegte hin und her, als ihr Blick auf ein scheinbar unbedeutendes Detail fiel.

Aus der Tasche von Michels Fleecejacke ragte die Ecke einer Fotografie heraus.

Michel und Jean-Pierre im Gebirge, nebeneinander, lächelnd.

In diesem Augenblick warf Fiona alle Zweifel über Bord.

«Na schön. Ich komme mit dir mit.»

Überrascht drehte Hans sich zu ihr um. Iaan verlor keine Zeit:

«Ich auch», sagte er.

«Ihr seid verrückt!», zischte der Baron. «Ihr wollt sterben!»

«Es ist unsere einzige Möglichkeit, Hans», sagte Fiona, «und das weißt du!»

«Dann machen wir uns jetzt fertig!», befahl Michel. «Nehmt nur das Allernotwendigste mit. Unser Gepäck muss so leicht wie möglich sein.»

Jeder packte seinen Rucksack zusammen. Von Reichlin rührte sich nicht, er kochte vor Wut. Er wollte weder zusammen mit Leblanc hinabsteigen noch allein hier oben bleiben. Sie nahmen eine der Zeltplanen und legten Tenzing mitsamt seinem Schlafsack hinein. Der Sherpa lag nun in einem riesigen Kokon, der leicht über den Schnee gleiten würde.

Während Fiona mit Seilen und Steigeisen hantierte, trat Michel auf sie zu.

«Wieso hast du dich entschieden mitzukommen?», raunte er ihr zu.

Sie schüttelte den Kopf.

«Ich weiß es nicht.»

Doch das stimmte nicht. Sie wusste es ganz genau. Den Ausschlag hatte die Fotografie in Michels Jackentasche gegeben. Wenn jemand zu so viel Liebe fähig ist, kann er kein schlechter Mensch sein.

«Jetzt bleibt uns nur noch eines zu tun», sagte Michel, als die Rucksäcke gepackt waren.

Im Licht der Stirnlampen folgten sie ihm nach draußen vors Zelt. Unvermindert tobte der Schneesturm. Michel schleifte Jean-Pierres Leiche zu einer Stelle, an der ein wenig Fels hervorragte. Er begann Steine zu sammeln und sie um und auf den Leichnam zu legen, baute eine Art kleinen Hügel.

«Was macht er da?», fragte Fiona.

«Er baut einen *chorten*», erklärte der Baron. «Das ist ein Grab. Oder vielmehr, wie es hier üblich ist, ein Grabdenkmal.»

Fiona musste an die zahlreichen Steinhaufen denken, die ihr bei der Anreise zum Berg und auch auf dem Berg selbst aufgefallen waren. Sie hatte sich nicht gefragt, was das war, aber nun wusste sie es.

«Dann hast du also aufgegeben, Hans. Michel hat auch dich überzeugt.»

«Ganz im Gegenteil, meine Liebe. Dieser *chorten* ist ein ausgezeichneter Orientierungspunkt. Wenn ich nach der Regenzeit wieder herkomme, wird es einfacher sein, die Leiche zu finden.»

Michel brauchte fast eine Stunde, um sein Werk zu vollenden. Nun aber sah der Steinhaufen aus, als könne er auch dem schlimmsten Sturm standhalten.

Leblanc richtete sich wieder auf und betrachtete sein Werk.

«Leb wohl, Jean-Pierre.»

Sie war gerettet

«Wartet! Ich komme mit!»

Alle drehten sich zum Baron um, der abmarschbereit mit dem Rucksack auf der Schulter dastand.

«Schließt du dich uns an, Hans?», fragte Michel.

«Ihr lasst mir ja keine andere Wahl. Allein könnte ich nicht überleben.»

«Na gut. Wir werden Tenzing abwechselnd ziehen.»

«Oh nein! Ich möchte dir nicht die Gelegenheit geben, mich anzugreifen, wenn ich die Hände nicht frei habe. Den Sherpa mitzunehmen ist glatter Wahnsinn – kümmere dich gefälligst selbst um ihn!»

Fiona fuhr ihn wütend an:

«Hans! Du benimmst dich wie das größte ...»

«Du hast dich von ihm einwickeln lassen, Fiona! Aber ich falle nicht auf ihn herein.»

Die Gruppe setzte sich in Bewegung. Michel und Iaan schleiften die Plane, in die Tenzing gehüllt war. Fiona ging hinter ihnen und achtete darauf, dass er nicht hinausfiel. Als Letzter folgte von Reichlin, der einen gewissen Sicherheitsabstand einhielt. Alle hatten ihre Stirnlampen eingeschaltet.

Langsam marschierten sie auf dem Plateau bis zum Ende des Sattels. Dann begann der Abstieg.

«Karabiner einhaken», ordnete Michel an.

Fiona gehorchte.

«Geh du voran, Iaan!», sagte Michel. «Ich bleibe hinter dir, damit ich Tenzings Gewicht abfange.»

Der Hang wurde immer steiler. Das Bündel mit dem Sherpa drohte an Fahrt zuzunehmen, und Michel musste sich mit aller Kraft nach hinten lehnen und dagegenstemmen. Auch Iaan rammte die Hacken gehörig in den Schnee, um seinerseits die Plane mit dem Sherpa abzufangen, die sich ihm entgegendrängte. Fiona konnte ihnen nicht helfen: Es war jetzt schwierig genug, an sich selbst zu denken ... Sie konzentrierte sich auf jeden einzelnen Schritt. Der Hang wurde immer steiler: Ein Fehltritt hätte den Tod bedeutet.

Sie brauchten eine halbe Ewigkeit bis zum Felssporn, der die einzige alpine Herausforderung dieses Abschnitts darstellte. Das Morgenrot drang nur mühsam durch das Schneegestöber; das Licht der Stirnlampen war nach wie vor unabdingbar. Michel legte Tenzing an einer geschützten Stelle ab und blieb kurz stehen, um wieder zu Atem zu kommen. Dann trat er an die Kante des Vorsprungs.

«Am schnellsten geht es, wenn wir uns abseilen», sagte er. «Wir müssen uns beeilen. Wir sind noch nicht weit gekommen. Bei dieser Geschwindigkeit schaffen wir es niemals rechtzeitig zum Basiscamp.»

«Daran ist der Sherpa schuld», sagte der Baron. «Seinetwegen sind wir so langsam.»

Michel drehte sich zu ihm um und sah ihn herausfordernd an.

«Tenzing bleibt bei uns. Wenn du schon mal vorgehen willst, bitte sehr.»

«Diesmal, lieber Michel, nehme ich dich beim Wort!»

Der Baron griff nach dem letzten Seilstück und befestigte es an einem Haken im Eis. Dann seilte er sich mit raschen Bewegungen ab.

«Hans ist weg. Jetzt bist du dran, Iaan.»

«Gibt es hier nicht zufällig irgendwo einen Aufzug?»

Iaan seilte sich an der Steilwand ab, indem er Michels Anweisungen befolgte und das Seil durch die Karabiner gleiten ließ.

«Und nun du, Fiona. Dann lasse ich Tenzing zu euch herab. Zusammen müsstet ihr es schaffen, ihn in Empfang zu nehmen.»

«In Ordnung», antwortete sie.

Sie befestigte das Seil am Karabiner des Haltegurts und bereitete sich auf den Abstieg vor, mit dem Gesicht zum Berg.

«Lauf einfach mit den Füßen die Wand entlang, und alles wird wunderbar klappen», empfahl ihr Michel.

«Wir sehen uns unten», erwiderte sie und ließ das Seil durch die Öse gleiten.

Im Grunde war es ganz einfach. Man musste lediglich das Seil durch die Hände rutschen lassen, in den Knien locker bleiben und in weit ausholenden federnden Schritten abwärts gehen.

Sosehr sie sich jedoch selbst Mut machte – Fiona musste ständig daran denken, dass ihr Leben gerade in Michels Händen lag. Da war er nun, jener Moment, den von Reichlin so sehr gefürchtet hatte: Es wäre für Michel jetzt ein Leichtes, sie einfach ...

Sie wurde in ihrem Gedankenfluss unterbrochen.

Es gab einen Ruck.

Plötzlich stürzte Fiona ein paar Meter nach unten; sie hielt das Seil unnötigerweise noch gespannt.

Gleich werde ich wissen, wie es ist zu sterben, dachte sie noch.

Ein weiterer Ruck, ebenso heftig wie der erste.

Fiona hing in der Luft. Sie baumelte im Leeren und

drehte sich um die eigene Achse, vollkommen hilflos. Jetzt konnte sie nur noch beten.

Sie sah nach oben.

Michel …

Hatte sie sich getäuscht? Hatte sie dem falschen Mann vertraut?

Nach einigen endlosen Sekunden beugte sich eine im Schneegestöber nur undeutlich zu erkennende Gestalt über den Rand des Felssporns.

«Fiona», rief eine Stimme.

Michel.

«Hier!», schrie sie. «Ich bin hier!»

«Alles in Ordnung?»

«Ich habe mich ein wenig erschreckt. Was ist passiert?»

«Der Haken im Eis. Er hat nachgegeben. Zum Glück habe ich das Seil festgehalten. Mach dir keine Sorgen. Ich seile dich jetzt ab.»

Fiona spürte, dass es wieder nach unten ging, Zentimeter um Zentimeter. Sie hing in einem grauen Nichts aus Schnee und Wind. Sie konnte Michel dort oben nicht sehen, und das Felsband unter ihr, auf dem sie hätte landen sollen, sah sie auch nicht. Nun hing ihr Leben an einem seidenen Faden, den Michel in Händen hielt. Es wäre ein Leichtes, sie auf dem Boden zerschellen zu lassen. Ein weiterer tragischer Bergsteigerunfall … Hör auf, sagte Fiona zu sich selbst. Du denkst ja schon wie von Reichlin, der vor lauter Hass überall nur Verrat wittert. Michel würde niemals …

Plötzlich spürte Fiona etwas unter ihren Füßen.

Sie blickte nach unten.

Ohne dass sie es gemerkt hatte, war sie auf dem Felsband gelandet. Sie hatte wieder Boden unter den Füßen! Erleichtert seufzte sie auf, und mit ihrem Atem stieß sie auch die Angst aus, die sie während des gesamten Abstiegs gepeinigt hatte.

Sie war gerettet.

Ein ins Eis gerammter Pickel

Mit ausgebreiteten Armen warteten Fiona und Iaan darauf, dass Michel Tenzing herunterließ. Sie sahen aus wie zwei Gläubige, die der Ankunft ihres Gottes entgegensehen. Mitten im Toben des Sturms zeichnete sich Tenzings Silhouette immer deutlicher ab. Genauso musste es damals am Eiger gewesen sein, dachte Fiona: Michel hatte Heinemann gerettet und den anderen dem Tod ausgeliefert.

Sie betteten Tenzing auf den Schnee. Der Sherpa war bei Bewusstsein, konnte aber nur mit äußerster Mühe die Arme bewegen. Dankbar blickte er sie an.

Sie packten ihn wieder in die Plane und setzten ihren Weg fort. Hans hatte ihnen aus ein paar Meter Entfernung zugesehen, ohne ihnen zu helfen.

Während es eine halbe Stunde zuvor noch danach ausgesehen hatte, als habe sich der Sturm gelegt, blies der Wind nun mit verstärkter Intensität. Eigentlich hätte die Sonne bereits scheinen sollen, doch der Sturm verdüsterte alles. Windböen peitschten ihnen ins Gesicht. Fiona spürte ihres schon gar nicht mehr: Sie hatte das Gefühl, eine Maske aus Eis zu tragen, die jeden Augenblick in Stücke zu zerspringen drohte. Das Einzige, was zählte, war weiterzugehen, Schritt um Schritt. Sie konnte nicht einmal feststellen, ob sie auf- oder abwärts ging, und beschränkte sich darauf, den Spuren ihrer Gefährten zu folgen. Wusste Michel, wo sie waren, oder hatte auch er die Orientierung verloren? Niemand würde sie hier jemals finden. Wo sie schon Iaan, der vor ihr ging, kaum erkannte, wie konnte da jemand ihre Abstiegsroute sehen?

Sie hielt den Atem an, als ihr bewusst wurde, dass sie jeden Augenblick einen Schritt ins Leere machen könnte.

«Halt!», befahl Leblanc an einer bestimmten Stelle. «Wir sind gleich an der Gletscherspalte, die wir überqueren müssen. Hier muss irgendwo eine kleine Leiter sein.»

Fiona blieb stehen. Im verschwommenen Licht des Sturms konnte sie undeutlich einen dünnen dunklen Spalt ausmachen, der direkt vor ihren Füßen lag. Hätte Michel sie nicht aufgehalten, wäre sie direkt in die Öffnung im Boden gestürzt.

«Wartet hier auf mich», befahl Michel und verschwand rechts von ihnen. Sie drückten sich aneinander, wie Schafe, die von einem Wolfsrudel belagert werden. Nach wenigen Minuten kehrte Leblanc zurück.

«Es ist so, wie ich es in Erinnerung hatte. Hier entlang. Wir müssen uns beeilen. Trotz des Sturms steigt die Temperatur – das sind die Auswirkungen des Monsuns, der allmählich aufzieht. Das Eis wird immer dünner. Es ist gefährlich.»

Michel und Iaan schleiften Tenzing wieder vorsichtig weiter. Fiona und Hans folgten ihnen mit eingezogenen Schultern. Kurz darauf blieb Michel stehen. Vor ihnen sah Fiona schemenhaft die geometrische Struktur der waagerecht über dem eisigen Abgrund liegenden Leiter.

«Zuerst gehen Iaan und ich mit Tenzing hinüber. Dann kommen Hans und du.»

Michel sicherte den Sherpa mit einem Seil, das er an seinen eigenen Haltegurt knüpfte. Mit größter Vorsicht setzte er einen Fuß auf die erste Sprosse der Leiter. Gleich darauf machte er einen Schritt, dann noch einen und noch einen. Nun war die gähnende weiße Leere direkt unter ihm. Eine Unsicherheit, ein Zögern hätte fatale Folgen gehabt …

Überaus behutsam zog Leblanc Tenzing über die Leiter, sorgsam darauf bedacht, dass er über das kalte Metall glitt, ohne nach links oder rechts abzurutschen. Iaan ging hinterher. Er hätte gerne geholfen, war aber zu sehr mit sich selbst beschäftigt. Allein lief Leblanc Gefahr, zusammen mit Tenzing in die Gletscherspalte zu stürzen.

«Geh mal zur Seite», sagte der Baron zu Fiona.

Von Reichlin zupfte Iaan am Anorak. Der Fotograf drehte sich um. Hans gab ihm ein Zeichen umzukehren, was Iaan nur zu gern tat. Dann stieg der Baron auf die Leiter. Mit Hilfe des Österreichers, der Tenzing an den Füßen hielt, gelang es Leblanc, den Sherpa hinüberzutragen.

«Kommt rüber!», schrie Michel, als er mit den beiden anderen auf der anderen Seite der Gletscherspalte angelangt war. «Beeilt euch!»

Fiona hatte Iaans Nervosität bemerkt. Der Fotograf hatte Angst. Am besten ging er gleich, bevor er vor Schreck wie gelähmt war.

«Geh du zuerst, ich komme dann nach», sagte sie zu ihm. Ihr Freund war einverstanden. Er musste über die Leiter kriechen und hielt sich an den einzelnen Sprossen fest. Fiona wusste, weshalb: Iaan war nicht schwindelfrei und hatte schreckliche Panik.

Fast zehn Minuten brauchte er, um über die kleine eiserne Brücke auf die andere Seite zu gelangen. Dann ließ er sich erschöpft in den Schnee fallen.

«Komm, Fiona», sagte Michel in aufmunterndem Ton. «Hab keine Angst.»

Fiona setzte den Fuß auf die erste Sprosse. Sie vermied es, nach unten zu sehen, doch sobald sie mit dem Stiefel die Leiter berührte, spürte sie ein leises Zittern, so als ob etwas nachgab. Instinktiv zog sie den Fuß zurück.

«Mach schnell!», rief Leblanc von der anderen Seite der Gletscherspalte herüber.

Fiona begriff. Der Rand, auf dem die Leiter lag, hatte ein paar Zentimeter nachgegeben. Auch im Schneegestöber sah Fiona den Riss, der sich gebildet hatte und der nun parallel zum Rand der Gletscherspalte verlief.

«Beeil dich, bevor alles einbricht!»

Michel versuchte ihr Mut zu machen. Doch die Journalistin war vor Angst wie gelähmt. Sie konnte den Blick nicht von dem Riss abwenden. Hätte sie jetzt die Leiter überquert, dessen war sie sicher, wäre sie zusammen mit der Leiter ins Leere gestürzt. Sie zog den Fuß wieder zurück.

«Ich schaffe es nicht!», schrie sie gegen den Wind an. «Geht weiter. Ich werde einen anderen Weg suchen.»

«Es gibt keinen anderen Weg!», schrie Michel zurück. «Du musst diesen nehmen! Und zwar gleich!»

Bevor Leblanc ausgeredet hatte, marschierte der Baron bereits wieder über die Leiter. Nach wenigen sicheren Schritten stand er wieder neben ihr auf der anderen Seite der Gletscherspalte.

«Die Leiter wird schon halten. Nicht mehr lang, aber sie wird halten», rief er ihr zu. «Sichere dich mit einem Seil an Leblanc. Ich halte von hier aus die Leiter fest.»

So geschah es. Michel warf ihr ein Seil zu und befestigte es an seinem Haltegurt. Inzwischen hatte Hans den Pickel ins Eis gehauen. Mit einer Hand hielt er sich am Griff fest, mit der anderen packte er die Metallleiter.

«Selbst wenn das Eis nachgibt, ich kümmere mich darum. Und jetzt mach schon!»

Fiona setzte erneut den Fuß auf die Leiter. Obwohl diese leicht wackelte, schien sie zu halten.

Ein Schritt, dann noch einer.

Die Leiter rutschte ein paar Zentimeter nach vorn; hinter ihr rutschte sie auf einmal nach unten. Fiona ging in die Knie und griff rasch nach einer Sprosse, um nicht abzustürzen.

Sie drehte sich um. Ein Eisblock am Rand der Gletscherspalte hatte nachgegeben. Nun lag die Leiter nur auf einer Seite auf und ragte auf der anderen ins Leere; das Gleichgewicht war gefährdet. Nur Hans' Griff hinderte sie am Absturz.

«Beeil dich, Fiona! Ich halte nicht mehr lange durch», schrie er ihr mit vor Anstrengung heiserer Stimme zu. *Beeil dich, Fiona!*, wiederholte der Baron stumm für sich. Henriette hatte ihn verlassen, weil sie ihn für einen Feigling hielt. Diesmal aber würde es anders ausgehen.

Fiona machte zwei Schritte, dann wagte sie einen Sprung. Sie landete mit dem Gesicht im Schnee. Sie konnte sich gerade noch umdrehen.

Auf der anderen Seite der Gletscherspalte löste sich ein riesiger Eisblock, direkt unter den Füßen des Barons. Einen Moment lang konnte Hans sich noch am Griff des Pickels festhalten, während die Leiter in den Abgrund stürzte. Für den Bruchteil einer Sekunde stand dieses einzelne Bild vor aller Augen: der Baron über dem Abgrund, mit einer Hand an den Pickel geklammert.

Dann gab von Reichlin nach. Der Handschuh rutschte am Griff des Pickels entlang, Zentimeter um Zentimeter. In unwirklicher Stille verlor der Baron den Halt und stürzte in den Abgrund. Mit angehaltenem Atem wartete Fiona auf ein Geräusch, das nicht kam. Dort, wo sie vorher Hans gesehen hatte, war nun nur noch Schnee – und ein ins Eis gerammter Pickel.

Mit einem Seufzer

Nun waren sie noch zu viert. Eine versprengte Patrouille, die um ihr Überleben kämpfte. Wieder unterwegs, um jeden Preis, ein Ziel vor Augen, das so unerreichbar war, dass es beinahe unwirklich schien.

Die Bemühungen, Hans zu retten, waren vergeblich gewesen. Michel hatte sich über den Rand der Gletscherspalte gebeugt und das Licht der Stirnlampe im Innern kreisen lassen. «Ich sehe ihn nicht. Es scheint sehr tief nach unten zu gehen.»

Auch Fiona hatte sich an den Rand der Spalte gelegt und so laut sie konnte seinen Namen gerufen.

«Haaaaaans!»

Schweigen.

«Haaaaans.» Vergeblich.

Sie hatten noch lange gerufen, ohne eine Antwort zu erhalten. Schließlich mussten sie aufgeben. Sie konnten nicht ihre eigene Rettung aufs Spiel setzen, um zu suchen, wer aller Wahrscheinlichkeit nach schon tot war.

Zur Mühe des Abstiegs kam nun noch das Grauen über das Vorgefallene hinzu. Während sie wie ein Automat einen Fuß vor den anderen setzte, suchte Fiona nach einem Kompass für ihre Seele. Es war zwecklos. Wieder einmal hatte sie ein falsches Urteil gefällt: Sie hatte Hans für einen feigen, opportunistischen und vom Neid zerfressenen Menschen gehalten. Stattdessen … Eine Woche zuvor war alles noch so klar gewesen. Jetzt aber hatte sie jedweden Bezugspunkt verloren.

Ein Schritt, dann noch einer. Fiona fragte sich, was für einen Sinn es überhaupt hatte weiterzugehen. Wäre es nicht besser gewesen, sich einfach in den Schnee fallen zu lassen und auf den Tod zu warten?

Als Erste ging Iaans Stirnlampe aus.

«He? Wer hat das Licht ausgemacht?»

Dann war Fionas Lampe an der Reihe. Mit einem Mal war ihre Sicht so vermindert, als hätte sie ein dunkles Zimmer betreten. Das Gefühl der Niedergeschlagenheit und der Gefahr verstärkte sich.

Nun brannte nur noch die Petzl von Leblanc, der den Weg bahnte und Tenzing hinter sich herzog. Fiona und Iaan folgten blindlings, sie gingen dicht hintereinander, wie Flüchtlinge, die mit einem Seil aneinander gebunden sind. Bald würde der Berg sie bezwungen haben.

Michels Stirnlampe flackerte noch einmal auf, dann erlosch auch sie. Leblanc blieb stehen, und Fiona und Iaan stellten sich neben ihn.

«Hat jemand Ersatzbatterien dabei?»

Schweigen.

Michel zögerte. Nicht einmal er konnte unter diesen Bedingungen weitergehen – es war zu gefährlich. Wenn sie aber stehen blieben, würden sie ebenfalls sterben. Die vier bildeten ein schwaches Fünkchen Leben auf diesem Berg. Ihre Körperwärme würde nach und nach immer weniger werden, bis sie schließlich vollständig erlosch. Fiona musste an einige entsetzliche Berichte denken, die sie gelesen hatte: Bergsteiger, die sich nicht mehr bewegen konnten, aber noch zwei oder sogar drei Tage gelebt hatten. Am Himalaya starb man nicht plötzlich, sondern allmählich. Erst kroch die Kälte Arme und Beine hinauf, dann erfasste sie den Leib. Das Herz konnte noch stunden- oder gar tagelang schlagen, während der Körper längst verendet war. Ein paar Bergsteiger waren mit einer aus medizinischer Sicht undenkbaren Körpertemperatur aufgefunden worden, und doch lebten sie noch. O Gott, dachte Fiona in einem Anflug von Panik, ich will so nicht sterben.

«Jetzt können wir nur noch warten», sagte Michel düster. «Wir sind auf der Abstiegsroute. Wenn die Rettungsmannschaft tatsächlich unterwegs ist, werden sie hier auf uns stoßen.»

Doch er wusste, wie wenig überzeugend seine Worte klangen. Die Rettungsmannschaft konnte zehn Meter neben ihnen vorbeigehen, ohne es zu bemerken. Kein Zweifel, ihre Lage war ziemlich aussichtslos. Michel sah auf seine Uhr: Es war drei. Ihnen blieb nur noch wenig Zeit. Bald wurde es dunkel.

«Jetzt brauchten wir eins von euren Leuchtfeuern!», schrie Iaan. «Blau oder gelb, oder von mir aus auch gepunktet.»

Leblanc breitete die Arme aus – er hatte weder Leuchtfeuer noch Batterien oder Lampen dabei. Umkehren war unmöglich, und weiterzugehen bedeutete den sicheren Selbstmord. Nach zehn Jahren hatte der Kinsoru gewonnen. Wer weiß, was Jean-Pierre dazu gesagt hätte.

«Wartet mal», sagte Iaan. «Wir haben zwar keine Leuchtfeuer, aber ...»

Er holte den Fotoapparat aus der Tasche seines Daunenanoraks. Obwohl Michel ausdrücklich gesagt hatte, sie sollten nur das Allernotwendigste mitnehmen, war dies der letzte Gegenstand, den er zurückgelassen hätte.

«Diesmal hatte ich wirklich eine zündende Idee!», rief er, während er den Fotoapparat zur Hand nahm und auf den Auslöser drückte.

Es blitzte drei-, viermal: Es war ein ziemlich leistungsstarker Fotoapparat mit hoher Blitzlichtstärke. Da sie an die Dunkelheit gewöhnt waren, waren sie nun für einen Moment fast blind, und auf ihrer Netzhaut blieb nur ein roter Fleck zurück. Dann nahm die Welt vor ihren Augen allmählich wieder Gestalt an, Stück für Stück, wie am ersten Schöpfungstag. Nach und nach tauchten die tanzenden Flocken wieder auf, der Schneemantel, der sich über den Fels gelegt hatte. Es tauchte auch das Bündel mit Tenzing am Boden wieder auf, und schließlich wurden die Umrisse der reglos dastehenden Gefährten wieder sichtbar.

Während also die Welt wieder Konturen annahm, wollte dennoch ein leuchtender Punkt nicht verschwinden.

Es schien sogar, als nähme er stetig an Intensität zu.

Verständnislos hielten sie den Atem an. Der kleine Punkt schwankte leicht hin und her und bildete so eine Art hypnotisches Pendel. Eine vertraute Bewegung, die Fiona vor Erschütterung erst nicht deuten konnte. Dann begriff sie mit einem Mal.

Aber ja doch … ein Mann! Ein Mann mit Stirnlampe! Und er kam auf sie zu!

«Ich glaube, sie haben uns gesehen», sagte Michel mit einem Seufzer.

Eine Woche danach

Aber sagen Sie es ihm nicht

«Darf ich hereinkommen?»

Iaan steckte den Kopf durch die Zimmertür. Als er ein Nicken zur Antwort erhielt, schlüpfte er herein. Er hielt einen Arm hinterm Rücken verborgen, damit man nicht sah, was er mitgebracht hatte. Er sah seinen im Bett liegenden Freund an. Eine Infusionskanüle steckte in seinem Arm, und sein Kopf war stark bandagiert. Er aß gerade: Er konnte den Löffel kaum halten und schien zielen zu müssen, um seinen Mund zu treffen.

Wenn man ihn so sah, ganz winzig in dem viel zu großen Bett, hatte Tenzing etwas unglaublich Rührendes. Der Sherpa war mit einem Mal stark gealtert: Sein faltendurchfurchtes Gesicht war nicht mehr das eines erfahrenen Mannes, sondern das eines Greises. Dass er einer der zähsten Bergsteiger der Welt war, konnte man kaum glauben.

«Komm», sagte der Sherpa zu ihm, und Iaan trat näher.

«Das duftet aber», sagte der Fotograf und deutete auf den Teller.

«Gemüsesuppe. Die Ärzte erlauben nicht, dass ich etwas anderes esse.»

Tenzing aß auf und versuchte mit ungelenken Bewegungen den Teller auf dem Nachttisch abzustellen. Iaan griff nach dem Geschirr.

«Lass nur, ich mach das schon.»

Sofern Tenzing sich schämte, weil er Hilfe brauchte, so zeigte er dies nicht.

«Na, wie geht's?»

«Kopf tut noch weh.»

«Apropos, ich wollte dich was fragen ...»

Der Sherpa unterbrach ihn.

«Du willst wissen, wer mich da oben geschlagen hat.»

«Ich werde einfach diese verdammte westliche Angewohnheit nicht los, immer alles wissen zu wollen.»

«Kennst du einen amerikanischen Sänger, er heißt Bob, glaube ich? Einmal schreibt er ein Lied, das heißt: *The answer, my friend, is blowing in the wind ...*»

Iaan wollte etwas erwidern, hielt sich dann aber zurück. Was hatte es für einen Sinn, darauf zu beharren? Vielleicht wusste der Sherpa tatsächlich nicht, wer ihn angegriffen hatte. Vielleicht konnte er es auch nicht sagen. Was für einen Unterschied machte das schon?

Tenzing deutete ein Lächeln an. Er mochte Iaan. Er war der Einzige aus ihrem unglückseligen Expeditionsteam, der immer auch den Himmel zu sehen versuchte, nicht nur die Erde. Auch wenn er das gern hinter seinem schrägen Humor verbarg.

«Warum habt ihr mich hierhergebracht?», fragte der Sherpa. «Ich kann Platz hier nicht bezahlen. Zu teuer englisches Krankenhaus.»

«Wir haben hier draußen für dich gesammelt. Weißt du, so von wegen ‹Rettet den schrecklichen Schneemenschen vorm Aussterben› ...»

Tenzing antwortete nicht. Das war seine Art, sich zu bedanken.

«... und ich habe dir auch etwas mitgebracht.»

Iaan holte das Päckchen hervor, das er hinter dem Rücken versteckt hatte, und reichte es dem Sherpa.

«Mach es auf.»

Tenzing betrachtete es konzentriert, als stünde er vor

einer schwierigen Bergwand und müsste nun den günstigsten Angriffspunkt auswählen. Dann riss er das Päckchen mit einer einzigen Handbewegung auf.

In dem Geschenkpapier war eine Plastikschachtel. Und darin ein Spielzeug.

Tenzing schaute es überrascht an.

Es war ein kleines Motorboot. Mit Fernsteuerung.

«Das macht einen Riesenspaß, ich schwör's dir. Ich bin ganz wild darauf», sagte Iaan. «Und vielleicht verhilft es dir ja zu einer etwas weniger fatalistischen Sicht auf das Leben.»

Sie umarmten sich.

«Danke, Iaan. Danke für alles.»

«Hör auf, sonst halten sie uns noch für Verlobte.»

Der Fotograf richtete sich wieder auf.

«Ich muss wieder los. Bald geht mein Flugzeug, und vorher will ich mich noch von zwei Freunden verabschieden.»

Als er die Tür wieder geschlossen hatte, wäre Iaan beinahe mit der Krankenschwester zusammengestoßen, die das Tablett holen wollte. Er legte ihr eine Hand auf den Arm.

«Entschuldigen Sie. Ich habe da drin einen Teller gesehen. Was hat mein Freund da gegessen?»

Das Mädchen lächelte.

«Hühnerbrühe.»

Sie zwinkerte ihm zu.

«Aber sagen Sie es ihm nicht.»

Auch dir *tashi delek*, Michel

«Das war es also, das berühmte Interview.»

Michel nahm die Ohrstöpsel heraus und reichte sie Fiona zusammen mit dem kleinen Recorder.

Sie saßen auf den modernen Hockern des neuen Flughafens in Kathmandu. Es hätte eine europäische Abflughalle sein können, wäre das Gebäude nicht aus den für die ganze Stadt typischen roten Lehmziegeln erbaut worden. Draußen auf der Landefläche pickten in aller Seelenruhe ein paar Hühner.

Die Sonne, die durch die Scheiben schien, zwang sie, Sonnenbrillen aufzusetzen. Am Gletscher hatten sie sich eine lästige Augenentzündung eingefangen.

«Das ist wirklich Jean-Pierre, der hier zum Vorschein kommt», sagte Michel. «Aber du hast es nie veröffentlicht.»

Sie schüttelte den Kopf, ohne etwas hinzuzufügen. Einerseits schämte sie sich ein wenig, andererseits war sie glücklich. Noch niemand hatte dieses Interview gehört.

Verlegen schwiegen sie. Michel wechselte das Thema.

«Schon komisch, wenn man sich das so überlegt. Ausgerechnet der Unerfahrenste von uns allen hat uns gerettet. Das gibt einem zu denken.»

«Du darfst Iaan nicht unterschätzen. Er macht immer Witze, aber genau das hilft ihm, geistig wach zu bleiben.»

«Da kommt er ja.»

Iaan winkte ihnen aus etwa zehn Meter Entfernung zu. In der anderen Hand hielt er zwei große dünne Umschläge aus braunem Karton. Er bahnte sich einen Weg durch die Menschenmenge, die auf den Gängen hin und her strömte: westliche Touristen mit schicken Rucksäcken, einheimische Bauern mit großen Körben voller Ware, zahlreiche Polizisten von einschüchterndem Äußeren. Seit die Bedrohungen vonseiten der maoistischen Guerilla zugenommen hatten, war die Regierung gezwungen, das Überwachungsnetz enger zu ziehen.

«Ich musste ein ordentliches Trinkgeld abdrücken», sagte Iaan, sobald er neben ihnen saß. «Doch dann hat der Typ mir erlaubt, seine Dunkelkammer zu benutzen. Ich wollte die Aufnahmen selbst entwickeln.»

«Und …?», fragte Michel besorgt.

«Wenn man den Film einer derartigen Kälte aussetzt, wird er sehr brüchig. Hätte ich ihn nicht äußerst vorsichtig behandelt, wäre er zerbröselt. Ich musste ihn allmählich auf Raumtemperatur erwärmen und den Film ganz vorsichtig herausnehmen. Das Zelluloid war ein wenig verklebt, aber ein bisschen was ist trotzdem dabei herausgekommen.»

«Lass mal sehen», sagte Michel und streckte die Hand aus.

«Einen Moment. Erst möchte ich euch meine Aufnahmen zeigen. Eigentlich müsstet ihr Eintritt zahlen, aber heute will ich mal nicht so sein.»

Der Fotograf nahm den ersten Abzug und hielt ihn der Journalistin hin.

Die unverwechselbare Silhouette des Fish Tail zeichnete sich in allen Einzelheiten vor dem tiefen Blau des Himmel ab. Fiona konnte nicht umhin, die Schönheit der Aufnahme zu bewundern. Iaan war wirklich ein Künstler.

Fiona reichte Michel das Foto und betrachtete das nächste.

Es war eine Nahaufnahme von Tenzings Gesicht im *golden light*, jenem wunderbaren Licht, das nur kurz am frühen Morgen und bei Sonnenuntergang herrscht. Das Gesicht des Sherpas nahm das ganze Bild ein, und doch sah man auch ein Stück vom Himalaya. Fiona spürte darin die Kälte, das Brausen des Windes, den langsam fallenden Schnee.

Auf dem dritten Foto war ein sich windender Bach zu sehen. Unterhalb des einzigen Baums hockte ein Kind und beugte sich vor, um mit der Hand Wasser zu schöpfen und zu trinken. Fiona erinnerte sich noch an den Ort, an dem sie auf dem Weg zum Basiscamp Rast gemacht hatten. Sie hatte ihn als anonym, vertrocknet, staubig und verlassen empfunden. Iaan dagegen hatte die Poesie der Einsamkeit eingefangen und zugleich die Kraft und die Hoffnung, die dieses Kind dem Bild verlieh.

«Das ... das ist wunderschön, Iaan», sagte sie bewegt.

«Guck dir erst mal die anderen an.»

Fiona betrachtete sie und staunte bei jedem einzelnen über die Schönheit, die Iaan festgehalten hatte, wie ein talentierter Schneider, der auch aus einem schlechten Stoff ein elegantes Kleid zaubert. Landschaften, Porträts, Greise, Kinder, schneebedeckte Gipfel: Jedes Foto erzählte vom Himalaya und seinen Menschen.

Fiona reichte Michel den letzten Abzug. Nur mühsam konnte sie verbergen, wie sehr die Bilder sie bewegt hatten.

Leblanc betrachtete das letzte Bild und gab es dann Iaan zurück. Der Fotograf legte es auf den Stapel mit den anderen Aufnahmen auf dem Plastiktisch.

«Und ... die anderen Fotos?», fragte Michel.

«Es gibt keine weiteren.»

«Nein, ich meinte ...»

«Die Fotos, die ich dort oben geschossen habe? Habe ich weggeworfen.»

Fiona starrte ihn entsetzt an.

«Aber Iaan ... mit diesen Fotos hättest du den Pulitzer bekommen können!»

«Ein neues Möbelpflege-Produkt?»

«Soll das heißen ...»

«Was hätte ich denn tun sollen? Eine alte Geschichte wieder ausgraben, die das Leben eines Freundes zerstört hätte, nur damit mein Name vorn auf der *Times* steht, ich hundertmal interviewt werde und eine halbe Million Dollar verdiene? Das heißt ... wenn ich mir das so überlege ...» Er lächelte.

«Wisst ihr was?», fuhr er fort. «Was die Fotos angeht, hatte Tenzing völlig recht. Dieser Mann hat wirklich etwas drauf! Jede Landschaft hat eine Seele, und jede Seele eine Landschaft. Ein Bild wie dieses ist wahrhaftiger als alle anderen, die ich je geschossen habe.»

«Schade, dass nur wenige Menschen wirklich in der Lage sind, sie zu betrachten», bemerkte Michel. «Große Fotografen allein genügen nicht – man braucht auch große Betrachter.»

Iaan erhob sich.

«Leider muss ich los. Bald geht mein Flieger.»

«Warte!», sagte Michel besorgt.

«Ach ja, deine Fotos. Die hätte ich beinahe vergessen ...», witzelte er.

Sorgenvoll streckte Leblanc die Hand aus.

«Bitte sehr», sagte Iaan und hielt ihm mit feierlicher Geste den Umschlag hin.

Michel war einen Moment lang unschlüssig, dann öffnete er den Umschlag. Er zog das erste Foto heraus und betrachtete es eine halbe Ewigkeit. Dann das zweite, das dritte, das vierte ... Fiona, die ihm gegenübersaß, konnte die Aufnahmen nicht sehen, nur die leuchtend weißen Rückseiten. Zu gern hätte sie sie ihm aus der Hand gerissen, beherrschte sich aber.

«Und, wie sind sie geworden?», fragte sie schließlich.

Michel lächelte sie an. Er schob die Fotografien zusammen und reichte sie ihr.

Fiona betrachtete das erste Bild. Die Konturen waren ein wenig verwischt, als wäre mit Weichzeichner gearbeitet worden. Hier und da fand sich ein kleiner weißer Fleck. Zehn Jahre im Eis hatten dem Film zugesetzt. Doch die Journalistin erkannte trotzdem das Basiscamp am Kinsoru. Inmitten der Zelte, vor einem Gaskocher, kauerte Jean-Pierre. Ihr Herz machte einen kleinen Sprung.

Auf dem zweiten Bild war wieder Jean-Pierre zu sehen, diesmal von oben herab fotografiert, während er am Seil an einem Steilhang hing.

Fiona blätterte die anderen Aufnahmen durch, immer rascher: Jean-Pierre lachend, Jean-Pierre beim Kochen, Jean-Pierre, der in seinem Schlafsack schlief, Jean-Pierre mit Kapuze und Brille im Sturm, Jean-Pierre beim Stiefelanziehen, Jean-Pierre ganz im Hintergrund auf dem Eis, mit beiden Händen winkend, Jean-Pierre im Schnee sitzend, mit verdrießlichem Gesicht.

Fiona kam zum letzten Bild. Der etwas schiefe Rahmen wies darauf hin, dass es mit Selbstauslöser gemacht worden war. Jean-Pierre und Michel, beide bis auf einen kleinen Lendenschurz nackt, nebeneinander im kniehohen Wasser eines Tümpels stehend, aus dem heiße Dämpfe aufstiegen. Sie lachten. Sie hatten den Arm umeinander gelegt.

Fast eine Minute lang betrachtete Fiona das Foto. Sie

verglich die Gesichter der Brüder, suchte nach Gemeinsamkeiten und Unterschieden.

Sie sah auf, um Michel anzublicken, der sie seinerseits ansah.

«Das ist alles?», fragte sie ihn. «Kein dunkles Geheimnis, das sich hier verbirgt?»

«Das ist alles», erwiderte er ruhig.

Auf dieser Filmrolle waren die letzten Bilder eines glücklichen Jean-Pierre, die letzten heiteren Augenblicke seines Lebens, die letzten Erinnerungen, die Michel um jeden Preis wiederhaben wollte, um sie für immer festzuhalten. Es war der kostbarste Schatz, den er in den Eingeweiden des Bergs hatte finden können.

Leblanc wollte die Fotos wieder in den Umschlag stecken, als im selben Augenblick ein dicker rothaariger Junge, wahrscheinlich ein Amerikaner, mit dem Rucksack gegen seine Schulter stieß. Ein paar der Bilder segelten zu Boden.

«Entschuldigen Sie bitte», sagte der Junge und machte Anstalten, sich hinzuknien, um sie aufzuheben, doch Iaan war schneller. Er sammelte die Fotos auf und reichte sie Michel, der sie vorsichtig entgegennahm, als handelte es sich um antikes Pergament.

Svarbard stand auf und packte seine eigenen Fotos ein.

«So, jetzt muss ich aber wirklich los!»

«Was wirst du denn jetzt machen?», fragte Fiona.

«Willst du wissen, ob ich weiterhin vorhabe, meine Kunst zu verschwenden, um über den Globus zu jetten und dahergelaufene Exhibitionisten und Scharlatane zu fotografieren? Ich weiß es nicht, da muss ich erst mal nachdenken. Schließlich werden auch Reisereportagen so gut bezahlt, dass ich mir um meine Rente keine Sorgen zu machen brauche.»

Michel erhob sich und drückte ihm lange die Hand. Er war gerührt.

«Danke, Iaan. *Tashi delek.*»

Iaan umarmte ihn.

«Auch dir *tashi delek*, Michel.»

Diesmal trage ich die Gasflaschen

Fiona und Michel blieben noch auf den Hockern in der Flughafenhalle sitzen, wie zwei Gäste, die sich nicht dazu entschließen können, ein schönes Fest zu verlassen, das mittlerweile in den letzten Zügen liegt.

«Jetzt sind nur noch du und ich da. Ich dachte ...»

Sie fiel ihm ins Wort.

«Du weißt es, Michel. Ich werde keine einzige Zeile schreiben.»

«Wie willst du das deiner Redaktion erklären?»

«Ich weiß es nicht. Doch darum mache ich mir keine großen Sorgen. Sollen sie sich doch zum Teufel scheren. Allerdings ist da noch die Leiche von Jean-Pierre. Jemand könnte sie finden.»

«Normalerweise durchwühlt niemand einen *chorten*. Sie sind heilig. Und außerdem ist die Saison ja jetzt zu Ende. Vor Oktober wird es keine weiteren Expeditionen zum Kinsoru geben.»

Sie sagten nichts mehr, wie zwei Kartenspieler, die auf eine Gelegenheit warten, mit dem As zu stechen.

«Und du?», sagte sie schließlich. «Was wirst du jetzt tun?»

«Ich hab hin und her überlegt in den letzten Tagen. Weißt du, was mich am meisten belastet? Das Geld. Das ganze Geld, das Papa meinem Bruder hinterlassen hat und das dann an mich übergegangen ist. Vielleicht ist das lächerlich, aber die Wahrheit ist die: Ich habe Angst davor. Es ist mit Jean-Pierres Blut befleckt.»

«Das stimmt nicht, Michel, und das weißt du auch. Na ja, wenn es dich so sehr belastet, dürfte es ja nicht allzu schwer sein, dich davon frei zu machen.»

«Das dachte ich mir auch. Sieh dir die Leute hier an.»

Michel deutete auf eine Gruppe Einheimischer mit ausgebeulten Kleidern, sonnenverbrannten Gesichtern und gelassenem Lächeln.

«Sie brauchen alles und ich nichts. Ich habe beschlossen, eine Stiftung ins Leben zu rufen, die ihnen zu einem besseren Leben verhilft. Vor allem in den entlegensten Tälern, zu Füßen der Berge. Ich möchte Fachleute anheuern, die ihnen zeigen, wie man Felder bewirtschaftet, Bewässerungskanäle anlegt, wie man Straßen, Häuser, Schulen baut, wie man Sonnenenergie nutzt. Es gibt so viel zu tun, dass selbst all mein Geld dafür nicht ausreichen wird. Das ist nicht meine Idee: Ich möchte nur Jean-Pierres Pläne weiterführen.»

«Michel ...», sagte Fiona.

In diesem Augenblick, so als führe sie ein Eigenleben, überwand seine Hand die Distanz zwischen ihnen und suchte nach der ihren. Sie schlangen die Finger ineinander.

«Michel ...», wiederholte sie, und mehr brauchte ja auch nicht gesagt zu werden.

Sie sahen sich lange an, konnten kaum glauben, was gerade geschah. Zehn Jahre hatten sie wie gelähmt gelebt, und nun, auf einmal, löste sich die Blockade wie ein Eisbrecher, der festgefroren war und nun endlich den Weg zum offenen Meer findet.

«Ich glaube, jetzt bin ich so weit», verkündete Michel.

Fiona blickte ihn verwirrt an.

«Wofür?»

«Für meinen und Jean-Pierres alten Traum. Der Südpol. Zu Fuß. Ohne Schlitten, ohne Flugzeuge, ohne Versorgungslieferungen.»

Fionas Gesicht verdüsterte sich, und mit einem Ruck zog sie die Hand zurück. Da hatten sie sich gerade gefunden, und schon wollte er wieder fort. Was hatte Jean-Pierre gesagt? Du kannst alles von einem Bergsteiger verlangen, nur nicht, dass er die Berge aufgibt.

Fiona bemühte sich, ihre Enttäuschung zu verbergen. Schlussendlich hatte sie es hier ja immer noch mit einem Mann zu tun.

«Wann hast du vor aufzubrechen?»

«Auf der Stelle. Ich muss nach Argentinien, um die Expedition vorzubereiten.»

Michel griff wieder nach ihrer Hand, während er aus der Tasche zwei Flugtickets zog.

«Willst du mich begleiten?»

Die Frage hallte in ihrem Kopf wider, als hätte eine Glocke zu dicht an ihrem Schädel geschlagen.

Willst du mich begleiten?

«Endlich habe ich es geschafft, Jean-Pierre zu beerdigen», erklärte Michel. «Nicht nur da oben, auf dem Berg … Sondern auch hier», und dabei deutete er auf seinen Kopf. «Jeder hat sein Schicksal in der Hand. Ich habe alles getan, was mir möglich war.»

Er machte eine kleine Pause und fügte dann hinzu:

«Willst du mich begleiten?»

Fiona überlegte ein paar Sekunden.

«Unter einer Bedingung, Michel.»

«Alles, was du willst.»

Sie drückte seine Hand noch fester und sagte:

«Diesmal trage ich die Gasflaschen.»

Genau in dem Augenblick hob das Flugzeug ab

Alle Plätze des Flugzeugs nach London waren besetzt. Während die Maschine übers Rollfeld glitt, nahm Iaan den immer stärkeren Geruch der in ihre Sitze gepferchten Menschen wahr, der sich mit dem der Gegenstände und Esswaren auf der Gepäckablage mischte. Die Emigranten nahmen ein kleines Stück Heimat mit.

Iaan störte es nicht. Er war fröhlich gestimmt, denn wie immer, wenn er seinem Leben eine neue Wendung gab, fühlte er sich von einer Art unbewusster Triebkraft erfüllt. Wieder zurück in England, was würde er tun? Noch hatte er keine Ahnung. In einer chaotischen, lieblosen und stinkenden Stadt würde er wohl nicht mehr leben wollen. Nachdem er die eisige Einsamkeit des Himalaya kennengelernt hatte, wollte er sich nicht wieder in irgendeiner Wohnung verkriechen. Eine Farm in Essex? Eine Villa am Meer in Cornwall? Oder gar zu Hause in Norwegen?

Das Flugzeug blieb stehen und wartete auf die Starterlaubnis. Wahrscheinlich waren das nur die Phantasien eines Mannes, der nicht erwachsen werden wollte … Bis zur Landung in London waren all seine guten Absichten wahrscheinlich wieder dahin. Vielleicht aber auch nicht. Vielleicht würde er tatsächlich eine neue Seite im Buch seines Lebens aufschlagen.

Um sich abzulenken, betrachtete er aus dem Augenwinkel seinen Nachbarn. Ein eleganter älterer Herr mit weißen Haaren und Schnurrbart. Der klassische englische Gentleman, der das gemäßigte Abenteuer liebt und stets seinen Fünf-Uhr-Tee einnimmt. Iaan senkte den Blick und stellte zufrieden fest, dass seine Schlussfolgerungen sich als vollkommen richtig erwiesen hatten: Der Herr las die internationale Ausgabe der *Times*. Wegen seiner Weitsichtigkeit hatte er eine Brille auf.

Die Motoren des noch immer auf der Erde verharrenden Flugzeugs vibrierten, bevor sie die nötige Kraft aufbrachten, die Maschine in die Luft zu heben. Iaan hatte den Umschlag mit den Fotografien im Handgepäck. Er zog die Fotos heraus und betrachtete sie zum tausendsten Mal. Der Kinsoru. Tenzing. Ein erschöpfter Yak im Schnee, mit angewinkelten Beinen. Michel und Jean-Pierre, Arm in Arm in einer heißen Quelle.

Michel und Jean-Pierre …?

Verwundert starrte Iaan auf das Foto. Dann begriff er: Als der junge Amerikaner gegen Michel gerempelt war, war offenbar eines der Bilder von der alten restaurierten Filmrolle zwischen seine Aufnahmen geraten. Und er hatte es mit in seinen Umschlag gesteckt. Nicht weiter schlimm: Er würde es Michel schicken, sobald er in London war.

Er betrachtete das Bild eingehend und hatte das Gefühl, es erst jetzt zum ersten Mal zu sehen. Michel und Jean-Pierre Arm in Arm … Nein, er erkannte jetzt, dass Michel es war, der den Arm um seinen Bruder gelegt hatte. Unter ihnen dampfte das Wasser der Quelle, das ihnen bis zum Knie reichte. Das Wasser …

Große Fotografen allein genügen nicht – man braucht auch große Betrachter.

«Verzeihung», sagte er hastig zu seinem Sitznachbarn. «Würden Sie mir die wohl mal eben leihen?»

Der Engländer sah ihn einen Augenblick an, bevor er begriff, dass es hier um seine Brille ging.

«Ich muss etwas überprüfen», erklärte Iaan mit zuckersüßem Lächeln. Der Engländer verstand die ganze Aufregung nicht, hielt sich aber vornehm zurück.

«Bitte», sagte er knapp. Er nahm die Brille ab und reichte sie Iaan.

In diesem Augenblick drehten sich die Motoren immer schneller, das Dröhnen war ohrenbetäubend. Der Pilot löste die Bremsen, und das Flugzeug beschleunigte auf der Startbahn.

Iaan achtete nicht darauf. Ohne dem Engländer zu danken, hielt er die Brille über das Foto.

Die Details sprangen ihn förmlich an, wie Löwen, die zum Sprung durch einen Feuerreifen ansetzen.

Große Fotografen allein genügen nicht – man braucht auch große Betrachter.

Michel lachte herzlich. Auch Jean-Pierre lachte, aber nicht ganz so unbeschwert. Auf seinem Gesicht lag ein Schatten. Auf den ersten Blick konnte man es unmöglich entdecken, aber Iaan war sich sicher. Etwas beunruhigte Jean-Pierre, er versuchte seine Besorgnis zu verbergen. Die Dämpfe stiegen in langsamen Schwaden von dem heißen Wasser auf, als wären es die luftigen Tentakel eines unter Wasser lebenden Untiers, das gleich Gestalt annehmen würde.

Iaan betrachtete den Rest des Fotos. Die Körper der Brüder. Michel, der Kräftigere, Jean-Pierre, der Zartere. Die Haare: das hellere Blond des jüngeren Bruders. Die Bärte. Die Augen.

Doch das war es nicht, was ihm aufgefallen war.

Iaan konzentrierte sich auf das Wasser. Die Oberfläche war unbeweglich, glatt und flach wie ein Spiegel.

Ein Spiegel …

Im Wasser zeichnete sich das Spiegelbild der nebeneinander stehenden Brüder ab.

Michel hatte den Arm um Jean-Pierre gelegt.

Die Beine. Vier nackte Beine, eins neben dem anderen.

Und auf einem dieser Beine …

Eine Narbe.

Das rote Mal lugte unter dem Lendenschurz von Michel hervor und zog sich fast bis zur Kniekehle hinab.

«Fiona!», entfuhr es Iaan wie ein unterdrückter Schrei.

Der Engländer sah vorwurfsvoll zu ihm herüber, doch Iaan bemerkte es nicht einmal.

Er riss sich den Sicherheitsgurt vom Leib und sprang auf.

«Stewardess! Stewardess!», rief er und wedelte mit den Armen. «Ich muss sofort …»

Er brachte den Satz nicht zu Ende. Die Beschleunigung warf ihn nach hinten und drückte ihn in den Sitz zurück. In einem letzten Versuch, sich irgendwie an die Erde zu klammern, schaute Iaan zum Fenster hinaus. Er sah, wie die Zementpiste unter ihm dahinschoss und der Schatten des Flugzeugs, der ihnen folgte, immer kleiner wurde.

Und genau in dem Augenblick hob das Flugzeug ab, wie ein träger Elefant.

Ich möchte vor allem Paola Caccianiga für ihre wertvollen Hinweise bei der Entstehung dieses Romans danken. Auch Dario Fregona, der mich in die Geheimnisse des Bergsteigens im Hochgebirge eingeweiht hat, schulde ich Dank, ebenso Renzo Benedetti, der darüber wachte, dass ich nicht allzu viel technischen Unfug schrieb. Aufrichtiger Dank geht auch an Darva Gelsen Sherpa aus Lecco, der mir dabei half, einige Sätze in seine Sprache zu übertragen.

Herzlichen Dank auch der Skigruppe Roccia Rossa, durch die ich die Berge lieben lernte.

Tashi delek ihnen allen.

Raymond Khoury
Scriptum
Thriller
Rache verjährt nie! Eine glamouröse Ausstellungseröffnung in New York. Plötzlich erscheinen vier Tempelritter und stürmen die Ausstellung. Zielsicher stehlen sie einen Rotorchiffrierer. Eines der dunkelsten Geheimnisse des Vatikans droht entdeckt zu werden ... rororo 24208

Thriller bei rororo
Lies um dein Leben!

Karin Slaughter
Dreh dich nicht um
Thriller
Schon der dritte Tote am Grant College in einer Woche. Chief Tolliver und Gerichtsmedizinerin Sara Linton werden den Verdacht nicht los, dass mit diesen «Selbstmorden» etwas nicht stimmt ...
rororo 23649

Declan Hughes
Blut von meinem Blut
Thriller
Vor 20 Jahren ... verschwand Eds Vater ... hatte seine Mutter eine Affäre ... sah er Linda zum letzten Mal. Nun ist seine Mutter tot. Linda ermordet. Die Spur führt in die Vergangenheit. Dieses Mal kann Ed Loy nicht fliehen.
rororo 24142

BW 117/1

Weitere Informationen in der Rowohlt Revue *oder unter* www.rororo.de

Jilliane Hoffman

Cupido

Der Albtraum jeder Frau: Du kommst abends in dein Apartment. Du bist allein. Alles scheint wie immer, nur ein paar Kleinigkeiten lassen dich stutzen. Du gehst schlafen. Und auf diesen Moment hat der Mann, der unter deinem Fenster lauert, nur gewartet ...
3-499-23966-3

German Angst? American Fear!

«Knallhart gut.»
Der «Stern» über «Cupido»

P. J. Tracy

Der Köder

Nach dem Überraschungserfolg von «Spiel unter Freunden», das von Lesern und Kritikern mit Lob überhäuft wurde: «Ebenso spannend wie unterhaltsam. Ein witziger, gelungener Thriller, der den Leser von der ersten Seite an fesselt.» *(Publishers Weekly)*
3-499-23811-X

Kate Pepper

5 Tage im Sommer

Auf einem Supermarktparkplatz verschwindet eine junge Mutter. Vor sieben Jahren wurde eine andere Frau entführt, kurz darauf verschwand ihr siebenjähriger Sohn. Und tauchte nie wieder auf. Im Gegensatz zu seiner Mutter.
3-499-23777-6

BW 92/1

Weitere Informationen in der Rowohlt Revue oder unter www.rororo.de